KB141032

흙의 소리

박연의 삶과 꿈

흙의 소리

이동희 장편소설

국악신문

차례

시작하며

　시골 옛집으로 내려온 지 꽤 오래 되었다. 나가던 데서 정년을 하고 늘 노래를 하던 고향으로 온 것이다.

　한국전쟁 통에 고향 마을을 떠났었다. 초등학교를 졸업하고 중학교에 들어가야 하는데 형편이 안 되니 1년만 쉬라고 하여 아버지가 운영하던 방앗간에서 멀건히 놀고 있다가 피란을 갔고 낙동강이 끊어져 되돌아왔다가 다시 나가 동서남북을 떠돌며 돌아오지 못하였다.

　그 때 6. 25 한국전쟁으로 불탄 터에 향과 앉음새를 비슷하게 하여 흙집을 짓고 거창하게 옥호를 귀경재歸耕齋라 하였는데 논밭은 한 뙈기도 없다. 옛날에 다 팔아 남의 것이 된 지 오래고 푸성귀를 심은 텃밭이 조금 있을 뿐이다. 글밭을 간다는 문경文耕을 생각한 것이지만 생각 뿐 말 뿐 잘 안 되고 있다.

　흙집이라고 하였는데 짚을 섞어 찍은 흙벽돌로 벽을 쌓은 것이다. 도배도 하지 않고 방바닥도 장판 대신 돗자리를 깔았다. 흙이 숨을 쉬게 하고 흙내를 맡기 위해서이다. 농촌 마을은 온천지가 다 흙이지만 흙냄새를 차단하는 구조에 대하여 거부하는 것이다. 오랜 동안 콘크리트 숲 속에 살며 찌든 때문이다. 흔히 하는 얘기로 마늘을 한 접 사서 다용도실에 걸어놨는데 얼마 안 가서 다 썩었더라는 것이다. 시멘트의 독성을 다 마시며 살고 있는 단적인 예이지만 어디 마늘뿐이고 사람뿐이겠는가.

그동안 흙에 대한 얘기를 많이 썼다. 땅에 대한 얘기도 쓰고 농촌 농민 시골 얘기를 많이 썼다. 땅과 흙이니 흙바람 속으로이니 서러운 땅 서러운 혼이니…… 농촌에서 나고 자랐다고 해서 다 흙타령을 하는 것은 아니겠지만 어쩌다보니 그런 얘기를 많이 쓰게 되었고 이제 마감을 해야 되는 시기에 생각해 보면 왜 그런가, 그게 뭔가 싶다.

은사인 무영無影선생이 1946년에 소설집『흙의 노예』를 내고 3년 후 민중서관에서『산가山家』,『향가鄕歌』를 출간하면서 무영 농민문학선집 1권 2권이라고 붙였다. 그 때 이만하면 농민소설가가 된 것이 아니냐며 농민작가가 되었다는 사실을 대단히 흐뭇하게 토로하는 글을 읽은 적이 있다. 농촌 농민에 대하여 얘기를 하고 글을 쓰고 소설을 쓴다는 것에 대하여 무척 보람을 느낀다고 하였다. 선생을 찾아가 배우고 썼지만 나에게 그런 보람이 있는 것일까. 일찍도 생각해 본다. 그동안 되는 대로 닥치는 대로 쓴 것 같다. 거기에다 무슨 얘기를 한 것일까. 땅은 소유의 욕망이고 흙은 땀의 의지라는 둥 개념만 늘어놓은 것 같다.

보릿고개 얘기만 하면 눈물이 나듯이 아리랑 가락을 들으면 웬지 눈물 나고 그리워지듯이 진정한 의미의 흙은 눈물의 테마이고 아픔과 그리움의 테마이다. 흙의 소리는 어린 시절 보리피리 곡조처럼 흙으로 빚은 오카리나 소리처럼 아련한 그리움이다.

악성 난계蘭溪 박연朴堧 선생의 고을에 살며 도리천 선법당에 나 있다는 세계에서 제일 큰 천고天鼓의 소리를 들으며 이야기를 시작한다. 한 선비의 삶과 일과 꿈, 영동 아리랑고개 기억의 저편 흔적들을 톺아보며 역사에 되묻고자 한다. 그 때 왜 그랬는가. 시골 농촌 마을 사람들 얘기로 쓰려는 것이다. 내레이터는 전지적 3인칭 시점, 필자를 닮은 기자, 무명 시인이다.

이야기도 들어보지 않고 청탁한 국악신문사에 감사드리며 마지막 열정을 쏟아 보답하려 한다. 전국의 독자 여러분 세계 여러 네티즌들의 질정을 바란다.

2020년 9월 1일
귀경재에서
저자

피리 소리

삐리 삐리 삐리
삘리리 삘리리
필닐니리 필닐니리
피리 소리가 들리었다.
산 속에서 들리는 소리였다.
곱고 부드럽고 애절하게 그리고 은은하게 울려퍼지는 맑은 가락의 소리였다. 어머니 묘 앞 여막에서 박연朴然이 부는 피리 소리였다.

심천 마곡리 뒷산 한참 숨이 차게 올라간 산골짜기이다. 피리 소리를 따라 뭇 새들이 모여들고 저마다 자기 이름의 울음 소리를 내었다. 뻐꾸기 산비둘기가 목청껏 소리를 질러대고 꾀꼬리 까막까치도 기승을 부렸다. 풀벌레들도 앞다투어 자기 소리를 보태었다. 우는 게 아니고 예쁘게 노래하는 것이다. 간절한 피리 소

리에 제각각 장단을 맞추고 화답하는 새들 벌레들의 코러스였다.

소리는 더욱 간들어지고 구성지고 신이 들렸다. 혼신을 다하여 피리를 부는 것은 삼시 상을 차려 제주를 올릴 때 권주가이기도 하고 때때로 즐겁게 하고 마음을 편안하게 해드리려는 효성이다.

어머니 묘 옆에 여막을 짓고 풍설한서 비가 오나 눈이 오나 애통한 마음으로 엎드려 있었다. 세 살 때 여윈 아버지에게는 더욱한이 되어 지극정성을 다해 시묘侍墓를 하였다. 뒤의 얘기지만 모친상을 당하고 3년 그리고 다시 3년을 여막에서 살았고 그 효행으로 나라의 정려旌閭를 받아 마을에 붉은 정문旌門을 세우기도 하였다.

박연은 어려서부터 피리를 잘 불었다. 들판을 지나며 보릿대를 뽑아 불기도 하고 물오른 버들가지를 꺾어서 가는 소리를 내기도 하고 짤막하게 토막을 내어 굵은 소리를 내기도 하였다. 풀대궁을 꺾어 불기도 하고 나뭇잎을 말아서 소리를 내기도 하고 손에 잡히면 다 노래가 되고 곡조가 되었다.

모두들 소리가 남다르다고 하였다. 고당리 마을 강촌 사람들도 뭘 잡고 소리를 내든 참 듣기 좋고 신통하다고 하였다. 열 두살 때부터 나가고 있는 영동 향교에서도 서생들이 그의 음악적 재질이라고 할까 피리 부는 재주를 다 인정하였다. 훈장 선생도 그의 예약禮樂에 대하여 여러 번 칭찬을 하고 범상치 않다고 하였다. 그뿐이 아니었다. 그가 피리를 불면 여기 저기서 온갖 새들이 다 모여들어 즐기고 함께 어울어졌다. 들판이나 강가나 산중에서 그의 옥구슬이 구르는 듯 별이 쏟아지는 듯 간들어진 음율은 언제나 유정하고 간들어졌다.

그의 음악은 신묘한 경지에 도달해서 산에 올라가 악기를 연주하면 산새들이 모여 가락에 맞추어 노래하고 토끼와 너구리가 한 편에서 춤을 추었다고 문헌에 기록이 되어 있다. 참으로 믿기가 어려웠다. 한 다리 건너 두 다리 건너 조금 보태고 과장할 수도 있다. 그러나 다음 대목은 그대로 믿기 바란다. 매일밤 여막으로 찾아와 함께 지낸 호랑이 얘기 말이다. 실은 그 호랑이 때문에 다른 노루나 토끼 너구리 들은 얼굴을 들이밀 수가 없어 먼발치서 즐겼는지 모르겠다. 분명한 것은 그날도 어김 없이 달빛을 받으며 어슬렁 어슬렁 녀석이 모습을 보이고 여막 아래 젊은 주인의 짚신짝을 깔고 앉는 것이었다.

"왔는가."

박연이 눈을 맞추며 인사를 하였다.

호랑이는 콩콩 코소리를 내며 수인사를 하고.

벌써 몇 년째 교분이다. 어머니 3년 시묘를 마치고 다시 3년을 더 하겠다고 주저앉아 있을 때서부터 매일 밤을 함께 한 것이다. 엉엉 같이 울기도 하고 눈비를 맞고 떨며 끌어안기도 하고 자꾸 산 밑으로 떠밀어내는 녀석과 드잡이를 하며 싸우기도 하였다. 불알을 찼으니 망정이지 그러지 않았으면 색정이 동하였을는지도 모를 일이다.

"그래 고맙고 미안하고 반갑네."

이날따라 피리 소리는 영혼을 울리는 선율이 되었다. 그리운 어머니 다시 못 뵐 아버지 언제 어디서 우리 다시 만나리까. 감사합니다. 죄송합니다. 사랑합니다. 간절한 효성이 배인 가락은 산중 달빛 아래 교교하게 울려 퍼졌다.

박연은 뒤에 이름자를 연堧으로 바꾸었다. 빈 터라는 뜻이다. 아호는 난계蘭溪, 강마을에 난초가 많았고 난처럼 연하나 꺾이지 않고 청아한 생을 기록하였다. 묘는 고당리 생가가 있는 마을 뒷산 너머 금강으로 흘러가는 개여울을 내려다 보는 곳에 썼다. 내외의 묘가 앞 뒤로 있는 묘비 앞에는 지팡이를 짚은 백발의 산신령과 잘 생긴 호랑이가 자기 무덤─의호총─옆에 늠름한 자태를 보이고 있다.

묘소 입구 올라가는 길목에는 난계를 기념하는 재각 경난재景蘭齋가 새로 단장되어 있다. 여러 기록에 박연이 시묘살이를 하던 곳이라고 되어 있는데 위치 거리가 사실과 같지 않았다.

민하岷下는 호랑이 이야기를 많이 듣고 자랐다.

아랫말 안골에 쌍정문이 있는데 오촌梧村 박응훈朴應勳의 효자문 통덕랑通德郞 박수현朴守玄의 아내 선산김씨의 열녀문을 이른다. 효성이 지극한 오촌과 호랑이의 이야기는 근동에서 모르는 사람이 없다. 아버지의 병이 나 약을 지으려고 밤중에 길을 나서는데 호랑이가 나타나 상주와 선산 100여리 길을 호위하였다. 등에 태워 단숨에 갔다 왔다고도 하였다. 아버지가 죽자 묫자리를 알려주었고 묘를 쓸 때도 호랑이의 보호를 받았다. 이런 감동적인 일화를 현감과 선비들이 왕에게까지 상달하게 한 것이다.

그는 오래 전 충북 영동군 매곡면 수원리 박명근(1908~1983) 옹이 세필로 쓴 「호점산 실기」를 취재하여 학회지에 싣게도 하였지만 답사는 이 글을 쓰는 기회에 하게 되었다. 실기라는 것은 말의 뜻대로라면 실제 이야기를 기록한 것이다. 호랑이를 타고 다니고 호랑이와 친교를 맺은 희한한 이야기이다. 오촌의 묘는 황간면 소계리 성주골 호랑이 무덤 호총虎塚과 함께 있다. 이름도 호점산虎點山이라 붙인 것이다.

참 이상하게 연결되는데 그도 호랑이와 관계가 깊다. 호랑이 얘기를 한 적이 있다. 그의 기억이 맞는다면 초등학교 3 4학년 땐가, '바른말 하기 듣기' 시간이 있었다. 지금의 특활 시간 같은 것이었다. 특기나 장기자랑을 하는. 노래를 하기도 하고 묘기를 보이기도 하였다. 이윽고 그의 차례가 돌아왔고 별 특기가 없는 터라 팥죽 할마이 얘기를 하였다.

한 할머니가 산마을에 혼자 농사를 짓고 살았다. 어느날 호랑이 한 마리가 어슬렁어슬렁 다가와 할머니를 잡아먹겠다고 하였다. 할머니는 팥농사를 지어서 동지 팥죽을 쑤어 놓을테니 그 때 와서 팥죽도 먹고 나도 잡아먹으라고 달래서 돌려보낸다. 동짓날 다시 온 호랑이는 할머니가 맛있게 쑤어 준 팥죽을 다 먹고는 어흥, 할머니를 잡아먹으려고 하는데……

들을 때는 참으로 재미 있었는데 영 잘 안 되었다. 어떻든 그는 그날 이후 팥죽 할마이라는 별명을 갖게 되었고 나중에는 팥죽은 떼고 할마이가 되었다. 사투리 억양을 상상해 보시라. 운명인가, 언제부터인가 이야기를 하는 업을 갖게 되고 줄곧 죽을 쑤고만 있다.

호랑이 담배 먹던 시절 어떻고들 말한다. 오래 전 옛날 옛적의 일을 말할 때이다. 동화에서는 지금도 호랑이가 많이 등장한다. 어린 아이들에게는 현실을 뛰어넘는 이야기라야 재미가 있다. 그도 그런 이야기를 실제 이야기처럼 듣고 울고 웃고 하였던 것이다. 팥죽할머니에 나오는 호랑이는 악역을 하고 있고 거기에 대응하여 멍석이 호랑이를 둘둘 말고 지게가 지고 멀리 기비리는 것으로 인격을 부여하여 처리한다.

박연의 이야기는 그렇게 고랫적 이야기는 아니다. 나이도 스무 살이 넘고 성인이었다. 어머니 내간상內艱喪을 당한 때가 스물한 살이고 거려삼년居廬三年 우거려삼년又居廬三年 시묘를 하였다.

대개의 호랑이 이야기는 효행과 연관이 되어 있고 이 여막에서 박연과 함께 지낸 녀석의 경우도 지극한 효성으로 인한 것이지만, 그러면서 사뭇 다른 데가 있었다. 너무나 인간적인 면모가 있다고 할까. 상주가 괴로워하면 같이 축 처져 괴로워 하고 졸면 같이 졸다가 갔다. 무엇보다 노래 곡조에도 심취해 있는 것 같았다. 박연이 피리를 잡고 불 자세를 취하면 자기도 들을 준비를 하는 듯 다소곳이 고쳐 앉아 앞을 바라보는 것이었다. 그리고 고개를 끄덕이기도 하고 추임새를 넣듯이 입을 쩍쩍 벌리기도 하고 수염을 쫑긋 세우며 앞발 뒷발짓을 하였다.

피리 소리는 연일 이어졌다. 애절한 소리는 산천을 흔들었다.

그런데 하루는 어인 일인지 녀석이 보이지 않았다. 밤이 늦도록 발그림자도 하지 않았다.

"무슨 일이 있는겨."

궁금하다가 걱정이 되고 또 기다리다가 애가 탔다.

하루도 거른 적이 없었다. 한 번도 안 온 날이 없었다. 와서 박연의 여막을 같이 지키고 피리 소리를 들어주었다. 참으로 고맙고 가상한 녀석이 아닌가. 그런데 아무래도 이상하였다.

"정말 웬 일이여."

새벽까지 잠을 잘 수가 없었다. 눈이 붙여지지 않았다.

"몸살이라도 난 것인가."

아니면 이제 안 올 셈인가. 어디 다른 데로 간 것인가. 뭐 섭섭한 것이 있었던가. 별 생각이 다 들었다.

그러다 새벽 동이 틀 무렵이었다. 막 잠이 들었는데 녀석이 나타나 죽는 소리를 하는 것이었다.

"상주님! 상주님! 살려 주세요. 함정에 빠졌어요. 여기 당재인데요. 정말 죽게 되었어요. 상주님 제발 살려주세요."

"아니!"

꿈 속이었다. 박연은 벌떡 일어났다. 꿈 같지가 않았다.

너무나 생생하였다.

비몽사몽간이었지만 도무지 꿈이라고 생각되지 않았다. 자리를 차고 벌떡 일어났다. 그와 동시에 여막을 나와 신발을 신는둥 마는둥 하고 산길을 허위허위 내려가기 시작했다.

눈곱도 떼지 않았다. 흐트러져 있는 상투도 그렇고 의복도 제대로 차리지 않은 채였다. 산을 내려와서는 마구 달리기 시작하였다. 당재라면 2십리가 넘는 길이다. 옥천군 이원 동이면에 접한 지금의 길현리로 산 넘고 물 건너에 있는 마을이다.

우선 강을 건너야 했다. 날근이 나루터에서 혼자 배를 탔다. 사공이 투덜거려 그가 노를 잡고 젓기 시작하였다.

"뱃삯을 말하는 기 아니고…"

"뭐라요? 그럼."

"원 꿈을 가지고, 사람 일도 아니고 말이어."

마수걸이에 혼자 배를 띄우는 것에 대해 따지는 것이 아니고 꿈자리를 가지고 젊은이가 헐떡거리는 것이 답답하고 그것도 호랑이에 대한 이야기니 어이가 없었다. 그러나 아버지 어머니 시묘살이를 끝도 없이 계속하고 있는 이름난 효자인데다가 사간원 홍문관 삼사좌윤三司左尹을 지낸 이조판서吏曹判書(사후 추증追贈) 박천석朴天錫의 귀동 아들이 아닌가. 삯이야 수곡으로 받으면 되지만 도무지 새벽 도깨비에 홀린 것 같다.

박연은 뭐라고 대꾸할 수가 없었다. 딴 소리만 하였다.

"빤히 바라보이는데 왜 이리 멀어요."

그리고 노를 사공에게 쥐어주며 허리춤에 끼어 있던 피리를 꺼내 불기 시작했다. 새벽 강을 거슬러 간드러지게 울려퍼지는 가락은 아련하게 수면 위를 춤추는 듯 안개 속을 가르고 있었다.

사공은 푸념 대신 한 곡조 더 신청을 하는 것이었다.

삐걱삐걱 노 젓는 소리도 장단이 되었다.

박연은 배가 나루에 대기를 기다리지 못하고 개펄에 뛰어 내려 손짓으로 인사를 하고는 다시 뛰었다.

산 속인가, 들판인가, 뛰면서 호랑이의 소재를 생각했다. 산 고개를 넘었다. 거친 숨을 몰아쉬며 당재에 당도했을 때 과연 꿈이 아닌 사태가 눈 앞에 나타나고 있었다. 온 마을 사람들이 다 나와 웅성대고 있었다.

맞았다. 호랑이를 앞에 두고 있었다. 마을 사람들에게 둘러싸여 있는 것은 녀석이 틀림없었다.

박연은 허겁지겁 사람들을 헤치고 앞으로 나섰다.

"아니?"

모두들 땀을 철철 흘리며 나서는 젊은이를 바라보며 이구동성으로 말하였다.

"아아니?"

도대체 누군데 남의 동네 일에 참견이냐고 하는 것이며 그와 동시에 이 사람이 어떻게 이 자리에 나타난 것이냐는 얘기였다. 사람들 중에는 효자로 이름난 그를 알아보는 사람도 있었던 것이다.

"맞네 맞아. 그런데 대체 이게 무슨 일이여?"

박연은 아랑곳없이 호랑이의 목덜미를 쓸어안으며 땅바닥에 털썩 주저앉아 소리를 질렀다. 몇 년 부모님 시묘살이를 같이 한 녀석이었다. 반갑기도 하고 어처구니가 없기도 한 채 눈물부터 나왔다.

"아이고 그런데 어떻게 된 거여?"

방금 함정에서 끌어올렸다는 호랑이는 척 널부러진 채 눈을 감고 있었다.

"눈을 떠 봐. 얼른. 왜 이러고 있는 기라?"

난데없이 출현하여 낯선 젊은이가 하는 행동에 대하여 대부분의 마을 사람들은 이상하게 여기고 말도 안 되는 소리를 지껄이고 있다고 생각하고 있었지만 박연은 이제 호랑이를 끌어안고 눈물을 쏟으며 땅을 치고 있었다. 호랑이는 숨이 끊어져 있었던 것이다. 도무지 믿고 싶지 않았지만 어쩌는 도리가 없는 현실을 인정하여야 했다. 슬픔이 복받치고 가슴이 꽉 메이는 것이었다.

"도대체 어떻게 해서 이 지경이 되었단 말이라요?"

마을 사람들을 원망하다가 또 호랑이를 원망하다가 하였지만 그러나 그것이 당장 그가 해야 될 일이 아님을 깨달았다.

박연은 제대로 차려 입지도 않은 옷깃을 여미고 정중한 어투로 인사를 하였다. 자신의 존재를 밝히며 아버지 할아버지 작은 아버지를 대기도 하였다. 할아버지 박시용朴時庸은 성균관 직강直講 우문관右文館 대제학大提學의 직에 있었고 작은 아버지 박천귀朴天貴는 한성부윤漢城府尹을 지냈다. 마을 사람들 중에는 밀양박씨 그리고 복야공파僕射公派 집안 사람들도 있는 터여서 그를 알아보았다. 여기 누은 호랑이와의 관계도 소상히 이야기하였다. 그러며 호랑이를 자기에게 돌려달라고 눈물로 호소하였다. 엎드려 빌며 간절히 청하였다.

호랑이 고기 맛을 보겠다고 입을 다시던 군중들, 쓸개는 어떻게 하고 가죽은 어떻게 하고 장택을 대던 사람들은 무슨 소리냐고 어림 반푼어치도 없는 소리라고 하였지만 마을 어른들은 어허 으음 큰 기침을 하며 눈빛을 맞추었다. 그리고 박연의 효심과 짐

승과의 감동적인 인연을 가상히 여겨 호랑이를 넘겨주기로 하였다. 양반고을이었다. 그때만 해도 어른들의 입김이 세었다.

박연은 죽은 호랑이를 아버지 어머니 묘소로 둘러메고 와서 정성을 다해 묻어주었다. 그리고 해마다 제사를 지냈고 훗날까지 문중에서 어머니 제삿날 호랑이 무덤에도 제사를 지내었다. 그리고 앞에서 얘기한 대로 박연의 묘 앞 왼쪽에 의호총을 써 놓아 함께 명계冥界를 지내고 있다. 피리 소리는 난게 국악제로 대신하면 되었다.

호랑이 설화는 하늘과 땅을 감동시킨 이야기들이다. 박연의 효행은 여러 말로 설명할 필요 없이 그가 25세 때 태종(2년, 1402년)의 명命으로 정려를 받은 이름난 효자였다. 효자 집안이었다. 4촌 형과 동생인 국당菊堂 박흥생朴興生 이요당二樂堂 박흥거朴興居와 함께 박연의 효자각이 심천 고당리에 세워져 있다. 삼효각三孝閣이다.

박연은 조상들의 가르침대로 행하였지만 향교에 나가며 가례家禮를 몸소 실천하였던 것이다. 중국 송나라 때 가례에 대한 주자朱子의 학설을 모아서 편찬한 것으로 가정에서 지켜야 할 예의 범절 특히 관혼상제에 대하여 세세하게 기록해 놓은 책이다. 우리나라에서도 이를 받아들여 정통을 삼았고 무엇보다 예학禮學을 중시하여 온 사람들은 물론 모든 선비들의 실천 덕목이었다. 선비들뿐 아니라 꿈을 가진 이땅의 젊은이들, 정신이 똑바로 박힌 사람들이 마땅히 행해야 할 기본으로 생각하였던 것이다. 그러나 끝이 없고 한이 없는 것이 효이며 성이었다. 어머니 경주김씨의 3년상을 여막에서 보내고 다시 어릴 때 돌아가신 아버지의 시묘살이를 3년 더 하였던 효성은 호랑이의 심성도 움직인 것이다.

효는 백행의 근본이라고 말한다. 박연은 천성이 곧고 바르며 누가 뭐라고 해도 자신이 해야 할 바를 한 치도 건너 뛰지 않았다. 그것은 너무나 당연한 일이며 그의 성정이었다. 아홉 마리 소의 한 터럭만큼도 거짓된 마음을 갖지 않으며 마음에 없는 행동은 하지 않았다. 그 한 터럭만큼이라도 거리낌이 있으면 되돌아보고 되물어보고 되짚어보고 하였다. 집안 어른들 마을의 어른들에게 물어보고 향교의 훈장이나 서생들에게 물어보았다. 아니 누구에게 물어보기 전에 스스로 터득하였고 하는 일마다 그르침이 없었다. 적어도 유소년기 그의 언행은 그랬다. 도무지 아이 같지 않았다. 그것이 마냥 장점만은 아니라고 할 수 있을지 모르지만 줄곧 그런 삶은 지속되었다. 효행은 그 중의 하나였다. 충신어효자지문忠臣於孝子之門, 충신은 효도하는 집안에서 나온다는 말인가. 생원生員으로 급제하여 문과에 초임되어 예문관 대제학大提學의 관직에 있는 동안 그가 충신이었는지는 모르겠으나 자기에게 맡겨진 일에 충직하고 성실하게 임하였고 거기에 열정을 다 쏟아부었다. 할 수 있는 모든 것을 다 하였다. 생을 바치었다.

그러나 호랑이를 움직인 것은 그의 효행이나 충직하고 열정적인 그 어떤 것만은 아니었다. 신묘한 경지에 도달한 음악적 소양이라고 할까, 천부의 재능이 발휘되어서인가, 그의 손놀림과 입

바람을 타고 물무늬처럼 영롱하게 울려 퍼지는 가락은 하늘과 땅을 감동시켰던 것이다. 청솔가지를 흔들며 새들이 다투어 노래 부르고 짐승들이 덩실덩실 춤을 추었다. 음악의 감화력은 금수에까지 미치었던 것이다.

선인들이 음악으로써 백성의 정서를 순화함을 정치의 요체로 삼았던 까닭도 여기에 있었던 것이고 박연의 일생 일대의 사명도 거기에 있었던 것이지만 그 이야기는 다시 하기로 하고, 피리 소리의 근원을 더듬어 올라가 보자.

소년 시절이었다. 무슨 일로였던지 한양에 며칠 동안 다녀온 적이 있었다. 세 살 때 떠난 아버지 대신 담대하고 늠름한 소년 박연이 며칠 동안을 여관에 머물러 있으면서 객수客愁에 젖어 있을 때였다.

깊은 밤 어디선가 아련한 가락 소리가 들려오는 것이었다.

필닐니리……

필닐닐 필닐니리……

멀리서 아련히 가느다랗게 들려오는 그리운 소리, 간장을 녹이는 가냘픈 피리 소리였다.

귀를 기울여 듣고 있던 소년은 웬지 슬픔에 젖기도 하고 한없는 아쉬움에 휩싸이기도 하며 그 소리에 귀를 기울였다. 피리 소리가 끊어진 다음에도 계속되는 여운을 느끼었다.

뜻밖의 난데없는 피리 소리의 간절한 여운에 잠을 이루지 못하였다. 그렇게 아름다운 음곡은 처음 들어보았다. 애절하고 간절하고 그리움과 아쉬움에 부대끼게 하고 도무지 처음 느껴보는 감동이었다. 눈물이 흐르고 가슴이 메어질 것만 같았다.

이튿날 소년은 수소문하여 피리 소리가 났던 곳을 찾아가 보았다. 그곳은 장악원掌樂院이었다. 전국의 음률에 관한 사무를 맡아보던 관청이었다.

"세상에 세상에 그런 곳이 다 있었네."

"히야아 참 별천지네!"

너무 신기하기도 하고 믿어지지가 않아 입이 딱 벌어진 채 다물어지지 않았다. 음률이나 음악에 대한 사무가 무엇이며 그것을 나라 관아에서 맡아 해야 할 일이 무엇이란 말인가.

누구에게 물어보기 전에 생각해 보았다. 자신에게 물어보는 것이다. 아직 어리고 시골 강촌에 살고 있는 하동 산골짜기 소년에 불과하지만 알 것은 다 알고 또 궁금한 것은 한 없이 많았다. 또래 중에서도 의문이 생기면 매사 그냥 지나치지를 않았다. 아버지가 없는 그로서는 항상 스스로 해결해야 된다고 다짐했고 그렇게 하였던 것이다.

"웬 놈이냐?"

사무를 보고 있는 중년의 아전이 다가왔다. 몽둥이를 차고 있었다.

도무지 두리번 두리번 실내를 살펴보는 것이 수상하고 유난하였던 것이다. 좌판 같은 데다가 많은 악기를 진열해 놓았고 벽에는 여러 가지 그림과 설명이 담긴 걸개와 편액들이 걸려져 있다. 소년은 그 양쪽을 번갈아 보며 정신없이 두리번거리고 있다. 들어오는데도 어거지 떼를 썼던 것이다.

"시골 촌놈이올시다."

"뭐가 어째?"

"여기가 뭘 하는 곳이랑가요?"

너무 태연하고 순진한 소년의 얼굴 청아한 눈빛에서 범상치 않은 기운을 읽을 수 있었다.

아전은 씩 웃으며 표정을 바꾸고 천천히 얘기를 해주는 것이었다.

여기는 음악의 교육과 연주활동을 관장하는 악학도감樂學都監으로 여러 관리들과 교육생들이 있는 관서였다. 뒤에 안 일이지만 장악원에는 음악 교육을 담당한 전악典樂(정6품) 전율典律(정7품) 전음典音 전성典聲 등 관리와 악사樂師 그리고 여러 명의 악공樂工 악생樂生을 두었던 것이다. 음악 활동은 주로 악공과 악생들이 담당하였다. 예조禮曹에 소속되어 있어 제례 연회 등에서 음악 연주 활동을 하였다. 가령 종묘 제례는 속부제악俗部祭樂을 그리고 사직 제례는 아부제악雅部祭樂을 연주하였다. 그리고 국왕이 문무백관과 조회할 때, 국왕과 왕비의 생일, 문무과의 전시殿試와 생원 진사과의 급제 발표 등에서 전정고취殿庭鼓吹를 연주하였다. 상상만 해도 휘황한 궁중 음악들이었다.

"참 대단 빡쩍합니다."

시골 촌마을 소년의 머리 속에 다 들어갈 수 없는 얘기들이었다. 그러나 찬란하게 그려지는 그림이 있었다. 너무나 가슴이 벅차고 뭔가 철철 넘치는 기류가 곤두박질치며 폭포처럼 흘러내렸다. 겉잡을 수 없는 감정을 자제하지 못하고 있는데 은은히 울려

퍼지는 음율이 제압하고 있었다.

어제 밤 들던 소리였다. 잠을 이루지 못하였던 가락이었다.

악사가 불고 있는 피리 소리였다. 그가 다시 듣고 싶은 간절한 소리임을 알고 있었던가.

"아아……"

그립고 아쉽고 아련한 가락이었다.

계속 그 소리가 귀 가에서 맴돌았다.

그 피리 소리는 그날 그의 가슴에 붉게 인쳐진 것이다. 운명의 소리였다. 그때 그 순간부터 피리를 불 때 그냥 불지 않았다. 피리든 퉁소든 거문고든 가장 곱고 아름다운 소리를 내기 위하여 아니 최상의 가락과 음율을 뽑아내기 위하여 할 수 있는 수단과 방법의 노력을 다 하였던 것이고 그것을 하루 이틀 조금씩 조금 씩 다듬어갔던 것이다. 천성이 손톱만치도 남에게 지기 싫어하긴 했지만 그 도가 달라졌다. 키도 훌쩍 크고 어른스러워졌다. 끈기 는 더 대단해졌다.

그냥 그저 남다른 소리를 읊을 수 있었던 것이 아니었다 풀이 면 풀 나무면 나무에 혼신의 힘을 다 불어넣었던 것이다. 어쨌든 근동에서 알아주는 재동이었다. 모두들 그의 소리에 감동을 하고 입이 마르게 칭찬을 하였다. 한두 번 한두 사람이 아니었다.

퉁소바위가 있다. 고당리 마을 앞을 흐르는 고당개 조금 아래 쪽 산 옆 강 속에 있는 길쭉한 바위를 그렇게 부른다. 모양이 퉁 소 같아서가 아니고 박연이 퉁소를 불던 바위였다. 그가 피리를 불고 퉁소를 불면 산천초목이 다 반응하고 춤을 추었다. 앞에서도 얘기하였지만. 음악의 힘이었다.

장악원에서 어린 촌뜨기의 뇌리에 박힌 또 한 가지가 있었다. 전정고취였다. 찬연한 미래에 대한 꿈을 꾸고 있었다.

그로부터 몇 년 째던가. 28세가 되던 태종 5년(1405)에 생원과에 급제하였고 국왕과 문무백관이 보는 궁전 뜰에서 아부제악이 연주되었다. 그 때 대낮의 꿈이 현실로 이루어지는 순간이었다.

빈 터

관로의 길로 들어서는 과거의 최초 시험을 통과한 것이다.

생원시生員試는 오경의五經義와 사서의四書疑의 제목으로 유교 경전에 관한 지식을 시험하였다. 그리고 합격자에게 생원이라는 일종의 학위를 수여하는 것이었다. 진사시進士試는 부賦와 시詩의 제목으로 문예창작의 재능을 시험하는 것으로 3년에 한 차례씩 있었고 국왕의 즉위와 같은 큰 경사가 있을 때 별시別試가 있었다.

박연은 6년 뒤에 있었던 진사시에 급제를 하게 된다.

시묘살이를 끝내고 집에 내려와서야 아내를 의식하게 되었다. 미안하고 송구하고 죄를 지은 것 같이 볼 면목이 없었다. 징역살이를 시킨 것이었다. 젊은 아내에게 그보다 더한 고통을 준 것이었다. 여산송씨 판서를 지낸 송빈의 금지옥엽 같은 딸로 예의 바르고 심성이 고왔다. 신혼에 여막에서 6년을 지내도록 말 한마디

않고 속내를 들어내 보이지 않았다.

"당신이 싫어서 이러는 게 아니오."

1년 2년도 아니고 독수공방을 하고 있는 아내가 너무 애처러워 말하면 얼굴이 빨개져 가지고 어쩔 줄을 몰랐다.

"아이고 누가 들으면 어쩌려고 그러세요?"

"듣기는 누가 있어 듣는다고 그래요?"

"낮말은 새가 듣고 밤말은 쥐가 듣는다고 했어요."

너무나 사리가 분명했다.

아내와 같이 거처만 하지 않는 것이 아니고 방사라고 할까 전혀 관계를 하지 않았던 것이다. 그래서는 안 된다고 생각했던 것이다.

"세상이 다 아는 효자를 집 사람이 모를 리가 없지요."

"한 번 안아만 주고 가리다."

빈 말이라도 한 마디 할라치면 오히려 어른스럽게 절도를 지키도록 하는 것이었다.

"천지 신명이 내려다 보고 있어요."

"내가 당신에게 졌오."

"아녀자에게 지면 안 되지요."

아내는 그러며 산에 갈 차비를 차려 주는 것이었다.

시묘는 남편이 하였지만 그 뒷바라지는 아내가 다 하였던 것이다.

산에서 내려온 후에도 좌정을 못하고 여기 저기 떠 돌아 다니고 집에 마음을 붙이지 못하였다. 산으로 들로 다니며 피리를 불고 퉁소를 불며 슬픔을 달랬다. 향교에 갔다가도 바로 돌아오지 않고 산바람 강바람을 쏘이고 다녔다. 퉁소 바위에 앉아 지프내(심천) 흘러가는 물을 바라보기도 하고 옥계玉溪폭포 아래서 하염없이 물소리를 듣고 있기도 하였다. 도무지 마음을 잡지 못하였다.

너무나도 컸던 애통과 아쉬움이 도무지 가셔지지 않았던 것이다. 하늘이 무너지고 땅이 꺼지는 아픔이었다. 그런 심정으로 소리를 다듬고 있었다. 마음을 가다듬고 있었다. 밤늦도록 강을 바라보고 조신스럽게 퉁소를 불며 부모란 무엇이며 자식이란 무엇이며 산다는 것은 무엇인가, 벼슬이란 무엇이며 어떻게 사는 것이 참되고 가치 있고 보람된 삶인가, 혼자 묻고 생각하였다. 천문 지리보다 어렵고 노젓고 짐지는 것보다 힘들었다. 답이 찾아지지 않고 자꾸만 의문이 쌓이었다. 소리란 무엇이며 아름다움이란 무엇이냐 즐거움란 무엇이며 예술이란 또 무엇인가, 조금은 알듯도 하고 점점 모르겠기도 하였다. 그럴 마다 폭포 물 떨어지는 소리 아래서 득음得音이라도 하려는 듯이 목청껏 피리를 불었다.

소리가 마음대로 되지가 않을 때는 마구 퍼대고 앉아 울기도 하였다. 실성을 한 듯 껄껄거리며 웃어대기도 하였다. 그가 생각해도 괜찮은 소리가 될 때는 혼자 무릎을 치기도 하였다. 그러나 소리가 됐는지 어쨌는지 사실 그로서는 그 경지를 알 수 없는 것이었지만 다른 사람들이 괜찮다고 좋다고 대단하다고 하는 얘기에 귀가 얇아지기도 하고 차츰 나름대로 느낌을 갖게도 되는 것 같았다.

따지고 보면 그가 할 수 있는 일은 다 하고 있는지도 몰랐다. 향교의 명륜당에서는 나무랄 데가 없는 서생이었다. 아주 모범생이었다. 시문을 짓는 사장학詞章學이나 유교경전을 공부하는 소학과 사서오경 그리고 여러 역사서들을 꿰뚫었고 가례는 몸소 실천해 보였던 것이다. 몸과 마음을 닦고 또 닦았다.

그러나 집에서 아내에게만은 믿음을 주지 못하였다. 철이 들지 못한 모습이라고 할까 정신을 차리지 못한 남편이었던 것이다.

그러던 어느 날이었다. 명륜당에서 심경心經(송나라 때 진덕수陳德秀가 시경 서경 등 경전과 도학자들의 저술에서 심성 수양에 관한 격언을 모아 편집한 책)의 책거리를 마치고 오는 길이었다. 술이 거나하였다.

밤이 늦은 시각에 갈지자 걸음으로 집 앞에 당도하였을 때 아내가 사립문 앞에 기다리고 있었다. 사실 늘 밤 늦을 때마다 이렇게 한 없이 서서 기다리다 맞이해 주었던 것 같다.

"미안해요. 정말 너무 잘못했오."

그는 아내를 와락 끌어안으며 울컥하였다.

"왜 이러세요. 어서 들어가요."

"내가 수신修身만 하고 제가齊家는 못 하였오."

마당으로 들어서는데 계속 눈물이 쏟아지는 것이었다.

아내는 남편을 방 안으로 데리고 가서 저녁상 앞에 앉히는 것이었다.

"왜 다른 사람 다 듣게 그래유. 어서 들어가세유."

아내는 남편을 부축하여 마루로 방으로 끌어들이며 오히려 송구하다는 듯 얼굴을 붉히는 것이었다.

억지로 방에 들어서자 또 저녁상의 상보를 벗기어 그의 앞에 밀어놓고 부엌으로 나가 토장 뚝배기를 데워가지고 들어오는 것이었다.

바연은 아무 소리 못하고 밥상 앞에 앉았다. 책걸이를 하느라고 술도 먹고 떡도 먹고 이것 저것 입을 다셔 밥생각이 없었지만 아내의 성의를 생각하면 그런 말이 나오지 않았고 숟갈을 들어야 했다.

"같이 들어요."

"예 알았어유."

아내는 겸상에 마주 앉긴 했지만 밥그릇은 방바닥에 내려놓고 있었다. 그리고 숭늉을 가지고 와 상 위에 올려놓고야 술을 뜨기 시작하는 것이었다.

늘 있는 일이었던 것이지만 이날따라 너무 미안하고 안쓰럽게 생각이 되었다. 그런 아내를 물끄러미 바라보다가 말하였다.

"밥을 상 위에 올려놓으시오."

"아니 오늘 갑자기 왜 그러세유."

아내는 몸 둘 바를 모르며 남편을 올려다 보는 것이었다.

"어서 내 말을 들으시오."

그는 이번에는 아주 근엄하게 큰 소리로 말하였다.

그러자 하는 수 없이 아내는 밥그릇을 상 위로 올려 놓긴 하였지만 술을 뜨지는 않았다.

"어서 드시오. 정말 나라는 사람은 나밖에 모르고 산 것 같소. 수신은 한 줄 알았는데 그게 아니었소. 용서하시오."

그러며 다시 눈물을 보이고 사죄하는 자세를 취하는 것이었다. 아내가 술을 뜰 때까지 강권하는 것이었다.

아내는 남편의 말을 거역하지 못하고 시키는 대로 하며 뼈 있는 말을 토로하는 것이었다.

시키는 대로 할 터이니 절대로 눈물을 보이지 말고 미안해 하지 말고 늘 하던 대로 하라고 주문을 하는 것이었다. 오히려 사정을 하고 애원을 하는 것이었다.

그렇게 하여야 했다. 그렇게 하지 않을 수가 없었다. 아내의 말이 너무도 고맙고 갸륵하였다. 그는 그렇게 하겠다고 했고 아내도 약속을 지키겠다고 하였다.

아내에게 다시 한 번 진 것 같았다. 같은 것이 아니고 정말 그랬다. 그러나 그런 말은 하지 않았다. 아내는 다시 아녀자에게 지면 되느냐고 말할 것이기 때문이다. 사내 대장부가 소소한 일에 얽매이면 쓰느냐는 것이다. 아내는 그런 호연지기浩然之氣를 가지라는 것이 아닐까. 근심하지 아니하고 미혹되지 아니하고 두려워하지 아니하는 용기 말이다. 항상 되뇌이고 있는 어록이다.

세상에서 가장 넓은 집(仁)에 살고 천하에서 가장 바른 자리(義)에 올라 앉으며 세상에서 가장 큰 길(道)을 걷는다. 인의의 길이다. 남이 알아서 써 주면 백성들과 함께 그 길을 걷고 알아주는 사람이 없으면 홀로 그 길을 간다. 부귀도 그의 뜻을 어지럽히지 못하고 빈천도 그의 뜻을 움직이지 못하며 총칼도 그의 뜻을 굴복시키지 못한다.

맹자의 대장부상大丈夫像이다.

박연은 아내의 간절한 눈빛에서 그런 모습을 읽을 수 있었다.

그날 밤 늦은 저녁상은 한없이 길어졌다. 그는 뒤란에 묻어 두었던 호리병을 파내어 가지고 들어와 두 사람의 밥그릇에 따루었다. 봄에 진달래 꽃잎으로 담은 술이었다. 아내는 세숫대야를 들고 와서 손을 씻으라고 하고 수건도 대령하는 것이었다. 어느 사이 술도 예쁜 잔에 따루어져 있었다.

"햐 참, 당신!"

"술은 술잔에 드셔야지유."

"그러게 말이오."

아까와는 달리 파안대소를 하며 술잔을 기울이고 아내에게도 따루어 주었다.

아내도 얌전히 잔을 받고 반배를 하였다.

나누지 못했던 합환주合歡酒였다. 효도다 시묘다 늘 근엄하기만 했다.

가을 밤 환한 달빛이 들창으로 넘어 들어왔다.

그는 혀가 말을 듣지 않는 대로 일생일대 중대한 발표를 하였다.

"그동안 닦아온 학문을 이제 시험을 한번 해 보리다. 아직 부족한 것이 많지만 용기를 내 보겠오. 떨어지더라도 너무 실망은 하지 마시오. 계속 도전할 생각을 하고 있으니께 말이오."

말이 끝나기도 전에 이번에는 아내가 울고 있었다. 너무 황공하였던 것이다. 슬퍼서 그러는 것이 아니고 너무 기뻐서 그런다고 하였다.

그날 밤 합환은 거칠고 끝이 없었다.

깊은 가을밤은 달이 질 줄을 몰랐다.

아내는 차마 자신의 입으로 왜 이러고만 있느냐고 말하지 못한 것이고 그런 내색도 하지 않은 것이다. 그것이 어떻다고 표티는 내지 않았지만 돌아가신 분들만 위하고 명분에만 매달려 있고 자기 자신에 대하여는 무슨 생각을 하고 있는지 걱정이 되었던 것이고 답답하였던 것이다. 그러나 한 마디도 그런 얘기를 할수는 없었다. 장독대의 천룡신에게 정화수를 떠다 놓고 빌 뿐이었다. 새벽마다 우물에서 찬물을 길어 떠다 놓고 어떨 때는 몇 번 물을 길어올 때마대 새 물을 갈아 놓았다. 밤 늦게까지 서서 간절히 빌었다.

남편의 눈에는 한 번도 띄지 않았던 것이다. 멀리 피리 소리 퉁소 소리가 들릴 때도 송씨는 천룡신에게 부엌의 조왕신에게 아니 집안의 모든 신에게 산신 천신에게 빌고 또 빌었다.

그런데 그 효험이라고 할까 남편 스스로 과거 시험을 보러 가겠다고 하는 얘길 듣고 황공하여 감동의 눈물이 쏟아지고 흐느껴지는 것이었다. 거기에다 어느 것이 앞섰는지 모르지만 성적인 만족감을 소나기처럼 흥건히 느끼면서 마구 흐느껴지는 것이었다. 모처럼 다 흐트려진 내외의 야단스런 모양이 황홀하게 감읍

되어진 것이었다. 수줍음도 없고 부끄러움도 없었다. 아니 뭐라고 표현되어도 좋지만 두 사람은 한 몸 한 덩어리가 되고 불덩이가 되었던 것이다.

날이 희붐하여서야 두 사람은 서로 떨어졌고 남편은 금방 코를 골았다. 아내는 말똥말똥 잠이 오지 않았고 해방감을 느끼며 자리에서 몸을 빼어 밖으로 나왔다. 달이 다 지고 뿌옇게 먼동이 터오고 있었다.

미명 속이지만 송씨는 옷매무새를 고치고 살금살금 장독대로 가서 천룡신에게 손을 싹싹 비비며 빌었다. 중얼중얼 진언을 하면서.

남편의 과거 길이 순탄하고 빛이 밝게 비치길 빌고 몸 건강하고 무사 안녕하길 축수하였다. 날이 밝아지자 샘으로 물을 길러 갔다.

일어난 김에 잠 자리로 다시 가지 않고 쌀을 씻어 앉히고 잡아온 물고기 말려두었던 것을 찾아 비늘을 떨고 석쇠에 구을 차비를 하였다. 산나물 묵나물 말린 것도 찾아 손질을 하고 된장에 고추장을 풀어 뚝배기에 앉혔다. 언제 떠날지 모르지만 그녀는 밥상부터 더욱 정성스럽게 차리고 싶었던 것이다.

박연도 해가 뜨기전에 일어나 세수를 하고 무언가 분주히 왔다 갔다 하다가 큰기침을 몇 번 하며 아침상 앞에 앉는 것이었다. 의젓한 그 기침 소리는 어젯밤의 모든 일을 휘감아버리는 듯 하였다. 아내도 아무 일도 없었다는 듯이 앞머리를 쓸어넘기며 상 앞에 앉고 약속대로 밥그릇을 방바닥에 놓지 않고 손에 들었다.

그것을 바라보며 박연이 말하였다.

"말이 난 김에 바로 한양으로 떠나려 하오. 여기 일은 당신에게 다 맡기고 가니 잘 부탁하오."

"아니 왜 갑자기 그러세유?"

아내는 어제 저녁과 같은 말을 하며 안절부절못하였다.

"갑자기가 아니고 많이 늦었오. 남아이십미평국이면 어떻고 하였는데 내 나이가 지금 몇이오?"

스물 일곱 여덟, 서른에 가까웠다.

"차비는 아침에 다 하였오. 짚신도 한 죽 얻어다 놨고, 향교에 가서 인사를 하고 바로 갈 터이니 이웃과 집안에는 당신이 잘 말해 주시오."

그런 얘길 하느라고 밥숟가락은 들지도 못하였다.

송씨는 또 다시 눈물이 흘렀다. 너무 대견스러운 남편이 눈물이 나도록 고마웠다. 정말 갑작스럽게 남편이 하늘같이 우러러보이고 자신이 한없이 행복해 보이는 것이었다. 그녀는 눈물이 자꾸 흘러내려 부엌으로 나왔다. 얼굴을 닦고 숭늉을 끓여가지고 다시 들어왔다.

그런데 또 남편은 밥을 먹고 있는 대신 이상한 몸짓을 취하고 있는 것이었다.

"아니 진지를 안 드시고 뭘 하시는 기라유?"

숭늉 그릇을 남편의 밥상에 올려 놓으며 놀라서 물었다.

"어서 그리로 앉기나 하시오."

"예?"

"내가 아무 것도 해 줄 것이 없오. 그동안 이리 저리 닦은 내 소리를 들려주리다. 당신에게 주는 내 마음이오."

너무 의외의 해괴한 말을 듣고 송씨는 어리둥절하다가 다시 눈물을 펑펑 쏟았다. 그러면서 분별 있게 말하는 것이었다.

"잘 알았으닝께 진지부터 드시고 하세유."

"아니요. 그러면 맥이 빠질 것 같소. 내가 조금 있다 당신의 정성을 다 먹으리다. 자 그럼…"

더욱 황공한 송씨는 눈물을 흘리며 무릎을 꿇는다.

이윽고 박연은 그동안 쌓은 실력을 있는 대로 다 발휘한 소리를 가다듬어 피리를 부는 것이었다.

아름답고 희한한 피리 소리는 달도 멎고 바람도 멈추는 신기한 음률이었다. 온갖 새들도 뜰로 날아와 쩍쩍쩍쩍 반주를 해대었다.

박연은 아버지 어머니의 묘소로 가서 인사를 드렸다.

얼마가 걸릴지 모르지만 집을 떠나고 그동안 참배하지 못하게 됨을 고하고 가서 잘 되어 돌아오게 음우陰佑해 달라는 청을 드리는 것이었다. 물론 자식이 잘 되어야 부모에게 덕이 되고 다른 사람들에게도 보기가 좋은 것이다. 그런 생각을 하고 있는 것이 아니라 사죄를 하는 것이었다.

"그동안 많은 해찰을 하였습니다. 이제야 깨닫고 떠나려 합니다."

박연은 한동안 엎드려 눈물을 흘리며 하직 인사를 하고 거기서도 피리를 한 가락 불어 아들의 애틋한 마음을 바치었다.

반 나절이 지나 마곡리 산소를 내려오는 대로 길동 향교의 명륜당으로 갔다. 글을 배우러 온 차림이 아니라는 것을 유생들이 금방 알아차리고 모두들 놀라는 빛이었다. 훈장 선생도 그것을 알아차리고 강론을 멈추었다.

"진작 말씀 드리지 못하여 죄송합니다. 오늘 한양으로 떠나려 합니다."

박연은 그리고 바닥에 넙죽 엎드려 큰 절을 하는 것이었다.

유생들도 모두 일어나 술렁대었다.

"잘 생각했네."

말을 안 해도 박연의 뜻을 알고 있었다. 무슨 말을 하는지도 알고 왜 그러는지도 알았다. 늘 진중하고 매사에 탁월한 실력을 갖고 있지만 겸손하고 함부로 의사 표시를 하지 않는 그의 뜻을 잘 알고 있는 터라 아무 객소리 없이 장도를 빌었다.

"자네가 본이 되어 모두들 분발할걸세."

"책임이 무겁습니다."

"그래야지."

빨리 장원급제하여 금의환향하라는 것이다.

유생들도 모두들 고개를 끄덕이며 무언의 축수를 하는 것이었다.

그는 비장한 각오가 담긴 시선으로 정든 유생들을 바라보며 허리가 다 꺾어지도록 굽혀서 하직 인사를 하였다. 서로 허리를 있는대로 굽혀서 맞절을 하였다. 나중에 악성樂聖으로 돌아올 줄을 예견하여서인가. 엄숙하고 정연하고 그야말로 예를 다한 정경이었다.

박연은 다시 허리춤에서 피리를 꺼내었다. 고맙고 아쉬운 마음을 담아 그동안 닦은 기량을 다 발휘함으로 답례를 하려는 것이다. 높고 깊고 넓고 큰 가르침과 배움의 은덕을 다른 무엇으로도 보답할 길이 없을 것 같았다. 어느 때보다도 그의 소리는 힘이 있고 부드러우며 간드러지고 그러면서 미묘하게 가슴을 흔드는 것이었다. 신명이 나면서 눈물이 나고 간절한 그리움이 밀려왔다.

모두들 축축한 눈으로 말대신 고개를 끄덕였다. 박수 대신 눈물을 흘리었다.

"어서 가시게."

목이 갈아앉은 훈장의 얘기를 듣고야 박연은 밖으로 나왔고 향교 마당 끝 홍살문 앞에서 다시 큰절을 하고야 신들메를 고쳐 매며 길을 재촉하였다.

강을 건느고 산을 넘고 굶기도 하고 지치기도 하였지만 걸음을 멈추지 않았다. 한양 길은 멀고도 험하였다. 힘들고 막막할 때도 그는 피리를 꺼내어 불었다. 피리는 그의 심지이며 의지이고 꿈이었다. 풀피리 휘파람을 불기도 했다.

어린 나이에 문사文詞가 울연蔚然히 성장했고 개연慨然히 예악에 뜻이 있어 널리 전해오는 문적文籍을 구했으며 의칙儀則을 강론하고 토구討究하였다. 더욱 종율鍾律에 정통해서 어릴 적부터 항상 앉으나 누우나 가슴 속에 악기 연주하는 모습을 그렸고 입술로는 곡조에 맞추어 휘파람을 불었으니 대개 스스로 체득한 묘

방묘方이 있었던 것이다.

영조 때의 학자로 음악이론에 일가를 이루었던 담설淡卨 홍계희洪啓禧(1703~1771)는 난계 시장諡狀에 그렇게 썼다.

한 마디로 박연은 예악에 신명을 다 바치었던 것이다.

한양이 초행은 아니었다. 옛날 기억을 되살려 머물던 객사에 다시 투숙을 하였고 그 때 듣던 피리 소리가 들리었다. 다른 악기들 연주하는 소리도 들리었고. 그로부터 몇 해만인가. 그런데 그 장악원에서 들려오는 소리는 전과 같지 않았다. 더 간절하게 들리기도 하고 어떤 때는 불만스럽고 시원찮게 들리기도 하였다. 그의 기량이 발전해서 그런 것 같기도 하고 도저히 따라갈 수 없는 경지라서 그런 것 같기도 했다. 왜 그런지 모르지만 하루 이틀 후에는 거기 신경을 쓰지 않았다. 아니 좋게 좋게 생각하였다.

과거 시험 채비를 해야 했다. 경서를 읽고 외고 쓰고 시를 지으며 밥도 제대로 먹지 않았다. 잠도 옳게 자지 않았다. 다른 아무 생각도 하지 않았다. 문밖 출입도 하지 않았다. 오로지 경서와 역사서의 문답이 있을 뿐이었다.

스스로 묻고 대답하였다. 그의 공부방법은 책문策問과 대책이었다. 그 자신이 시험관 판관이 되어 묻고 그것을 또 자신이 당사자가 되어 답변을 하는 것이었다. 정의에 입각해서 대범하게 늠름하게 말하는 것이었다. 우선 말이 되어야 했다. 그것도 현실문제를 가지고 입론立論을 하였다. 노비 사여私與 사수私受 문제, 육조六曹의 분직分職 문제, 충청 경상 전라 삼도전三道田 개량 문제 그리고 신문고 설치, 한양 천도遷都 등 당시 현안들에 대해서 명쾌하게 논리를 세워 말하는 것이다. 논리가 세워지지 않으면 개진開陳이 안 되었다.

여러 절기가 바뀌고 비가 오고 눈이 오고 눈이 짓무르고 귀가 멍먹하고 목이 쉬었다. 아무 소리도 들리지 않았다. 아내 무릎 앞에서와 부모님 묘 앞에서 그리고 스승과 유생들 앞에서 혼신을 다해 불던 자신의 피리 소리만 들리었다.

그런 집념의 나날을 세월 가는 줄 모르고 보냈다. 정말 꽃이 피는지 잎이 지는지 모르고 지냈다. 다른 아무 생각도 하지 않고 오로지 한 점과 같은 목표를 향하여 숨을 쉬고 있었다. 그렇게 얼마의 시간이 흘렀을까.

박연은 생원시에 급제를 하였고 다시 성균관의 유생으로 들어가 그보다 더 힘들고 어렵게 계속 학업을 닦기 시작하였다. 영동 향교 유생의 배움이 소학이라고 하였다면 성균관 유생의 배움은 대학이었다. 가르침도 달랐고 물음도 달랐다. 임금(태종)이 지켜보는 가운데 궁전 뜰에서 아부제악이 연주되고 관로의 출발을 축하받던 꿈과 같은 향연은 잠시고 다시 진사과에 과거 시험을 치뤄야 했다. 하루 속히 급제를 하여야 했다. 욕심이 아니고 이땅의 대장부로서—언젠가부터 그는 그 크고 넓은 길을 가고 있는 것이었다—마땅히 가져야 할 욕망이었다. 부모님과 조상님 그리고 스승님에게 인사를 드리고 집에서 이틀밤도 자지 못하고 돌아와 성균관에 입학, 엄격한 거재居齋생활을 하였다.

유생들은 생원 진사들이었다. 전국에서 모인 선비들이었다. 교육내용은 향교에서 배운 것의 연장으로 유학儒學의 경서와 한학漢學이었다. 대학 중용 논어 맹자 시경 서경 주역 춘추 예기가 그 중심이 되어 있었고 교육방법은 교수의 전체적인 강의보다도 개별적 지도에 치중하였다. 각 유생이 전날 공부한 바를 토대로 하여 학관學官(교수)의 질의에 응답하게 하고 이것이 고사考査였다. 그 결과가 만족할 경우에 다음 진도를 나갔다. 다시 말하지만 교수의 강의에 의한 것이 아니고 스스로 익히고 터득한 자학自學에 의하여 얻은 지식을 문답식 고사를 통하여 성적을 발휘하고 평가하였던 것이고 개개인의 성적을 표준삼아 진도를 결정하였던 것이다.

또한 이와 같은 독서에 의한 강학講學과 제술製述을 중요한 학과목으로 삼았다. 읽고 배운 바를 활용케 하고 문장을 다듬어 생각한 바를 정확히 발표하는 작문의 능력을 연마하도록 하였던 것이다. 시를 짓고 논문을 써서 발표하였다. 그것이 교과였으며 고사였다. 제술은 매월 3회 부과하였다.

아침 식사가 끝나고 학관들이 명륜당에 나와 앉으면 유생들이 예를 갖추겠다는 뜻을 아뢴다.

둥—

그 때 북소리가 울린다. 한 번 숙연하게.

북소리에 맞추어 유생들이 뜰에서 차례로 들어와 학관을 향해 읍례揖禮를 한다. 그런 뒤 유생들은 각각 재齋 앞에 모여 서로 마주 보고 읍揖한다. 매일 정중하게 예를 갖추는 것이다.

다음으로 유생들이 앞으로 나아가 일강日講을 청하고 학관은 상하의 재에서 각각 한 명을 뽑아 배운 것을 외게 한다.

일강에 통한 자는 초록해 두었다가 세말에 1년의 분수를 통고하여 식년문과式年文科의 강경講經점수에 가산해 주도록 하며 불통한 자에게는 종아리를 때리는 벌을 가한다. 초달楚撻이다. 편달鞭撻과는 조금 뜻이 다르다.

둥— 둥—

이윽고 북이 두 번 울리면 유생들이 책을 가지고 선생 앞으로 나가 수업을 받는다. 땡땡땡 수업 시작을 알리는 종을 치는 것이 아니라 북소리를 울리는 것이다.

교수는 먼저 어제 배운 것에 대하여 질문을 한 뒤에 오늘 수업에 들어간다.

"많이 배우기를 힘쓰지 말고 깊고 넓게 탐구하고 연정硏精에 힘쓰도록."

박연은 초달 대신 늘 그런 지적을 받았다. 다음 진도를 나가기를 원하였지만 도무지 앞으로 나가지 않고 뒤로만 갔다. 그것이 불만인 것을 선생은 표정만으로 잘 알고 말하는 것이다.

"시詩와 부賦로도 나타내 보고. 정이 있어야 하고 흥이 들어야 돼."

"명심하겠습니다."

학관은 새 진도로 시경에 대하여 설명하고 발문하였다. 춘추시대의 민요를 중심으로 하여 모은, 중국에서 가장 오래 된 시집이다. 황하강 중류 중원 지방의 시로서 주周나라 초부터 춘추春秋시대 초까지의 시 305편을 수록하고 있다. 본디 3,000여 편이었

던 것을 공자가 311편으로 간추려 정리했다고 알려져 있고 오늘날 전하는 것은 305편이다. 시경은 풍風 아雅 송頌 세 가지 내용으로 분류된다.

풍은 여러 나라의 민요로 주로 남녀간의 정과 이별을 다룬 내용이 많다. 아는 공식 연회에서 쓰는 의식가儀式歌이며 송은 종묘의 제사에서 쓰는 악시樂詩이다.

아는 무엇이며 의식의 노래란 또 무엇인가.

아악雅樂에 대하여 박연이 제술할 차례이다.

아雅는 궁궐에서 연주되는 궁중음악 곡조에 붙인 가사歌詞이다. 시이다.

「시경」에 소아小雅 74편 대아大雅 31편의 시가 전하고 있다. 궁정의 연회와 전례 때의 의식 시이다. 이들 시의 내용은 주周나라 개국을 칭송하고 선왕宣王을 영송詠頌하는 것 등 다양하다. 역사시 서사시가 많다. 순정純正한 것을 대아, 풍風이 섞인 것을 소아라고도 하였다. 아는 바로잡음의 뜻을 가지고 있고 정正의 의미를 지니고 있다. 아는 조정 정악正樂의 노랫말이다.

풍은 국풍國風이라고도 하며 송은 종묘 제례 때에 연주하던 악가樂歌의 시이고, 풍 아 송에 부賦 비比 흥興을 더하여 육의六義라 하는데 시를 짓는 여섯 가지 범주이다. 부는 신神의 말을 전하거나 신을 찬양할 때 쓰는 표현법이며 비는 비유법, 흥은 신명께 고하는 수사법이다. (「시경」대서大序에 써 있다. 詩有六義焉 一曰風 二曰賦 三曰比 四曰興 五曰雅 六曰頌)

또한 풍 아 송은 시가의 목적에 따른 체재상의 분류로서 시의 삼경三經이라 하며 부 비 흥은 표현법상 수사의 차이에 따른 분류로서 시의 삼위三緯라 한다. 시의 씨줄 날줄이다.

공자는 만년에 제자를 가르치는 데 있어 육경六經 중에서 시를 첫머리로 삼았다. 시는 인간의 가장 순수한 감정에서 우러난 것이므로 정서를 순화하고 다양한 사물을 인식하는 기준이 된다고 하였다. 그리고 논어 위정편爲政篇에서 詩三百 一言以蔽之曰 思無邪라고 말하였다. 그가 정리한 시경의 시 삼백여 편을 한 마디로 말하면 생각에 사악함이 없다고 하였다. 전혀 거짓됨이 없고 순수하다는 말이다. 20세때 태어난 아들 백어伯魚에게도 「시경」 공부를 권하였다.

"주남周南과 소남召南을 공부하지 않으면 마치 담벼락을 마주하고 서 있는 것과 같다고 하였지."

학관이 곁들였다.

고대 제왕들은 먼 지방까지 채시관採詩官을 파견해 거리에 나돌고 있는 노래며 가사들을 모아 민심의 동향을 알아보고 정치에 참고로 삼았다고 하며, 조정의 악관樂官에게 이 시에 곡조를 붙이게 하여 다시 유행시킴으로써 민심의 순화에 힘썼다.

그런 말도 하였다.

학관은 제술을 하고 있는 박연에게 편히 앉으라고 하였다. 본론으로 들어가라는 신호였다. 시에 대하여 말하였으니 아악에 대하여 논술해야 하는 것이다.

"예 그러겠습니다."

박연은 더욱 꼿꼿하게 앉으며 입론을 펼쳤다.

아악은 궁중의 정아正雅한 음악이다. 궁중 밖의 민속악에 대하여 궁중 안의 의식으로 쓰던 음악 아부악雅部樂 향부악鄕部樂 당부악唐部樂을 말한다. 그 중 아부악만을 아악이라고 하기도 한다. 문묘제례악文廟祭禮樂 같은 것이다. 향부악과 당부악은 우방右坊, 아부악은 좌방左坊에 속하였다. 아부악을 더 우위에 두었던 것이다.

아악은 중국의 주나라 때부터 궁중의 제례 음악으로 발전하여 고려 때(예종 11, 1116년)에 송宋나라에서 대성아악大晟雅樂이 진해지면서 비롯되었다. 그 전에도 태묘太廟(역대 제왕의 위패를 모시는 사당, 종묘宗廟) 등의 제례에서 음악을 사용하였지만 대성아악은 원구圜丘 사직社稷 선농先農 선잠先蠶 문선왕묘文宣王廟(공자묘) 등의 제사와 그 밖에 궁중의 연향宴享에 쓰이었다.

고려 말에는 악공樂工을 명나라에 유학보내고 악기를 들여와 명나라의 아악을 종묘 문묘 조회朝會 등에 쓰게 하였고 공양왕 때는 아악서雅樂署를 설치하여 종묘의 악가樂歌를 가르치고 이를 관장하게 하였다.

아악의 정의와 유래 등을 말하고 현황을 이야기하였다. 그리고 아악과 제례, 악현 악곡 등에 대하여 순서대로 말하고는 소견을 덧붙이었다.

"다른 학문들에 비하여 음악 아악의 분야는 발전이 없고 중국의 것을 그대로 받아들여 답습하고 있으며 고려시대의 것을 다시 물려받은 그대로 행하고 있습니다. 중국과 우리나라 고려조와 조선조가 서로 다르고 시대가 달라졌는데 변화가 없고 연구가 없고…"

"그런 것 같은가?"

학관은 그의 말을 가로채며 그러면 다음 시간에 무엇을 개선하고 어떻게 달라져야 할지, 그 방안을 연구해 오라고 하는 것이었다.

박연이 난감한 얼굴로 학관을 바라보자 웃으면서 다시 말하는 것이었다.

"시경을 더 읽어 보시게. 답이 나올걸세."

써지지 않으면 계속 읽으라고도 하였다.

졸지에 박연은 큰 짐을 지게 되었다. 작정을 한 것도 아니고 느껴지는 대로 아악에 대한 생각을 솔직하게 말하였는데, 그 분야에 특별한 지식이 있었던 것도 아니었다. 피리를 불고 퉁소를 불던 기량과 관계 없이 궁중음악 의식가 제례악 등에 매력이 있었던 것이고 관심이 갔던 것이다. 그것은 생원시 급제 발표를 하고 국왕과 문무백관 앞에서 연주하던 전정고취에 대한 감격과 짐승들이 화답하던 부모님 시묘 때 자신의 피리소리와 연결이 되는 것이었다. 꿈이고 착각일지 몰랐지만 그런 생각에서 주제넘게 소견을 내놓았던 것이다. 그리고 학관은 또 무슨 생각에서 그런 주문을 하였는지 모르지만 좌우간 그것이 박연의 운명을 좌우하는 아니 결정하는 사건이 되었던 것이다.

그는 재로 돌아가지 않고 장서각으로 가서 시와 관련된 서적을 한 아름 빼어 들고 선 채로 읽어 대었다. 서고에도 규정이 있고 시간이 있었지만 워낙 걸신들린 것처럼 정신없이 복도에서 탐독하고 있는 데다가 뭐라고 하면 큰절을 하고 다시 뭐라고 하면 큰절을 더 여러번 하는 것이었고 갈망하는 눈빛 영롱하고 너무 간절하고 애절한 욕구가 얼굴에 씌어 있었던 것이다. 그렇게 몇 고비를 넘기고 혼자 남아 밤을 새워 책을 읽을 수 있었다. 뭘 먹지도 못하고 물 한 모금 마시지 않았다. 그래서 다른 볼일을 보지 않아도 되었고 잠도 오지 않았다. 날이 새는지도 모르고 다시 서고의 관원이 돌아오는 줄도 몰랐다.

「시경」의 시 3백 편을 다 읽고 「시전」에 풀이한 글 그리고 「시경집주詩經集註」의 주석을 훑었고 닥치는 대로 이 책 저 책을 읽어재끼었다. 물론 읽는 대로 다 알지도 못하였고 머리에 들어가지도 않았다. 뭐가 뭔지 모르는 말이 많았고 뜻이 통하지 않고 이해가 되지 않는 대목이 더 많았다. 한문 고문인데다가 중국 상고시대의 이야기를 직설적으로 기술한 것도 아니고 비유적이고 풍자적으로 표현하고 함축적이고 유연하게 노래로 읊고 있어 어렵고 해석이 힘들었다. 상고인上古人의 유유한 생활을 구가하는 시, 당시 정치를 풍자하고 학정을 원망하는 시들이 많았다. 농경문화가 발전하고 봉건제가 정착되고 사상과 예술이 꽃피던 주왕조에서 춘추전국시대까지 황하강 유역의 여러 나라 왕궁에서 부른 시가時歌였다.

「시경집주」는 주희朱熹가 저술한 책으로 「시전」을 편집하고 주를 달아놓은 것이다. 그 서序에 시에 대하여 말하였다.

누군가 나에게 물었다/시를 어찌 해서 짓느냐고/나는 이렇게 대답했다.

人生而靜 天之性也

感於物而動 性之欲也

사람이 나서 고요함은 하늘의 성품이요/물건에 느끼어 움직임은 성품의 욕심이다.

태극이 정하고 동하듯이 전자는 몸(體)이 되고 후자는 얼굴(容)이 된다. 이렇게 전제하고 시가 무엇이며 왜 시를 읽는가에 대하여 써내려갔다.

무릇 이미 욕심이 있을진댄/곧 능히 생각이 없지 않고/이미 생각이 있을진댄/곧 능히 말이 없지 아니하고/이미 말이 있을진댄/곧 말이 능히 다 하지 못하는 바가 있어서/자차咨嗟하고 영탄하는 나머지 발하는 자가/자연히 음향절주音響節族가 있어서/능히 그만 두지 못하니/이것이 시를 짓는 바이니라

물건에 감동이 된다는 것은 성품의 욕심으로 곧 무엇인가 하고 싶어 발동이 되어 나오는 것이다. 이러한 욕심은 생각이 있는 것이고 말로 표현되어 나오지만 「주역周易」에서 공자가 말하였듯이 書不盡言 言不盡意, 글로서는 말을 다 하지 못하며 말로는 뜻을 다하지 못한다. 그것을 흥이다 부다 비다 하는 방법으로 표현한 것이 시라고 하였다. 그리고 아와 송은 주나라가 성한 시대 조정과 교묘郊廟에서 쓰던 노래의 말(樂歌之詞)이라고 하였고. 악시이다.

주희는 서의 끝 부분에서 시에 함유涵濡하고 체득하면 수신 제

가 평천하의 도를 거기서 얻으리라고 하였다.

박연은 밤을 꼬박 세웠지만 시만 읽고 악은 터득하지 못하였다. 더구나 아악 정책에 대해서 개선 방향에 대해서 답을 찾지 못하였다. 어김 없이 시간은 다가와 난감한 심정으로 수업에 임하였다. 학관은 고지식하게 밤새 시만 읽은 순진하고 질직質直한 박연에게 더 큰 과제를 안겨 주는 것이었다. 소견만 얘기할 것이 아니라 체계를 세워서 글로 작성해 오라는 것이었다. 논문으로 써서 발표하라는 것이었다.

그 과제외 시의 공부는 물론 그 뒤에도 더 깊이 음악 예술에 대한 탐구를 더하였지만 뒷날 박연이 문과에 급제하여 집현전 교리에 배수되고 송나라의 음률이 우리 체제에 맞지 않아 악기와 악식樂式을 제대로 구비하지 못한 현실을 정책적으로 제안하여 복원하고 개선 발전시키는 계기가 되었던 것이다. 종내에는 우리나라의 악성이 되었던 것이다.

운명이었다.

그러니까 박연의 나이 34세 태종 11년(1411)에 진사과에 급제하고 옥당玉堂에 선입되어 포상을 받았다. 태종 5년에 생원과에 급제(문과 초시初試)하고 6년 뒤 식년시式年試 대과大科(문과)에 급제하여 2단계시험(복시覆試)을 다 거친 것이다. 그후 42세 세종 원년(1420)에 집현전 교리校理에 배수되고 또 사간원司諫院 정언正言과 사헌부司憲府 지평持平에 중임되어 직무를 수행하던 중 세자시강원世子侍講院 문학文學으로 발탁된다.

문학은 조선시대 세자의 교육을 맡아보던 세자시강원에 속하여 세자에게 글을 가르치던 정오품 벼슬이었다.

세자는 충녕대군이었다. 후일 가장 다양하고 뛰어난 업적을 남긴 성군聖君 세종대왕이다. 태종의 셋째 아들로 휘諱(이름)는 도裪이다.

하루는 태종이 불러서 궁에 들어가 알현을 하였다. 몇 번이나 편히 앉으라고 하는 데도 박연은 도무지 전신이 떨리고 불안하여 좌정할 수가 없었다. 시골 서생 출신이어서인가, 무엇을 잘 못한 것이 있는 것도 아닌데, 큰절을 올리고 엎드린 채 고개를 들지도 못하였다. 용상의 임금을 쳐다볼 수도 없었다.

"편히 앉게. 다름이 아니고…"

임금은 무언가 어려운 청을 하려는 듯이 가까이 다가와서 간곡하게 말하는 것이었다. 명령이 아니었다.

"세자를 잘 가르쳐 주시오. 부탁이오."

세자 시강원 문학의 자리를 맡아달라는 부탁이었다.

박연은 정말 몸 둘 바를 몰랐다. 더욱 떨리고 불안하고 말 문이 열리지도 않았다.

그러고 있는데 임금은 이제 그의 대답을 기다리고 있는 것이었다.

"그렇게 해 주리라 믿어도 되겠오?"

이제 더 떨고만 있을 수는 없었다.

"황공합니다. 제가 감당할 직이 아닌 것 같습니다. 뛰어나고 훌륭한 인재가 많이 있습니다."

간신히 말하였다. 사양인지 겸양인지 알 수도 없었다. 그리고 덧붙이었다.

"저는 시골 강촌에서 자라 식견이 없고 도량이 좁아 왕도를 가르칠 수가 없습니다."

그러나 그의 말이 끝나기도 전에 임금이 재차 부탁하였다.

"아니오. 여러 사람에게 추천을 받았고 그만하면 충분하오. 잘 부탁하오."

더 무슨 말을 할 수가 없었다. 더 사양하거나 거절하면 불충이 되는 것이다. 그것이 이렇다는 것이 아니라 그럴 필요가 없다는 것이고 당한 일에 전력을 다 해야 하는 것이었다.

"잘 알겠습니다. 신명을 다 바쳐 소임에 충실하겠습니다. 그러면 충녕대군의……"

"그럼. 물론."

임금은 간단히 대답하고 고개를 끄덕이며 의미심장한 웃음을 던지는 것이었다.

조선 3대왕 태종에게는 양녕대군 효녕대군 충녕대군 성녕대군 네 아들이 있었다. 성녕대군은 일찍 병사했고 양녕대군은 장자이다. 대개 장자가 세자가 되고 왕위를 물려받았지만 부왕 태종이 왕위를 물려받는 과정에서 있었던 두 차례 왕자의 난을 보면서 왕의 자리에 별 매력을 느끼지 못하고 어려서부터 침착하고 인품이 훌륭한 충녕대군에게 세자의 자리를 양보하려고 일부러 미친 척하고 다녔다. 그리고 어느 날 열심히 책을 읽고 있는 효녕대군에게 그런 이야기를 하였고 효녕대군도 형의 넓은 뜻과 동생의 덕을 인정하고 여러 과정이 있었지만 면벽 합장을 하고 불제자가 되기를 결심한다. 충녕대군이 세자가 되기까지 그런 두 형의 사랑과 양보가 있었던 것이다. 분수를 알고 욕심 내지 않고 성군의 자질을 인증해 주었던 것이다. 그만큼 회한이 따른 일이기도 하였다. 양녕대군의 주유천하周遊天下를 하며 한스런 생애를 보낸 얘기가 그 속에 담겨 있는 것이다.

박연은 지체 없이 세자 충녕대군의 시강원 문학의 자리에 임하였고 경서와 사적을 강의하며 도의를 가르쳤다.

두 번의 과거에 급제하고 몇 가지 직을 맡아 벼슬길에 오르면서 그리고 시를 배우고 제술을 하는 과정에서 하나의 의문이 생기었다. 삶이란 무엇인가. 벼슬이란 무엇인가. 결국 무엇을 하자는 것인가. 옥계폭포 아래서 지프내 강을 바라보며 되물었던 물음의 연결이었다. 참된 삶이란 무엇인가.

그러다 하나의 공간을 발견하였다. 고향집 앞 뜰과 같은 강가의 땅이었다. 봄이면 난초가 삐죽 삐죽 돋아나고 사철 맥문동이 깔려 있고 그 옆에 푸성귀도 심을 수 있는 빈 터였다.

거기 답이 있는 것 같았다. 그곳에 돌아가 부모님 조부모님 모시고 아내와 아이들과 욕심 없이 살 때까지 그가 가진 모든 것을 바치며 곧고 바르게 휘지 않고 혼신을 다하는 것이다. 자문 자답이었다.

그날부터 그의 이름도 바꾸었다. 연堧은 고향 강가의 작은 빈 터이다.

길

곧고 바르게 넓은 길을 가는 것이다. 한 시도 쉼 없이 주저하지 않고 눈치 보지 않고, 그것이 누구라 하더라도, 앞만 향하는 것이다. 늘 인의仁義의 길을 잊어본 본 적이 없지만 대장부가 됐든 졸장부가 댔든 앞만 보고 대도를 걷는 것이다. 왜 무엇을 위하여 그러느냐고 누가 있어 묻는다면 그렇게 배웠기 때문이고 무슨 논리는 없다. 선인들 현인 성인들의 가르침 대로 실행을 하는 것이다. 거기에 어긋남이 없이 자신에게 부끄러움이 없이 할 수 있는 데까지 하는 것이다. 서두르지 않고 욕심내지 않고 행하는 것이다.

벼슬길에 오르면서 스스로 다짐한 것이다. 아직 미관 말직이지만 모든 직무에 황공한 마음으로 임하고 성실하게 모든 힘을 다 하였다.

문학의 청이라고 할까 명을 받고도 천직으로 생각하여 받들었다. 그에게 내려진 운명이었고 사명이었다. 당한 대로 밀고 나가

는 것이다. 대단히 어려운 일이라 생각되지만 그만큼 큰 각오를 가지고 대처하는 것이다. 그가 배운 대로 보고 겪은 대로 아는 대로 말하는 것이다. 가르침이란 아는 것을 일러주는 것이고 줄 수 있는 것을 다 쏟아 주는 것이다. 그리고 계속해서 배우는 것이다. 그것 가지고 안 되고 그의 능력이 부족하면 솔직하게 자인하면 될 것이다. 그 때 가서 방법을 찾으면 될 것이고 그건 그 때 가서 할 일이다. 당장은 할 수 있는 최선을 다 하는 것이다. 이런 과감함이랄까 뻔뻔함이 어디서부터 비롯되었는지 모른다.

그 전후의 이야기이지만 강가의 작은 빈터를 생각한 이후 그의 목표는 벼슬이 아니고 영화가 아니었다. 고관 대작이 되어 권력을 누리며 금의환향하는 것이 아니고 괴나리 봇짐을 지고 낙향 落鄕하는 것이다. 그러나 그렇게 초라한 행색이 아니었으면 하였다. 가족을 위하여서였다. 가서 피리도 불고 퉁소도 불면서 시도 쓰고 막걸리도 한 잔씩 하고… 그런 것이 바램이었다. 자나깨나 그런 생각을 하고 있는 것이 아니고 문득 문득 언덕에 오를 때나 선선한 바람이 불어올 때 떠올리는 것이고 그럴 때마다 마음이 평화로왔다. 능력이나 실력의 한계에 부딪힐 때가 아니고 오히려 그 반대의 상황에서였다. 아련한 꿈이었다.

언젠가 세자와 궁을 나가 숲을 거닐며 그의 꿈은 무엇이냐고 물었을 때도 그렇게 얘기하였다.

"아니 그게 정말인가요?"

"스승이 거짓말을 하면 안 되지요."

"그래도 그렇지. 너무 보잘 것 없는 것을 바라는군요."

"그래 보여요? 그럼 됐네요."

그는 웃으면서 고개를 끄덕였다. 그리고 느닷없이 피리를 꺼내어 불기 시작하였다. 은은하고 향수 어린 가락이었다.

그동안 정신없이 바빴고 절박한 시간을 보내며 피리를 만질 겨를도 없고 마음의 여유도 없었지만 늘 허리춤에 피리를 끼고 다녔던 것이다. 그런데 스스로 생각해도 소리가 의외로 괜찮은 것 같았다. 이상하였다. 그리고 세자는 황홀한 표정으로 찬사를 보내고 감탄을 하는 것이었다.

"아니! 그런 재주가 있었어요?"

"듣기가 좋았다니 다행이네요."

박연은 간간이 피리와 퉁소를 불었고 그러기에 앞서 세자가 청하였다. 그렇게 되면서 그동안 갖고 있던 재주랄까 기량으로서가 아니고 더욱 연마한 소리로 다듬었고 그러기까지 많은 심혈을 기울였다.

새 차비로 경서와 사서를 밤늦게까지 탐구하였고 글을 썼고 글씨를 썼고 그에 못지 않게 소리에 대하여 음률 음악에 대하여 공부를 하고 배웠다. 장악원도 자주 드나들었고 명인들도 만났다.

세자에게 시와 음악을 가르치기 위해서였다.

먼저 일상생활에 대한 것으로, 가령 북송北宋의 유학자 장사숙 張思叔 좌우명 남송南宋의 유학자 범익겸范益謙 좌우명을 외고 실천하게 하고서였다.

말을 반드시 충실하고 신의 있게 하라. 행동은 돈독하고 공경스럽게 하라. 음식은 절도 있게 먹어라. 글씨는 반듯하게 써라.

용모는 단정하게 하라. 옷매무새는 깨끗하게 하라. 걸음걸이는 편안하게 하라. 거처는 조용하게 하라. 일은 계획을 세워서 시작하라. 말을 하였으면 반드시 실천하라. 늘 덕성을 견지하라. 허락은 신중히 하라. 착함을 보면 기뻐하라. 나쁨을 보면 내 병처럼 미워하라.

장사숙은 이 열 네 가지 덕목을 자리 귀퉁이에 써붙여 놓고 아침 저녁으로 보고 경계하노라고 하였다.

세자는 유학자의 좌우명을 이내 딸딸 외었다. 凡語必忠信 凡行必篤敬… 물론 한자로였다. 그리고 말하였다.

"이런 것들은 실천하기 힘들지만 어렵지는 않아요."

"그래요?"

"그런데……"

"어떻게 해야 되는가, 그냥 이대로 있기만 하면 되는 건지, 날이 갈수록 어렵고 힘들어요."

"예? 그게 무슨?"

"올바른 행실을 하고 무엇을 가려서 하고 자나깨나 성현의 말씀을 읽고 실천하고 그런 것은 쉬워요. 하는 데까지 하면 되지요. 그런데…"

"아아, 그래요?"

"예."

"그것도 극복해야지요."

세자는 스승을 정색을 하고 바라보았다.

박연은 그제서야 세자가 힘들고 어려운 사정을 알았다. 자신을 위해 두 형이 희생을 하고 있는 것이다. 백형 양녕은 온 천지를 유랑하며 광풍을 일으키고 있었고 중형 효녕은 느닷없이 입산을 하겠다고 하고 있는 것이다. 아니 출가를 하여 머리를 깎은 것이다.

세자 충녕은 그런 것이 다 자신에게 돌아온 기회라고 생각하고 다행이라고 여겼던 것이다. 그런데 그런 것이 아니었다. 영민하고 충직하다는 구실로 '큰일'을 맡을 사람이라고 내다보고, 양녕의 판단이지만, 효녕의 의사까지 바꿔놓은 것이다. 백성을 이끌고 모든 일에 모범이 되고 언제나 굳건히 보좌를 지키고 있어야 하는데 아무래도 충녕이 적격이라고 결론을 내린 것이다. 부왕은 여러 차 떠 봤지만 양녕은 번번히 실망을 시킨 것이다. 밤마다 밖으로 나가 주색잡기로 문란한 행동을 하였을 뿐 아니라 실성한 행동을 하였고 책 읽는 모습을 보여주지 않았던 것이다.

충녕이라고 책상에 앉아 있는 것만은 아니었다. 경서를 읽고 있어도 거기에만 매달려 있는 것은 아니었다. 그에게도 귀가 있고 눈이 있고 생각이 있었다. 누구에게 물어볼 수도 없고 물어봐야 올바로 대답을 해주지 않았고 혼자 생각만 하고 있었던 것이다. 가만히 있는 것이 맞는 것인지 물어본 것이다. 너무도 소박한 꿈을 가지고 있는 스승에게.

"운명이라는 것이 있지요."

사실 자신도 잘 모르는 이야기를 하고 있었다. 그러나 박연은 그런 모습을 보여주어서는 안 된다고 생각하였다.

"그럼 운명적으로 내가…"

"그래요. 이미 결정된 것, 다시 흔들리면 안 되지요."

세자의 생각은 옳은 것이다. 자신에게 양위를 하기 위해 이상한 행동을 하며 떠나가는 형들에게, 잘 알겠다고 하고 고맙다고만 하고 있을 것인가, 그럴 수는 없다고 거부의 몸짓을 할 것인가, 그러나 이미 운명의 주사위는 던져진 것이다. 세자로 책봉이 된 것이고 만천하에 다 알려진 것이다. 이제 와서 새 불을 사를 필요가 있는가.

박연도 마음이 모질지는 않은 사람이었다. 두 사람의 마음이 합해야 하였다.

"그럴까요?"

"그럼요."

"백씨 중씨의 처지에 대해 괴로워 하고 안타까와 하는 것은 인지상정이지만 이제 와서 되돌릴 수도 없고 요로를 힘들게 할 뿐입니다. 오늘부로 그런 무용의 생각은 가슴에만 새기고 큰 걸음을 떼어놓아요."

"정말 너무 괴로워요. 이렇게 몰염치하고 뻔뻔해 가지고 어떻게 나라를 다스릴 수가 있을까요?"

"그런 생각을 갖는 것은 대단히 훌륭한 것입니다. 성현 군자의 마음입니다. 그러나 그런 마음만 가지고는 안 됩니다."

세자는 스승의 다음 말을 기다렸다.

박연은 얼른 적절한 말을 내놓지 못하였다. 마음을 독하게 먹어야 한다고 했다가 과단성을 갖고 결단력을 가져야 한다고 하였다. 그러나 세자는 여전히 동의를 못 하고 있었다. 납득을 할 수 없다는 표정을 짓고 있었다.

박연은 이번에는 맹자의 논리를 가지고 왔다.

"인성人性을 말할 때 인의예지仁義禮智를 갖추어야 한다고 하는데 가령 형들을 생각을 하는 것을 인仁이라고 한다면 그것만 가지고서는 안 돼요. 의가 있어야 하고 예와 지가 있어야 하는데 지란 무엇인가. 그때 그때 자기가 처해 있는 상황에서 이것이냐 저것이냐 어느 것이 옳은 것이냐 선택하는 것입니다. 자기의 본성이 요구하는 대로 직관적으로 결정하는 것이지요."

"직관적이라면…"

세자는 아무래도 납득이 되지 않는 어투였다.

"물도 길이 있어요. 물길. 옛날 우禹임금이 홍수를 물리칠 때에 물이 흐르는 대로 방향을 정해서 물길을 터주니 물이 잘 흘러 가더라는 말이 맹자 때 전해졌어요. 맹자는 그 전설을 비유로 해서 사람의 행동도 어떻게 하느냐 하는 문제에 당면하였을 때는 그때의 본성이 요구하는 대로 행하면 된다고 하였어요."

박연은 행수行水, 물 흐르는 대로의 양지良知를 다시 역설하였다.

세자는 고개를 끄덕거리었다. 스승의 말이고 또 성인의 가르침이며 현군의 실제 이야기인 것이다. 그런 말을 찾아 일러 준 스승이 참으로 고마웠다. 자신을 이롭게 해 주려는 얘기만은 아니었다. 현실이 그러하였다.

지금 이제 와서 감정을 억누르지 못하고 마음 속에 있는 생각들을 다 들어내면 혼란만 일으킬 뿐 아무것도 달라지는 것은 없고 여러 사람 힘들게만 할 뿐이라는 것이다.

그것은 사실이지만 스스로 그렇게 인정하고 깨닫기까지 많은 시간이 걸렸다. 그런 사실을 스스로 생각해도 알 수 있는 일이었다. 시간이 걸렸다기보다 어렵고 여러 고비가 있었다. 그렇게 해야 되었지만 마음대로 되지가 않았던 것이다. 자신의 내부에서 마구 소리치고 있었던 것이다. 정녕 그것이 옳으냐. 다른 사람들의 벽에 갇혀 솔직한 자신의 생각은 무시되고 있는 것이 아니냐. 자꾸만 망서려지는 것이었다.

"큰 길을 가는데 흔들림이 있어서는 안 됩니다. 의에도 대의가 있고 소의가 있습니다."

앞서는 인과 지에 대하여 얘기했었다.

"의는 무엇이고 소의는 또 무엇인가요?"

"의란 불의에 맞서는 정신이며 자기를 내세우는 주체성입니다. 말하자면 지금 세자가 겪고 있는 것과 같은 것이라고 할 수 있지요. 주변 사람들과의 관계라든지 가령 권력에 맞서 싸우는 것 같은. 그런 것은 소의입니다."

"내가 지금 싸워서 뭘 얻으려는 것이 아니지 않아요?"

"그 반대지요."

"그런데…"

"그것도 마찬가지입니다. 백성을 위하고 나라를 위한 것이 대의입니다. 형들은 대의를 위하여 소의를 버린 것입니다."

세자는 얼른 그것을 수긍하지 못하였다. 그 크나큰 대와 소의 차이를 몰라서가 아니었다. 스승 앞에서 승복하는 것이 내키지 않아서도 물론 아니었다. 그것을 알면 알수록 더 고통스럽고 견디기가 힘들었다. 다른 사람들에게는 말할 수가 없어서 더 괴로웠다.

"그러나 의만 가지고도 안 됩니다. 예가 있어야 합니다."

"예?"

"인자인야仁者人也라 하였어요."

맹자의 말이었다. 해석을 해 보면, 仁이라는 글자는 人과 二로 되어 있다. 두 사람이 마주 서 있는 것이 인간이요 인간성이다. 서로 사랑하며 서로 공경하는 것이다.

"질서의 원리는 남을 공경하는 데 있고 그것이 예입니다. 이것은 인간관계의 질서와 원활한 궤도 진행을 위해서 지켜야 하는 규범이고, 해야 할 일과 해서는 안 될 일에 대한 분별이지요."

"예에……"

세자가 깊은 생각에 잠기는 동안 박연은 이번에는 퉁소를 허리춤에서 꺼내어 구성지게 불기 시작하였다. 말로 안 되면 음률로 감화를 시키려는 생각이었다.

축 늘어진 솔가지를 잡고 언덕을 내려다 보며 마음이 편안해지는 가락에 젖어 있던 세자는 눈물을 글썽거렸다.

박연은 먼산을 바라보며 이야기를 이어갔다.

마치 세상사에 통달한 도사처럼 큰 기침을 하였다. 자신이 스스로 생각해도 언제 그런 학문이라고 할까 이치를 이해하고 실천하는 논리를 터득하였는지 대견하였다. 맞는 말인지 틀리는 말인지도 사실은 잘 몰랐지만 세자를 설득하기에는 충분하였다. 다른 사람이 다른 논리로 얘기한다면 그것도 맞는 말이 될 수 있을 것이다. 그러나 세자에게 틀리는 말을 하고 있는 것은 아니었다.

"이제 예악禮樂에 대한 얘기로 넘어가 보지요."

박연은 공부했던 사서오경을 다 동원하여 세자를 가르치려 하였다. 사람이 어떻게 살아야 하는가에 대해서 그동안 가르쳤다고 한다면 이제 정치를 어떻게 하느냐 백성을 어떻게 다스려야 하고 무슨 일을 하여야 하느냐, 배운 대로 얘기해 보는 것이다. 아직 가르칠 때가 안 되고 자질이 안 되는 것 같지만 계제가 그렇게 되었다.

"예와 아으로 사람들을 교화하여 인을 실현하고 조화로운 사회를 이룩해야 하는 것입니다."

공자의 얘기로 바뀌었다. 의례와 음악, 예악은 유가儒家사상의 알맹이이다. 개인의 도덕적 완성과 사회의 도덕적 교화를 위한 수단이요 방법이었다. 「논어」의 태백편泰佰篇에 시에서 일고 예에서 서고 악에서 이룬다(興於詩 立於禮 成於樂)고 하였다. 시와 예가 합하여 악을 성취한다는 뜻인가, 인의 최상의 단계 경지가 악이다. 사랑 박애博愛, 공자 또는 유교사상의 근본 이념인 인을 실천하기 위한 요체가 악이라고 말하고 있다.

한참 예와 악에 대하여 침을 튀기며 설명하고 있는데 세자가 혼자말처럼 말한다.

"음악이 그런 것인가?"

"춘추전국시대 얘기지요."

광풍과 고뇌 그리고 그에 따른 혼란은 그렇게 오래 가지 않았다. 양녕대군의 폐세자위 충녕대군의 세자책봉은 동시에 행해졌으며 두 달 뒤 왕은 세자에게 선위禪位를 하였기 때문이다. 6월과 8월의 일이었다.

8월 10일 왕세자 충녕대군은 왕으로 즉위를 하였다. 훗날 유일하게 대왕으로 호칭하게 된 제4대 세종대왕이다.

태종은 상왕으로 삼군도체찰사三軍都體察使에 이종무李從茂 임명, 대마도 정벌, 각도 거주 왜인倭人을 노비로 하는 등 군권을 놓지 않고 행사하였다. 22세의 나이로 아직은 나라를 이끌고 다스릴 재목으로서 또는 역량이 부족하다거나 미흡하다고 생각했을 수도 있고, 전날 세자 책봉에 불만을 품고 정권과 병권을 장악하고 있던 정도전鄭道傳을 살해한 후 왕위에 올라 의정부議政府 의금부義禁府 삼군도총제부三軍都摠制府 등을 설치하는 등 18년 동안 강한 왕권통치를 하던 태종으로서 총명하고 충직하기만 한 신왕 세종을 도와준다고 볼 수도 있었지만, 어떻든 그로 인해 세종은 안정된 문화정책을 펼치는 결과가 되었다. 달리 말하면 세종은 태종이 이룩한 왕권과 정치적 안정 기반을 이어받아 여유 있게 정책을 펼쳤던 것이다. 태종은 상왕으로 4년간 생존해 있었다.

세종은 집현전集賢殿을 설치하고 변계량卞季良 윤회尹淮 등에게 고려사 개수改修 지지地志 편술을 하도록 하였으며 주자소鑄字所를 두어 새 활자를 만들고 인쇄법을 개량하여 인쇄 능률을 올리었다. 집현전集賢殿 개설은 무엇보다 빛나는 업적이었다. 학문을 연구하고 예술을 꽃피우는 문화 용광로에 불을 당긴 것이다. 궁중의 학문연구 기관으로 조선 초기에 고려의 제도를 도습踏襲한 보문각寶文閣 수문전修文殿과 집현전이 있었는데 세종이 즉위하면서 유명무실한 집현전을 확충하여 명망 있는 학사學士들을 편전便殿에 집합시키었다.

집현전 직제로 정1품(領殿事) 2명 정2품(大提學) 2명 종2품(提學) 2명과 정3품(副提學) 종3품(直提學) 정4품(直殿) 종4품(應敎) 정5품(校理) 정5품(副校理) 정6품(修撰) 종6품(副修撰) 정7품(博士) 정8품(著作) 정9품(正字) 각 1명을 두었는데 제학 이상은 겸직이었고 부제학 이하가 전임관 전임 학사였다. 인원은 몇 차례 늘렸고 1436년(세종 18)에는 20명으로 운영되었다.

수많은 뛰어난 학자들이 집현전을 통하여 배출되었고 불철주야 학자 양성과 학문연구에 온 힘을 쏟아 세종대왕은 찬란한 문화의 시대를 열고 세계 제일의 글자 훈민정음을 창제하는 결과를 잉태하였던 것이다.

집현전의 가장 획기적인 운영은 경연經筵이었다. 왕과 유신儒臣이 경서와 사서를 강론하는 자리였다. 국왕이 유교적 교양을 쌓도록 하여 올바른 정치를 할 수 있도록 하기 위함이었다. 왕은 밤 늦도록 경연을 떠나지 않았다. 서연書筵은 왕이 될 세자를 교육하는 것이었다. 겸관兼官인 집현전 학사들은 외교문서 작성도 하고 과거의 시험관으로도 참여하였다. 사관史官의 일을 맡기도 하고 중국 고제古制를 연구하고 편찬사업도 하였다. 세종은 전적典籍을 구입하거나 인쇄하여 집현전에 보관시키고 장래가 촉망되는 젊은 문신들에게 휴가를 주어 독서당에서 공부하게 하는 특전도 베풀었다.

그렇게 하여 집현전은 조선의 학문적 기초를 닦는데 크게 공헌하였으며 많은 학자 관료를 배출하여 이후의 정치 문화 예술 발전에 큰 역할을 하였다.

편찬사업으로 고려사高麗史 농사직설農事直說 오례의五禮儀 팔도지리지八道地理志 삼강행실三綱行實 치평요람治平要覽 용비어천가龍飛御天歌 석보상절釋譜詳節 월인천강지곡月印千江之曲 의방유취醫方類聚 그리고 훈민정음의 창제와 관련하여서는 운회언역韻會諺譯 용비어천가주해龍飛御天歌註解 훈민정음해례訓民正音解例 동국정운東國正韻 사서언해四書諺解 그 밖의 많은 서적을 편찬 간행하였다.

한국문화사상 황금기를 이루는 내용들이었다.

이 시기는 한국음악에 있어서 또한 가장 빛나는 업적을 남긴 때였다. 세종은 박연으로 하여금 음악의 정리를 하게 하였던 것이고, 유교정치에 있어서 중요시되는 것이 의례이며 국가의 유교적 의례인 오례五禮(吉禮 嘉禮 賓禮 軍禮 凶禮)에는 그에 합당한 음악이 따라야 했다. 세종의 음악적 업적을 아악의 부흥, 악기의 제작, 향악鄕樂의 창작, 정간보井間譜의 창안이라고 요약할 수 있는데 이것은 박연과 함께 할 수 있었기 때문에 가능한 일이었다.

정간보는 동양 최초의 악보이다. 1행 32간을 우물 정井자 모양으로 칸을 질러 놓고 한 칸 1정간을 1박으로 쳐서 음의 시時價를 표시하고 그 정간 속에 음의 고저를 나타내는 율자보律字譜 외의 음가音價를 써넣는 것으로 서양의 오선보五線譜와 같은 유량악보有量樂譜이다.

우리 아악의 연총 淵叢인 세종악보世宗樂譜의 압권이 아닐 수 없다.

박연은 관로官路라고 할까 벼슬 길에 나간 후 주로 청직淸職에 있었다. 앞에서 말한 대로 집현전 교리, 사간원 정언, 사헌부 지평, 세자 시강원 문학 등 간원諫院 헌부憲府 춘방春坊의 요직을 두루 거치었다. 문장과 학문에 던연 두터운 인정을 받고 있었기 때문이다.

그리고 그가 예악의 중심에 서서 조선조 국악의 중추적 역할을 하기까지 다른 관직들을 맡기도 하였다.

전지하기를, 제생원 의녀 중 나이 젊고 총명한 3·4인을 골라 교훈을 시키고 문리를 통하게 하라고 하였다. 인하여 의영고義盈庫 부사副使 박연을 훈도관으로 삼아 전적으로 교훈을 맡게 하라고 명하였다.

전교수관前敎授官 박연 등이 조정에 들어와서 질의하기를, 본국에서 생산되는 약재 62종 안에 중국에서 생산되는 것과 같지 않은 단삼丹蔘 누로漏蘆 시호柴胡 방기防己 목통木通 자완紫莞 위령선葳靈仙 백렴白斂 후박厚朴 궁궁芎藭 통초通草 고본藁本 독활獨活 경삼릉京三陵 등 14종을 중국 약과 비교하여 새로 진짜 종자를 얻은 것이 6종이나 된다고 하여, 중국에서 생산되는 것과 같지 않은 향약鄕藥인 단삼 방기 후박 자완 궁궁 통초 독활 경삼릉은 지금부터 쓰지 못하게 명하였다.

세종실록 19권 5년 3월 17일 무술과 3월 22일 계묘에 실려 있는 대목이다.

무슨 일을 맡든지 하는 일마다 끝을 보았다.

그 후 시기를 보아 박연은 심혈을 기울여 문맥을 다듬고 정성스런 글씨로 왕에게 상소를 한다.

성조聖朝가 새로이 일어남에 바야흐로 예악의 순수한 다스림을 일으키려는데 개혁의 초기인지라 습속에 폐조廢朝의 잔재가 남아 있으니 심히 개탄스러운 일입니다.

대략 그런 내용이었다. 참으로 용기 있고 혁신적인 청원이었다. 성조는 조선, 폐조는 고려를 뜻하였다. 이 상소는 즉각 받아들여졌고 박연은 그 일을 하게 되었다.

세종이 등극해 나라 만들기 사업이 본궤도에 오르면서 박연은 예악을 맡아 활약하게 된다. 자신이 강설講說한 내용이 되돌아온 것이었다. 책상물림으로, 이론이며 지식일 뿐 실제로 행해 보지 못한 고대 중국의 고사 옛 성현의 덕목을 시정施政 현장에서 실현할 안을 내놓았던 것이다.

개국 초기의 어수선한 정국과 2차에 걸친 왕자의 난으로 어지러운 풍파를 딛고 조선 건국 27년만에 즉위한 세종의 입지는 결코 평탄하지만은 않았다.

이몸이 죽고 죽어 일백번 고쳐 죽어… 백골이 흙이 되고 먼지가 되어 넋이 한 내끼도 없이 산화되더라도 변함없이 나라와 왕을 지키겠다는, 그 처절한 이야기를 모를 사람은 없을 것이다. 고려의 대표적인 충신이자 성리학의 조종이며 만인의 추앙을 받는 정몽주鄭夢周를 제거하고 새 나라 조선을 세운 할아버지(태조 이

성계)와 새 나라를 꿈꾸며 정몽주에게 철퇴를 가하는 아버지(태종 이방원)는 할아버지를 도와 개국을 설계한 정도전의 등에 다시 칼을 꽂는다. 이 얼마나 소름 끼치는 일인가. 지금도 개성의 선죽교에는 정몽주의 핏자국이 보인다고 한다. 태조는 도읍을 한양으로 옮기고 조선 건국을 하였지만 민심을 장악하지 못하고 지식인들의 이반離反을 막지 못하였다. 가령 삼은三隱으로 불리는 목은牧隱 이색李穡 포은圃隱 정몽주 야은冶隱 길재吉再 같은 대선비들과 함께 하였더라면 나라가 어찌 되었을까. 도은陶隱 이숭인李崇仁 같은 선비도 있었다.

역사에 그런 가정법이 무슨 소용인가. 소름 끼치는 이야기를 마저 해야겠다. 1398년(태조 7) 8월과 1400년(정종 2) 1월, 두 번 왕자들의 혈난血亂이 벌어진다. 태조는 신의왕후 한씨가 낳은 방우 방과 방원 등 여섯 형제와 계비 신덕왕후 강씨가 낳은 방번 방석 형제 중에 여덟 번째 아들 방석을 세자로 책봉하였다. 한씨 소생의 왕자들은 이에 반발하여 사병私兵을 동원하여 건국공신인 정도전 남은南誾 등을 제거하고 세자 방석과 그의 형 방번을 무참히 살해한다. 그리고 다시 같은 어머니 배에서 태어난 왕자 형제끼리 칼부림을 한다. 하륜河崙 이거이李居易 등 방원의 심복들은 방원을 세자로 책봉하려 했으나 정치적 입장을 고려하여 둘째인 방과가 세자가 되고 1339년 왕위에 오른다. 정종이다. 그런데 이후 정종과 정비 정안왕후 사이에 소생이 없자 또 다시 세자의 지위를 놓고 방원과 방간은 갈등을 겪는데 공신功臣 책정 문제로 불만을 품고 있던 박포朴苞가 방간을 충동하여 방원과 무력 충돌을 하게 되고 싸움에 이긴 방원은 왕이 된다. 태종이다. 정종 2년 11월이다.

2차 왕자의 난을 지켜 보며 자란 두 형에 대한 이야기는 앞에서 했다. 왕권에 신물이 나서 십리 백리 떠나갈 법하지 않은가.

어떻든 그것은 지나간 일들이고 세종은 왕위에 오른 후 타고난 영명英明으로 새 나라 새 문물제도의 정립에 정열을 쏟았고 거기에 필수적으로 대두한 것이 예악이었다. 예와 악은 국가 문물제도의 핵심이었다. 새 나라의 내용이며 형식이고 얼굴이요 몸체였다.

예가 인이라 한다면 악은 어지러운 시대를 뚫고 나가는 인정仁政의 열쇠였다. 열쇠 꾸러미였다.

왜 그런가. 예란 무엇이고 악이란 무엇인가. 몇 번 얘기한 것 같은데 다시 한번 살펴본다. 이것으로 새 나라 새로운 정치가 시작되었으며 그 중심에 박연이 서 있었던 것이다. 그가 대표적인 인물은 아니었지만 그 중추적인 역할을 하였다. 어찌해서 그렇게 되었던가. 그가 말하고 얘기했던 라기보다 가르쳤던 것이 그에게 되돌려졌고 그 이론을 실천하도록 명하였기 때문이다. 그것의 핵심 알맹이가 무엇이었던가. 그것을 말해보고자 한다.

예기禮記는 유교의 경전이다. 주례周禮 의례儀禮와 함께 삼례라 하고 많은 경서 가운데 다섯 손가락 안에 드는 오경五經의 하나이다. 그 중에서도 으뜸으로 친다. 동방의 여러 나라 문물 관습 제도 등을 실천과 경험을 통하여 만든 책들이다. 진시황의 분시서焚詩書 갱유생坑儒生 이후 한무제가 유학을 관학으로 삼으면서 나오게 되었는데 삼황오제 시대의 고례경古禮經과 학기學記 악기樂記 월령月令 제법祭法 등 200여 편이나 되는 학설을 집록한 것이다. 공자와 그 후학들의 술이부작述而不作 그리고 많은 사람들을 거치면서 편찬 저술된 것이다. 유구한 역사적 시간을 통하여 지적 삶의 지표가 된 기록으로 사서四書 중의 대학大學 중용中庸도 이 가운데 한 편이다.

예의 이론과 실제를 논하고 있는 경전이다. 경이란 길이란 뜻이다. 시대의 길 역사의 길을 밝히는 책이다. 사람이 마땅히 지켜야 할 도리이며 이치이다. 마당에 작대기가 넘어져 있으면 바로 세워놓아야 하며 길바닥에 돌멩이가 굴러다니면 치워 없애야 하는 것이다. 임금 자리를 뺏기 위해 형제간에 칼부림을 하는 것은 어떤가. 성경이다 법경이다 코란이다 하는 것도 그런 것이다. 어떻게 살아야 하는지, 사는 지혜를 밝혀주는 책이다. 부모를 공경하라, 도적질 하지 말라, 간음하지 말라… 천국에 올라가고 피안으로 들어가고 영원히 죽지 않고 살기를 바라는 것은 이상이거나 욕심이다. 꿈을 꾸고 있는 것이다.

부귀는 내가 원하는 바가 아니요 천국은 기대하기 어렵고(富貴非吾願 帝鄕不可期)… 도연명은 관직을 버리고 고향으로 돌아와 살며 읊었다. 무릎 하나 들일 방이지만 이 얼마나 편안한가(審容膝之易安)……

사람의 욕심이란 한이 없다. 평야같이 넓은 땅을 가지고도 성이 안 차 걸떡거리는 사람이 있는가 하면 한 뙈기의 밭만 있어도 마음이 편안한 사람이 있다. 몸뚱이 하나 가릴 집이 있고 어지가

78

있는 것만도 대견한 선비가 있다.

자꾸 가지가 벋고 있는데 예기는 예를 깨닫고 인간다운 도덕성을 확립하는 경서이고 고려시대나 조선 초기에도 그런 고래로의 예도정치를 시행하고자 하였지만 세종 초기에 그러한 요구가 팽만하여 있었던 것이다. 그런데 예도 예이지만 그 중심에 악이 있었다. 악이란 무엇인가. 그에 대해서도 다시 더 말해보자.

예기의 악기편樂記篇에 구체적으로 악의 의미를 늘어놓았다.

군자왈君子曰 예와 악은 잠시도 몸에 떠나서는 안 된다. 악을 이루어서 마음을 다스리려면 온화하고 정직하며 자애롭고 믿는 마음이 새로운 모습으로 생겨난다. 그러면 즐겁게 되고 마음이 즐거우면 편안해지고 편안하면 오래 지속될 수 있다. 천성에 맞게 되고 또 그러면 신과 통하게 된다.

악은 안에서 움직이는 것이다. 예는 밖에서 움직이는 것이고. 음악은 화和를 극진히 하고 예는 순順을 극진히 한다. 마음 속이 화평하고 겉모양이 유순하면 백성들이 그 얼굴을 우러러보고서 서로 다투지 않으며 덕의 빛이 마음 속에서 움직이면 백성들은 명령을 듣지 않을 수 없다. 바른 도리가 밖으로 들어나면 백성들은 받들어 따르지 않을 수 없다.

예악의 도를 이루고 그것을 들어서 천하를 다스리는 데 둔다면 무난의無難矣라.

악으로 천하를 다스리면 어렵지 않다고 하였다. 예기의 요절들이다.

악기에는 그 밖에 금과옥조 같은 삶의 이치 정치적 논리가 밝혀져 있다.

악은 즐거운 것이다. 사람의 성정 가운데 없어서는 안 되는 것이다. 음악은 성음聲音으로 나타나고 움직임과 고요함에서 형태가 나타나는 것이니 이는 사람의 도리이다. 음악에는 형태가 있을 수 없고 그 소리로 하여금 즐겁지만 방탕하지 않고 악장은 조리가 있지만 틀에 박히지 않는다. 그러하니 굽고 곧고 번잡하고 순수하고 맑고 탁하고 그 곡절과 변화로 사람들의 마음을 감동시키며 방탕한 마음과 사악한 기운이 범접하지 못하게 한다. 그렇기 때문에 음악이 종묘宗廟 안에 있어 군신 상하가 함께 들으면 화합하고 공경하게 된다고 하였다.

또 그리고 악은 하늘과 땅의 명命이라고 하였다.

고을이나 마을에서 어른과 아이가 함께 들으면 화합하고 한 가정에서 부자와 형제가 함께 들으면 화목하고 그러므로 악은 조화로움을 얻고 사물에 따라 음절을 만들고 여러 가지 악보를 이루어 부자와 군신을 화합하게 하고 만민을 친하게 하여 따르게 하는 것이다. 그러므로 아와 송의 소리를 들으면 마음이 넓어지고 무무武舞를 익히면 용모가 장엄해진다. 그 소리와 곡조 리듬의 변화에 따라 앞으로 나아가고 뒤로 물러나는 것이 가지런하게 되는 것이고 그러므로 악은 천지지명天地之命이다.

하늘과 땅의 지상명령이며 하늘의 소리 땅의 소리 흙의 소리이다.

소명

때가 이른 것이다.

새로운 예악 정책이 시작되었다. 박연의 상소가 계기가 되었다. 같은 무렵 같은 생각을 하였는지 모른지만 세종도 초기부터 예악 특히 악의 정립에 나섰다. 태종 6년(1406)에 설치하였던 악학樂學을 재가동시킨 것이다. 고려 말 유학 무학武學 음양학 의학 등 십학十學의 하나로 설치된 기관으로 음악에 관한 옛 문서들을 고찰하여 음악 이론과 역사 등 악서樂書를 편찬하고 악공들의 의례, 악기 제작, 악공 선발 등의 일을 하는 기관이었다.

예문관 대제학 맹사성孟思誠 유사눌柳思訥 등을 제조提調로 삼고 박연을 악학 별좌別坐에 임명하여 실무 책임을 맡겼다. 제조는 겸직이었고 별좌는 정5품 종5품의 별 보잘 것이 없는 자리였지만 박연은 어떤 직에 있을 때나 변함이 없었다. 자기에게 주어진 일에 혼신의 힘을 다 하였다. 특히 무엇보다 예악 분야의 직을 맡

고부터는 그것을 천직으로 알고 불철주야 용맹정진하였다. 저녁에도 밤 늦도록 직무에 관련된 책을 읽고 공부를 하였다. 집현전 서고에서 밤을 새기도 하였다. 서생 때와는 달리 무슨 책이든 어떤 시간에든 전적을 볼 수 있었다. 식음을 폐할 때도 많았다.

언젠가부터 서울 살림을 하였고 아이도 너댓 되었지만 박연은 늘 서생이었다.

"어떻게 갈수록 더 힘드신 것 같애요."

며칠 집에도 안 들어가자 아내 송씨가 걱정스레 말하는 것이었다.

"미안하오. 공부가 부족해서 그런 것 같소."

박연은 허리까지 굽히며 참으로 송구한 낯빛을 하였다.

그러자 셋째 아들 계우季愚가 그렇게 공부를 많이 하고도 그러냐고 묻는다.

"그럼 아직도 모르는 것이 많고 어려운 것이 너무 많구나."

박연은 아들의 머리를 쓰다듬으며 말하였다. 뒷날 그에게 많은 기쁨을 안겨주기도 하고 엄청난 고초를 겪게도 하였다.

너무 잘 할려고 하다가 그런 게 아니냐고 아내가 다시 말하자 이번에는 으음하고 큰기침을 하는 것으로 분위기를 제압하였다.

일은 갈수록 많아졌고 힘들어졌다. 아내의 말대로 정말 너무 잘 하려고 하고 자청하여 일을 만들어서였다. 그가 강설講說한 것이었고 그의 분야였다. 평소 그가 탐구하고 연마한 영역이었다. 아니 그가 해야만 되는 일이었고 이루어야 하는 일이었다. 예 그리고 악은 하늘의 명령이고 땅의 명령인 것 같았다. 그것은 백성을 다스리는 방법이고 힘이라는 신념을 갖게 된 것이었다.

박연은 다시 왕에게 청하였다. 더욱 과감하였다.

세종실록 27권 세종 7년 2월 24일 갑자에, 예조에서 악학별좌 박연의 수본手本에 의거하여 계啓하기를… 의 기사를 보자.

음악의 격조가 경전 사기 등에 산재하여 있어서 자세히 고찰하여 보기가 어렵고 또 문헌통고文獻通考 진씨악서陳氏樂書 두씨통전杜氏通典 주례악서周禮樂書 등을 사장私藏한 사람이 없기 때문에 비록 뜻을 둔 선비가 있더라도 얻어보기가 어려우니 진실로 악율樂律이 이내 폐절되지 않을까 두렵습니다. 청컨대 문신 1인을 본악학에 더 설정하여 악서를 찬집하게 하고 또 향악鄕樂 당악唐樂 아악雅樂의 율조를 상고하여 악기와 악보법을 그리고 써서 책을 만들어 한 질秩은 대내大內로 들여가고 본조本曹와 봉상시奉常寺와 악학관습도감樂學慣習都監과 아악서雅樂署에도 각기 한 질씩 수장하도록 하소서

계는 진계陳啓의 뜻으로 임금에게 상주上奏하는 것이다. 대내는 대전大殿을 말하고 본조는 예조, 봉상시는 국가의 제사 시호諡號를 의론하여 정하는 일을 관장하기 위해 설치되었던 관서이다.

박연의 청은 즉각 받아들여졌고 그대로 따랐다.

그는 다시 이번에는 구체적으로 악기의 세밀한 음율 체계에 대한 청원을 하였다.

이제 봉상시에 있는 중국에서 보낸 악기 가운데, 소관簫管이라는 것이 있는데 이것은 곧 악기도설樂器圖說에서 소관이라 이르는 제도이니, 황종黃鍾의 한 음성을 고르게 한 것에 족한 것인데, 이

를 팔척관八尺管이라고도 하며 혹은 수적垂簜이라고도 하고 중관中管이라고도 하며 궁현宮懸에서 사용합니다. 민간에서는 소관小管이라고 합니다. 이것은 음율의 소리가 갖추어져 있습니다. 봉상시에서는 과거부터 헌가軒架에 적이 있었기 때문에 소관을 쓰지 않고 있습니다. 그러나 과거에 헌가에 사용한 적은 봉상시 서례도序例圖에 주례도周禮圖를 인용하여 이르기를 '적은 옛적에는 구멍이 넷이었으나 경방京房이 한 구멍을 더 내어 오음五音을 갖추었는데 오늘에 사용하는 저笛가 곧 이것이다'라고 하였습니다. 모양과 제도가 비록 수적豎笛과 비슷하나 음율에 있어서 응종應鍾과 무역無射의 소리가 부족하니 헌가에 사용하기는 부족합니다. 바라옵건대 헌가에 종래에 쓰던 저를 버리고 중국에서 보내온 소관을 사용하여 음악의 소리를 조화시키소서.

이것은 세종실록 31권 8년 1월 10일 을사의 기록이다. 이 역시 그대로 시행되었다.

소관은 대금을 달리 이르는 말이다. 황종은 동양 음악에서 십이율의 첫째 음이고 응종은 열 두 번째 음, 무역은 열 한 번째 음이다. 헌가는 대례나 대제 때에 연주하는 아악 편성으로 종고鍾鼓를 틀에 걸어놓고 관악기와 현악기에 맞추어서 치는 것이다. 저와 적은 피리이고.

너무도 전문적이며 해박하고 치밀한 음율에 대한 견해여서 어느 누가 거기에 토를 달 수가 없었다. 거기에다 왕의 믿음이 두터웠다. 절대적이었다.

시대의 부름이었다.

새 시대가 되었다. 왕이 새로 바뀌고 시대가 새로 바뀐 것이 아니라 새 왕이 들어서면서 새 시대를 연 것이다. 예는 나라의 근본이었고 땅에 떨어진 예를 바로 일으켜 세우는 것이었다. 세종 즉위 4년에 군권 등 왕권을 다 내려놓지 않고 있던 상왕 태종이 명을 다 하여 새 정책의 수립은 가속이 되었고 폭이 넓어졌다.

예는 시대정신이었고 이를 실천하는 활력이 아이었다. 기라성 같은 선비 학자 거유들이 요로에 포진하여 번득이는 새 정책 문화의 기틀을 좌우하고 있는 가운데 하급 관리인 시골 출신 박연의 존재는 아주 미미한 것이었다. 보잘 것이 없었다. 그러면서도 새 시대 화두의 중심에서 자신의 역할은 빛이 났다. 빛의 계단을 한 칸 한 칸 올라갔다. 그의 이념이 메아리처럼 자신에게 되돌아온 왕의 뜻, 이상 실현의 때가 온 것이다. 천기天機, 신의 뜻이며 하늘이 준 기회였다.

아버지 어머니의 묘 앞에서 불던 피리소리를 산새들이 화답하고 토끼와 너구리 들이 춤을 추며 호랑이도 함께 하였고 향교에서도 감동을 주던 연주의 힘이라고 할까 천부의 능력을 인정한다 하더라도 그런 것 때문만은 아니었다. 물론 장악원의 인연으로 피리 통소 대금 등의 조예와 관심 연마 등도 과소평가할 수만은 없었다. 그러나 그런 기예의 범위를 넘어 예서 악서의 심도 있고 광범위한 섭렵과 악기 전반에 걸쳐 전문적으로 연구하고 조사 관찰 탐색하여 타의 추종을 허락하지 않았다. 한 마디로 그저 시골 강촌에서 피리를 잘 불던 소년의 후신으로는 상상할 수 없는

탈바꿈을 한 것이었다.

그는 계속 왕에게 글을 올려 예악 정책을 건의하였고 음율의 세세한 부분까지 정확하게 밝히고 고치고 바로 잡으려 하였다. 그의 상주는 올리는 대로 받아들여졌고 바로 현장에 반영되었다.

왕이 그에게 바로 뜻을 전하기도 하였다.

"조회아악朝會雅樂을 만들었으면 좋겠는데…"

"그렇게 하겠습니다."

"그대의 생각을 묻는 것이오."

세종실록에는 박연에게 하명하는 글귀가 보인다.

고래로 어떤 제도를 창제한다는 것은 여간 어려운 일이 아니다. 임금이 하고자 하면 신하가 반대를 하고 신하가 하고자 하면 임금이 듣지를 않고, 설혹 상하 모두가 하고자 해도 시운이 불리할 때가 있다.

"그런데 지금이야말로 나는 먼저 확고히 뜻을 정했고 나라에는 일이 없으니 마땅히 진력해서 이루도록 하오."

"바로 결행하도록 하겠습니다."

세종은 유사눌 정인지 박연 정양에게 구악舊樂을 바로잡도록 명하여 아악 정비 작업이 시작되었다. 새로 정비된 조회아악은 세종 15년 정월 하정례賀正禮 때 처음 연주된다.

왕명이 실현되었던 것이다. 왕의 뜻과 신하의 뜻이 일치하였고 박연은 지체 없이 모든 일을 거기에 맞추고 전력투구를 하였다. 예서 악서 무수한 전적을 탐독하고 미세한 소리값 음가音價까지 분석하는 작업을 하며 왕과의 약속을 지키기 위해 시간과 정력을 다 바쳤다. 빛나는 혈투였다. 빛의 계단을 한 칸 한 칸 올라갔다. 그의 신념은 메아리처럼 왕명이 되어 되돌아왔다. 시대의 부름이고 시대의 정신이었다.

국악인 한명희는 난계기념사업회에서 낸 『악성 난계 박연』 1집 「난계의 업적」에서 실록에 있는 세종 이야기는 박연의 음악적 업적을 시대사적인 시각에서 한층 객관적이고도 타당성 있게 조명해 볼 수 있는 좋은 단서이자 시사示唆가 된다고 하였다.

그리고, 세종의 진단처럼 새로운 일을 도모하거나 기존의 제도를 혁파한다는 것은 말처럼 쉬운 것이 아니다. 서로의 뜻이 투합되고 시운이 뒤따라 주는 등 여러가지 여건이 부합되어야 비로소 가능한 것이다. 여기서 박연의 음악적 공헌도 예외가 아니다. 박연이 조선 초기의 음악제도를 정비하여 나라음악의 기틀을 다질 수 있었던 것도 일차적으로는 박연의 뛰어난 음악적 자질과 해박한 지식에 말미암은 바가 컸겠지만 다른 한 편으로는 세종의 공감이나 시대적 여건이 함께 하지 않았다면 도저히 불가능했으리라는 점 또한 엄연한 사실이라고 하였다.

그러기까지 박연은 요로에 많은 의견을 제출하고 끊임없이 청원과 상주를 하였다. 그것은 그의 신념이었고 시대의 요청이었다. 박연은 시대의 중심에 서 있었다.

조정에서 제향祭享할 때 음악에 대한 상소를 하기도 하였다. 세종 8년 4월 25일 봉상판관 박연은 만지장서를 올리었다.

"신이 생각하건대…"

고래로부터의 악서를 다 섭렵한 것을 들추고 음의 고저 강약 미묘하고 섬세한 차이를 들어 낱낱이 고증을 하며 개진하였다.

"주례周禮에 보면 예법 제사의 일을 맡아 하던 춘관春官의 태사太師가 육률六律과 육동六同을 관장하여 음양의 소리를 합하였는데…"

육률은 십이율十二律 가운데 양성에 속하는 여섯 가지 음 황종黃鍾 태주太蔟 고선姑洗 유빈蕤賓 이칙夷則 무역無射이며 육동은 음성에 속하는 어섯 가지 음 협종夾鍾 중려仲呂 임종林鍾 남려南呂 응종應鍾 대려大呂이다.

박연은 소리의 종류를 설명하고 상주를 계속하였다. 물론 글로 써서 올리는 것이고 한자 한자 정성이 깃들어 있었다.

"대개 두병斗柄(국자모양의 북두칠성 자루가 되는 세 별)이 십이신十二辰을 운행하되 왼쪽으로 돌게 되는데 성인이 이를 본떠서 육률을 만들고 또 일월은 십이차十二次로 모이되 오른쪽으로 돌게 되는데 성인이 이를 본떠서 육동을 만든 것입니다. 육률은 양이니 왼쪽에서 돌아서 음에 합치고 육동은 음이니 오른쪽으로 돌아서 양에 합치게 됩니다. 그러므로 대사악大司樂이 천신天神에게 제사지낼 때에는 황종을 연주하고 대려로써 노래하여 합치고 지기地祇(地神)에게 제사지낼 때에는 태주를 연주하고 응종으로써 노래하여 합치고 사망四望(해 달 별 바다)에 제사지낼 때에는 고선을 연주하고 남려로써 노래하여 합치고 산천에 제사지낼 때에는 유빈을 연주하고 함종으로써 노래하여 합치고 선비先妣에게 제향祭享할 때에는 이칙을 연주하고 소려로써 노래하여 합치고 선조에게 제향할 때에는 무역을 연주하고 협종으로써 노래하여 합치게 하였으니 양률陽律은 당하堂下에서 연주하고 음려陰呂는 당상堂上에서 노래하여 음양이 배합되어 서로 부르고 화답한 뒤에야 중성中聲이 갖추어지고 화기가 응하는 것입니다. 한漢나라는 고대의 제도에 가까워 악을 사용할 때에는 모두 합성合聲을 사용했고 당唐나라에 이르러서도 악의 제도가 지극히 상실詳悉하여 오직 제사 때에만 아래에서 태주를 연주하고 위에서 황종을 노래하였는데 그 때 조신언趙愼言이 황종을 고치어 응종으로 하기를 청한 것은 합성을 사용하자는 말이었습니다. 대개 태주는 양이니 인방寅方에 위치하고 응종은 음이니 해방亥方에 위치하는데 인寅과 해亥가 합치게 되는 것은 두병이 해의 달에는 일월이 인에서 모이고 인의 달에는 일월이 해에서 모여 좌우로 빙빙 돌고 교대로 서로 배합하여 서로 떠날 수 없는 것입니다. 다른 달에도 그러하여 각기 그 합함이 있는데 이로써 성인의 제도에 음과 양을 취합하여 당상과 당하에서 반드시 합성을 사용하였으니 중성을 갖추고 음양을 고르게 하여 신과 사람을 화합하게 한 것이 그것입니다"

하나 하나의 미세한 음계와 음가 그리고 고대로부터 시대를 꿰뚫고 있는 음악의 해박한 이론과 우주 일월성신 신과 인간을 아우르는 철학적 이치를 낱낱이 늘어놓고 있었다. 모르면 몰라도 그보다 더 명석하고 조리있게 얘기할 사람이 또 없을 것 같았다. 그러나 언제나 신臣이 삼가 생각하건대… 하고 겸손하게 자락을 깔고 고하였다. 혹여 너무 아는척을 한다고 본 뜻을 감하는 염려도 하였으리라.

조신언은 당나라 때 인물이다. 뒤의 제악祭樂 무인舞人 악공樂工 등에 관한 얘기에서도 등장한다. 박연과 같은 시대 사람 조신언은 숙부 방간의 사위로, 왕의 전지傳旨가 있다고 사모詐謀하여 여흥으로 귀양을 가는데 동명이인이다.

일부러 그렇게 쓴 것 같지는 않은데 생소한 어투가 많다. 일상적인 말과 전문적인 표현과는 달라야 하는 것도 맞다. 조선왕조실록 세종실록의 한문 문장을 의역도 해보지만 딱딱하고 유연하지 못한 것은 어쩔 수가 없다.

전혀 다른 줄기의 이야기이지만 조선 사람이 중국 말인 한문을 쓰는 것이 얼마나 불편하고 어려운 것인가. 이해하는 것도 그렇지만 쓰기도 얼마나 어려운가. 공부의 태반은 그런 노력에 쏟아부었던 것이다. 아악 창제의 일등공신 박연이 뒷날 세종의 한글 창제 용비어천가 제작에도 헌신하게 된다. 백성을 향한 왕과의 동행이었다. 다른 설도 있다.

상소 글 내용으로 돌아와서, 상실은 내용을 자세히 안다는 것인데 그렇게 연결이 잘 안 되어 그대로 쓴다. 괄호 안에 설명을 넣기도 했다.

"그런데 당나라에서 사社에 제사지낼 때에는 노래와 주악이 모두 양성이어서 성인이 악을 나눈 뜻에 어긋남으로 선유先儒들이 이를 그르다고 한 것은 옳습니다. 우리 조선의 제향하는 음악은 모두 아가雅歌를 사용한 것은 바르고 악을 사용하는 법에서는 의논할 것이 전혀 없습니다. 다만 악장樂章 38수首와 십이율 성통례聲通例를 주자로 인쇄하여 10본本으로 만들어 본시本寺(봉상시)에 비장하여 이름을 조선국악장朝鮮國樂章이라 하고 발문에 본조本朝의 신에게 제사 지내는 악이라고 하였으나 그 성음의 높고 낮음과 가시歌詩의 차례와 순서가 모두 공인工人들이 초록해서 쓴 그릇된 것으로서 오랜 것일수록 더욱 본래의 취지를 잃었으니 신명의 지성에 교접하는 것이 못됩니다."

조선국악장에 대해서 문제점을 지적하고 있었다. 상소는 끝없이 이어졌다.

"본시에 벼슬한 사람은 그 책임을 사피辭避할 수 없사오나 당시의 아악이 바르게 고쳐지지 않아 저서가 있지 않은 것도 당연히 알 수 있습니다. 지금부터 신악新樂을 가르쳐 익히고 공인들의 재주를 취하는 데에 모두 이 책을 상고하면 그 공이 적지 않을 것이나 제사지내는 데에 겸하여 쓴다는 것은 전의 규정을 받고서도 완전히 이에 의거하지 않았으니 지금 이 책을 가지고 본조의 아악에 소용되는 법을 상고한다면 모두가 심히 정밀하고 적당하지 못한 것 같습니다."

조선국악장에 대해서 문제점을 조심스럽게 지적하고 있었다. 그 대목에서 박연은 다시 한번 자신을 낮추었다

"신은 어리석은 사람으로 외람된 생각이오나 개국한 초기에는 경륜이 초매草昧하여 먼저 마음을 쓴 바가 문물의 상경常經 뿐이었고 아악에 이르러서는 단서만 열고 뜻을 밝히지 못하였습니

다."

상경은 사람이 마땅히 가져야 할 떳떳한 도리라는 뜻이지만 여기서는 부정적으로 읽힌다.

"그렇지 않다면 어찌 한 책을 저술하여 아부雅部로 삼아 영구히 전하게 하지 않았겠습니까. 만일 저술한 악서가 있었다면 지난 날 봉상시에서 부지런히 공인들이 초록해 쓴 나머지를 철습掇拾하여 미완성된 악서를 민들었겠습니까. 지금 이 책에 의거하여 조목별로 좁은 소견을 다음과 같이 말하겠습니다. 그윽히 생각하건대 우리 조정의 제향 때의 음악은 모두 주나라 제도를 근거한 것인데 다만 자세히 알지 못할 뿐입니다."

그러고 말대로 아악 전반에 대하여 하나 하나 조목 조목 따지고 건의하였다. 맞지 않고 부당하고 바르지 않은 것을 다시 구체적으로 지적하고 박연이 생각하고 있는 안을 내놓은 것이다.

먼저 종묘의 음악에 대하여 말하였다.

이는 본래 주나라 제도의 무역을 연주하고 협종을 노래하여 선조에 제향한다는 글에 의거하였는데, 지금 종묘의 제사에는 당하에서 무역을 연주하는 것은 바르다. 그러나 관창裸鬯 전폐奠幣 초헌初獻 등의 음악은 모두 당상에 속해 있으니 마땅히 협종을 노래해야 될 것인데도 도리어 무역을 연주하게 되어 무역만이 조상에게 제사지내는 음악인 줄만 알고 협종이 무역과 합하는 것인 줄은 알지 못하여 당상과 당하에 모두 무역을 사용하여 다 양성을 사용하였으니 이것은 종묘의 음악이 심히 정세精細하고 마땅치 못 한 것이다.

그리고 사직의 음악에 대하여 말하였다.

이것은 본래 주나라 제도의 태주를 연주하고 응종을 노래하여 지신에 제사지낸다는 글에 의거한 것이다.

먼저 대체적으로 말한 것을 다시 정리하여 지적하고 있었다.

지금 사직의 제사에 당에서 태주를 연주하는 것은 바른 것이지만 전폐 헌작獻爵 변두籩豆를 철거하는 따위의 음악은 모두 당상에 속해 있으니 마땅히 응종을 노래해야 될 것인데도 도리어 태주를 연주하게 되어 태주만이 사직에 제사지내는 줄만 알고 응종이 태주와 합하는 것인 줄은 알지 못하여 한 제사에 순전히 태주만 사용하고 양률만 사용하였으니 이것은 사직의 음악이 심히 정세하고 당연하지 못한 것이다.

관창은 제사 때 울금향을 넣어 빚은 울장주를 땅에 부어 신을 내리게 하던 일이며 전폐는 나라의 대제에 폐백을 올리는 일이고 헌작은 신령에 술을 올리는 것이다. 제일 먼저 잔을 올리는 제관을 초헌이라 하고 두 번째는 아헌, 마지막은 종헌이다. 변두는 향연에 쓰는 제기로 변은 죽기竹器 두는 목기木器이다. 과일을 담는 변은 신위를 기준으로 왼쪽에 국물이 있는 음식을 담는 두는 오른쪽에 두었다.

다시 석전釋奠에 대하여 말하였다.

석전은 공자를 모신 문묘文廟에서 옛 성현 전대前代의 현인에게 지내는 제사이다.

석전의 음악은 주나라 때 양로養老를 주로 하여 대체로 육대六代의 음악에 합한 것인데 북제北齊 때 이르러서 대뢰大牢(나라에서 제사지낼 때에 소를 통째로 바치는 일)로 석전할 적에 헌가軒架의 음악과 육일무六佾舞를 베풀었고 당나라 개원開元 연간에는 문선왕文宣王에게 석전할 적에 궁가宮架에는 왕의 예禮를 사용하였으며 율은 악궁樂宮을 사용하였으나 자세히는 알 수 없다. 지금 중국의 대성악보大晟樂譜 와 지정조격至正條格을 보건대 모두 아래서는 고선을 연주하고 위에서는 남려를 노래하고 악은 음악의 차례대로 사용하면서 신을 맞이 했다. 황종이 구변九變한 뒤 관세盥洗(제례 때 손발을 씻는 일)할 적에는 고선을 사용하고 전에 올라간 적에는 남려를 사용하고 조두俎豆(나무로 만든 제기)를 받들 적에는 고선을 사용하고 초헌할 적에는 남려를 사용하고 아헌과 종헌할 적에는 고선을 사용하고 변두를 철거할 적에는 남려를 사용하여 음양이 합성하여 서로 번갈아 사용되니 주례周禮의 합성하는 제도에 들어맞는다.

그런데, 지금 아헌에서는 아래에서 남려를 연주하고 종헌에서는 전에 올라가 남려를 노래하니 노래와 주악은 순전히 남려만 사용하고 그 합하는 것은 사용하지 않았다. 절차도 갖추지 못하고 상하가 차례를 잃었다. 심히 미안한 일이다. 일찍이 공성孔聖의 사당에 이러한 근거 없는 음악을 설치했겠는가.

이것도 석전의 음악이 정세하고 당연한 것을 보지 못한 것이라고 지적하였다.

외람된 생각으로는… 박연은 계속 자신을 낮추면서 그러나 신랄하게 현재의 음악 체계를 비판하였다. 개선을 요구하고 있었다.

그리고 여러 제사에 대하여 계속 말하였다.

원단圓壇 적전耤田 선잠先蠶 등의 제사는 지금 조정에서는 모두 태주를 사용하는 음악으로 되었다. 그러나 태주는 지신에 제사 지내는 음악이므로 사직에 이를 쓰는데 원단은 하늘에 빌며 고하는 제사이니 같은 것을 쓰는 것은 미안할 듯하다. 선농先農과 선잠도 선대의 인귀人鬼이니 사직에 제사 지내는 음악을 사용하는 것은 적당하지 못하다. 또 삼제三祭 안에서 당상과 당하에 순전히 태주의 양성만 사용하게 되니 어찌 그것이 마땅한가. 삼제의 음악도 정세하고 당연함을 보지 못하겠다.

산천단山川壇의 음악은 주나라 제도의 유빈을 연주하고 함종을 노래하는 것이 바른 것이다. 지금은 전폐로부터 변두를 철거하기까지 당상과 당하에 모두 대려를 사용하고 있지만 대려는 황종에 합하는 것이요 본래는 천신을 제사하는 데에 사용하였으므로 풍운뇌우의 신에게는 마땅하겠지만 산천에는 전혀 마땅하지 못 한데 하물며 한 가지 율만 사용하게 되니 심히 마땅하지 못하다. 또 풍운뇌우는 예전 제도에도 천신을 제사하되 산천과 위位를 같이 하여 제사지내지 않았는데 지금은 한 단에서 제사를 지내니 그 적당함을 보지 못하겠다. 이것은 산천단의 음악이 합치지 못하는 까닭이다.

신을 맞이하는 음악은 신을 섬기는 가장 큰 절목節目이다. 석전과 영신迎神은 「대성악보」를 근거하였지만 그 밖의 제향은 모두 근거함이 없다. 「봉상악장」에도 영신의 절목이 기재되지 않았으며 종묘에는 「의범염중儀範簾中」에 영신의 절차가 있는데 '황종은 구성九聲뿐이다'라고 말하였으되 그 구변九變의 법은 말하지 않았으니 이것도 옳지 못하다. 이와 같이 본다면 아악의 사용이 소략하여 자세하지 못한 편이다. 또 대소 사향祀享에 모두 양율만 사용하니 중성이 갖추어지지 못하여 노래와 주악이 적당함을 잃었다. 성음에 감통하는 이치가 있다면 사시의 제사에 순전히 양율만 쓰고서도 어찌 감소感召하는 생각이 없다 하겠는가.

구변은 아홉 곡이 끝남을 이르기도 하고, 종묘 제례의 강신악降神樂에는 회문熙文을 아홉 번 되풀이 연주하고 문묘 제례의 영신악迎神樂에는 황종궁을 세 번 남려궁 두 번 이칙궁 두 번 모두 네 곡을 아홉 번 연주하는데 그런 규칙을 말하는 것 같다. 감소는 인간의 생각이 하늘을 감응시켜 불러오는 결과를 뜻하는 것 같고 희문은 영신 전폐 초헌의 인입장引入章에 연주되는 보태평지악保太平之樂의 첫 곡이다. 설명을 하면 점점 더 어려워진다. 인입장은 춤을 추는 사람들이 무대로 들어올 때 연주하는 음악이다. 어떻든 일무佾舞의 무원舞員이 음악에 맞추어 족도足蹈를 추며 입장하고 영신에서는 헌가軒架, 전폐와 초헌에서는 등가登歌에서 음악을 아뢴다. 세종 때 창제된 이 회례악會禮樂의 노랫말은 다음과 같다.

조상님 덕이 우리 후손을 열어 주시리/아아 그 모습과 베푸심을 생각하오면 빛이 나나이다/삼가 깨끗한 제사를 올리오니/우리를 편하게 하시옵고 소원 이루게 하소서(영신)

변변치 않은 물건이오나 가히 정을 통하옵기 바라오며/광주리 받들어 이 폐백을 올리나이다/선조께옵서 이를 즐거이 받아들이

시면/공경히 예를 드리는 이 마음 편안하겠나이다(전폐)

여러 성군께옵서 빛나는 국운을 여셨으니/찬란한 문화 정치가 창성하도다/언제나 우리는 성한 아름다움을 찬송하오며/이를 노래에 베풀어 부르나이다(초헌 인입장)

제례 아악에 대한 청원 내용을 마저 보자.

옛날에 사문師文이 거문고를 탈 적에, 봄을 당하여 상현商絃을 타면 서늘한 바람이 뒤따라 이르고 여름을 당하여 우현羽絃을 타면 눈과 서리가 번갈아 내리고 가을을 당하여 각현角絃을 치면 따뜻한 바람이 천천히 돌고 겨울을 당하여 치현徵絃을 타면 햇빛이 뜨거웠으며 궁宮을 주로 하여 사성四聲을 총합하면 상서로운 바람과 구름이 잠시 동안 모였다 하였으니 오성五聲의 감소로 그렇게 된 것이다. 지금의 공인工人은 사문과 같은 묘수가 있지 않으니 감응하는 효과를 비길 수가 없다. 이제 사람마다 모두 그렇게 하여 날이 오래도록 쌓이면 기운이 어긋나서 화기를 상하게 할지도 모르는데 하물며 임금의 마음에 신을 공경하는 예에도 흠점이 있음을 면하지 면할 것이니 더욱 염려스러운 것이다.

그리고 박연은 더욱 솔직하게 말하였다.

가난한 서생이 입 속으로 항상 머뭇머뭇하며 주저한 것이 하루 이틀이 아니었다. 지금 성상의 은혜를 입고서 봉상 판관으로 관등이 뛰어 임명되어 악학을 찬집하는 임무를 겸임하였으니 천 가지 중에서 한 가지를 알아낸 어리석은 소견으로 어찌 감히 끝내 말이 없이 잠잠히 있겠는가. 또 지금 편집하는 악서는 아雅가 제일 먼저 있으나 조리가 완전하지 못함이 이와 같으니 만약 다시 새로이 편집하지 않고 구례를 그대로 둔다면, 기록하지 않고 지혜로운 사람을 기다리는 것만 못할 것이다.

그리고 마지막으로 다시 주청하였다. 신의 어리석은 생각으로 망령되이 말씀드리건대… 박연은 그렇게 말하고 더욱 강도 있게 의지를 말하였다. 주관周官의 제도가 서책에 기재되어 있으니 근본을 상고하여 조목 조목 밝히는 것은 어려운 일이 아닌데 만일 그렇게 못한다면 중국에 청히여 묻고 이를 시행할 것이다.

"삼가 바라옵건대 성상께서 결재하시어 영전令典을 새롭게 하신다면 매우 다행스러운 일이라 하겠습니다."

이 청원은 바로 예조에 내리었다.

진출

상소를 하고 청원을 하는 것마다 다 받아들여졌다. 대단히 당돌하고 방자한 의견이었다. 기존의 제도와 운용 방법을 과감하게 혁신하고자 하였다. 박연은 그 개혁의 중심에 서서 줄기차게 밀어붙이었다.

작은 소리의 값(음가)에서부터 악기를 어떻게 다루어야 하며 그 사용과 배치 조리에 대하여, 방법과 근본 이치를 말하였다. 중국 고대와 현대를 꿰뚫고 고려와 개국 초기의 문제와 당시 조선의 현실을 아우르는 비판과 건의였다.

거기에 모든 열정을 바치었고 용감하게 앞장을 섰다. 그런데 예악의 새 정책과 혁신적인 방안을 내놓고 올리는 족족 다 예조로 내려보내 실행을 하게 되었다. 예악은 시대의 정신이었고 새 시대의 기틀이었다.

"엎드려 아뢰옵건대 어지신 임금께서 새로운 법을 만들어 예

악의 깨끗한 치정治政을 일으켜 사회의 모든 제도를 갱신한 초기의 습속이 그대로 남아 있는 것은 폐조의 여풍이라 심히 한탄합니다."

박연은 현하 실정을 신랄하게 지적하며 주장하였다.

지금 좌교左敎가 많은 사람들을 현혹시켜 인심이 도탄에 빠졌다. 민가의 상제喪祭에 있어서 장사나 제사 지낼 겨를이 없어 오로지 불교를 위하는 데만 후하여 미풍을 없애고 세상을 어지럽게 하여 나라의 법이 닿지 못하고 군신이 모여 임금께 상주上奏하는 예의에 있어서도 품위 있고 바른 예의를 보지 못하였으며 광대나 창녀娼女들의 음악이 나와 희롱하였으므로 삼강이 분명하지 못하고 풍속이 아름답지 않고 방음方音이 바르지 못하여 민풍民風이 그릇 되었다.

가례삼강행실家禮三綱行實을 널리 펴서 행하기 위하여 청원하는 상소였다. 박연의 시문집詩文集 난계유고蘭溪遺稿에 실린 글이다. 앞에 시를 몇 편 싣고 제일 먼저 올려놓은 청반행가례請頒行家禮…의 소疏이다. 박연의 상소는 모두 39편인데 조선왕조실록에 수록되어 있지 않은 것이 3편이고 그 중 하나이다. 이를 '1번 소'라기도 한다.

모든 폐습은 다 선왕先王의 교화를 어지럽힌 것이니 성세聖世의 풍화가 아니라고 하기도 하였다. 참으로 소신 있는 언사였다. 좌교는 그릇된 종교를 이르는 말로 유교 이외의 다른 종교를 그렇게 말했다. 불교를 부정하고 비판한 유교시대의 논리이다.

"원하건대 좌교가 미풍을 없애고 사회를 어지럽히는 것을 금하게 하고 관혼상제에 관한 주자가례朱子家禮를 세상에 널리 배포하여 나라의 예의를 바로 잡고 모든 학당學堂과 시골의 글방에서 소학小學의 이륜彝倫을 강講하게 하여 선비들이 폐습을 바로잡으며 국민에게는 삼강행실을 펴서 실행하게 하여 숭상하는 풍습을 두텁게 하고 국민에게 오음정성五音正聲을 가르쳐 민풍을 바로잡아 주시기 바랍니다."

소신도 소신이지만 용기가 있고 과감하였다.

시대적인 예와 악의 소용돌이 속에서 박연은 거침이 없었다.

조하朝賀의 예를 개수하고 여악女樂을 금하도록 하라는 상소도 하였다. 참으로 하기 어려운 청원이었다. 동지冬至 정조正朝 즉위 탄신일 등의 경축일에 조정에 나아가 임금에게 하례하던 의식이 조하이다. 아무나 할 수 있는 말이 아니었다. 기녀 창녀들의 음악과 함께 여악, 여자 악인을 없애자는 건의도 아무나 할 수 있는 제안이 아니었다.

"복의伏以…"

엎드려 생각하건대… 언제나 허리를 굽히고 몸과 마음을 낮추어 주청하였다.

"성인의 학문이야말로 예악으로 정사를 하는 근본이 되는 것이니 원하옵건대 궁중 학문을 한결같이 대학의 격물치지 성의 정심 수신제가가 치국평천하의 도리로 바탕을 세우고 경연학사들로 하여금 성경현전聖經賢傳과 성학왕정聖學王政을 힘써 배우도록 하는 것이 옳을까 하옵니다."

양기가 피어나는 동지와 한 해가 시작되는 정초는 모두 인군이 원기를 가다듬어 복을 받는 날이고 계획을 다짐하는 시초가 될 것이니 부디 왕세자와 여러 신하들이 좋아하는 예의를 새롭게 하여 그 절차를 성대聖代에 맞도록 해야 할 줄로 안다고 하였다. 그리고 말하였다.

"국가의 연회 때 여악을 쓰는 것이 예가 아닌 줄 압니다. 전날 태종 임금 때 중국 사신 단목례端木禮가 왔다가 여악을 보고, 예악의 나라에서 어찌 이런 욕된 짓을 하느냐고 언짢아 하였고 태종 임금은 크게 부끄러워 해서 연회 때 여악을 일체 금하였나이다. 부디 임금님이 베푸시는 연회나 빈객을 맞이하는 연회라도 여악을 금하고 남악을 써서 국가의 풍속을 바꿀 수 있다는 본보기를 보여주시기 비옵니다."

참으로 직설적이고 분명한 요구였다. 너무나 명분이 뚜렷하고 이론의 여지가 없었다.

물론 세종 초기 조선시대 예의 윤리 도덕의 잣대로 말한 것이다. 거기에 어느 누구 이견이 있을 수 없었다. 그러면서도 여자를 금하고 반대하는 남자의 줏대와 결기를 필요로 했던 것이다. 특히 박연에게는 그러하였다.

다음에 박연과 한 여인과의 관계를 가지고 그 연유를 얘기하려 한다. 오음정성에 대해서도 해명이 필요하다.

남도 민요를 부르며 춤을 잘 추는 다래에게 박연은 하늘 같은 존재였다. 그가 가르치고 그녀가 배웠다고 말하지만 다래는 하나를 얘기하면 열을 알았고 알았다고 하기 전에 먼저 행하였다. 행하였다고 할까 저질렀다. 소리면 소리 춤이면 춤을 실연實演으로 보여주었다. 성미가 급한 것은 사실이지만 재주가 있고 능력이 있었다. 자신이 있고 매사를 어렵지 않게 쉽게 쉽게 가려고 하는 것이었다.

박연이 가르친 게 있다면 그런 부분을 꼬집어 준 것이었다. 신중히 하라고 하고 한 번 더 생각해 보고 한 박자 늦추게 하였다.

"뜸을 들여야지. 심시세끼 밥을 하듯이. 여유를 가지고 말이어. 뭐가 그리 급한가."

"잘 알았습니다. 그렇게 하겠습니다."

"으음."

"그런데 제 소리가 마음에 안 들던가요, 심히?"

"소리보다도 춤이…"

"좀 요상했지요?"

"으음. 으음."

사실 그런 것도 아니었다. 다래는 소리, 노래보다도 춤에 능한데 소리에 곁들여 춘 춤이 너무 요염한 자태를 보인 것을 가지고 얘기하는 것이다. 그것을 뭐라고 꼬집어 탓할 수는 없었다. 남자들의 혼을 쏙 빼놓는 표정 몸짓 파격적인 춤사위가 어떻다고 할 수도 없고, 온전히 자리를 압도하는 기량이라고 할까 재주를 문제 삼을 수도 없었다. 너무 마음에 들고 감동을 준 것이 문제라면 문제였다. 그가 보기엔 그랬다.

그러나 그렇게 말할 수는 없었다. 주마가편이라고 다른 얘기를 하며 자중토록 하였다.

"춤이란 무엇이냐."

"춤이란 몸으로 시를 쓰는 것이니라."

"시란 무엇인고."

"운으로 말하는 글이고 율로 읊는 말이며…"

"총명하긴 한데…"

"예쁘고…"

"다 좋은데…"

"솔직히 그건 인정하시지요?"

"예쁘긴 한데…"

"진·선·미를 갖추어야지요."

도무지 말을 할 수가 없었다. 무슨 말을 하려는 것을 다 알고 앞질렀다.

"사부님 눈이 너무 높으십니다."

"세상은 냉정한 거여. 나는 뭇 사람들의 눈을 가지고 얘기하는 거여."

"뭇 사람과 놀아나지 말라는 말씀은 아니시지요?"

"헛 참."

그것도 사실이었다. 한다는 명사들 한량들과 술자리에 끼어 어울렸고 시샘하는 말들이 많았다. 세상이 다 아는데 그가 모를 이가 없었다.

"조신해야지."

박연은 그 한 마디로 모든 것을 다 말하려 하였다.

다래가 언제 등장하였는지 정확히는 기억되지 않지만 애띠고 시골 촌티를 벗지 못할 때부터 눈 여겨 보아왔다. 장악원에서 소리를 듣고 괜찮다고 생각하였는데 그 때 그가 고개를 끄덕인 것이 인연이 되어 줄곧 관심을 갖게 되고 선생님 사부님 하며 따랐다.

소리란 무엇이며 어떻게 하여야 하고 춤은 왜 추며 신명은 무엇이며 그것을 어떻게 다스려야 하고 아름다운 것은 무엇이고 참된 것은 무엇이며 삶이란 무엇인가. 어떻게 살아야 하는가. 왜 사는가. 궁극적인 생의 목적은 무엇인가….

조곤 조곤 기회가 될 때마다 이야기하였다. 술잔을 앞에 놓고 거문고를 타면서일 때가 많았지만 정원을 산책하며 또 달과 별을 바라보며 이야기하기도 하였다. 무엇보다도 시에 대하여 얘기하면 눈이 빛나고 생기가 돌았다. 밤새도록 썼다 지웠다 한 시를 보여주기도 하였다. 춤을 추듯이 소리를 하듯이 그렇게 안 된다고도 하였다. 시가 쓰기가 어려운 것은 누구나 마찬가지이고 그렇게 쓰고자 노력하는 것이 아름다운 것이라고 하였다. 삶이 시가 되면 된다고도 하였다.

"어떻게 하면 그렇게 될런지요?"

"열심히 혼신을 다해 살면 되는 거여."

"혼신을 다 해서 사부님은 그렇게 살고 계시지요?"

"토를 달지 말고."

"히히히히…"

그럴 때는 그의 품에 안기며 교태를 부리었다.

어떻든 그는 있는 것을 다 빼어 주고 싶었다. 그가 가르친 것이 있다면 그런 것이었다. 물론 소리의 째나 악율 춤 사위 너름새 법무法舞 정재呈才의 가락에 대하여 방법과 수행에 대하여 얘기한다고 하였지만 앞에서도 말한 대로 하나를 얘기하면 열을 알았고 그것을 행하였다.

그런데 그런 사랑스런 제자라고 할까, 다래를 포함하여 모든 여악들을 금하자는 상소를 올린 것이다.

그러면 다래는 누구인가. 이름난 기생이었다. 가무를 잘 하여 궁내 잔치에 들어가는 사기四妓였다.

그녀가 그렇게 대단한 인물인지는 잘 모르겠다. 뭇 남자들을 그녀의 치마 앞에 무릎 꿇린 재예才藝를 갖춘 데다가 야성적이며 숫되고 또 고고하기가 이를 데 없었다. 백면서생 박연을 추앙하는 때문인가. 왕자 형제들을 다 홀리고 고관대작의 자식들 지방 관료 등 장안의 한량들의 넋을 빼앗은 여인이었다. 뒷날 세종 임금의 일곱째 아들 평원대군平原大君 이임李琳이 사랑하며 초요갱楚腰輕이라고 불리게 되었는데 초나라 미인은 허리가 가늘다는 데서 붙여진 이름이었다. 미녀였다. 여섯 번째 아들 금성대군錦城大君, 배가 다르긴 하였지만 나이가 한 살 많은 형 화의군和義君, 왕자 셋이 그녀를 놓고 쟁탈전을 벌이고 그 일로 해서 금성대군 이유李瑜는 옥고를 치르며 귀양 갔다가 죽었다. 화의군 이영李瓔은 외방으로 유배를 갔고 이임과 초요갱은… 뭐 그 얘기를 하려는 것은 아니다. 이러고 저러고 한 얘기들은 그 뒤의 일이기도 하고, 좌우간 그녀는 박연의 애제자였고 그를 스승으로 지극히 존경하는 여인이었다. 그런데 그런 상소를 올렸다는 것을 말하려는 것이었다.

그 사실을 미리 알려 줄 수도 있었다. 귀띔을 할 수도 있고. 박연은 그러나 한 마디 반 마디 운도 떼지 않았다. 만나기만 하였다. 술잔만 기울였다.

상소문을 다 다듬고 나서 그녀가 있는 곳으로 찾아갔다. 주막 한적한 뒷방에 술자리가 마련됐다. 좋은 안주와 좋은 술을 시키고 여러 잔 그녀에게 따라 주었다. 다른 사람들은 다 물리었다. 노래를 부르고 춤을 추는 것도 그만 하라고 하고 술만 마시었다.

"무슨 일이 있으십니까."

"아니여. 일은 무슨 일."

박연은 고개를 저으며 활짝 웃어보였다.

"어디 심기가 불편하신 것같지는 않고, 어부인과 다투신 건가."

"무슨 소릴 하는 거여? 그리고…"

"그리고 뭐요? 아무래도 어부인하고 무슨 일이 있는 것같애요."

그러면서 다래는 그의 아래 위를 주물러 주며 말하였다.

"오늘 제가 위로를 해 드릴게요."

박연은 정색을 하며 그녀를 바라보았다.

다래는 얼른 잘못했다는 듯이 고개를 조아리며 깍듯이 술을 따랐다.

"인제 마누라하고 보다 아이들하고 타투고 있어."

그도 자꾸 그녀에게 술을 따랐다.

얼마나 그렇게 술을 마시며 얘기를 하였다. 그리고 소리에 대하여 노래에 대하여 춤에 대하여 평소 가지고 있던 의견을 펼쳐 나갔다. 강의를 하듯이 질문을 하듯이 진지하게 이어나갔다. 개론이 아니라 각론이었다.

음이란 무엇이며 악이란 무엇이고 예란 무엇이냐. 시란 무엇이고 부란 무엇이고 흥이란 무엇인가. 예술이란 무엇인가.

가끔 기회 있을 때마다 들려 주던 것을 정리를 하듯이 되풀었다. 아는 것을 있는 대로 다 빼어주는 것이었다. 그가 이론적으로 말하면 다래는 실기로 보여주었었다. 그녀가 예쁘고 귀여운 것은 한 마디 한 마디 솔깃하고 진지하게 듣는 것이었다. 꿇어앉거나 책상다리를 하고 앉아서. 가르침을 얼마나 전수 받고 이해하였는지는 알 수 없었다. 그랬지만 예, 알았습니다, 잘 알았습니다 하고 고맙습니다 하고 반응을 보이었다.

술도 취하지 않았다. 밤이 깊었데 졸리지도 않았다. 연방 다래를 찾는 손님이 불러내었지만 안 된다고 하였고 그것이 사부와의 자리라고 하여 다 그냥 넘어갔다.

"늘 조신해야. 무서운 세상이여."

"남자들 세상이에요."

"그래. 잘 아네."

"제가 잘 알지요."

"그러면 됐어."

그것이 다였다. 다음날 상소문을 올리었다.

그리고 예조에서 바로 궁중에 여악을 금하도록 하였다.

사부인 박연이 그렇게 만들었다는 것을 안다면 다래는 어떻게 생각하였을까. 도대체 그럴 수가 있느냐고 자신을 그렇게 내칠 수가 있느냐고 얼마나 원망을 하고 퍼부어댔을지 모른다. 어쩌면 대의명분에 입각하여 국가 대계를 위하는 마음으로 결단을 내린 야심을 이해하였을지도 모른다. 미천한 자신이 눈에 밟혀서 얼마나 마음이 무거웠을까, 생각하며 그날 자신을 위로하기 위해 자리를 마련했었던 것을 떠올리며.

좌우간 무대란 궁중에만 있는 것은 아니고 어디서나 여자의 기예를 펼칠 수도 있는 것이지만 그 때 조선시대의 시간 속에서 결단된 애절한 삶의 순간이었다. 다래는 이후 파란만장한 삶을 살았고 사부의 부음을 뒤늦게 듣고 멀리 남녘(영동)을 향해 눈물의 가락을 읊었다.

박연은 줄기차게 예악의 개혁을 밀어붙이었다. 그의 의견은 정책이 되었고 그것은 새 시대 물결이 되었다.

그건 그렇고 여악을 금하는 상소에 앞서 삼강행실 훈민오음정성訓民五音正聲을 촉구하는 상소를 올린 것에 대하여 말하였었는데 이에 대한 해명을 조금 더 하여야 되겠다.

훈민오음정성을 줄이면 훈민정음訓民正音이 되고 훈민정음을 박연이 창제했다는 주장이 있다.

박희민의 「박연과 훈민정음」은 역사적 실화를 소설 형식으로 쓰며 세계적인 문화유산 훈민정음 창제에 대한 새로운 주장을 하고 있다. 세종 5년(1423) 3월 23일 문헌연구를 시작해서 9년 6월

23일 훈민정음을 창제하자는 상소를 올리고 21년 4월 24일 훈민정음 창제를 완료했으며 25년(1443) 12월 30일 훈민정음을 창제를 공표했다는 일지를 제시하고 있다.

이에 대한 뒷받침으로 여러 가지 사실을 근거로 들고 있다. 박연이 율려신서律呂新書와 홍무정운洪武正韻 등 운서韻書에 능통하고 사성칠음四聲七音을 완벽하게 이해하고 있으며 난계유고蘭溪遺稿의 1번 소疏에서, 널리 가례와 소학 삼강 행실을 가르치고 훈민오음정성으로 민풍을 바로잡자고 한 것 등.

다 맞는 말이다. 다만 훈민오음정성이 훈민정음인가 하는 대목은 그냥 지나가지지 않는다. 묘한 이름 조합이다. 여기서 말한 난계유고 1번 소의 내용을 앞서 소개한 바 있는데 난계유고는 1822년 박연의 사후 그의 글을 모아서 엮은 시문집이다.

이 거창한 얘기를 조금 더 하기 전에 난계유고의 앞 부분에 실은 시 가운데 한 편을 보자.

바다 물결 가 없이 넘실거리고
푸른 봉우리 구름 위에 빼었네
온 고을에 뽕나무 무성하니
푸른 비단 짜 인군께 바쳤으면
(滄海餘波接懸門 華峯蒼翠暎紅雲 一村桑拓人無事 欲上靑緞獻我君)

과교하過交河, 교하를 지나며이다.

서정이 흘러 넘친다. 자나 깨나 앉으나 서나 임금에 대한 생각이었다. 진정에서 울어나는 성심, 국가에 대한 사랑이었다. 사랑이며 충성이며 신념이었다.

숨을 좀 돌리고 얘기를 다시 이어 간다.

훈민정음의 정음正音은 아설순치후牙舌脣齒候 반설半舌 반치半齒의 칠음七音 일곱 가지 음운은 어학 용어이고 오음정성의 오음五音은 궁상각치우宮商角徵致羽 다섯가지 음가이며 음악 용어이나. 그 '1번 소'에서 언급한, 나라의 전례도 바르지 못하고 회례의 음악에서도 바른 기동을 보지 못하겠고 창우 어악의 진퇴나 연회에서도 삼강의 행실을 볼 수 없다고 하였다. 풍속이 아름답지 못하고 음악도 바르지 못하고 미풍양속이 그릇되게 뒤섞여 있다는 지적 등은 음악에 대한 사항 같기도 하고, 훈민정음의 박연 창제설에 대하여 다시 생각해 본다.

훈민정음 창제에 대한 다른 설도 있다. 조선 초기의 승려 신미대사信眉大師가 실제 창제했다는 주장이다.

신미대사, 속명 김수성金守省은 김수온金守溫(1410~1480)의 형이다. 영산永山김씨 대동보에 "집현전에는 불교를 배척하는 학자들이 있었다. 세종은 훈민정음을 오랫동안 지키고 스님을 보호하기 위해서 신미대사가 실제 창제했다는 사실을 밝힐 수 없었다."고 기록되어 있다.

영산은 영동의 딴 이름이다. 그도 난계 박연과 같이 영동 사람이다. 영동향토사연구회 김윤호 전회장이 펴낸 「혜각존자慧覺尊者 신미대사」의 표지 제목 위에 훈민정음 창제의 보필輔弼 주역이라고 쓰고 있다.

박희민이 밀양박씨 난계파 후손이라면 김윤호는 영산김씨 대종회 회장을 지낸 신미대사 후손이다. 그러나 후손이냐 아니냐만 가지고 따질 수는 없는 일이고 팩트가 말하는 것이다.

또 정찬주는 장편소설「천강에 비친 달」에서 신미는 범어梵語에 능통해 훈민정음 창제의 주역을 담당했다고 쓰기도 했다.

필자는 이에 대하여 그렇고 아니고를 판단하기가 주저된다. 갑작스럽게 제기된 발문發問에 대처할 자료를 찾아보아야 하겠다. 시간이 필요하고 고구가 있어야 할 것이다.

국어국문학을 전공한 민하는 국어학개론 시간에 제출했던 리포트의 기억을 하고 있었다. 훈민정음을 필사하고 꼭 같은 모양으로 제책을 하여 내라는 것이었다. 전국방언조사를 했다는 이유로 100점을 준 교수에게 너무도 부실하게 대충 만들어 내었던 리포트. 오랜 옛날, 참으로 이제 돌이킬 수 없는 시간 저쪽의, 기억 속에 교수의 의도가 떠올랐다. 한 자 한 자 정성 들여 쓰며 훈민정음 한글 창제의 뜻을 새기라는 것이었다. 처음 접한 국어학의 역사 연구사 학설 이론이 아니고 막 천자문을 뗀 아이들로 할 수 있는 대학의 첫 과제물이 이토록 오랜 시간 뒤에 뒤통수를 치고 있었다. 김용경金容卿 선생은 민하가 교직으로 갈 때 추천을 해주기도 했다. 뒤에 안 일이었다. 그 때 홍사단인가에 나가며 〈기러기〉라는 잡지를 보내주기도 했었다.

어디선가 내려다 보고 있을 처음 만난 국어학자의 음우陰佑 계시가 있기를 빌며 발문을 다시 되새겼다.

석경石磬

남양돌

이무0月

박연(악학별좌
봉상판관

훈민정음에 관해서는 시간을 갖고 자료를 더 찾아보아야 겠다. 박연 스스로 밝힌 것은 없고 연보 같은데 기록도 없기 때문이다.

박연은 계속해서 상소를 올렸다. 말로만 이론으로만 한 것이 아니라 이번에는 실물로 대령을 해 보인 것이다. 그런데 그것은 참으로 획기적인 시도이고 역사적인 기록이 되었다. 음악사적인 사건이었다.

악학별좌 봉상판관 박연이 한 틀에 12개 달린 석경石磬을 만든 것이다. 이론으로 청원하고 주장하던 것을 실제로 만들어 올린 것이다. 세종 9년 5월의 일이었다.

처음에 중국 황종의 경쇠로써 위주하였는데 삼분三分으로 덜고 더 하여 십이율관十二律管을 만들었다. 그리고 겸하여 옹진甕津에서 생산되는 검은 기장으로 교정校正하고 남양南陽에서 나는 돌을 가지고 만들어보니 소리와 가락이 잘 조화되는 것이어서 그것으로 종묘 조회 때의 음악을 삼은 것이다.

그에 대한 상소를 올린 것이었다. 사사건건 뭘 따지자는 것이 아니라 그렇게 정신없이 요청을 하고 허락을 받고 수용이 되고 하였던 것이다.

성악聲樂을 고르는 것은 옛날부터 어려운 일이다. 옛 사람이 성음聲音을 말할 때는 반드시 경쇠를 친 것으로 으뜸을 삼았고 율관律管을 말할 때는 반드시 기장을 율관에 넣은 것으로 근본을 삼왔다. 그렇게 전제하고 시흥을 돋구며 호소하였다.

"하늘은 기장을 내리시어 지화至和의 답을 보이셨고 땅은 경석을 생산하여 예부터 소리를 고르는 조짐이 되었습니다. 그러나 지금 마땅히 먼저 바로잡아야 할 것은 율관입니다."

옛날 일을 자세히 고찰하여보면 주나라는 소邵 지역에서 나는 기장을 얻어 소리를 고르고 한漢나라는 임성任城 지역에서 나는 기장를 얻어 소리를 골랐다. 그 뒤 수隨나라는 양두산羊頭山의 기장을 얻었으나 소리가 고르지 않았고 송宋나라는 경성京城의 기장을 얻었으나 역시 소리가 고르지 않았다. 이것들을 미루어보면 율관에 기장을 넣는 방법이 비록 방책方冊에 기록되었다 할지라도 진품의 기장을 얻는 것이 가장 어려운 일이었다.

기장, 거서巨黍에 대하여 소상하고 세밀하게 보고하였다. 철저하고 빈틈이 없었다. 그가 하는 일이 매사 그랬다. 그러기까지 밤을 새우며 문헌을 뒤지고 자료를 찾았다. 식음을 폐하고 바깥 출입도 하지 않고 오로지 그 일에만 외곬으로 파고 들어 끝장을 내고야 말았다. 시골 강촌 태생으로 무엇 하나 특출한 것이 없었지만 고집스럽게 밀어붙이는 데에는 이골이 났다.

"신이 지금 동쪽 밭에서 길렀는데 기장으로 황종관黃鍾管을 만들어 불어보니 그 소리가 중국 황종율보다 소리가 높은 것은 땅이 메마른 데다가 가뭄에서 자랐기 때문에 고르지 못한 것으로 여기고 이어 생각해 보니 꼭 같은 품종의 벼인데도 남방에서 생산한 쌀은 빛이 나고 윤기가 있으며 쌀톨이 굵었으나 경기미는 메마르고 쌀톨이 작은 것이 동북東北 사이도 마찬가지였는데 기장의 크고 작은 것도 응당 그와 같으리라 믿었습니다."

솔직하고 단순하였다. 우직하다면 우직하였다.

"신은 원하건데 남방 여러 고을에서 생산된 기장을 삼등三等으로 가려서 율관에 넣어보고 그 중에 중국의 성음과 맞는 것이 있으면 손익삼분損益三分하여 십이율관을 만들어 오성五聲을 고르고 헤아려 들어 오성을 고르고 저울로 헤아려 보고 이어 또 살펴보았습니다. 다만 역대 제율制律이 기장이 일정하지 않음으로 인하여 성음의 높고 낮은 것이 대대로 차이가 난다면 어찌 중국의 율관이 진품眞品이니 아니니 하여 우리나라의 기장이 그 진품을 얻었는가를 알겠습니까."

그리고 그 시대의 논리라고 할까 흐름을 따른 생각일 수도 있지만 사대주의적 사고가 박혀 있는 사실도 지적된다 하겠다.

"그러나 율을 같게 할 도량형度量衡은 천자天子가 하는 일이요 제후諸侯의 나라에서 마음대로 하는 일이 아닙니다. 만약 지금의 기장이 중국의 황종과 맞춘 연후에 손익법에 의하여 성율을 바로잡는 것이 옳을 것입니다. 지금 만약 율관을 만들지 않으면 오음이 바른 것을 잊음을 면하지 못할 것입니다."

얼마 전에 본 영화가 떠오른다. 「천문」이던가. 신하들은 세종 임금 앞에서 조선의 언어와 시간을 갖는 것을 반대하고 있었다. 명나라의 말대로 해야 조선이 살아남을 수 있다고 하며. 조선의 농사 절기에 맞게 만든 천문관측기 혼천의渾天儀를 명나라 사신 앞에서 불태우고 있었다. 영의정은 조선의 글을 갖는 것을 안 될 일이라고 하였다.

그런 것과는 다른 시각인지 모르겠다. 좌우간 그건 그렇고 박연의 예악계 또는 음악계 진출의 획기적인 사건인 이 율관 제작 속에 담긴 또 하나의 의도, 그것은 황종 율관과 도량형의 관계였다. 그것이 의도하는 바가 참으로 심상하였다.

박연은 청원의 글을 맺었다.

사광의 총명도 육율을 하지 않으면 오음을 바로잡지 못한다(孟子曰 師曠之聰不以六律不能正五音)고 한 맹자의 말을 인용하며, 참으로 만대에 바꾸지 못할 말씀이라고 하였다. 대단한 설득력이다.

그런데 오성을 고르고 저울로 헤아려 보았다는 것은 무엇을 말하는가.

황종은 한국의 전통음악 율명으로 첫 번째 음률이다. 낮은 음으로부터 시작하여 황종 대려 태주 협종 고선 중려 유빈 임종 이칙 남려 무역 응종 12율이며 이는 일년 열 두 달에 배속시켜 양陽의 기운이 처음 생기는 동지달부터 시작하여 황종은 11월 달에 해당된다. 양의 기운이 땅 속에서 움직여 만물을 소생시킨다는 의미가 있다. 방위는 자子, 처음 시작의 뜻이 담겨 있는 음율이다.

율관의 길이를 재던 자를 황종척黃鍾尺이라고 하였다. 황종율관은 우주의 중심이라 할 수 있는 황종음률의 높이를 표출해 내는 죽관의 길이이며 이는 일상적인 길이가 되고 잣대가 되고 기준이 되었다.

황종율관의 내경 속에 채워지는 기장의 양은 생활의 부피의 단위가 되고 기장의 무게는 무게의 단위가 되고 기장의 길이는 또 길이의 단위가 되었다. 그래서 황종율관은 도량형의 기준이 되었다. 황종의 높이—황종율관의 길이—를 얼마로 정하느냐의 문제는 그대로 생활의 기준이 되고 삶의 척도가 되었다.

박연의 악기 제작은 단순히 악기의 제작에 그친 것이 아니고 삶과 직결된 것이고 일상의 삶과 시간과 우주 땅의 기운이 융합된 철학이 바탕이 되었던 것이다. 오성을 고르고 저울로 헤아려보고 살펴보고 한 이유가 거기 있었던 것이다.

박연의 음악적 업적 중에서 가장 의미심장한 것이 율관 제작의 시도이다.

국악인 한명희는 먼저 인용한 「난계의 업적」에서 말하고 있다.

얼핏 율관 제작이라면 한갓 악기의 제작 쯤으로 치부하기 일수이겠지만 기실 황종율관의 제작이란 나라의 기틀을 좌지우지하는 근원적이고도 중차대한 행위인 것이었다.

그리고 박연의 음악적 공헌으로 연결되는 동양적 음악관에 대하여 말하였다.

나라가 바뀌면 음악도 바뀌는 것이다. 치세지음治世之音이니 망국지음亡國之音이니 하는 일상 용어에서도 알 수 있듯이 나라가 망한다는 것은 곧 음악제도의 붕괴를 뜻하기도 했다. 난세지음亂世之音이 횡행하면 백성들의 심성이 사악해지고 사회기강이 문란해서 결국은 나라가 망한다는 논리였다. 시대적 관점이 이러했기 때문에 왕조가 바뀌면 음악제도를 바꾸는 것이 상례였다. 망국의 음악을 새로운 왕조에서 그대로 사용할 수 없다는 것이다. 서서히 사회분위기가 안정되자 악정樂政에 관심을 기울인 세종의 치적도 이같은 관점에서 이해될 수 있고 박연의 음악적 공헌도 같은 관점에서 큰 역사성을 부여할 수 있을 것이다.

어떻든 박연은 음악의 원초이자 생활의 척도라고 할 수 있는 한 틀에 12개 달린 석경, 황종율관을 정확하게 만들기 위해서 몇 차례 치밀한 시도를 하였고 그러고도 흡족한 자위를 하지 못하였다. 그것은 박연의 음악에 대한 치열한 집념이자 누구나 할 수 없는 율관 제작의 어려움이라고 할 수 있는 것이다.

황종율관의 제작이 세종대의 중요한 음악적 업적으로 평가되고 있는 이유이다.

영동 난계국악당에 있는 편경編磬을 둘러보았다. 종묘제례악의 등가登歌에 편성된 아악 악기였다. 두 층의 걸이가 있는 틀에 경쇠가 주렁주렁 매달려 있었다.

세종 때 남양에서 소리가 아름다운 경돌을 발견하게 되어 새로 만든 경은 중국의 것보다 더 아름다운 음색을 가졌고 또 그 음율도 정확하였다고 설명을 붙여놓았다. 경돌은 ㄱ자 모양으로 깎아서 만들며 두께에 따라서 음율의 높낮이가 다르다고 하였다.

이 악기를 간직하는 고직庫直이가 혹 실수하여 한 개라도 파손하였을 때에는 곤장 100대에 3년 유배라는 엄벌에 처한다는 경국대전의 얘기도 있다.

박연의 숨결이 이곳 저곳에 서려있었다.

괴나리 봇짐을 지고 여기를 떠나 문과에 급제하고 집현전 교리를 거쳐 지평 문학을 역임하고 세종이 즉위한 후 악학별좌에 임명되어 음악의 일을 맡아보기 시작하였다. 당시 질서가 없는 악기 조율調律의 정리와 악보 편찬의 필요성을 상소하여 허락을 얻고 새로 편경 12장을 만들었다. 이 획기적인 음악사적인 사건을 정리하여 다시 말하지만 처음에 중국에서 보내온 황종을 삼분으로 조정해서 12율관을 만들었고 옹진의 기장과 남양의 석경으로 조화를 이루어 드디어 종묘조회의 악기를 갖추었던 것이다. 그리하여 그 해 가을 종묘의 영녕전永寧殿의 여러 제사 때 편경을 통용하게 했다.

그리고 다음 해 5월 편경과 특경特磬을 완성했다. 또 그 다음 해 여름 자작한 12율관에 의거하여 음율의 정확을 기하였다. 말 그대로의 정확을 이루는 대장정이었다.

이러구러 난계 박연은 51세 지명知命의 나이가 되었다. 하늘하늘 약하지만 부러지지 않는 난초처럼 강가 빈 터에 씨를 뿌리고 가꾸듯이 소걸음으로 느릿느릿 그러나 멈추지 않고 나아갔다. 그 이름처럼.

꿈

나이를 얘기하였는데 그동안 참 정신 없이 살았다.

산전수전 다 겪었다. 안 해본 것이 없고 안 가본 길이 없다. 어디 다닌 것을 얘기하는 것이 아니고 그 반대로 많은 곳을 다니지도 못하였다. 잠시도 자신을 돌아보지 않고 앞만 보고 달린 것이다.

관직에 몸을 두기 시작하면서 그 훨씬 이전부터 가정은 그의 생각 밖에 있었다. 집은 잠을 자는 곳이고 아내는 아이들을 키우는 존재에 불과했다. 무엇은 대단하고 또 무엇은 대단치 않아서가 아니었다. 다 중요하고 대단하지만 하늘이 시키는 일 나라의 일이 먼저이며 아버지 어머니의 일 조상 선대의 일이 먼저라고 생각하였다. 아내를 사랑하고 자식을 사랑하고, 글쎄 그런 말이 사치스러운 것이라고 한다면 아내를 위하고 자식을 위하는 것은 후순위라는 것이 아니고 우선 순위가 따로 있었던 것도 아니고

솔벌땅 松雪堂

박 연

하늘나라 무사히 찾아 갔는가

공중에 소리없이 울으신 님

산태미 흐리흐레 쌓아 산을 이뤘네

천 길 깊 깊하던 그 머지

몸소 죽고 밤아 정이 들던 날

큰 명을 드디어 험한 하뎃네

그렇게 아롱저 화산도 밝구나

우뚝한 임금 곧게 병중에 빛나네

이무영

그저 천지 신명 대의 정도가 가르치는 방향으로 매진하였을 뿐이다.

그것을 판단하는 것도 그 자신이었다. 그를 위해 온갖 정성을 다 바치고 갖은 치성을 다 드리는 아내는 부모님 다음으로 소중하고 운명적으로 얽혀진 일심동체임은 스스로 자인하고 높이든 낮추든 절대적인 처지이지만 그런 표티를 내지 않고 살 뿐이었다. 덤덤하고 아니 초연하였다. 그는 그저 아이를 낳도록 해주는 사람일 뿐이고 그저 바라보기만 하였다. 가끔 큰기침을 하는 것으로 권위를 지키고 그것을 무너뜨리지 않고 유지하기 위해서 노력할 뿐이었다.

따지고 보면 자기의 일에 충실하고 주어진 임무에 전력을 다하는 것으로 대신하고 있었다. 그것이 물론 모든 것을 해결해 주지는 않았다. 아들 셋 딸 넷, 다 아버지의 마음에 들게 자라지를 못하였다. 딸은 그런대로 아버지를 하늘같이 여기고 어려워하고 한 마디 하면 그것을 금과옥조처럼 따른다고 생각하는 것 같았지만 아들 셋은 그렇지 않았다. 아버지의 너무도 늘푼수 없고 예에 치중하고 악에 심취하고 소리와 가락에나 매달려 모든 정력을 쏟아붓고 있는 것을 못마땅해 하였다.

"참 답답해요. 천상 선비지요."

둘째 중우仲愚가 그렇게 말하였다. 아버지를 비하하는 것인지, 칭찬은 아니었다.

"뭐가 어쨌다는 것이냐"

못 알아들어서가 아니었다. 섭섭한 것도 아니었다. 그로서는 그저 선비면 되었던 것이다.

"역적이 되지 않고 도적질 하지 않고 살면 되는 거여."

"그게 아버지의 목표인가요?"

막내 계우季愚가 묻는다. 토를 다는 것이다.

"왜 그것 가지고는 부족하냐?"

"아니요."

"목표가 되었든 뭐가 되었든 더 욕심은 없다. 내가 하던 일을 잘 마무리 하고 싶다. 대과 없이."

그러자 아이들은 아버지의 말은 더 들을 필요가 없다고 생각하는지 고개를 끄덕끄덕 하는 것이었다.

그래도 맏이는 좀 나았다. 맹우孟愚는 대놓고 그렇게 대받지는 않았다. 생각이 같지는 않았지만.

박연은 자신의 일, 그것은 물론 개인적인 것이 아니고 가정의 일도 아니었지만, 피리가 되었든 편경이 되었든 경서가 되었든 한번 집착하면 끝을 보아야 했다. 예도 그런 것이요 악도 그런 것이었다. 악기도 그런 것이었다.

못마땅하고 마음에 들지 않는 것이 있으면 그냥 넘어가지 않았다. 털끝만큼도 옳지 않은 것은 참지 못하고 바르지 않은 것은 그냥 지나치지를 못하였다. 그것이 성품이면서 의지였다. 여러 차 상소를 올리고 올리는 것마다 예조로 내려 보내어 실행이 되었다. 그의 의견은 곧 정책으로 실현이 되었다. 의견을 올리는 것마다 즉각 채택이 되었던 것이다.

무슨 별난 재주가 있었던 것도 아니고 위로 줄이 닿았던 것도 아니었다. 왕(세종)과는 특별한 관계가 있긴 했지만 그것은 문학이라는 임무에 충실을 기했을 뿐이고 단 한 번도 사사로운 일과 연관지어진 것은 없었다. 언제 어디서나 맡은 일에 최선을 다했을 뿐이다. 문제점을 포착하면 거기에 온 정열을 쏟아 파헤치고 해결하려 하였다. 밤을 새워 전적을 뒤지고 식음을 폐하고 생각을 비틀어 짜내고 탐문하고 그리고 상주하였다. 낱낱이 지적을 하고 그 해결책을 제시하였다. 왕과의 대화였다.

예악 분야에서는 다른 사람의 추종을 불허하였다. 어폐가 있다면 음악 분야에 있어서는 단언 일인자였다. 오십을 넘었으니 소장학자도 아니고 대가라고 해야 할지 중가하고 해야 할지.

악의 정비에 나선 세종이 대제학 맹사성孟思誠을 제조提調로 두고 박연을 별좌로 임명하여 악학 실무를 맡긴 이래 그 책임을 다하여 우리 예악을 빛내고 무수한 공적을 쌓아 종내는 악성樂聖의 추앙을 받게 되는데… 쉰 전후가 그의 음악적 발자취의 정점이 되었다고 할 수 있다.

그것이 얼마나 큰 것인지 작은 것인지 몰라도 도적질 하지 않고 역적이 되지 않고 살아온 목표이며 가꾸어 온 꿈의 소산이었던 것이다.

난초 난蘭 시내 계溪 난계라는 아호를 쓰기 시작한 것이 언제부터였는지 여러 곳에서 냇가 바위틈에 피어난 난초의 자태에 매료되어 그렇게 지었다고 하고 있다. 금강 상류 삼도봉 민주지산에서부터 흘러 내려온 물이 깊어진 마을 앞 지프내 냇가를 말한다. 지프내는 영동 심천深川의 딴 이름이다. 그 강촌에서 태어난 하동河童 연然에게는 너무 고고한 명명이다. 뒤 어느 계기에 이름 자를 바꾸었는데 자연스럽게 흙바탕 모래바탕에 뛰놀며 자라던 아이는 언제부턴가 빈 터를 가꾸는 삶의 의지와 시대적 경작의 개념을 갖게 되었다. 연堧은 빈터 또는 성 밑 땅이라는 뜻이었다.

청정한 삶과 예악의 소용돌이 그의 생애 두 이름이다. 자字는 탄부坦夫라 썼다. 장가 든 뒤에 본이름 대신 부르는 이름인데, 평범한 남편이라는 뜻인가. 집의 이름 당호를 송설당松雪堂이라 붙인 것도 그렇고 결코 평범하지 않은 생의 궤적이었다. 사철 푸른 소나무와 같이 그 위에 내린 흰 눈과 같이 고절한 비범이 있었다. 사후 행장을 평가하여 이름 지어지는 시호諡號는 문헌공文獻公이다.

난계유고의 제일 앞에 송설당이라 제題한 시를 실었다.

우뚝한 임금 글씨 법궁에 빛나니
그 광채 아롱져 화산도 밝구나
몸소 주고 받아 정이 들던 날
큰 경륜 드디어 협찬하였네
천 길 샘 파던 그 의지
산태미 흙을 쌓아 산을 이뤘네
공중에 소리 없이 오른 님
하늘나라 무사히 찾아 갔는가
倬被天章映法宮 昭回影接華山崇

身扶授受相傳日 道大經綸贊化工
掘井千尋曾有志 爲山一簣不虧功
雲衢若許乘槎客 直欲尋源上碧穹

그 뜻을 다는 알 수가 없다. 난계의 평생을 통해 써 모은 글 가운데 시를 앞에 편집한 것은 그렇다 치고 그 중에 제일 앞에 놓은 뜻이 있겠는데 어떻든 일생일대를 대표하는 어떤 의미가 담긴 것 같다. 임금은 누구를 가르치는가. 그것은 잘 알 수 있을 것 같다. 그는 태종 세종 문종 단종 4대의 왕을 모셨다고 할까, 거쳤다. 뒤의 세조世祖인 수양대군은 그를 전북 고산高山으로 유배시킨다. 나이 일흔 일곱, 아들 계우가 단종 편에 섰던 계유정난癸酉靖難에 가담하였다 해서 교수형에 처하고 그도 같이 처형하려 했지만 그동안의 여러 공을 봐서 살려준 것이었는데 그만하길 다행이었다. 죽는 것과 산다는 것은 하늘과 땅 차이가 아닌가.

어떻든 몸소 주고 받고 하며 경륜을 협찬하였고 천길 샘을 파고 산이 되도록 흙을 쌓아 올린 생애였다. 그것이 어디 흙이었던가. 은금과 같이 별과 같이 빛나는 것이 아니었던가. 죽어서 땅에 있을지 하늘에 있을지는 누구도 모르는 것이고 그것이 왕이나 신하 다를 것이 없다. 그 때의 빛나던 별 같은 인걸들은 지금 어디에 무엇이 되어 있는가.

난계 박연의 아버지 박천석朴天錫은 고려 우왕禑王 때 삼사좌윤三司左尹을 역임하고 이조판서에 추증되었으며 어머니는 통례부사通禮副使 김오金琥의 딸이고 정부인貞夫人으로 추증된 귀부인이었다. 세 살 때 아버지를 여의고 스물 한 살 때 어머니가 61세로 세상을 뜨는 내간상內艱喪을 당하자 3년 시묘를 하고 어려서 못한 아버지의 몫까지 6년 동안 묘 앞에 여막을 짓고 시묘를 살았다. 산의 지킴이 호랑이도 감동시켜 함께 했고 지금은 그의 묘 앞에 같이 묻혀 있지만 그 뛰어난 효행으로 25세에 임금(태종)으로부터 정려를 받았다. 그리고 영동 향교에서 엄한 교육을 받고 학업을 닦아 생원시에 급제하고 십년 공부를 더 하여 진사에 급제하여 관로에 나아가 모든 정과 열을 쏟아 부었다.

12세에 영동향교에 들어가 공부를 하기 시작하였는데 그 바탕은 유학 경서였다. 기록들은 기질이 남 다르게 뛰어났고 총명하고 지혜로워서 하는 일이 성인과 다름 없었고 침착하고 사려 깊게 처신하여 주위의 사람들을 감동시켰다고 쓰고 있다.

영동여자고등학교 한문 교사로 있으면서 향토사연구회를 만들고 초대회장을 지낸 김동대金東大 선생이 전적을 찾아 『악성 난계 박연』에도 쓰고 여기 저기에 발표한 글들이 있다.

난계 박연은 누구인가, 난계의 행적은 음악 외에 학자로서 그리고 청치인으로서 공헌이 컸음은 그의 가슴에 유교적인 성리학이 뿌리박고 있었기 때문이라고 하였다.

예문관 대제학 이조판서를 역임하면서 망국 고려의 폐풍과 누습의 잔재를 일소하고 참신한 신생 조선의 기풍을 세워서 북돋우어 나가는데 국왕을 보필하여 정치가로서의 역량을 유감 없이 발휘하였는데 그것은 풍부하고 이로理路가 정연한 주자 성리학의 소양이 뒷받침하고 있었기 때문이다.

박연은 조선 초기 정치적 이념이었던 척불숭유斥佛崇儒의 국가 정책을 빠른 속도로 국민 교육에 침투시켜 나가는 데에 성실한 정책 입안자였다. 그런 새 시대의 흐름을 주도한 실무자였다.

우리 나라의 유학은 이미 포은 목은 야은 이른 바 삼은三隱과 같은 거유巨儒들이 일군 터전에 씨앗을 뿌려 놓았지만 백성들의 의식과 행동에는 아직 미치지 못하고 있었던 것이 실정이었다. 예禮 악樂 사射 어御 서書 수數, 육례六禮를 교육과 정치의 기본으로 삼았던 옛 성인들의 가르침 인륜대례인 관冠 혼婚 상喪 제祭의 예와 향례鄕禮를 실행하였다. 난세亂世를 성대聖代로 전환시켜 나갔다.

물론 그는 실무자이고 입안자였으며 뒤에서 밀어주는 노련한 정치가가 있었다. 가령 맹사성 유사눌 같은 인물이 그의 의견을 믿고 추진하게 하였으며 앞에서는 임금 세종이 또 그것을 믿고 받아들였다. 안을 올리는 것마다 예조로 내려보냈고 그의 의견과 입안은 곧 정책이 되었다.

맹사성은 세종 때 이조판서 예문관 대제학을 겸하였고 우의정 좌의정을 지냈다. 조선조에서 가장 오랜 동안 좌의정의 자리에 있기도 했다. 태종실록太宗實錄을 편찬 감수하고 팔도지리지八道地理志를 찬진하였다.

어떤 사초史草도 마찬가지이지만 희대의 왕자 난을 일으킨 조선 초기 칼부림 피바람을 몰아친 정종 태종의 기록은 참으로 냉정하고 신중이 다루어야 할 역사였다. 변계량卞季良 윤회尹淮 신장申檣에게 양조兩朝 실록을 맡겨 진행하였었는데 정종실록定宗實錄을 완성하고 변계량이 죽자 좌의정 황희黃喜 우의정 맹사성이 그 뒤를 이어 태종실록을 편찬하였다. 묘호廟號가 정해지기까지 정종실록은 공정왕실록恭靖王實錄이었다.

편찬이 완료되자 세종은 태종실록을 보고자 하였다. 아버지에 대한 기록을 어떻게 하였나 보고 싶었던 것은 당연한 일인지 몰랐다. 그것을 편찬자인 우의정에게 요청하고 있었던 것이다.

그런데 편찬업무를 함께한 박연에게 맹사성이 물었다.

"난계의 의향은 어떠하오?"

박연은 몸둘 바를 몰랐다. 왕과 우의정의 고차적인 의견 개진에 그가 끼어들 수가 있는가 말이다.

"그거야 당연히…"

"당연히 어떻단 말이오?"

"고불古佛 대감께서 결정하실 일이지만…"

고불은 맹사성의 아호이다.

"고불이고 신불이고 빼고 의견만 말해 보시게."

"당연히…"

"왕의 뜻을 따라야 된다 그런 얘기인가?"

"그렇지 않습니까 대감님."

"당연히 말이지?"

"네."

"그래서 묻는 것이지만… 그러나 사초란 무엇이고 청사靑史란 무엇인가."

박연의 얼굴은 홍당무가 되었다.

이윽고 참으로 어려운 왕과 고불의 대좌 순간이 왔다.

그러나 왕의 뜻은 이루어지지 못하였다.

"그것은 안 될 말씀입니다."

맹사성은 단호하게 세종의 요구를 거절하였다.

얼굴빛 하나 바꾸지 않고 담담하게 말하였다.

너무도 의외였지만 왕도 초연하게 자세를 흐트리지 않고 근엄하게 말하였다.

"그 이유를 말해 보시오."

따지고 질책하는 것이 아니라 묻는 것이었다. 의견을 듣고 싶다는 것이었다. 고불이 난계에게 묻듯이.

"왕이 실록을 보고 고치면 반드시 후세에 이를 본받게 되어 사관史官이 올바로 그 직무를 수행할 수 없을 것입니다."

우의정으로서가 아니라 실록 편수자로서 말하는 것이었다. 눈을 감고 법조문을 밝히듯이 또박 또박 되뇌이었다.

왕도 눈을 감고 있었다. 고개를 끄덕이고 있었다.

세종은 그 법에 따랐다.

세종이 좌의정 황희에게도 그 같은 요구를 하였는지는 모르겠다. 맹사성에게 먼저 요구했는지도 모르겠다. 둘 다 조선의 이름난 청백리淸白吏이지만 맹사성은 누구보다 냉정하였던 것이다.

음악에 조예가 깊고 음률에 정통한 맹사성은 예조의 관습도감慣習都監 제조提調로 악학 별좌인 박연의 아악부흥 악기제작 향약 창작과 함께 하였다. 박연의 의지를 굳히고 성숙시킨 데에는 뒤에 고불이 있었고 앞에 세종이 있었던 것이다. 고불은 그의 꿈의 그림자였다. 이후 박연은 관습도감 제조를 맡게 된다.

관습도감 제조의 자리에 이르기까지 박연은 또 많은 일을 하였다. 물론 예악에 관한 것이었다. 계속 제도에 대해서 음률에 대하여 고치고 조정하고 바로잡아 개혁해야 될 문제를 제기하고 다시 탐구하고 상주하였다.

세종은 그런 박연의 의견을 다 받아들였다. 그리고 밀어주었다. 그의 말을 전적으로 믿었다. 모든 면에서 그랬다.

세종 9년(1427) 6월 23일 실록에 있는 내용이다.

임금은 몸도 불편하고 한재旱災가 걱정이 되어 정사 보는 것도 멈추었다.

"을사년(2년 전)의 한재는 5월 초 하룻날 비가 한번 내리고 6, 7월 사이에 한번 내렸을 뿐으로 비가 넉넉하지 못하였다. 금년의 한재는 초목까지 말라서 을사년보다 심하기에 가을 수확의 가망이 없지나 않을까 두려워하였으나 이번에 한 번 내린 비가 을사년 비보다 훨씬 흡족하니 만일 각도에 내린 비가 이 정도만 된다면 백성들이 거의 굶주림을 면하겠다. 오랫동안 가물다가 폭우가 내려서 다시 한재가 있게 될까 염려스럽다."

그때는 거의가 다 농사를 짓는 농민이었지만 백성을 얼마나 생각하고 있는가를 보여주고 대목이다.

임금은 또 각 관아의 아전으로서 나이가 많은 자는 다 거관去

官토록 하라고 이조판서 허조許稠에게 명하였다.

거관은 일정한 기간이 차서 다른 관직에 임용하는 것을 말하는데 여기서는 단지 다른 관직에 임용함을 말하는 것 같다.

허조는 명을 받들며 계啓하였다.

"가묘家廟의 제도에 아내 셋을 둔 자는 어느 아내로 부祔(合葬)할 것이며 만아들이 벼슬이 낮고 다음 아들이 벼슬이 높거나 또는 만아들이 병이 있고 다음 아들이 병이 없거나 히면 어떻게 해야 합니까?"

"옛 제도를 상고하여 의논해 정하도록 하오."

허조는 임금에게 다시 계하였다.

"시조始祖 세우는 일은 어떻게 하면 좋겠습니까?"

"권도權蹈의 상서에 공신功臣으로 시조를 삼기를 청하였는데 어떠한가?"

"좋지 못합니다."

"그러면 개국開國한 뒤에 대부大夫된 분으로 시조를 삼는 것이 가하겠는지 의논하여 알리라."

임금은 이조판서 허조에게 말하였다. 그리고 다시 말하였다.

"박연의 상서에 사대부는 사조四祖까지 제사 지내기를 청하였는데 그건…"

"좋겠습니다."

허조가 대답하였다. 그러자 임금은, 나도 역시 옳다고 생각한다고 말하였다.

박연의 의견은 모두 공감하고 인정하였다. 임금은 이조판서에게 그것을 확인하려 하였던 것이다.

같은 해 석 달 후에 있었던 기록에도 임금은 박연의 노력이라고 할까 공을 대변하고 있었다.

9월 9일 예조판서 신상申商이 계한 것을 보자. 박연의 진언陳言에 대한 의견을 올린 것이다.

"악기를 갖추지 못했다는 데다가 제단을 흙으로 쌓아 담이 없으니 더욱 미편未便하다 합니다. 신臣은 담을 쌓고 집 삼간三間을 지어서 사람을 시켜 보살펴서 지키게 함이 옳다고 생각합니다. 사직단社稷壇도 좁아서 헌관獻官이 오르내리면서 신위에 너무 가까우니 고쳐 만들어야 될 것입니다."

그러자 임금이 말하였다.

"사직단을 고쳐 만드는 것은 이미 의논하였오."

박연과 의논을 하였다고 할까, 얘기가 되었다는 것 같다. 계속해서 말하였다.

거서秬黍로써 율관을 고쳐 만드는 것은 비록 박연일지라도 되지 않을 것이다. 중국의 황종을 본떠서 만든다면 비록 거서가 아니더라도 될 것이다. 중국의 황종과 박연이 만든 율관의 소리를 살펴본다면 그것이 조화되고 조화되지 않음을 알 것이다.

그렇게 소회를 밝힌 데에 대하여 신상이 아뢰었다.

"박연이 혼자 만든 것이 아니고 영악학領樂學 맹사성이 이를 도왔습니다."

영악학은 조선 초기 악학樂學에 둔 으뜸 벼슬이다. 주종소鑄鐘所에서 편종을 제작할 때 맹사성은 영악학이었고 악학제조 유사눌 악학별좌 남급南汲 박연과 함께 편경 편종 등 타악기를 만드는데 열을 올렸던 것이다.

세종은 그 열기를 떠올리고서인가 눈을 지긋이 감고 말하였다.

"그랬지."

그리고 이어 말하였다.

"악기는 박연에게 맡긴다면 성음聲音의 절주節奏는 거의 될 것이다."

가득의可得矣, 될 것이디리고 단정적으로 말하였다. 한 신하에 대한 믿음이 너무도 단호하고 확고하였다.

"박연은 세상 일에 통달한 학자이다."

왕의 믿음은 움직이지 않았다. 대언代言이 계사啓事한 것에 대하여 왕이 그렇게 말하기도 하였다. 세종 10년 2월 실록의 기사이다. 비우유非迂儒 가위통유可謂通儒, 세상 일에 통하지 아니한 학자가 아니라 통달한 학자라 한 것이다.

면전은 아니지만 박연은 몸둘 바를 몰랐다. 그럴 때마다 더욱 겸허하게 직무에 임하였다. 자신에 대한 신임을 느낄 때마다 스스로 생각하기에도 과분하고 의외의 처우라고 생각하지만 그런 생각이 들 때마다 몸을 낮추고 움츠리었다.

지프내 강촌 마을에서나 향교에서 그의 피리소리를 듣고 괜찮다, 신기하다, 듣기가 좋다 또는 비범하다고 할 때 기분이 좋고 우쭐하곤 하였다. 그러면서도 과연 그런가, 정말 나는 재질이 있는가, 뛰어난 것인가, 되물어보았다. 선뜻 수긍이 안 되고 그것이 인정이 안 되었던 것이다. 그러나 그렇게 말하지는 않았고 또 스스로 그것을 확인해 보지도 않았던 것 같다.

많은 세월이 흐르고 나이가 든 뒤에도 그런 습성은 마찬가지였다. 그가 하는 일에 대하여 모두들 후하게 평가하고 반대하지 않고 나쁘게 말하지 않는 것에 대하여 다행으로 생각하고 자위하며 계속 밀고 나갔다. 왕이 자신에 대하여 인정하여 주고 신임하고 있는 것에 대하여는 늘 부담을 느꼈고 불안하게 생각하였다. 그때마다 더욱 잘 해야 되겠다는 다짐을 하였다. 더욱 잘 하라는 신호로 알고 철저하게 터럭만큼도 실기를 하지 않도록 대처하였다.

더 일찍 일어나고 더 늦게 잠자리에 들며 전적을 뒤지고 탐구하였다. 새벽 닭이 울 때 일어나 목욕재계하고 책상 앞에 앉았다. 책을 읽고 글을 썼다. 썼던 글을 다시 읽었다. 이미 상주를 한 것을 고쳐 쓰고 새로 쓰고 한 것이 여러 벌 되었다. 그의 글 쓰는 방법은 계속 고쳐서 쓰는 것이었다. 빠뜨린 생각과 사항을 집어넣고 문장과 문맥을 바꾸었다. 바꾼 것을 또 바꾸고 종전 것을 다시 채택하기도 했다. 그리고 청서淸書를 하였다.

박연의 설득력은 문장에 있었다. 한 자 한 획 어긋남이 없고 군더더기가 없었다. 한 글 속에 같은 말을 쓰지 않았다. 일물일어一物一語라고 할까. 그것이 그의 문법이었다. 철저한 고증에다 시의적절한 사례를 제시하였다. 무엇보다 중요한 것은 개혁의 의지이며 시대정신이었다. 그것을 과감하게 표출하였다. 그리고 끊임

없이 줄기차게 밀어붙이었다.

박연은 앞에서도 얘기하였지만 정책과 제도의 개혁과 정비를 촉구하는 글을 올리고 향사享祀때 올바른 음악을 쓰라는 등 계속 상주하였다. 석경을 만들었으며 편경과 특경을 완성하였다.

쉰을 넘기고도 박연의 열정은 식을 줄을 몰랐다. 갈수록 더 뜨거워졌다.

세종 12년 2월 다시 향사 때 악율樂律을 바로잡아야 한다는 글을 올리고 3월에는 아악에 향악鄕樂을 쓰지 말라는 글을 올리었다. 9월에는 헌가軒架를 고제古制대로 만들라는 글을 올리었다. 물론 다 받아들여졌고 예조로 내려보내어 실시가 되었다.

11월에는 조회 악공樂工은 공사비자公私婢子로 충당하라는 글을 올리고 12월에는 조회악朝會樂을 조성하라는 글을 올리었다. 악현樂懸은 고제대로 만들라고도 하였다.

"종묘의 음악은 당상과 당하에서 모두 무역궁만을 사용하니 양은 있어도 음은 없습니다. 옛날 제도에 의거하면 아래에서는 무역을 연주하고 위에서는 협종을 노래하였습니다."

예조에서 의례상정소儀禮詳定所와 의논한 봉상판관 악학별좌 박연이 상서上書한 조건을 아뢰었다. 의례상정소는 조선의 예제禮制를 정하기 위하여 설치하였던 관서로서 특별 기구였다.

"협종과 무역은 묘卯와 술戌로서 음과 양이 합한 것이고 선왕先王이 죽은 사람의 혼령에게 제향하는 음악입니다. 사직社稷의 음악은 이보다 먼저 당상과 당하에서 모두 대주궁大簇宮만을 사용하였으니 역시 순수한 양뿐이었습니다. 옛날 제도에는 아래에서는 대주를 연주하고 위에서는 응종을 노래하였습니다. 대주와 응종은 인寅과 해亥로써 음과 양이 합한 것이며 선왕이 지기地祇에게 제사지내는 음악인 것입니다. 석전釋奠의 음악은 전에는 당상과 당하에서 모두 남려궁南呂宮만을 사용했으니 화합함이 없었습니다. 옛날 제도를 살펴보면 아래에서는 고선姑洗을 연주하고 위에서는 남려를 노래하였습니다. 고선과 남려는 진辰과 유酉이므로 음과 양이 합한 것이고 해 달 별 바다에 제사지내고 성현에게 제사지내던 음악입니다. 원단圓壇의 제사는 환구圜丘이니 상제上帝에게 제사지내는 예입니다."

상서는 끝이 없었다. 조목 조목 악율과 예법을 열거하며 아뢰었다. 철저한 고증이 뒷받침되었다.

타의 추종을 불허하는 지식이며 열정이었다.

박연의 같은 날 이어진 상서였다.

"제후諸侯는 상시로 제사지내는 법이 없는데 우리나라에서는 옛부터 이를 사용하였으니 예가 아니었고 또 그 때 쓰는 음악도 당상과 당하에서 모두 대주궁만을 사용했으니 전혀 그릇된 것이었습니다. 지난 영락 병신년 조용趙庸이 예조판서가 되어 이를 개정하여 제사는 기우제로 바꾸고 노래는 운한편雲漢篇을 사용하되 음악은 아래서는 황종을 연주하고 위에서는 대려를 노래하며 주나라의 육합六合 제도를 회복하였습니다."

운한편은 주나라 선왕宣王을 찬미한 부賦이다. 倬彼雲漢 昭回於天 밝은 저 운하여! 빛이 하늘에서 돌도다! 선왕을 보좌한 신

하 잉숙仍叔이 지은 첫 절이다. 시경 대아大雅…에 있다. 운한은
은하수 천하天河를 뜻한다. 가뭄에 대한 걱정 나라를 사랑하고 백
성을 사랑하는 충정이 담겨 있다.

박연은 그런 고사를 줄줄이 다 꿰고 있었다.

"황종과 대려는 곧 자子와 축丑이므로 음과 양이 합한 것으로
서 선왕先王이 천신天神에게 제사지내는 것이니 그 율려가 소리를
합하는 법은 이미 그 당시에 쓰임으로 원단의 의식이 니타나 있
는 것을 볼 수 있으나 다만 다른 제사의 음악에 편입되지 못한 것
이 유감된 일입니다. 이제 신이 어명을 받들어 모두 다 개정한 것
은 진실로 아무런 증험도 없이 감히 이같은 억설을 하는 것이 아
닙니다. 선농先農과 선잠先蠶의 음악은 앞서는 당상과 당하에서
모두 대주궁을 사용했으나 이는 전혀 근거가 없는 것이었습니다.
이제 옛 제도를 써서 아래에서는 고선을 연주하고 위에서는 남려
를 노래하여 석전의 음악과 같이 했습니다. 이는 곧 진辰과 유酉
의 합으로 옛 사람이 성현에게 제사지내던 음악인 것입니다. 풍
운뇌우風雲雷雨의 음악은 모두 대려궁을 사용했는데 이는 순수한
음陰뿐이었은 즉 천신에게 제사하면서 순수히 음률을 사용한 것
은 더 마땅치 않습니다. 이제 옛 제도에 의거하여 아래에서는 황
종을 연주하고 위에서는 대려를 노래하여 원단의 음악과 같이 했
습니다. 이는 곧 자와 축을 합한 것으로서 선왕이 천신에게만 제
사지내는 음악인 것입니다. 산천의 음악은 유빈蕤賓을 연주하고
함종函鍾을 노래하는 것이 바른 것입니다. 우리나라에서는 홍무
예제洪武禮制 주현州縣의 의식을 의거하여 풍운뇌우와 단壇을 같

이 하여 제사지내기 때문에 천신에게만 제사하는 황종 대려의 궁만 사용하게 되니 두 편을 다 같이 높이지 않기 때문입니다. 우사雩祀(기우제)의 음악은 앞서는 당상과 당하에서 다 같이 대주궁을 사용하였는데 이것은 완전한 잘못입니다. 옛 제도를 찾아보아도 어떤 율을 사용했다는 글귀는 없으나 이는 여섯 위位의 신을 제사하는 것입니다. 문헌통고文獻通考와 공자가어孔子家語 등의 글에 보면 구망句芒 욕수蓐收 현명玄冥은 소호少皥씨의 아들이요 축융祝融은 전욱顓頊씨의 아들이요 후토后土는 공공共工씨의 아들인 구룡句龍이며 후직后稷은 주나라의 시조이니, 이 여섯 분은 살아서 상공上公이 되고 죽어서 귀한 신령이 된 것이라고 하였습니다. 그 근본을 살펴보면 상세上世의 성현의 신은 반드시 석전과 선농의 예와 같이 고선 남려의 율을 사용하여야 할 것인데 다만 진양陳暘의 악현도樂懸圖 중에는 고고鼓는 영고靈鼓를 사용한다고 하여 마치 땅의 신에 지내는 제사-地祇-와 비슷하게 하니 의심스럽습니다. 지기 제례로 한다면 반드시 대주와 응종의 율을 사용하여야 할 것입니다. 영신迎神의 음악은 각기 그 소속된 바가 있으니 천신에게 하는 제사에는 환종궁圜鍾宮을 사용하여 여섯 번 변하니 주관周官에, 그 음악이 여섯 번 변하면 천신이 모두 내려와서 예를 올릴 수 있다고 하였습니다. 지기에게 하는 제사에는 함종궁을 사용하여 여덟 번 변하니, 그 음악이 여덟 번 변하게 되면 땅의 신이 모두 나와서 예를 올릴 수 있다고 하였습니다. 사람 귀신에게 하는 제사에는 황종궁을 사용하여 아홉 번 변하니, 그 음악이 아홉 번 변하게 되면 사람 귀신에게 예를 올 릴 수 있다고 하였습니다. 우리나라 영신의 음악은 소속되는 음율을 가리지 않고 다만 응안凝安 경안景安 등의 곡명으로 나타나 있을 뿐이고 또 여섯 번 여덟 번 아홉 번 변하는 법을 알지 못하여 매양 제사에 신을 맞이할 때에는 모두 황종 일궁一宮만을 연주하여 삼성三聲으로 그치는데, 어떤 때는 이성二聲으로 그치기도 하고 어떤 때는 일성一聲으로 집례의 말에 따라 그치기도 합니다.”

고사와 전적典籍에 대하여 다 얘기하지 못한다. 밥보다 고추장이 많아서라기보다 주종主從을 추슬러야 하겠다.

어떻든 박언은 선왕의 제도에 의기하여 모두 개정하여 조목별로 아뢰었다. 그의 꿈은 그의 일이었고 그 속에 번득이는 예지와 실천의 의지였다.

어쩌면 그것마저 의식하지 못하는 투지였던지 몰랐다.

절정

박연이 줄기차게 올리는 상서 상주 제언 아룀은 모두 현 제도를 개선하고 개혁하자는 것이었다. 그의 신념과 의지는 새 시대 새 물결에 부응하는 것이었다. 그렇기도 하지만 그 물결의 소용돌이에서 유영遊泳을 하고 있었다. 언제부턴가 그의 이념은 성숙했고 그것을 실천할 계제가 된 것이기도 했다. 그리고 그런 것을 가르쳤던 사람으로서 솔선를 하였던 것이고 박차를 가하였던 것이다.

받아들이는 입장에서도 그것이 새 시대 정신에 부합하였던 것이고 다들 동조를 하고 공감을 하였던 것이다. 몇 번 그런 예를 말하였었다.

전에 박연이 여악女樂을 금하도록 하라고 올린 글에 대해서도 이견異見들이 분분하였는데 그것도 평정이 되었다. 얼마 뒤의 일이지만 좌부대언左副代言 김종서金宗瑞가 왕에게 아뢰었다.

"예악은 나라를 다스리는 근본입니다. 그런 까닭에 악을 살펴 정치를 알 수 있다는 것이며 공자께서도 석달 동안 고기맛을 몰 랐다고 하셨던 것입니다. 우리나라의 예악은 중국과도 견줄만한 것이므로 옛날에 육옹陸顒 단목지端木智 주탁周倬 같은 사신들이 사명을 받들고 왔다가 예악이 갖추어져 있음을 보고 모두 아름다 움을 칭찬하였으나 다만 여악이 섞여 있는 것을 혐의적게 여겼습 니다. 소신의 생각으로는 아악이 비록 바르다고 하더라도 여악을 폐지하지 않으면 안 되겠습니다."

김종서는 공자의 말을 다시 인용하여 말하였다. 나라를 다스 리는 법을 말할 때 반드시 음란한 소리 정성鄭聲을 추방하라고 했 고 그것은 성인이 행한 징험을 보인 것으로서 여악을 아악에 섞 을 수 있느냐고 하였다.

"소신이 아첨하기 위한 것이 아닙니다. 오늘의 정치는 지난 옛 날이나 앞으로 오는 세상에도 없으리라 봅니다. 예악의 성함이 이와 같은데도 오로지 여악만을 고치지 아니하고 누습을 그대로 따른다면 뒷날에도 이를 혁파하지 못할 것입니다. 전하께서 군신 이 같이 연회하는 자리에서 연주하게 하시고 사신을 위로하는 연 석에서도 쓰시는 것은 대단히 불가한 일입니다. 비옵건대, 크게 용단을 내리시어 유신維新의 미美를 이룩하소서."

임금은 김종서의 충언을 듣고, 여악을 혁파해 버리고 악공樂工 으로 하여금 등가登歌하게 한다면 아마도 음율에 맞지 않아 서로 어긋남이 있게 되지 않겠느냐고 염려하였고, 김종서는 다시 여악 의 누습이 있는 것보다 차라리 어긋남이 있을지라도 연습하여 완숙되기를 기다리는 것이 옳겠다고 하였다.

　우부대언右副代言 남지南智도, 외방에서 더욱 심한 여악의 폐단을 고하고 남녀의 분별을 어지럽게 하는 관기官妓의 폐단을 말하며 관기를 혁파하여 성치盛治의 실책을 제거해 달라고 하였다.

　"경들의 말은 지당하오."

　임금은 겸허히 대언들의 의견을 수렴하였다.

　"조정에서는 남악을 쓸 수 있을 것이오."

　그리고 변계량卞季良이 서경書經의 사해四海가 팔음八音을 끊고 조용히 지냈다는 고사를 인용하며, 옛날 성대盛代라하여 어찌 이같은 음악이 없었겠습니까, 한 의견을 생각하였다.

　"사해에서는 어찌 다 남악을 쓸 수 있겠는가."

　매사 대단히 신중하였다. 어느 것도 그러하지만 여악의 문제는 깊이 생각하여 받아들이었다. 박연의 의견을 확인하기도 한 것이었다.

　어떻든 박연은 그칠 줄을 모르고 계속 고하였다. 하나 같이 기존의 음악 음율의 체계를 바로잡고 새로 고쳐 세우고자 하는 것이었다. 상소는 절정에 이른다.

　세종 12년 2월 19일 만지장서로 고한 것만 해도 엄청났다. 천신 지신 선농 선잠 사람 귀신에게 제사 지내는 음악에 대한 것에 이어 모든 제악 향악에 대한 연주와 상하 선후 법과 절차 그리고 그 음양 천리에 맞고 그름에 대하여 조목조목 아뢰었다.

　종묘에서 영신迎神하는 음악, 석전釋奠 선농 우사雩祀의 음악, 사직社稷에서 영신할 때의 음악, 산천제에 사용하는 음악, 원단圓

壇의 풍운뇌우신風雲雷雨神을 맞이할 때의 음악, 신을 전송餞送하는 음악 그리고 종묘 선농 선잠 석전 우사 등 제사의 음악에 대한 음율 방위 변성 그에 따른 연유 등을 소상히 말하였다. 서로 다르고 같음을 얘기하며 고증하고 논거를 대었다.

너무 많아 세세히 고한 사항에 대하여는 줄이고 항목만 열거하였다.

그리고 다시 계속하여 악현樂懸의 제도에 대해서 말하였다.

원래 십이신十二辰에서 법을 취한 것인데 일신一辰마다 편종 일가一架와 편경 일가를 설치하고 또 편경과 편종 사이에 종鍾 하나와 경磬 하나를 설치하되 자위子位에는 황종의 소리로 하고 축위丑位에는 대려의 소리를 하고 인위寅位에는 대주 묘위卯位에는 협종 나머지 위들도 다 이와 같이 해야 한다. 우리 나라 헌가악軒架樂은 일위마다 편종과 편경만을 설치하고 위에 따라 본율本律에 해당하는 종은 없으니 선왕이 법을 취한 뜻에 어긋남이 있다.

그러하니 이를 갖추어 주조鑄造하여 옛 제도를 회복하게 하기 바란다고 하였다.

또 아뢰었다.

선농의 음악은 모두 토고土鼓를 사용하였었는데 지금은 노고路鼓를 사용하니 이는 제도가 아니다. 아악의 악기로서 토음土音에 속한 것은 질[瓦]로 만들었는데 훈塤과 부缶의 갈래가 모두 이것이다. 상고의 흙을 쌓아 만든 북을 본뜰 수 없다면, 질로 변죽[匡]을 삼고 가죽을 씌워 면面을 삼아 토고에 대용代用한다고 한 자춘

子春의 말을 살펴서 따르는 것이 편할 것이다.

당상의 음악은 먼저 부柎를 친다. 부란 악기는 노래를 먼저 부르는데 소용되는 것으로 진양陳暘은, 당상의 음악이 시작될 때 기다리는 것은 부이고 당하의 음악이 시작될 때 기다리는 것은 고(북)이니 대개 당상은 문 안을 다스리는 것으로 부로써 하고 당하는 문 밖을 다스리는 것이므로 고로써 하니 안은 부자父子요 밖은 군신君臣으로 사람의 큰 윤기倫紀이고 악이 실상實像으로 보인다, 하였다. 주례周禮의 도설圖說과 진양의 글과 임우林宇의 악보는 같지 않아 체제를 정하기 어려우므로 제조하지 않는 것이 옳겠다.

주례도周禮圖와 진양의 예서와 악서 중에는 현고懸鼓의 형상을 그림으로 그리고, 현고는 진고晉鼓이다, 궁현宮懸은 네 모퉁이에 설치하고 헌현軒懸은 세 위位에 설치한다, 하였다. 또 순자荀子는, 현고는 모든 악의 군왕이 된다 하였다. 그러니 이제 아악의 대고大鼓는 이 북을 모방하여 만든 것인 듯 하니 송宋나라 제도에 의거하여 진고 하나를 쓰게 하는 것이 좋겠다고 하였다.

계속하여 박연이 아뢰었다.

질장구〔缶〕가 악기로 된 것은 요堯임금 때부터였는데 역대로 폐하지 않았고 진秦나라 때에는 더욱 이를 숭상하여 써서 한갓 악현樂懸의 악기가 될 뿐 아니라 온 세상이 모두 이를 좋아하였으니 성음聲音과 절주節奏가 있어서이다. 우리나라에서 쓰는 질장구는 그 모양이 그림과 같지 않으며 두드려도 소리가 나지 아니 하고 헌가 중에서 항열行列만 갖추고 있을 뿐이므로 질장구를 만드는 장인〔缶工〕의 유類를 헐공歇工이라고 이르게 되니 기만欺慢도

이만저만이 아니다. 송나라 때에 민간에서 아홉 개의 질항아리〔甌〕를 오성五聲 사청四聽의 소리를 맞추었다고 하였으니 헌가 중열 개 질장구의 소리를 십이율로 나누어 소리를 내는 것이 어려움이 없을 듯하다. 또 흙으로 만든 여러 가지 악기 중에는 두드려서 소리가 나는 것도 있고 소리가 매우 맑고 조화로운 것도 있으며 소리가 높은 것도 있고 낮은 것도 있으니 대개 소리가 나고 아니 나는 것은 질그릇의 잘 익고 익지 아니한 것이기 때문이며 소리의 높고 낮은 것은 악기의 두껍고 얇음과 깊고 얕은 관계이다.

그리고 이런 주문도 하였다.

지금 성 밖의 가까운 땅 마포 강 가에서 다행히 질그릇 굽는 곳이 있으니 질그릇 잘 굽는 사람을 선택하여 인력도 공급하고 품삯도 주어서 역사役事를 맡기고 음율을 알고 사리를 잘 아는 사람을 시켜 아침 저녁으로 왕래하면서 질그릇 만드는 것을 감독하게 하되 반드시 도본圖本과 합치하고 소리가 음율과 조화되게 하는 것을 표준으로 삼아 악기가 만들어진 후에는 여러 악공이 각기 자호字號에 따라서 서로 쳐서 열 개의 질장구 소리가 저절로 한 음악을 이룬 후에 항열을 넣어 여러 소리에 맞춘다면 소리와 소리가 서로 응하여 매우 조리가 있게 될 것이다.

"그러하니 신은 한번 시험하기를 원합니다."

비단 흙의 악기 뿐은 아니지만 흙의 소리에 세심하고 민감하였다. 흙바람 속에서 나고 자란 때문일까. 너무도 세밀하고 구체적이고 실질적이었다.

한 두 가지고 아니었다. 어느 것 하나 요긴하지 않은 것이 없고 거부할 수 있는 것이 없었다. 너무나 해박하고 전문적이었다. 열 사람 스무 사람이 동원하여도 어려울 지식이고 실력이었다. 초인적인 능력이었다.

이론으로 서책의 고증으로만이 아니고 하나 하나 일일이 다 실험을 해보고 실연實演을 해 보지 않고서는 할 수 없는 이야기였다.

도대체 무엇이 그것을 가능하게 하였는가.

시대의 정신이었다. 시대가 그것을 요구하였기 때문이다. 변화를 요구하였고 개혁을 요구하였다. 아니 신이 들린 것이다. 그러지 않고서는 가능한 일이 아니었다.

좌우간 박연은 그 중심 바람맞이에 서 있었고 자신이 할 수 있는 모든 능력을 발휘하였다. 그동안 책을 읽고 공부하고 닦아 온 바탕에다 경서經書 사서史書 예악서禮樂書 그리고 모든 고문서 전적들을 다 섭렵하고 모든 사례들을 샅샅이 뒤지고 고구考究하여 상소문을 작성하였던 것이다. 맹사성 유시눌 같은 제조들의 의견을 듣기도 하고 많은 선학 전관 들의 자문을 받고 다시 스스로 되묻고 하여 초안을 확인하고 다시 쓰고 하였다. 밤을 새워 문헌을 뒤적였고 끼니를 거르고 책상에 앉아 글을 썼다. 쓴 것을 다시 읽어보고 고쳐 쓰고 또 청서를 하였다.

가령, 좌의정 관습도감 제조提調 영악학領樂學의 자리에 있던 맹사성 대감에게는 무시로 자문을 받았다. 크고 작은 문제들을 시도 때도 없이 물어대었다. 집으로 찾아가기도 하고 밤중에 찾아갈 때도 있었다. 물론 일부러 그런 것이 아니고 하다 보면 그렇게 될 때가 많았다.

북촌 꼭대기 맹사성의 집에 당도하면 피리소리가 났다. 퇴청 후 또는 저녁 식사 후 불기 시작한 피리를 밤 늦게까지 계속 불 때도 있었다. 그럴 때는 사실 미안하고 송구한 마음이 덜 하였다. 그런데 밤이 늦고 불이 다 꺼진 때도 그냥 돌아온 일이 없었다. 밤에 찾아가는 것도 염치 없는 일인데 자는 사람을 깨우기까지 하였다. 그것도 고불이다. 너무나 어려운 고관대작이 아닌가.

그러나 자다가 일어난 맹사성은 개의치 않고 반가이 맞아주었다.

그날도 밤이 늦었다. 내일 아침 고할 것인데 아무리 전적을 뒤지고 참고하여도 마음에 안 들고 미심적고 판단이 서지 않았다. 절차를 밟는 것이기도 했다.

"어서 오시게."

무슨 일인가 소리는 하지 않았다.

"너무 무례한 줄 압니다만 먼저 말씀드리는 것이 좋을 것 같고 내일 아침 아뢸 것인데 하교를 받고자 합니다. 정말 죄송합니다."

박연은 정말 너무 무례함을 자복하며 몇 번이고 용서를 구하였다.

"딴 소리 말고 어서 용무를 말하시게."

그러면서, 내가 나라 일 하는 것이 임무인데 무슨 소리를 하느냐고 오히려 나무랐다. 그리고 밤이 늦었으니 다른 사람들은 깨우지 않겠다고 양해를 구하기도 하였다. 하인을 시켜 무엇을 내오게는 하지 않겠다는 것이었다. 박연은 더욱 몸둘 바를 모르고 내일 고할 사항을 늘어놓았다.

무무武舞의 법에 관한 것이었다.

"무무는 선왕이 난을 평정하신 공을 상징하는 것이므로 관계되는 바가 지극히 중합니다. 면류관을 쓰고 방패를 잡은 것은 원래 제왕이 친히 춤을 추던 제도로서 그대로 고치지 않은 것입니다. 예기에 그렇게 되어 있습니다."

"그런가."

맹사성은 아까부터 의관을 치리며 말하었다.

"지금 무무를 하는 사람은 형조와 의금부에서 거관去官한 사람들이 많이 섞이어 있습니다. 이 사람들은 형옥刑獄에서 도끼 직도를 잡고 살육하는 사이에서 늙었으므로 그 습성과 소양이 단정하지 못한 사람들인데 하루 아침에 아악에 참례하여 청묘清廟에 돌아오니 행동거지가 완만하고 거칠며 얼굴 모양이 늙고 추한데다가 면류관을 쓰고 방패를 잡게 되니 아주 마땅하지 않습니다. 그러므로 제가 악학樂學에 명을 받은 후로부터 자제들 중에 대신할 만한 사람이 있으면 계속하여 갈아세우고 그럴 수가 없는 경우는 아직 그대로 두었습니다. 이제부터는 아악의 춤추는 사람을 다시는 형관刑官을 지낸 사람을 섞어 붙이지 말고 자제들 가운데 대신할만한 사람이 없으면 모두 삭제할까 합니다."

맹사성은 고개를 끄덕끄덕하면서 듣고만 있었다. 아직 의견을 얘기하는 것은 아니었다.

"살펴보시고 그래도 괜찮다고 하시면 재랑齋郎은 이조吏曹로 하여금 그 벼슬아치를 자원하는 사람 중에서 나이 젊고 총명한 사람을 뽑아서 정하게 하고 무공武工도 병조兵曹로 하여금 나이 젊고 일을 감당할만한 사람을 선택하여 차정差定하게 하면 될 것 같습니다."

"그러면 되겠네."

맹사성은 고개를 크게 끄덕거렸다.

"일무佾舞에 대해서는 다시 또 하교를 받겠습니다."

"그러시게."

맹사성은 언제나 그냥 알아서 하라는 이야기는 하지 않았다. 깐깐하고 매사 의견이 많았다. 사실은 그래서 밤에라도 찾아와 말하는 것이기도 하지만.

박연이 일어서려 하는데 맹사성은 벽장에서 호리병을 꺼내오며 편히 앉으라고 하였다. 그리고 의관을 푸는 것이었다.

"잠은 다 달아났으니 한잔 하세."

잠 안 올 때 먹던 것이라고 하면서 조그만 잔에 따라서 박연의 손에 쥐어주는 것이었다. 잔도 하나이고 안주도 없었다.

그제서야 그 근엄한 표정도 한껏 누그러뜨리며 웃음까지 띠는 것이었다.

"뭘 하는가. 어서 들고 나도 따라줘야지."

"네."

박연은 얼른 마시고 꿇어 앉으며 두 손으로 조그만 잔을 맹사성에게 따랐다. 술이 대단히 독하였지만 감미로왔다. 상기한 약초 냄새가 느껴지고 속이 찌르르 하였다.

"편히 앉으시게. 이제 용무는 끝났으니 한 잔 하고 가시게. 잠을 자야 내일 일을 하지."

"알겠습니다. 고불 대감님."

"술마실 때는 부처보다도…"

"아 네. 동포東浦 대감님."

"허허허허…"

맹사성은 너털웃음을 웃으며 받아 마시고 금방 다시 술을 따르는 것이었다.

박연은 편안한 자세로 다시 잔을 받았다.

"안주는 그림으로 하시고."

밤이 늦었으니 도리가 없지 않으냐는 듯이 벽에 걸린 편액을 바라보았다. 창 옆으로 포도가 주렁주렁 매달린 그림과 잉어가 한가하게 노니는 그림이 걸려 있었다.

밤늦게 사람을 깨우고 무엇을 시키고 싶지 않은 서민 고관의 마음을 헤아리며 다시 반배를 하였다.

"대감님의 그 너그러운 마음은 진수성찬으로 상을 차린 안주보다 아름답습니다."

"무슨 당찮은 소릴 하는건가."

박연의 마음을 몰라서가 아니었다.

"피리를 불까. 피리로 말하면 난계가 더 낫지."

"원 무슨 말씀을 그렇게 하십니까. 그러나 야심합니다."

"그러네. 그러면…"

맹사성은 무엇을 생각했는지 회심의 미소를 지으며 편안하게 책상다리를 하고 눈을 감는다. 박연은 의아한 표정으로 바라보았지만 이미 그런 것은 안중에 없는 듯 하였다.

시를 읊고 있는 것이었다.

"모두 잠든 이 밤 노소 잔 잡으니 / 그림 속의 포도 송이 비단 잉어 안주로다 / 다만 바라는 바는 추하지 않게 늙고 싶네"

"잉어는 너무 과합니다."

"그런가. 그러면 난계가 한번 읊어보시게."

참 희한한 장면으로의 연속이었다. 밤 중의 술자리는 주흥을 포도 밭과 물가로 몰고 가 싱싱한 과일과 물고기가 놓인 풍경을 연출하고 노련한 선비의 삶을 쏟아 놓는 것이었다.

"그러고 싶습니다만 다음 날을 기약해야 하겠습니다. 아침 일찍 입궐을 하셔야 합니다."

야심하다는 말은 더 하지 않아도 주인은 고개를 끄덕거렸다.

그러면서 술은 다시 따르는 것이었고 그것은 또 사양할 수 없었다.

그날 결국은 박연이 이김으로 조회에서 무무의 상소를 하게 되었고 바로 이조와 병조로 내려보내 실현을 하게 되었다.

맹사성은 세종 14년(1432) 좌의정에 오르지만 3년 뒤 간청하여 벼슬을 사양하고 환해宦海에서 해방된다. 그리고 고향 온양 시골로 내려와 앞에 흐르는 금곡천을 바라보며 시를 짓고 읊으며 지냈다.

강호江湖에 봄이 드니 깊은 흥취 절로 난다 / 탁료계변濁醪溪邊에 금인어錦鱗魚가 안주로다 / 이몸이 한가함도 역군은亦君恩이샷다

그날 밤 야심에 읊던 즉흥시가 연상된다.

탁료는 막걸리이며 인어는 잉어이다. 강호의 사시四時 봄 여름 가을 겨울 사수四首로 되어 있는 강호사시가江湖四時歌의 봄이다. 매수 종장마다 역군은, 역시 임금의 은혜이시라고 노래하고 있다. 모든 안식安息이 모시던 왕의 은혜이며 덕분이라고 돌리고 있는데 그 시대로 돌아가 생각해 본다. 충성스럽고 청렴한 관리 선비의 대표적 표상이기도 하지만 국문학 원류의 면모를 보이기도 하였다. 강호사시가는 우리나리 최초의 연단시조-단시조로서의 연시조-이다.

강호에 여름이 드니 초당에 일이 없다 / 유신有信한 깅파江波는 보내느니 바람이라 / 이몸이 서늘함도 역군은이샷다

여름이다. 가을 겨울을 노래한 강호사시가도 음미해 보기 바란다.

가령, 하고 얘기한 것이 길어졌다.

무엇이 박연의 그 많은 입안과 상소 그 실현을 가능하게 하였는가, 자신의 노력도 있었지만 그것이 물론 추진력이 되고 바탕이 되었지만 그를 아껴주고 가르쳐주고 밀어준 훌륭한 인덕으로 하여서이고 그보다 무엇보다 그의 힘이 되고 신통력을 발휘하게 한 것은 무엇이었는가를 말하고자 한 것이다.

그것은 왕이었다. 임금이었다. 맹사성이 늘 마음 속 깊이 간직하고 시로 읊은 것-역군은이샷다-처럼 임금의 은혜였다. 은혜래도 좋고 그런 뜨겁고 크나큰 바위와 같이 불덩이와 같이 그를 누르는 어떤 힘이었다. 빛과 그림자 같은 것이었다. 그것을 받아들

이는 것이라기보다 누리고 베푸는 것이었다. 혼신의 힘을 다하여 일을 하고 몸을 바수는 것이었다. 자신을 다 쏟아붓는 희열이었다.

어떤 대가를 생각하는 것이 아니었다. 어떤 계산에서 다른 무엇을 기대하는 것이 아니었다. 일하고 수고하는 즐거움이었다. 그것을 받아주고 인정하여 주는 보람도 물론 있었다. 그러나 그러기 전에 그는 능동적으로 결행을 하고 책임도 그가 졌다.

세자 시강원 문학으로 임하면서 가르치고 타이른 대로 스스로 행하고 실천하여 본을 보이는 것이었다. 그것이 얼마나 뿌듯하고 값진 일인가. 아름다운 일인가. 그 자리 같이 함께 있지 않을 때도 같은 하늘 아래 숨을 쉬고 있다고 생각할 때 잠시도 다른 생각을 하고 해찰을 할 수가 없었다. 한 나라에 관직을 맡고 있어 무슨 일을 하든 어느 곳에 가 있든 늘 하늘 같은 임금을 생각하였다. 그가 문학으로 있으면서 무엇을 가르쳐서가 아니었다. 백성으로서 신하로서 마땅히 가져야 할 자세이며 임무라고 여겼던 것이다. 어버이를 하늘같이 스승을 하늘같이 모시고 받들어야 한다고 어려서부터 배우고 몸에 배었었는데 그렇게 실행하였었는데 이제 부모가 되고 스승이 된 그는 스스로 행하는 것이었다.

의영고義盈庫 부사副使 사재부정司宰副正 노중례盧重禮 교수를 거쳐 봉상판관奉常判官 겸 악학별좌樂學別座에 제수除授되는 등 여러 일을 맡아 하였는데 어디서 무얼 하든 직무에 매달려 퇴청할 줄 모르고 끼니를 거르며 밤을 새우기를 밥 먹듯이 하여 끊임 없이 새 정책을 입안하고 발의를 하였던 것이다.

박연이 쉰이 되던 해 세종 9년(1427) 석경石磬을 만들었고 다음해 편경編磬과 특경特磬을 완성하였다.

그리고 53세 때는 그동안 정신없이 밀어붙이던 개혁의 상주는 봇물이 터지듯 마구 쏟아졌다.

2월에 향사享祀 때 악율을 바로잡으라는 글를 올리고 3월에 아악의 음절을 조정하라는 글을 올렸다. 7월에 봉상소윤으로 아악에 향악을 쓰지 말라는 글을 올렸다. 9월에 헌가를 고제대로 만들라는 글, 11월에 조회악공은 공시비자公私婢子로 충당하라는 글, 12월에 조회악을 조정하라는 글, 악현樂懸을 고제대로 만들라는 글을 올렸다. 그리고 토고土鼓를 만들라는 글, 당상악堂上樂에 부桴를 쓰라는 글, 대고大鼓를 만들라는 글, 토부土缶를 구어 만들라는 글, 뇌고雷鼓 영고靈鼓의 제도를 바꾸라는 글, 편종編鐘을 갖추어 만들라는 글, 종경鍾磬을 교정하라는 글, 죽독竹牘을 고쳐 만들라는 글, 궤제机制를 고치라는 글, 석경石磬을 만들기 전에는 아직 와경瓦磬을 쓰도록 하라는 글, 생호笙瓠를 본제대로 만들라는 글들을 올렸다.

얘기가 더러 중복되지만 도무지 숨이 가쁘다. 밤중에 고불 대감을 찾아가서 의논하기도 했던 대로 무무武舞에는 형관을 쓰지 말라는 글, 일무佾舞는 고제대로 하라는 글도 올렸다.

예악 전반에 관한 정책 제도 그리고 악기 하나하나의 운영 관리 체계를 과감하게 고치고 모든 영역 부분 부분을 세밀하게 점검하였다.

악공들의 복식을 갖추라는 글도 올렸다. 여러 제소祭所마다 각기 창고 하나씩을 세우라는 글, 제향악祭享樂을 갖추라는 글, 제사 때 쓰는 율관律管을 만들라는 글을 올리고 재랑齋郎과 공인工人을 엄히 다스리라는 글, 악부樂部마다 음악을 교정하라는 글, 화악華樂에도 아조我朝의 가곡을 쓰라는 글을 올렸다. 거침이 없었다.

그리고 헌가軒架를 고제대로 하라는 글, 조회악에 악공을 예습시키라는 글, 좌전坐殿 때 풍류를 시종 갖추라는 글, 조회악과 당상당하의 조하朝賀 때 헌가만을 쓰라는 글, 조회악에 월율月律을 쓰라는 글, 악가樂架를 예비하라는 글, 악감조색樂監造色을 설치하라는 글들도 올렸다.

스스로도 정신이 없었다. 허둥지둥하였지만 어느 하나 잘못 올린 것은 없었다. 모르고 빠뜨린 것은 있어도 알고서 올리지 않는 것은 없었다. 할 수 있는 데까지 힘이 닿는데까지 사력을 다하였다.

그해는 한 달이 더 있었다. 윤閏 12월에는 또 아악보雅樂譜를 완성하였다.

그리고 병조兵曹 형조刑曹 공조工曹 판서判書에서 이조吏曹판서로 옮겨 앉았다. 그리고 또 보문각寶文閣 제학提學 예문관藝文館 대제학大提學을 겸임하였다.

너무 숨이 찼다.

이듬해 정월에는 왕으로부터 안마鞍馬가 하사되었다.

나무와 숲

참으로 반갑고 고마웠다. 너무나 값지고 귀한 선물이었다. 무엇이 이보다 더 한 선비의 마음을 채울 수가 있을까.

감동이었다. 감읍하였다. 말이 막혀 울먹이고 있다가 소리 없이 울었다. 돌아서서 울다가 주위를 상관하지 않고 훌쩍거렸다.

"왜 무슨 일이 또 있어요?"

사정을 잘 알고 있는 동료가 걱정스레 물었다.

"좋은 일이 아닌가요?"

"너무 좋아서요."

"그렇게나요?"

"좋다기보다 자꾸 눈물이 나네요."

박연은 계속 흐르는 눈물을 닦으며 말하였다.

연일 과로가 누적되어 쓰러지기 직전에 소식을 접하였다. 자다가 꾼 꿈 같았다. 몸이 떨리었다. 50평생 이런 일은 처음이었

존재였다
앉을
따지
꽃이
남이
눈밭에도
엉겅퀴꽃 돌아앉은
없는
어디에도
이 세상
하늘처럼 받드는 여인,
참으로 하는
귀엽고 영명한 여인이었다

다래   박연

흙의 소리 14회
이무성 畵

다. 쓰고 있던 상주 청원서도 계속할 수가 없었다. 전적만 들여다 보고 먹만 갈 뿐이었다. 자꾸 먹이 손에 묻고 생각이 흐트러졌다.

뭐라고 감사의 뜻을 표하고 싶은데 생각뿐 첫 문맥 말미가 잡히지 않았다.

성은이 망극하옵나이다.

그렇게 시작하였다. 그리고 솔직히 눈물이 나고 떨리는 자신의 상태를 고백하였다. 그러나 고개를 저으며 접었다.

어떻게 이리도 설레게 하실 수가 있습니까.

더욱 솔직하고 자연스럽게 친밀하게 시작하디가 다시 지웠다.

그저 무언으로 더욱 중후하고 간절한 표현을 대신하는 것도 좋을 것 같았다. 무엇보다 그 자신 어떠한 마음을 갖고 있는 것이 중요한 것이라 생각하기도 하였다. 그래도 한 마디쯤 말로 하는 것도 좋을 것 같았다.

고맙습니다. 또는 감사합니다. 눈물이 납니다. 그리고 뭐라고 하든 마음의 표시를 하려고 하였지만 생각 같지가 않았다.

이도 저도 아닌 채 서성거리던 박연은 오후가 되자 더욱 허둥대다 퇴청을 하였다. 어디 갈 데가 있는 것도 아니었다. 집으로 갈 생각은 아니었다. 한동안 이리 저리 쏘다니다가 정처를 정하였다.

다래를 만나려는 것이었다. 그동안 소식이 궁금하기도 하고 만나서 솔직한 감정을 털어놓고 싶었다.

낮잠을 자고 있던 다래가 주막으로 오기까지 시간이 많이 걸렸다. 어둑어둑하여서야 반가운 음성이 들렸다.

164

"선생니임!"

날씬한 몸매를 사뿐 사뿐 움직여 스승 앞에 엎드려 큰절을 하였다.

"그동안 잘 계셨지요."

"임금님 만나기보다 더 힘드네."

혼자 낮술을 마시고 있다 당도한 다래에게 말하였다.

"그걸 모르셨어요? 임금의 아들 셋이 저를 서로 차지하려고 하고 있어요."

"무슨 신소리를 하고 있는 거여."

"하늘 같은 선생님에게 제가 왜 신소릴 하겠어요?"

다래는 말대꾸를 하면서 계속 절을 하고 있었다.

"아니 그런데 무얼 하는 거여?"

웬 절을 또 하느냐는 것이었다. 죽은 사람에게 제사를 지내는 것도 아니고.

"가만히 계세요, 사부님!"

다래는 큰절을 두 번이 아니고 세 번 네 번을 하고 다시 꿇어앉는 것이었다.

"아아니 내가 뭐 관운장이라도 되는 기여?"

"무슨 말씀이세요? 공자님 맹자님보다 더 위시지요. 저에게는 임금님보다 하느님보다 높으신 어른이신걸요!"

성인에게 절을 하는 예절을 알고 있다는 것만으로 만족인 박연은 자기 자신이 어떤 반열에 있는 줄은 잊은 채 흐뭇한 웃음을 쏟아놓았다.

"하하하하… 참으로 대견한지고, 나에게 딴 말을 하는 것은 아니렸다."

"제가 왜 허튼소리를 하겠습니까? 누구 안전이라고."

"누구는 누구여 시골뜨기 선비지. 선비는 맞나?"

"아아이 선생님 하늘 같은 스승이신 사부님! 웬 청간이셔요?"

여전히 단정한 자세로 꿇어앉은 채 아양을 떠는 것이었다. 아양이 아니고 교태를 부리는 것이었다. 교태가 아니고 예의를 다하는 것이었다. 그녀는 방금도 왕자 중의 한 사람과 잠을 자다 오는 길이었다.

"그리고 이쁘게 하고 와야지요."

"그래 정말 이쁘긴 이쁘다!"

정말 너무 아름다운 자태로 다듬어 온 것을 절감하였다. 향내 분내가 진동하였다.

"좌우간 편히 앉으시게."

그제서야 박연은 다래에게 편히 앉으라고 말하는 것이었다. 그리고 찾아온 용건을 말하였다.

"혼자 감당하기 어려운 일이 있어 같이 술이나 한잔 하려고 왔네."

그러며 하사받은 안마 얘길 꺼냈다.

박연은 다래가 따라주는 술을 몇 잔 더 마시고는 다시 말하였다.

"그냥 자네가 보고 싶어서 왔어. 잘 있나 어쩌나 하고."

그가 여악을 금하는 상주를 올린 뒤로 다래는 궁중의 출입이 금지되었고 그 뒤 여러 소문이 많았던 것이다.

"호호호호…… 절 혼내주려고 오신 줄 알아요."

다래는 고개를 푹 떨구고 시무룩한 얼굴로 술을 계속 따랐다.

"뭐 그렇다기 보다… 자네하고 한잔 하고 싶어서…."

"죄송합니다. 마음대로 잘 안 되어요."

"마음대로 되면 인생이 아니지."

"그런가요? 호호호호…"

다래는 그러며 술을 따르고 요염하게 웃어재끼며 스승에게로 바싹 다가 앉는다.

"죄송해요. 정말 잘 할게요. 선생님 자주 못 뵈니 자꾸 허트러지는 것 같애요."

그리고는 그의 무릎에 앉으며 교태를 부리는 것이었다. 상채와 팔다리를 주무르기도 하고 전에없이 더 아양을 떠는 것이었다.

"이러면 대작을 못 하지."

박연은 싫지는 않았지만 아니 대단히 기분이 좋고 전신의 생기를 느꼈지만 말은 다르게 하였다.

그녀는 계속 아양을 떨고 생글거리며 오히려 더 적극적으로 자극하였다. 음탕한 웃음이나 몸짓이 아니고 의녀처럼 환자를 만지고 주무르는 것이었다. 어떻거나 서로가 믿고 존경하고 애틋한 시선을 마주치면서였다.

좌우간 그동안의 쌓였던 피로가 가셔지고 활기가 돋는 것이었다. 몇 년째 하루도 영일이 없이 격무에 시달렸던 것이다. 시대적 사명감을 갖고 일을 찾아서 만들어 자청을 한 것이고 거기에 대한 보상은 생각도 하지 못하던 터에 너무도 황공惶恐한 왕의 하사가 내려졌고 그 감정을 나누고자 찾은 다래에게서 또 너무도 넘치는 환대를 받고 누리고 있는 것이었다.

"왜 안하던 짓을 하고 그래야? 어서 내려 앉아여."

"호호호호… 잔을 주셔야지요."

그래야 내려 앉겠다고 하는 것이었다.

"으음."

그러나 대뜸 그녀에게 잔을 건내지는 않고 다른 얘기를 하는 것이었다.

"노래는 좀 늘었겠지?"

"모르겠어요. 한번 해볼게요. 뭘 할까요?"

"거문고는 없지?"

"대령하겠습니다."

다래는 금방 거문고를 갖다놓고 그 옆에 앉으며 뜸도 들이지 않고 노래를 부르는 것이었다. 거문고 병창, 농부가 창부가였다.

준비가 안 된 채 목소리를 높이니 째지고 고르지 못하였다.

"그동안 뭘 한 거여?"

다래는 대답을 하지 못하였다. 얼굴을 붉히며 사죄를 하는 것이었다.

"죄송합니다."

"소리가 굳어지면 안 돼야. 손도 그렇고. 매일 다듬어야지."

"그렇게 하겠습니다."

"말로 되는 게 아니여."

"다음 뵐 때까지 잘 다듬어 놓겠습니다."

박연은 한참 다래를 바라보다가 잔을 쥐어주는 것이었다. 그리고 그의 앞에 얌전히 꿇어 앉기를 기다려 술을 넘치도록 따랐다.

"나랑 같이 며칠 지내면 어떨까?"

너무도 의외의 말을 하고 있는 것이었다.

다래는 놀라는 눈빛으로 스승을 바라보았지만 뭐라고 말은 하지 않았다.

"그냥 있어서는 안 되겠어."

같이 지내면서 지도를 하겠다는 것인가. 즉흥적인 생각이었지만 대단히 단호하였다. 의견을 묻는 것이 아니었다.

다래는 얼른 대답을 못하고 술부터 다시 따라 반배를 하였다. 연지 자죽을 지우고 두 손으로 곱게 바치는 것이었다.

"그렇게 알어."

박연은 잔을 받아 들고 다래를 사랑스럽게 바라보았다.

"알겠습니다."

"고맙네. 내 말을 들어줘서."

"선생님 말씀인데 무엇이라도 따라야지요."

"따르는 게 아니여. 앞서 가야지. 며칠 말미를 만들어 보겠네. 이왕이면 산천경개 좋은 곳으로 가서…"

"네? 네."

박연의 생각은 다른 데에 있었다. 물론 다래의 허트러진 소리를 다듬고자 하는 것도 있지만 정신 못 차리고 있는 그녀의 생활 태도를 바로잡아보고자 하는 것이었다. 주지육림 속에 빠져 있는 기생이 아니라 고고한 명기 명창의 길을 걷게 하고자 하는 것이었다.

"으으으음."

며칠 후 박연은 고향을 다녀오겠다고 집을 나섰다. 명분은 부모님 묘소를 참배한다는 것이었다. 오래 전부터 묘기 허물어졌다는 말을 듣고도 가보지 못한 것이다.

스스로 생각해도 몸을 뺄 수 없는 사정이었다. 청을 넣으면 안 될 것이 뻔하기 때문에 그렇게 통고를 하고 퇴청을 하였다. 혹시 왕에게 고하면 어떨지 모르지만 누가 될 것 같아 그런 언로도 택하지 않았다. 뒤에 그를 찾고 사정을 알면 오히려 칭찬을 할지도 모른다는 생각도 하였다. 사정이 그러함에도 나라 일에만 매달려 있던 그를 원망할지도 모른다. 그것이 싫어서도 아니었다. 조만간 그의 빈 자리를 알고 찾을 것이지만 그래서 어떻게 반응을 할지 모르지만 어떻든 터럭만큼도 누가 되고 짐이 되고 싶지 않았다. 구우일모九牛一毛만치도.

부모님의 일은 구실이었다. 그가 자리를 비우는 데 다른 무엇보다도 좋은 이유가 되었다. 그래서라기보다 다른 구실은 명분이 약하였다. 그렇다고 거짓을 말한 것은 아니었다. 부모님 묘 생각이 마음 한쪽을 짓누르고 있었다. 집안 조카에게 부탁을 하고 아들 중우를 보내어 보수를 한다고 하였지만 늘 죄스러웠다. 직이 뭐고 벼슬이 뭐길래 아버지 어머니의 잠자리를 편하게 해드리지 못한단 말인가.

다래의 일로 그런 생심을 하게 된 것이었다. 그녀와의 계획으로 결단을 내린 것이다. 그녀가 부모보다 먼저였던지 모른다. 그렇게 빈정대도 할 말이 없다. 그만큼 그녀를 생각하고 있는 것은 사실이었다. 더 없이 중하게 대하며 끔찍하게 여겼다. 어느 자식보다 누구보다 소중한 애물이었다. 그에겐 제자란 말이 그렇게 살갑지 않았다. 그가 가진 것을 다 주고자 했고 아는 것을 다 가르쳐주고자 했다. 어떤 것이나 무엇이나 다 다 그녀에게 쏟아 부어 주고 싶었다. 그것은 스승이다 제자다 라기보다 더 깊고 높은 관계였다. 관계를 초월한 무엇이었다.

그런 존재가 두 사람이었다. 그렇게 말하면 좀 이상한 것 같지만 하나도 이상할 것은 없는 관계이다.

어떻든 그녀를 위하여 돌아가신 부모님 묘소 참배를 구실로 하여 잠시 일을 내려놓고 길을 떠났다. 잠시가 될지는 몰랐다. 뭐가 먼저였는지 따질 것은 없고 묘소 보수를 확인하고 참배를 하는 것이 구실만은 아니었다.

하사 받은 안마는 신주처럼 모셔놓고 괴나리 봇짐을 지고 나섰다. 그는 말을 탈 수가 있었지만 또 한 사람은 말을 타보지 못한 것이다.

"고불 대감처럼 소를 탄다면 모를까…"

"그렇군! 하하하하……"

박연은 그녀의 얘기에 동감이었다. 앙천대소를 하였다.

"유람 가는 게 아니여."

"네. 알아요."

고생길이었다. 예측할 수 없는 고행이었다.

변장을 한 것은 아니고 평복을 입고 보따리 속에도 관복은 없었다. 다래도 편하고 수수한 옷차림이었다. 그렇게 입고 준비하도록 하였다. 화장도 하지 않았다.

다래가 몸을 빼는 데는 무척 힘이 들었다. 가느니 못 가느니 며칠 동안 몇 번 뒤변동을 치다가 결국 야반에 도망을 쳐 온 것이다.

"도리가 없었어요."

양쪽에서 때려 죽일려고 하니 다른 방법이 없었다는 것이었다.

박연은 생채기 투성이 다래의 얼굴을 바라보며 안도의 숨을 쉬었다. 참으로 대견스럽게 생각되었다.

"고맙네. 내 말을 들어줘서."

목숨을 걸고 와 준 것이었다. 며칠을 기다린 말죽거리 객주집에서 만났다.

"선생님 말씀인데요."

다래는 그의 넓적한 품에 안기며 색색거리는 것이었다. 숨을 몰아쉬는 여인은 벌써부터 지쳐 있었다.

"늦은 김에 푹 자고 가자고."

"그래요. 선생님!"

그녀는 말을 마치기도 전에 눈을 감고 꼬시라지는 것이었다.

지친 여인의 나약한 여체를 보며 그도 눈을 감았다.

참으로 귀엽고 영명한 여인이었다. 자신을 하늘처럼 받드는 여인, 이 세상 끝 어디에도 없는 영롱한 꽃이었다. 눈에 넣어도 아프지 않을 존재였다.

귀엽고 아름다운 것은 그녀의 미모뿐이 아니었다. 행동뿐이 아니었다. 첫눈에 그녀의 재능을 발견하였다. 됐다 바로 이거다, 그는 그녀의 소리를 듣고 첫 마디에 인정을 하였다. 말로 어떻게 설명을 할 수가 없고 즉각 느낌으로 인정을 하고 무릎을 쳤다. 그녀는 그가 만든 편경의 틀린 음을 잡아내 주었다. 그가 음악에 재질이 있었다고 한다면 그녀는 천부의 기질이 있었다.

지친 심신을 눕힌 채 정신없이 자고 있던 다래는 왜소한 남자의 품을 다시 끌어안으며 의식을 차렸다.

"조금 더 자도 돼요?"

그도 깊은 잠을 자다가 깨며 끌어안고 있는 여인의 팔을 풀어 준다. 그리고 큰댓자로 두 팔을 쭉 뻗었다.

여인도 옆으로 널부러지며 하품을 한다.

"그래 푹 더 자. 실컷 자고 가야지."

여인은 그제서야 상황이 파악된 듯 흐트러진 몸을 추스른다.

"고마워요. 선생님."

"선생님인 건 알고 있는거여?"

"아아이. 제가 뭘 어쨌지요? 꿈인지 생신지 모르겠네요."

"으음."

"선생님은 그런 것도 가르쳐 주셔야지요."

"가르칠 게 따로 있지."

"호호호호…"

그러며 다시 남자를 힘껏 끌어안는다. 목덜미에 입술을 부비기도 하였다.

"다 가르쳐 주셔야지요. 호호호호…"

"으음. 으음."

그런 것을 어떻게 가르치느냐는 말을 히고 있는 것이었다. 다래의 행위가 싫다기 보다 참고 견디기가 힘든 대로 뭐라고 얘기할 수는 없었다. 앞으로 여러날 같이 지내야 하는데 단단히 마음을 먹어야 되겠다고 생각했다.

"더 자아."

그렇게 말하고 자리에서 일어나 앉았다.

다래와의 얼핏 이상한 행각이 알려지면 누가 이 사정을 이해할까. 아마 그 자신 이외에 누구도 이해하지 못하고 한 사내의 흑심으로밖에 볼 수 없을 것이다. 그 사람 그렇게 안 봤는데 무슨 짓을 하고 있는거냐고 탓할 것이 뻔하였다. 본인 다래 자신도 겉으로는 표티를 내지 않지만 그런 생각을 하고 있지 않을까 모르겠다. 누구보다도 그녀는 믿고 있었고 언제나 자신의 신념을 굽힌 적이 없었다. 옳은 일이라고 판단되면 누가 뭐래도 밀어붙이는 그였다.

혈육보다 더 중히 여기고 귀하게 여기는 다래였지만 여악을 금하는 상소를 그 자신이 올려 하루 아침에 궁중 입을 못하게 된 것이다. 당시 예악의 논리와 국가 대계의 원대한 그림 속에 악도 중요하지만 더 앞에 세워야 하는 것이 예였고 그 구도에서 박연의 결단력이 필요했다. 그러나 그의 마음 속 깊이에는 그의 다래에 대한 하애下愛가 발휘된 것이었다. 물론 명분은 따로 있어 내세운 대로지만 속 마음은 사랑스러운 그녀가 너무 유명해지고 끝 간데 없이 널을 뛰는 인기라고 할까 세간의 관심을 주저앉히고자 한 것이다. 장안 한량들이 그녀를 가만 두지 않았고 왕자들도 치정관계를 벌이었다. 세종의 정처인 소현왕후의 일곱째 아들 평원대군 이임이 물량공세를 취하고 여섯째 아들 금성대군 이유, 영빈 강씨의 아들 서장자庶長子 화의군 이영이 서로 쟁탈전을 벌이었다. 친형제들이었고 아끼는 왕자들이었다. 앞에서도 얘기했고 시간적으로는 뒤에 일어나는 일이지만 그런 불행의 사태를 막고자 한 것이다. 사랑하는 제자라기보다 너무나 아끼는 사람을 구하고자 하는 것이었다. 사람이 있고 사랑도 있고 악도 있는 것이었다.

음악의 재질을 발휘하는 데는 꼭 궁중만이 아니고 어디서든 가능한 것이라고 생각한 것이다. 오히려 불편한 조건을 딛고 일어서야 한다고 생각하였다. 그런 높고 깊은 그의 뜻을 알지는 못하는 것 같았다. 언젠가 알 날이 있을지 모른다. 그렇지 못할지도 모른다. 그러나 그런 계산을 해 보지는 않았다.

장안의 사기四妓로 꼽히고 그 중에서도 으뜸의 자리매김을 하던 그녀의 명성이 꺾이지는 않았지만 거덜먹거리지를 못하게 되었고 떵떵거리지를 못하게 되었다. 그리고 누구의 첩이 되고 누구의 소실이 되고 동가숙 서가식 하며 곡예를 하고 있었다. 물론 다른 이름난 기녀들도 사정은 같을런지 몰랐지만 다래가 너무나 안타까웠던 것이다.

대단히 신통한 것은 궁중의 여악을 폐하도록 상주하고 실행한 것이 누구인 것을 알고도 불평 한 마디 언짢은 소리 한 마디 않는 것이었다. 물론 그도 먼저 말하지 않았고. 뒤에도 그랬다. 미안하게 됐다든지 일이 그렇게 되었다든지. 어디까지나 도덕 군자로서 그는 하늘과 같은 존재였고 그녀는 바다같이 넓은 마음의 소유자였다. 어떻든 이 세상에 이 천지에 그가 아니면 그녀를 구하여 낼 수 없을 것 같았다. 단순한 한 여인이 아니라 진주 같은 보물 같은 나라의 귀인이었던 것이다.

박연은 한참 생각에 잠겼다가 그녀를 내려다보고 있었다. 애처럽고 귀여웠다. 눈을 감았다.

이미 각오한 일 저질러진 일이었다. 그녀를 구하고 살려야 하는 것이다. 살기만 하면 되는 것이 아니었다. 어떻게 사느냐 무엇을 위해서 사느냐가 중요한 것이다. 그도 그렇고 그녀도 그랬다.

"그래. 맞아."

"뭐가 그래요."

"이 세상에서 자네가 제일 귀하다는 거여."

"정말 그런 생각을 하고 계셨어요?"

"내가 왜 정말이 아닌 말을 말하겠나?"

말이 떨어지기도 전에 그녀는 벌떡 일어나 사나이의 가슴을 끌어안고 목덜미를 휘감는 것이었다.

"저는 요오, 이 세상에서 선생님이 제일 높으신 어른이어요."

"높으신 어른에게 이러면 되는 기여?"

"그럼요. 뭐가 안 될 것이 있어요. 싫으셔요?"

"높은 것 하고…"

"좋은 것 하고는 어떻게 다르냐고요?"

"……"

"그야 말해 뭘해요? 제일 좋아하는 거지요 뭐."

"뭐는 뭐여?"

그녀는 다시 더 가슴 속을 파고 들며 끌어안는 것이었다. 턱수염에 입술은 마구 문지르며. 저고리를 다 풀어헤친 채로였다.

처음은 아니었다. 그녀가 술에 취할 때마다 그랬다. 그리고 언제나 그가 자제력을 발휘하여 사태가 더 진전되지 않도록 몸을 빼었다. 목석이 아닌 그도 자제한다는 것이 무척 힘들었지만 스스로 지키지 않으면 사도도 무너지고 모든 것이 허무러진다고 생각하고 안간힘을 썼다. 그렇게 늘 말하기도 했다. 자신이 성인군자는 아니지만 나름대로 지키고자 하는 신념이 있었다. 신주처럼. 어쩌면 그런 것을 믿고 그녀는 또 그러는지 모른다.

"잠은 깬 기여?"

"예. 잠도 깨고 기운이 났어요."

"그럼 일어나. 일찍 길을 나서자고."

"예에."

대답은 바로 하였다. 그러나 여인은 한참 동안 더 꾸물거리고 있는다. 그러다 양팔을 쭈욱 뻗어 기지개를 펴고 일어나서 매무새를 차리는 것이었다.

두 훼 닭이 울고 어둠이 가셔지기를 기다려 길을 떠났다.

짐을 가볍게 꾸렸다. 괴나리 봇짐 속에 무게 나가는 것은 다시 한번 버리고 미투리와 피리 한 자루만 챙기었다. 다래의 짐을 그가 조금 나누어 지기도 하였다. 그녀가 끌고 온 거문고는 객주집 벽장 속에 넣어 두었다.

가벼운 차림으로 걷다가 자다가 가는 데까지 가려는 것이다. 다래는 거문고를 걸머지고 가겠다고 하였지만 그가 말렸다. 사실 이렇게 결행을 한 목적이 그녀의 노래를 들어보고 그것을 어떻게 하고 하는데 있지 않았던 것이다. 그것은 구실이었다. 그러면 도대체 무엇을 어쩌자는 것인가.

그녀의 몸을 빼내자는 것이다. 누가 있어 그 사생결단의 치정극에서 헤어나오게 할 수 있을 것인가. 설사 왕이라 하더라도 왕자들의 얽힌 관계를 풀 도리가 없었다. 본인의 의지가 아니면 그 수렁-꿀과 같은-감미로운-바닥 속에서 헤어나올 도리가 없었다. 다래는 그런 굳은 의지가 없었고 아니 아예 의지 자체가 없었다. 꿀사발을 누가 빼앗아 팽개치지 않고는 스스로 내려 놓을 수 있겠는가.

그가 아니면 이 세상 어느 누구도 그런 일을 할 수가 없었던 것이다. 그라 하더라도 아무리 신임이 두텁고 개혁 정책을 입안하는 실세라 하더라도, 설사 백전노장이라 하더라도, 덤태기만

178

쓰기 십상인 일을 할 수가 있는가. 그것도 자청해서 말이다.

그러나 아직은 아무 얘기도 하지 않고 걸음만 재촉하였다. 먼동이 터 오고 퍼언하게 길이 펼쳐졌다.

"부지런히 가야 해야."

"알았습니다요."

종종 걸음으로 따라오며 다래가 여전히 아양을 부렸다.

"한나절 될 때까지 가다가 요기를 하고…"

"한 심 자고요."

"그래 그리고 해걸음에 걷는 게 좋을 거여."

"잠은 또 자야지요."

"그럼 잠은 자야지. 다래 소리도 들어보고…"

"그럼 또 한 잔 해야지요."

"해야지."

그의 걸음은 가속도가 붙어 빨라졌다. 산과 길과 물이 이어졌다. 고개를 넘을 때는 멀리 우거진 숲이 보이었다. 그럴 때마다 땀을 들이고 쉬며 바라보았다.

"그동안 나무만 보았어."

"예?"

"숲은 못 보고."

그는 크게 고개를 끄덕이며 숨이 몹시 찬 여인을 돌아보았다.

"그게 그거 아니예요?"

"허허허허…… 멀리 보아야지. 코 앞만 보고 살았던 거여."

울울창창한 숲을 바라보며 숨가쁘게 몰아치던 일들 속에서 헤어나지 못하고 갈급하게 지내온 시간들이 주마등처럼 스치고 지나간다. 억지로라도 복대기치던 일 속에서 벗어난 것이 참으로 잘 한 것 같다. 그랬다. 물론 다래에게도.

그는 다래의 손을 잡아끌었다.

"부지런히 가야지."

유랑

아무래도 무리하고 무모한 길이었다. 박연은 그것을 잘 알고 있었다.

그 혼자는 몇 번 오르내렸지만 나약한 여인을 끌고 같이 먼 길을 간다는 것이 큰 짐을 잔뜩 지고 가는 것이나 다름 없었다. 끝까지 갈 수 있을지도 자신이 없었다. 그러나 이미 엎질러진 물이었다. 내친 걸음이었다. 무사히 잘 다녀오게 되길 바랄 뿐이었다. 그가 늘 그러는 것처럼 하는 데까지 있는 힘을 다 하여 최선을 다하는 것이다. 집에서도 그랬고 관직으로 일을 할 때도 그랬다. 부모에게도 그랬고 아내에게도 아이들에게도 그랬다. 공부를 할 때 스승에게도 그랬고 유생들에게도 그랬다. 피리를 부는 데도 그러하였고 짐승에게도 그리하였다. 아버지 어머니 묘 앞에 모셔 놓은 호랑이 친구에게도 그리하였다. 산천초목 무엇에나 그렇게 하였다. 아닌게 아니라 그가 묻어 준 그 친구에게도 문안을 하리라,

생각하였다.

"뭘 그렇게 많이 생각을 하셔요?"

다래가 그의 손에 끌려 따라오며 물었다. 힘이 드는지 아양을 떨고 웃음을 흘리지는 않았다.

"내가 지금 자네 생각 말고 무슨 생각을 하겠나?"

"그건 아닌 것 같은데요…"

"허허허허… 잘 다녀와야 될 터인데 걱정을 하고 있었어."

전혀 딴 얘기는 아니었다.

"호호호호… 그렇게 걱정이 되셔요?"

"걱정을 안 해도 되겠나?"

"호호호호… 염려 마셔요. 길에서 주저앉지는 않을게요. 그대신 좀 쉬었다 가요."

"그래야지. 허허허허… 그래, 그럼."

참으로 귀엽기도 하고 착하였다. 그러지 않아도 쉬려고 하였다. 줄곧 걷기만 하여 목덜미에 땀이 흥건했다. 다래도 땀을 뻘뻘 흘리며 따라오고 있었다. 숨을 헐떡거렸다. 수원 근방까지 온 것이었다.

"어디 좀 쉬고 요기는 좀 더 가다가 할까?"

"그래요, 선생님."

말이 떨어지기도 전에 다래는 아무데고 퍼질고 앉는다. 그도 그녀의 옆으로 가서 앉을만한 자리를 찾아 앉았다.

"처음부터 너무 강행군이지?"

"선생님은 따라갈 테니 염려 마셔요."

숨을 계속 헐떡거리면서 말은 그렇게 하였다.

두 사람은 한참 그렇게 땀을 들이고 다시 걸었다. 박연이 잡아
끈 것이다. 몇 번 내를 건느고 산을 넘었다.

얼마를 더 걸었을까. 나절이 겨워서 지나게 된 거리는 그냥 지
나칠 수가 없었다. 구수한 냄새가 진동하기 때문이었다. 병점餠
店, 떡전거리였다.

누기 먼저랄 것도 없이 주지 앉았다.

"많이 걸었네. 좀 쉬었다 가지."

"좋지요."

다래는 대답을 하기도 전에 털썩 앉는 것이었다.

우선 떡을 한 쪽씩 떼어 주는 대로 난전에서 손에 받아 먹었
다. 콩나물국에 물김치도 벌컥벌컥 마시었다. 요기가 되는 대로
마루로 들어 앉아 술도 한 주전자 시키었다.

첫잔은 그냥 마시고 두 번째 잔은 서로 부딪었다.

"우리 잘 해보세."

"네에. 선생니임"

"허허허허… "

"나는 집채 무너지는 줄 알았어. 허허허허…"

박연은 참으로 기특한 다래를 바라보고 계속 웃으며 말하였
다.

그것이 무슨 소리인지 모르고 있던 다래가 자기를 두고 하는
말인 줄 알고 배를 잡고 웃어댄다.

"호호호호…"

볼수록 기특하고 귀여웠다.

"너무 무리한 것 같애. 되는 대로 가자고."

다래는 무슨 대꾸 대신 잔을 들고 계속 웃기만 하다 스승에게 한잔 가득 따라 준다.

"호호호호… 언제는 선생님 하고 싶은 대로 안 하셨어요?"

"허허허허… 그랬던가?"

다래는 불평을 하는 것은 아니었다. 듣기 좋으라고 하는 얘기였다. 그러나 박연의 마음 한 구석은 결리었다. 아픈 곳을 건드리고 있었다. 몇 번 말한 대로 그는 궁중의 여악을 폐하도록 하였던 것이고 그녀는 졸지에 낭인이 되었던 것이다. 사랑하는 제자보다 시대와 나라와 명분을 생각하였던 것이다. 그만큼 늘푼수가 없는 도량이기도 하지만 늘 그랬고 하늘을 우러러 한 점 부끄러움은 없었다.

그러나 그런 이야기는 하지 않았다. 술을 두어 잔씩 더 하였다. 국밥을 한 그릇씩 하고는 안쪽으로 들어가 눈을 붙이고 한 심씩 잤다. 그리고 깊은 잠이 들기 전에 일어나 다시 행군을 시작하였다.

박연은 눈을 붙이기 전에 길 안내를 받았던 것이다. 한참 가다 있는 보적사寶積寺라는 고찰 그리고 그 주변 경관에 대해서 알아두었다. 거기서 쉬기도 하고 또 다래의 소리를 들으려고 하는 것이었다. 얘기도 하고.

나무도 보고 숲도 보면서 한참 더 걸었다. 낮잠을 자다 깬 다래는 억지로 박연이 끄는 대로 따라 걸었다. 그러나 얼마를 더 안 가서 샛길로 접어들었다. 독산성 보적사로 들어가는 길목이다.

거기서 조금 산길을 걸어서 산사에 이르렀다. 멀리 많은 인가가 내려다 보이는 높은 곳이었다. 지금의 오산시 지곶동(독산성로) 세마산이다.

"불공을 드리게요?"

"그리지 뭐. 좀 쉬기도 하고."

박연은 주변을 돌아보다가 절로 들어섰다. 오래 된 절이었다.

두 사람은 세 부치를 모셔 놓은 법당으로 들어가 꿇어 엎드려 절을 두 번 세 번 하였다. 그리고 소원을 빌었다. 박연은 다래가 헛된 욕정의 굴레를 벗고 가인으로 대성하길 빌었다. 그리고 지금 가는 길, 무사히 잘 갔다오길 축원하였다. 그 다음으로 아버지 어머니 묘소가 잘 보존되고 또 그리고 명계에서 잘 계시기를 간절히 축원하였다. 박연은 다래가 먼저였다. 지금으로선 솔직히 그랬다.

다래도 뭘 빌었는지 엎드려 절을 하며 한동안 중얼중얼 하였다.

법당을 나오다가 주지로 보이는 노스님을 만났다. 두 사람을 번갈아보다가 나무관세음보살… 합장을 하는 스님과 절 앞 뒤를 돌아보았다. 백제 때(아신왕 10년)에 나라에서 창건했다고 하고 저쪽 뒤로 있는 독산성禿山城을 쌓을 때 지은 것이라고 하였다. 절 이름을 어디에 써놓은 데도 없고 다만 전설 한 자루를 들려준다.

어느 춘궁기에 먹을 것이 쌀 한 되밖에 되지 않던 노부부가 그 쌀을 부처님께 공양하고 집에 돌아갔더니 곳간에 쌀이 가득하였다. 이를 부처의 은혜로 알고 부부는 그 후로 열심히 공양하였다. 여기에서 보적사라는 이름이 유래하였다.

두 사람은 고개를 끄덕이며 이야기를 듣다가 뒤에 있는 옛 독산성으로 올라갔다. 아늑한 분지, 동네들이 한 눈에 내려다 보이고 시원한 바람이 불어 올라왔다.

"야아아 좋다! 정말 제격이네."

박연은 두 팔을 벌리고 감탄하며 소리를 질렀다.

"정말 시원하고 좋네요."

다래도 소리를 질렀다.

"그런데 제격은 뭔가요?"

"하하하하하… 그렇게 맞출 수가 없네."

"뭐가요? 뭐가 그래요?"

박연은 한참 더 너털 웃음을 웃다가 앉음새가 좋은 풀밭에 편안하게 앉는다. 그리고 다래도 그 옆으로 앉으라고 손바닥을 두드린다.

다래가 그의 옆으로 와서 앉는다. 그제서야 말뜻을 알아차리는 것이었다.

"알았어요, 선생님. 호호호호…"

"허허허허…"

"선생님은 천상 선생님이셔요."

"그래서 어쨌다는 기여?"

"꼼짝을 할 수가 없다는 기지요. 호호호호…"

"그리여? 하하하하…"

다래는 자세를 바로 하고 목청을 가다듬는다. 그리고 일어선다.

하늘엔 구름 한 점 없고 해는 중천에 떠 있다. 바람은 살랑 살랑 불고 새들은 소리를 다 죽이었다.

네가 나를 볼 양이면 심양강 건너와서

연화분蓮花盆에 심었던 화초 삼색도화 피었더라.

이 신구 저 신구 잠자리 내 신구

일조낭군이 네가 내 건곤이지

아무리 하여도 네가 내 건곤이지

다래가 목청을 돋우어 '달거리'를 부르기 시작했다.

정월이라 십오일에 망월하는 소년들아

망월도 하려니와 부모봉양 생각세라

이 신구 저 신구…는 후렴이었다. 2월 3월로 이어지는 월령가月令歌와 남녀간의 애정과 자연 풍광을 노래한 잡가이다.

적수단신 이내 몸이 나래 돋힌 학이나 되면

훨훨 수루루룽 가련마는

나아하에 지루에 에도 산이로구나

경상도 태백산은 상주 낙동강이 둘러있고

전라도 지리산은 두치강이 둘러있고

충청도 계룡산은 공주 금강이 다 둘렀다

나아하에 지루에 에도 산이로구나.

나아하에 지루에…도 후렴이었다.

박연은 일어나 덩실 덩실 춤을 추었다. 그러다가 봇짐 속에서 피리를 꺼내어 불기 시작했다.

다래는 레퍼토리를 바꾸었다. 태평가였다.

(이랴도) 태평성대

저랴도 태평성대로다

요지일월堯之日月이요 순지건곤舜之乾坤이로다

우리도 태평성대니 놀고 놀려 하노라

피리를 불다가 춤을 추다가 같이 따라 소리를 하다가 사내는 신이 났고 여인은 소리를 있는 대로 다 주어 섬기었다. 모르는 것은 몰라도 아는 것은 다 끌어다 대었다. 잘 못 하는 것도 있고 틀리는 것도 있었지만 할 수 있는 데까지 시부적시부걱 잠시도 쉬지 않고 불러대었다. 틀린 것은 다시 하였다.

중천에 있던 해가 서녘으로 기울어져 있었고 청량한 바람은 연락부절로 불어대었다. 한여름 햇볕이 내리쬐고 있었지만 그늘이 있었고 바람이 있었다. 조금 출출하긴 하고 목이 마른 대로 다른 수는 없었다.

더 하자는 말도 없었고 그만 하자는 말도 없었다. 또 힘들거나 어렵거나 싫증이 나지도 않았다. 여인은 노래를 계속하였고 사내는 춤을 추다가 장단을 맞추다가 하였다. 급할 것도 없고 부담이 될 것도 없고 아무 거리낌이 없는 공연이었다.

그러나 수많은 관객 앞에서보다 조심스러웠고 어떤 가객보다

귀한 처지였다. 웃으며 고개를 끄덕거리며 노래를 부르고 화답을
하였다.

얼마를 더 그렇게 소리를 하던 다래가 배시시 웃으며 말한다.

"더 해요 선생님?"

"다 한 기여?"

박연은 퉁명스럽게 되물었다.

"밤새도록이라도 할 수 있지요. 몇 닐 며칠이라도 할 수 있어
요."

"헤도 안 졌는데 밤 새울 것까지는 없고, 좀 쉬었다 해야."

그만 하자는 얘기도 아니고 더 하자는 얘기도 아니었다.

"참 선생님은 천상 선생님이셔요. 호호호호…"

"허허허허… 누가 아니라는 사람이 있는 개비여. 좌우간 이제
좀 쉬어."

그렇게 말하며 다시 그의 옆 자리를 손바닥으로 두드린다. 와
서 앉으라는 것이다.

다래는 쪼르르 그의 옆자리로 와서 풀밭이 아니고 무릎으로
올라 앉으며 또 목덜미를 팔로 휘감는다.

"누가 보면 어쩔라고 그랴."

"보긴 누가 본다고 그래요, 선생님도. 아무도 없는 무주 공산이
구먼요."

"저 아래 동네가 환히 바라보이잖어. 개짖는 소리도 다 들리
고."

"호호호호… 닭 우는 소리도 들리는 데요."

"그러게 말이여."

낮 닭이 울어대었다.

"호호호호…"

다래는 마구 호들갑스럽게 웃어대고 박연의 목덜미와 수염을 입술로 부벼대며 더욱 진하게 교태를 부린다. 그리고 박연은 또 그런 다래를 한참 보고만 있다가 한 마디 하였다.

"애 썼어."

그 말에 다래는 무릎에서 내려 앉으며 물었다.

"잘 했다는 것은 아니고요?"

"오늘 다 끝낼려고 그러는 기여?"

역시 스승은 잘 했다고 하지는 않는 것이었다. 장단을 치고 춤을 추고 피리를 불고 하는 것과는 별도로 박연의 의견은 따로 있었던 것이다.

다래의 입장에서 보면 그냥 생각 없이 있는 대로 불러댄 것이었다. 마음이 내키는 대로 두서 없이 제풀에 신이 나서 놀아본 것이고 있는 대로 끌어다 붙인 것이었다. 다 부르고 나서 그런 생각이 든 것이다. 사실은 그동안 술자리에서 술이 취해 부른 소리밖에 없기도 하였던 것이다. 스승을 멀리 하고 있었던 것이기도 했다.

두 사람은 일어나 성 둘레를 따라 걸었다. 박연은 다래의 손목을 잡고 흔들며 걸었다. 여인의 혈맥이 팔딱팔딱 뛰었다.

"정말 구름 위를 걷는 기분이예요. 이래도 되나 모르겠어요."

"그래. 몸을 잘 빼었어. 다른 건 다 잊어버리고 산천경개나 즐기자고."

"정말 그래도 될까요?"

"무슨 소리여, 이제 와서. 나만 믿고 따라와."

소리만 듣고 얘기는 못 하였다. 뜸을 더 들여야 했다.

박연은 그녀의 손을 놓고 산을 내려가기 시작했다. 얼마 안 가서 다시 보적사 앞을 지났다.

"차라도 한 잔 하고 가야지."

스님에게 소맷자락이 한 번 스치는 것도 오백 전생의 인연이라고 하였는데 그냥 지나갈 수가 있느냐고 하였다. 스님은 옳은 말씀이라고 하면서 손수 가꿨다는 결명자차를 진하게 울여 따른다. 송화가루로 만든 다식도 내왔다.

"노랫소리 잘 들었습니다."

스님은 그런 말도 하였다.

"그러셨어요? 그래 어떻든가요?"

다래가 눈을 반짝이며 물었다.

"뭐 노래야 잘 모르지만 한 동안 호사하였습니다."

"정말 그러셨어요? 그러면 제가 한 마디 더 해도 될까요?"

다래는 대답을 들어도 보기 전에 회심곡을 불러대기 시작하였다.

일어서서 노래를 하다가 밖으로 나가 법당 앞에 있는 탑을 돌면서 계속하였다.

스님도 어깨를 들썩들썩하며 장단을 맞추다가 저녁을 지을테니 공양을 하고 가라고 하였다. 그러나 두 사람은 쌀 한 되 반 되도 안 되겠지만 공양을 시주하겠다고 하고 산사를 내려왔다.

빨리 가던 길을 가야 했다.

내려가는 큰길로 접어들고부터는 한참 힘을 내어 걸었다.

발길이 가볍고 머리가 개운하였다. 손목을 잡지 않아도 여인은 사내의 보폭을 잘 따라 왔다. 주저 앉았던 시간을 만회하기라도 하려는 듯이 사내는 허위허위 달리다 싶이 하였다.

"얘기 좀 하면서 가요 선생니임."

조금 천천히 가자는 것이다.

"잘 따라오는 구면 그래야."

"제가 선생님 나이 절반도 안 되는데 못 따라갈까보아 그러세요?"

"그래야?"

사내는 힘을 더 내어 걷기 시작하여 한참 앞서 가며 말하였다.

"얘기 있으면 던져 봐 어서."

"그래요. 좀 기다리세요."

다래는 치마를 벗어들고 고쟁이 바람으로 걷기 시작한 것이었다. 가는 허리를 쥐고 색색거리며 부지런히 따라부치고 있었다.

박연은 발걸음을 줄이며 뒤는 돌아보지 않았다. 참으로 귀여운 그녀의 용모와 노래소리만 떠올리며 걸었다.

"선생님 언변에 중이 훌떡 넘어 갔어요."

스님은 그들에게 곡차까지 대령을 하였던 것이다. 아까 먹은 주기가 도는 것이었다.

"자네한테 넘어간 게 아니구?"

"그런 땡중은 아니던 데요."

"허허 그려? 어떻든 갈 길이 먼데 거기서부터 주저앉으면 안되지."

"잘 하셨어요, 선생님. 어서 앞장을 서세요."

"숲만 보고…"

"예. 호호호호…."

그녀는 고쟁이를 끌어잡고 웃어대며 걸었다.

정말 숲만 보고 걸었다. 해가 더 기울고 이둠이 묻어왔지만 계속 걸었다. 어디 가서 잘까, 뭘 먹을까 걱정은 하지 않았다. 아니 되지 않았다. 비가 오고 바람이 세차게 불지 말기를 바랄 뿐이었다. 빨리 가야 했고 잘 다녀 와야 했던 것이고 무사히 제 자리로 복귀를 하여야 하는 것이었지만 그런 걱정도 전혀 되지 않는 것이었다. 서로 믿고 아끼고 그리고 사랑… 글쎄 극진히 생각하기 때문이었다.

해가 꼴딱 지고도 얼마를 더 가다가 멀리 희미한 주막등을 발견하고 안도의 숨을 쉬며 걸음을 재촉하였다. 몇 번 물어보기도 하여 어림을 잡고 있었던 것이다.

국밥에 반주를 한 잔씩 곁들여 저녁을 게눈 감추듯 하고 잠자리를 정하는 대로 술을 한 잔 더 시켰다. 두 사람에게는 노자가 넉넉하였다. 흥청거릴 정도는 아니었지만 또 그럴 필요도 없었다. 안주는 주는 대로 묵이었다.

"날이 새면 또 바로 나서자고."

잔을 부딪으며 박연이 말하였다. 그러니 조금만 하고 자자는
것이었다.

"제 염련 마세요."

"그래도 될까. 발병이 안 놔야 할텐데…"

다래는 자신의 다 부르튼 발을 감추며 술을 따른다.

"병나면 업고 가셔야지요. 뭐."

"누가 업어야 되겠나?"

"거야 뭐 제가 업어야 되겠지만… 호호호호…"

"그래야. 형편대로 해야지. 허허허허…"

그러다 한 마디 더 한다.

"방 하나 더 달라고 하여 가서 편히 자아."

"무슨 말씀이세요. 선생님 꼭 끌어안고 자야지요. 호호호호…"

"그래서 쓰나?"

박연이 반배를 하며 눈을 흘기었다.

"그러면 도로 올라갈래요."

이번엔 웃지도 않고 말한다.

"그건 안 되지."

"그렇지요?"

"그러면 저쪽 한 옆으로 자아."

"싫어요. 선생님 팔베개하고 잘래요."

"어제 밤 그랬잖어? 그러면 안 돼야."

그러자 이번엔 다시 그의 무릎에 올라앉아 교태를 부리며 허
락을 받고야 말 기세다.

박연은 눈을 감고 술잔을 주욱 들여 마시고 다시 다래에게 따르며 내려 앉으라고 말한다. 그리고 그녀와 이런 행각을 하는 이유를 말하였다. 좀 더 있다가 그의 향리에 다녀 올라오며 말하려 하였지만 생각을 바꾸었다.

　"내가 왜 자네와 같이 졸지에 나그네 길을 떠나느냐 하면 말이여."

　다래는 잔을 얌전히 두 손을 모아 받으며 말한다.

　"그건 말씀 하셨잖아요. 선생님."

　그랬다. 며칠 같이 지내며 소리를 디듬어 보자고 하였다. 그녀는 몸을 빼내는 것이 어려웠지만 두 말도 않고 그러겠다고 따라나선 것이었고, 하늘과 같은 스승의 뜻을 어길 수가 없었던 것이다.

　그랬는데 또 무엇이 있어 말하려고 뜸을 들이고 있는 것이었다.

　"자네가 대답을 해봐."

　박연은 느닷없이 다래에게 화살을 돌리었다. 화살이라고까지 할 것은 없는지 모르지만 그가 무작정 따라오라고 해 놓고 그녀에게 그런 연유를 묻고 있는 것이었다.

　"제가요?"

　어리둥절한 다래는 모르겠다고 하며 술을 한 주전자 더 가져오게 하는 것이었다. 그리고 몇잔을 더 나누고는 혀가 꼬부라져 가지고 말한다.

　"뭐 선생님이 저를 아끼시고 보고 싶어서 그런 것 아니겠어요?"

"허허허허… 그건 그리여. 허허허허… "

"그리고 부족한 저를 가르쳐 주실라고 하는 거지요."

"허허허허… 잘 아네."

"자주 찾아 뵈어야 하는데 죄송해요."

"너무 잘 아네. 허허허허…"

다래는 그제서야 호호거리며 다시 스승의 무릎에 올라 앉는다. 그리고 그는 다래를 꼭 껴안는다.

한참 그러다 그녀를 내려 앉히고 술잔을 들고 비운다.

그리고 술을 따라 다래에게 준다.

"네. 선생님."

다래는 두 손으로 잔을 받아 바로 마시고 반배를 한다.

"호호호호… 고마워요. 선생님."

참으로 귀엽게 교태를 부린다. 그러나 종내 그가 묻는 말에 답을 내놓지는 못한다.

그는 다시 뜸을 들인다. 그리고 잠을 자고 나서 길을 가며 이야기를 하였다.

새벽 닭이 울고 희붐히 날이 새기를 기다려 길을 나섰다. 큰댓자로 누어 코를 있는 대로 골다가 그가 깨우는 대로 눈을 비비고 일어나 따라나선 것이다.

박연은 허위허위 앞장을 서서 쉬지도 않고 걸었다. 햇살이 달 때까지 얘기도 하지 않고 걷기만 했다. 마치 쫓기어 도망이라도 가는 사람들처럼. 땀을 뻘뻘 흘리었다.

얼마를 정신없이 걷다가 그녀가 도저히 못 참겠다는 듯이 소리를 지른다.

"해장이나 좀 하고 가야지요오."

"따라오곤 있는 거지?"

"아이 참 선생님도. 호호호호…"

"허허허허… "

바연은 돌아도 보지 않고 웃기만 한다.

"가다가 샘물이나 한 바가지 들이키고 가는 게 나을 거여. 허허허허…"

"물이 됐든 술이 됐든 좀 목을 축이고 가요오, 네에."

그러는 사이 마을 장터 앞을 지나게 되었고 다래는 거기 주저앉고 만다.

너나 없이 출출하던 터였다. 술국에 해장도 하고 밥도 한 덩이씩 말아 요기를 하였다. 그리고 금방 다시 일어나 걸었다. 얼마를 걷다가 징검다리를 건너며 세수를 하고 발을 담갔다. 숲 속의 새소리가 반기고 물고기가 뛰었다.

"연비어약鳶飛魚躍일세."

"좋다는 얘기지요."

"그렇지."

자연 풍광도 아름답고 배가 적당히 부르고 얼근히 술기운이 돌았다. 중천으로 향하고 있는 해가 흰 구름 사이를 들랑 날랑 하였다. 삽상한 바람이 살갗을 스치고….

매일 일에 쌓여 헤어나지 못하고 먹을 갈아 쓰고 상주를 하기에 여념이 없던 생활을 벗어나 한 마리 새처럼 날고 있는 것이었다.

"제가 또 한 마디 해 볼까요?"

"그럴 티여?"

다래는 새타령을 부르기 시작하였다. 물에 들어서서이다. 몸을 흔들어 춤을 추며 만면 웃음을 띄고였다. 그녀는 소리를 계속 뽑을 기세였다.

그는 전날처럼 손바닥으로 그의 옆 자리를 두드렸다. 넓적한 돌바닥이었다.

그녀가 와서 앉기를 기다려 어제 하려던 얘기를 꺼낸다.

"자네를 그냥 둬서는 안 될 것 같아서 이렇게 불러낸 거여."

무겁고 근엄한 표정이었다. 그의 생각이 얼굴에 다 씌어 있었다.

"네에…"

그녀는 얼른 말귀를 알아차린 것이다. 졸지에 분위기는 완전히 바뀌었다.

"괜찮은 기여?"

"안 괜찮아요."

박연은 고개를 한참 끄덕끄덕하다가 다시 말한다.

"자네 인생은 자네가 사는 게지 다른 사람이 뭐라고 할 수 없는 게여. 내가 뭐라고 자네에게 이래라 저래라 할 수도 없는 것이고 그래봐야 무슨 소용이 있겠나…"

"선생님…"

박연은 다래의 얘기를 손을 저어 제지하며 말을 계속하였다.

"내가 자네 소리에 대하여는 이렇다 저렇다 말하여 왔지만 자네의 생활에 대하여 사랑에 대하여 어떻게 뭐라고 말할 수 있겠나. 그럴 수도 없고 그래서도 안 되는 거지. 내가 그것을 왜 모르겠나. 자네에게 그래서는 안 되지. 그러나 그러나 말이여. 그것은 사랑이 아니여. 사랑이 아니고…"

그는 말을 잇지 못하였다.

"아무 것도 아니여. 사랑, 참 좋지. 그것보다 귀하고 아름다운 것이 있겠나. 사랑을 위해서 목숨을 다 바칠 수도 있는 것이고 그 것은 대단히 값지고 보람된 일인지 모르지. 그러나 뭐라고 할까, 이것은 글쎄, 한 구뎅이 다 죽는 거여. 이게 뭐 하자는 건가. 아니 도대체…"

그는 다시 말을 잇지 못하였다.

"선생님, 걱정해 주셔서 참으로 고마운 말씀인데요… 그렇지 않아요. 그리고 더 잘 할게요. 염려 하시지 않도록 할게요."

그리고 가던 길을 어서 가자고 한다.

그러나 박연은 굳은 표정으로 다래를 노려보며 계속해서 말하는 것이었다.

"내가 그렇게 할 일 없는 사람인 줄 아는가? 왜 마음에 없는 소릴 하고 있는 기여?"

"조금 더 기다려 보세요. 선생님. 아셨지요, 네?"

다래는 다시 같은 말을 하였다. 눈은 저쪽 먼산을 바라보고 있었다.

박연은 굳은 표정을 조금도 누구러뜨리지 않고 목소리를 좀
더 높였다.

"내 말 안 들으려거든 돌아가. 내가 공연한 생각을 한 모양일
세. 가서 맘 내기는 대로 잘 해 보아."

벌떡 일어나며 말하였다. 그리고 가던 길 갈 차비를 하는 것이
었다. 잔뜩 노기를 띄고였다.

그러자 다래는 자세를 바꾸고 스승을 도로 앉게 하는 것이었
다.

"잘 못 했어요. 선생님. 다시 말씀드릴게요."

갑자기 눈물을 주루룩 쏟으며 말하는 것이었다.

"죄송합니다. 용서해주세요. 선생님."

"으음."

박연은 못 이긴 척하고 그 자리에 도로 앉는다. 그녀의 반응을
기다리고 있는 것이었다. 그러나 아직 생각을 바꾸지는 않았다.

"선생님 말씀이 다 맞아요."

다래는 눈물을 닦으며 고개를 푹 숙이고 울먹이며 말하였다.

"선생님이 말씀하신 그대로입니다. 정말 이러다가는 다 죽
겠어요. 대군(왕자)들도 서로 저를 못 차지하여 혈안이 되어 있
고…"

앞에서 사정을 얘기하였었다.

노래냐 소리냐 그런 것은 뒷전이고 매일 밤 곡예를 하고 있었
다. 죽음의 행진을 하고 있는 것이었다. 누가 죽어야 끝날 수밖에

없었다.

"정말 어떡해야 될지 모르겠어요. 그러나 잘 해결해 보겠어요. 너무 염려하지 마세요. 선생님."

사실대로 말은 했지만 아무런 대책은 없었다.

박연은 입을 쑥 내밀고 있다가 일어나며 말하였다.

"어떻게 더 내려갈 티여? 돌아갈 티여?"

선택을 하라는 깃이었다. 대단히 단호하였다.

"빨리 돌아가야 되는데…"

가서 이렇게든 그녀가 해결을 해야 되는데 아직 아무런 대책이 없는 것이었고 그렇다고 그냥 있어서도 안 될 일이었다.

"잘 생각해서 결정해야지."

박연은 가던 길을 먼저 나서며 걷는 것이었다.

다래는 멍히니 그 자리에 서 있다가 스승을 따라 서는 것이었다.

그리고 말없이 무한정 걸었다. 주막도 지나치고 장터거리도 지나고 걷기만 했다.

그날 저물어 캄캄해서야 두 사람은 한 정자에 쉬며 얘기를 하였다.

"선생님 아무래도 제가 올라가야 될 것 같애요. 무작정 몸만 빠져나온다고 해결될 일도 아니고… 가서 잘 해 볼게요."

다래는 계속 걸으며 생각한 것을 결론적으로 말하는 것이었다. 그러나 그에 대한 스승의 대답은 얻지 못하였다. 박연이 얘기하였다시피 그 문제를 누가 이래라 저래라 할 수 있는 것이 아니었다. 소리가 어떻다 춤이 어떻다 말하는 것도 어려운 일이지만 이것은 그럴 수도 없는 일이었다. 방법이 없었다.

"그래 이거고 저거고 내가 더 얘기할 수 있을지 모르겠네. 잘 처신해야. 무엇을 위하여 사느냐, 그것이 사람을 평가하는 거여."

이것은 사랑이고 저것은 예악 예술인지 모른다.

그까지였다. 스승이 할 수 있는 이야기는 다 하였다. 아무런 방도가 없었다. 박연이 불러 낸 것도 몸을 잠시 빼기밖에 못 하였다. 그러나 그것은 뒷날, 아름다운 자태로 예인의 정점을 찍지 못하고 평원대군 금성대군 화의군 왕자들 뿐 아니라 장안의 뭇 한량들과 치정극을 벌이며 죽음의 행진을 한, 그녀에 대한 스승의 사랑이었던 것이다.

복귀

　박연은 그후 부지런히 가던 길을 갔고, 그야말로 밤낮주야로 뛰다가 걷다가 하여 영동 부모님 묘소에 사흘 뒤에 당도하였다. 가다보니 새벽에 닿아 참배를 하는 대로 보수 작업을 시키고 그날로 되짚어 귀로에 올랐다.

　그가 할 수 있는 일은 마음 뿐이었다. 엎드려 눈물을 흘리며 몇 번이고 절을 하고 피리를 한 가락 분 것밖에 없었다. 물론 그 누구 앞에서보다 혼을 쏟아 슬픈 마음 아픈 심정을 담아서였고 옛날 어릴 때처럼 산새들 들짐승들을 불러 모아 부탁하기에는 충분하였다. 함께 묻어둔 호랑이 친구에게도 단단히 당부하였다.

　"그동안 까맣게 잊고 있었구나. 미안하고 면목이 없다. 그러나 나의 마음은, 죽은 너를 업고 올 때나 변함이 없다. 아버님 어머님 잘 부탁한다."

　그리고 떼가 다 벗겨진 나지막한 무덤 앞에서도 옛날 불던 미

숙한 가락을 기억하여 재생하였다.

번개불에 콩 구어먹듯이 향리를 다녀왔다. 옛집은 잠깐 들렸을 뿐 마루에 걸터앉지도 않았다. 번번히 그렇게 도둑 귀향을 하였었고 그로부터 20년도 더 넘은 78세 때 아내 장례 때도 유배 안치의 몸으로 올 수가 없었다. 3년 뒤 81세 때 방면되어 옛집에 돌아왔지만 옛 동무들 친지들을 만나 사죄도 못 하였다. 병석에서 일어나진 못 하였던 것이다.

관직에 몸을 둔 이래 하루도 개인 일을 하지 않았고 집안 일을 해 본 저이 없었다. 그만큼 융통성이 없었던 것인지 충성스러웠던 것인지 모르지만 그렇게 일에 매달리고 직에 매여 살았던 것이다. 이번 일만 해도 크게 마음을 먹었고 도저히 누구에게도 허락을 받을 수가 없을 것 같아 그냥 그가 결행을 하였던 것이다. 그것이 설사 부모에 관한 일이라 하더라도 공직에 있는 사람이 사사로운 일로 자리를 비우면 안 된다고 생각하였던 것이다.

또 다래의 일은 사사로운 일이라고 생각하지 않았던 것이지만 누구에게도 말하지 않았다. 예를 가르치는 스승의 처지에서 그녀의 삶을 염려하여 벌인 일이지만 아무리 사제간이라 하더라도 남녀간의 일에 오해를 받을까 하여 그렇게 한 것이다. 그 자신도 정말 많은 자제력이 필요하였던 것이다. 안간힘을 쓰며 선비의 끈을 놓지 않았었다. 그녀에게 얼마나 힘이 되었는지 몰랐다. 그길로 가서 어떻게 되었는지 줄곧 염려가 되고 마음이 아팠다.

좌우간 그것도 그의 부모 묘소 일 핑계를 대었던 것이다. 자리에 복귀를 하면서 죄인처럼 고개와 허리를 있는 대로 굽히고 말

끝마다 사죄를 하였다.

"죄송합니다. 죄송합니다."

"정말 죽을 죄를 지었습니다."

"용서하시지 말고 꾸짖어 주시고 벌하여 주시기 바랍니다."

윗 사람에게나 아랫사람에게나 그렇게 말하였고 왕께는 무언으로 읍揖만 하였다.

하던 일 덮어둔 공무를 가닥 가닥 찾아 처리하며 한 오라기도 허술하게 처리하지 않았다. 상주를 하는 일이었다

남자 악공樂工의 관복제도를 마련하라는 글을 올렸고 무동舞童의 관복을 조정하라는 글, 관복제도를 바르게 하라는 글을 올렸다. 그리고 조하朝賀에 악률樂律을 바로 잡으라는 글, 관습도감慣習都監을 나이 어린 관노官奴 중에서 60인을 뽑으라는 글을 올렸다. 그리고 회례會禮 때 여악을 쓰지 말라는 글을 또 올리고 방향方響을 더 만들고 관현악공에게 벼슬을 주라는 글을 올렸다. 세종 13년 54세가 되는 해 8월 10월 12월에 줄곧 상주를 한 것이다. 이들은 바로 예조로 내려 보내어졌고 시행이 된 정책들이었다.

멈추지 않는 정열은 끝 간 데를 몰랐다. 이듬해는 벽두부터 상주를 하기 시작하였다. 정월에 조정 밖 넓은 터에 공신당功臣堂을 짓도록 청했다. 3월에는 무일舞佾을 고제古制대로 하라는 글을 올렸다.

무일은 일무佾舞 춤을 출 사람들이 줄을 지어 늘어서는 일을 말한다. 일무는 종묘나 문묘에서 제향할 때 여러 사람이 줄을 지어서 추는 춤으로 일佾은 열列과 같은 뜻이고 춤의 별여진 줄이

다. 이 춤은 제례의 대상 지위에 따라 천자天子는 여덟 명씩 여덟 줄로 늘어선 64명의 팔일무로 하고 제후諸侯는 여섯 명씩 여섯 줄로 늘어선 36명의 육일무, 대부大夫는 네 명씩 네 줄로 늘어선 16명의 사일무, 사士는 두 명씩 두 줄로 늘어선 4명의 이일무로 하는 제도이다.

예를 들면 공자孔子의 제사인 문묘文廟 제례는 팔일무를 하고 조선 역대 왕의 제사인 종묘宗廟 제례는 육일무를 하였다. 그 뒤 (고종 때부터) 종묘 제례도 팔일무로 하고 있다.

일무는 또 문덕文德을 칭송하는 문무文舞와 무덕武德을 칭송하는 무무武舞로 구분되기도 한다. 문무는 영신迎神 전폐奠幣 초헌初獻 때 쓰고 무무는 아헌亞獻과 종헌終獻 때 추는 춤이다.

연일 수없이 올리는 상주 가운데 조회 때 쓰는 음악에 대한 것이 많았다.

"매달 초하루와 16일 두 차례는 옛 제도에 따라 순전히 아악雅樂만 쓰고 그 나머지 네 차례는 전례대로 속악俗樂을 쓰자고 하였는데 당나라 제도에 의하면 아악은 오직 교묘郊廟 원회元會 동지 그리고 책명대례冊命大禮 때만 썼습니다. 진씨악서陳氏樂書 궁가도宮架圖에 의하면 삭일수조朔日受朝 동지조하冬至朝賀 원일元日조하 때 썼습니다. 옛 제도에 의하여 초하룻날과 명나라의 책명대례 축하와 조고詔誥 칙서勅書의 영명迎命에는 헌가軒架를 쓰고 그 나머지 아일衙日에는 전대로 하는 것이 좋겠습니다."

세종 12년 9월에 올린 글이다. 책명은 왕세자 왕세손 비빈 들을 책봉하는 임금의 명령이며 대례는 임금이 친히 주관하는 궁중 대사이다. 조고는 윗사람 아랫사람에게 알리는 일이며 영명은 명령을 따르는 것을 말한다.

한자를 같이 쓰는 것은 이해를 돕기 위해서이고 설명도 그런 것이다. 물론 필자를 기준으로 한 것이다. 삭일 수조는 초하루 임금이 신하들로부터 조회를 받던 일이고, 동지 조하는 동지에 신하들이 조정에 나아가 임금에게 하례하던 의식이며, 원일은 정월 초하루, 아일은 임금과 신하가 모여 조회를 하고 정사를 보던 날을 말하는데 이렇게 다 설명을 할 수는 없지만, 조회의 형태 일정이 다양하였다.

박연은 조회악에 대하여 여러 가지 필요한 요건들을 일일이 말하였다.

헌현軒縣 18가架를 당하堂下에 설치하고 거문고와 비파 금슬琴瑟은 당상에 설치하되 모두 6개씩을 쓰게 하며 또 악공들의 업을 연습하는 것도 미리 익혀야 하므로 연습해서 될만한 악공 30명을 선택하여 가르치되 그 총 수는 139명으로 하고 각 관아의 나이 젊은 노자奴子를 택하여 그 수효를 충당하고 악공은 공사비公私婢의 자식으로서 갑오년 6월 이후에 양부良夫에게 시집 가서 낳은 자와 간척干尺이나 보충군들에게서 낳은 자들로 충당하고…

갑오甲午년 1414년은 글을 올린 세종 12년 경술庚戌년 1430년으로부터 16년 전이 된다.

아주 구체적이며 실질적인 제안이었다.

음악의 조리는 순전히 시작과 종결에 있으니 그 시종을 갖추지 못하면 궁성宮聲이 혹 가고도 돌아오지 않는 수가 있어 옛 사람들이 이를 상서롭지 못한 징조라고 일러 왔다. 조회 때의 음악은 당상 당하에서 일시에 연주해야 하고 진씨예서陳氏禮書의 조하 의절에 따라 헌가만 쓰도록 하고, 선궁법旋宮法을 써서 정월에는 태주 2월에는 협종 3월에는 고선 4월에는 중려를 연주하며 12월의 대려에 이르러서 끝나도록 하고 이와 같은 순서로 연습해 연주하도록 해야 하며, 조회악의 가자架子(편종 편경을 달아 놓은 틀)는 먼 곳에 두지 말고 반드시 낭하에 옮겨 간직하게 하며 그 체제도 전례에 구애 없이 경쾌하고 화미華美하게 개조하고 쇠를 사용해 견고하게 결속하여 다시 떨어지거나 쪼개지지 않게 하고는 평상시에는 전부를 옮겨 들여놓고 위를 덮어 티끌의 오염을 피하게 하며 사용할 때에는 다시 옮겨 내놓고 배설하게 해야 한다고 청원하였다.

조회악에 대한 세세한 부분에 이르기까지 구체적으로 제시하였다.

조회 때 헌가는 반드시 견고하고 내구성이 있는 가래나무(楸木) 등의 목재라야 할 것이며 그 장식 부분은 유자나무(椵木) 따위도 좋을 것이니 때에 늦지 않도록 미리 준비하여 쓰도록 할 것이고, 헌가의 악기는 종鍾 경磬을 제외하고는 거문고와 비파가 각기 6개 축祝 어敔가 각 1개 훈塤 부缶 지篪 적笛 소簫 생笙 우竽 관管 약籥이 각각 10부部이며 북(鼓)의 제도에 있어서는 옛 그림을 상고하니 조회와 사의射儀에 모두 건고建鼓를 사용하였는데 그 장식과 위의威儀가 제악祭樂과 유사하지 않고 이러한 악기들은 모두 미리 제작하지 않을 수 없으니 악기감조색樂器監造色을 설치하여 시기에 미칠 수 있도록 제조하게 하자고 상신하였다. 열거한 조건들은 모두 상신한대로 하옵소서 하고 청원하기도 하였다.

박연의 상주는 그대로 따랐다. 세종실록 49권 기사이다.

쉰을 넘은 나이지만 조금도 흐트러지지 않았다. 정열이 넘치고 혈기가 충만하였다.

조회의 음악은 왕의 행차의 기품을 고양하는 아악으로 이에 대한 왕의 관심도 자별하였다.

세종 12년 12월, 임금이 상참常參을 받고 윤대輪對를 행하고 경연에 나가서 음악에 대하여 이야기하다가 박연에 대하여 말하였다.

"박연이 조회의 음악을 바로잡으려 하는데, 바르게 한다는 것은 어려운 일이다. 율려신서律呂新書도 형식만 갖추어놓은 것 뿐이다. 우리나라의 음악이 비록 다 잘 되었다고 할 수는 없으나 반드시 중국에 부끄러워할 것은 없다. 중국의 음악인들 어찌 바르게 되었다 할 수 있는가."

必無愧於中原之樂 亦豈得其正乎, 우리나라 음악과 중국의 음악에 대한 평가였다. 그와 동시에 박연에 대한 평가였다.

세종 임금은 박연의 아악 등 예악에 쏟고 있는 열정을 잘 알고 있었다. 기회가 있을 때마다 그에 대한 이야기를 하였다. 칭찬이기도 했지만 관심이었고 애정이었다.

세종 13년 1월, 상호군上護軍 남급南汲 대호군大護軍 박연 등이 새로 아악을 제작하여 바쳤다. 대호군은 종3품관의 친공신親功臣

으로 무직武職을 띠게 하여 체아록遞兒祿이 주어졌다. 박연은 교수관教授官 의영고부사義盈庫副使 악학별좌樂學別坐 봉상판관奉常判官 봉상소윤少尹 등의 직책을 가졌었다.

"내 이에 논공행상을 하려 하는데 어떤가?"

지난 해 8월 세종은 사정전思政殿에서 박연이 만든 종鍾 경磬들로 연주한 아악인 사청성四淸聲을 감상하면서도 그런 생각을 하였다.

그러나 여러 중신들의 의견을 물어보았다.

"공역功役은 비록 적다 히더리도 관계는 지극히 중대하오니 위의 감역관監役官으로부터 아래의 공장工匠에 이르기까지 모두 차등을 두어 베푸는 것이 온당할 것입니다."

물어보길 잘 하였다. 중신들은 의외로 냉정하였다. 왕의 생각대로 시행하도록 하였다.

지난 달에는 아악을 만드는 것을 감독한 박연의 노고에 대하여 털옷과 관冠을 내려주도록 하였다.

박연은 너무 황공하고 몸둘 바를 몰랐다. 그 내용물이 무엇이든 왕이 그의 공을 기억해 주고 생각해 주고 평가해 주는 그 마음만으로도 너무 고맙고 황송하였다. 안장 갖춘 말을 하사 받았을 때는 너무 감읍하여 무어라 표현할 말을 찾지 못하였다. 하늘의 별을 따 준다고 한들 그보다 더 가슴 벅찰 수가 없었다. 그런 그가 할 수 있는 일은 잠시도 다른 생각을 하지 말고 예악의 정책 개혁에 정열을 쏟는 것이었다. 악기 제조와 아악 제작에 혼을 다 쏟는 것이었다. 혼신을 다 하는 것이었다. 자나 깨나 앉으나 서나

누으나 그가 추구하는 일에 용맹정진하였다.

다시 회례악기會禮樂器를 새로 만들었다. 상호군 납급과 군기판관軍器判官 정양鄭穰과 같이였다. 회례악은 궁중의 예연의식禮宴儀式으로 동지와 정월 초하루 대신들이 한 자리에 모인 예식에서 연주되는 음악이다. 세종 15년 아악기를 비롯하여 제례 아악과 조회 및 회례아악이 새로이 제정되었으며 아악보 및 주악 절차 등이 완비되는데 박연은 그 중심에 있었고 거기에 그의 혼신이 녹아 있었다.

그리고 계속 글을 올리는 상주를 하였다.

회례에 쓰는 남악과 관복冠服을 당나라 경운지무景雲之舞의 녹운관綠雲冠 화금포花錦袍와 성수지무聖壽之舞 해홍지무解紅之舞의 금동관金銅冠 화봉관花鳳冠 오색화의五色畫衣 자비수유紫緋繡襦와 용지지무龍池之舞의 부용관芙蓉冠 오색운의五色雲衣 등을 모방하여 그림으로 그리고 아울러 속체俗體의 새 모양을 그려 올리었다.

그러자 경운景雲 용지龍池 등의 무관복舞冠服을 쓰라고 명하였고 인하여 다섯 가지 채색으로써 모형의상 및 회례아악과 당 송의 제도인 당상 당하의 공인工人의 관복 모양을 그림으로 그리고 모형을 만들어 올리라고 하였으며 상정소詳定所 제조提調에게 명하여 함께 의논하여 아뢰라고 하였다.

박연은 다시 당나라에서 만든 운금雲錦과 화금花錦의 모양을 본떠서 채색 비단에다가 회례 남악의 무동舞童의 관복을 그려서 올렸다. 거기에 이견이 있을 수 없었다.

"이 관冠과 의복을 무동의 수효대로 갖추어 만들라."

왕은 즉각 하명하였다. 세종 13년 8월의 일이었다.

그리고 10월의 일이었다.

"박연이 상언上言한 아악의 관복 제도에 대하여 사람을 보내어 옳고 그름을 질문하소서"

예조에서 아뢰었고 왕은 상정소에 의논하게 하였다.

제조 황희 맹사성 허조許稠 신상申商 등은 다음과 같이 아뢰었다.

"자문咨文을 기초起草하여 말뜻이 만약 순리하다면 아뢸 것입니다."

중국 조정에 시비是非를 묻고 확인하는 것이 쉬운 것은 아니었다.

정초鄭招가 아뢰었다. 정초는 뒤에 「회례문무악장會禮文武樂章」 「농사직설農事直說」을 찬진撰進하였다.

"중조中朝에 제후국諸侯國의 제향祭享하는 예는 반드시 사대부와 같을 것이나 물을 것이 없으며 천자가 종묘에 제향하는 예는 아마 물을 수 없을 것입니다."

그의 의견에 따랐다.

그리고 총제摠制 유사눌柳思訥이 가사를 지어 바치며 말하였다.

"옛날에 시가는 나라 안에서 채집하게 되므로 비록 여항閭巷의 노래일지라도 왕의 교화가 미치게 됨을 볼 수 있으니 주남周南 소남召南의 시가 이것입니다."

주남 소남은 시경詩經 「국풍國風」의 편명篇名이다.

산은 장백산長白山으로부터 왔고 / 물은 용흥강龍興江을 향해서 흐르도다 / 산과 물이 정기를 모으니 / 태조대왕이 이에 탄생하셨도다 / 근원이 깊으면 흐름이 멀리 가고 / 덕이 후하면 광채가 발생하도다 / 문득 동방을 차지하니 / 즐겁게도 국조를 전함이 한이 없도다

山從長白山來 水向龍興江流 山與水鍾秀儲祥 太祖大王乃生 源遠流長 德厚流光 奄有東方 樂只傳祚無疆

유사눌은 시, 가사를 지은 배경을 설명하였다.

정유년丁酉年(태종 17, 1417년)에 명령을 받아 함길도 도순문사都巡問使가 되어 갔다가 화주和州의 강물이 동쪽으로 흐르다가 구불구불 구비져서 남쪽으로 가고 또 동쪽에서 다시 구비져서 남쪽으로 흘러 동으로 바다에 들어가는 것을 보았는데, 첫째 구비는 화주 둘째 구비는 준원전濬源殿이었고, 진산부원군晉山府院君 하윤河崙이 그 강 이름을 용흥이라 지었으니 왕업의 터전을 아름답게 여긴 것이며 이에 우리 조선의 역년歷年의 장구함이 강물과 함께 흘러 쉬지 않고 서로 시종을 같이함을 볼 것이고 그런 까닭으로 이 때를 당하여 용흥가龍興歌 한 편을 지어 태조대왕께서 천의天意에 순응하여 나라를 처음으로 세운 공덕을 노래하여 훗날의 사람에게 보이라고 했으나 불행히도 병이 들어 초고草藁를 만들어 놓고 다시 헐어버린 것이 두 세 번 되니 벌써 13년이 되었다. 그리고 아뢰었다.

"비속하고 졸열함을 헤아리지 않고 삼가 뒤에 썼사오니 업드려 바라옵건대 전하께서는 한가한 여가에 보아 주시고 이를 관현에 올려서 악부에 간수하여 조정에서 연주하고 향당에서 사용하

여 온 나라 신민들로 하여금 영구한 세대에 잊지 않도록 하옵시면 다행이겠습니다."

왕은 가사를 관습도감慣習都監에 내렸다.

관습도감은 음악의 실기연습을 맡아보던 관청으로 주로 궁중 잔치에 쓰이던 향악과 당악 연주를 위한 실기연습을 관장했다. 박연은 뒤에 관습도감사慣習都監使를 맡아보기도 했다.

유사눌은 예문관 대제학으로 있을 때 음율과 악에 대하여 조예가 있는 사람을 찾고 있는 왕에게 지음인知音人이라며 박연을 천거히였다. 지음은 음악의 곡조를 잘 알고 새나 짐승의 울음 소리를 가려 잘 알아들음을 말한다. 거문고의 명인 백아伯牙가 그의 거문고 소리를 즐겨 듣던 벗 종자기鍾子期가 죽자 자신의 소리를 아는 사람이 없다고 슬퍼한 나머지 거문고의 줄을 끊었다는 열자列子 「탕문편湯問篇」에서 유래하는 말이기도 하다. 그것은 박연의 운명이 되었다.

관습도감사 박연은 전과 같이 계속 상언上言을 하였다.

"회례에 여악을 사용하지 않는 것은 좋은 법이나 정재呈才의 무동舞童의 정수는 모두 50인인데 빠진 수를 갖추어 모두 60여인 이나 되니 이것은 오래도록 폐지할 수 없는 법이므로 염려하지 않을 수 없습니다. 각도의 감사가 주현州縣의 노비의 쇠잔함과 번성한 것을 참작하여 한 고을에 1명씩 혹은 두 서너 고을을 합하여 1명씩 혹은 너댓 고을을 합하여 1명씩으로 진공進貢하는 정원을 나누어 정하여 동남은 11세 이상 13세 이하의 용모가 단정하고 깨끗하며 성품과 기질이 뛰어나게 총명하여 어전의 정재에 갖출만한 사람을 가려서 경상도에 15명 전라도에 10명 충청도 강원도에 각 7명 경기도 황해도 평안도에 각 5명 함길도에 3명을 원정원으로 정하고 서울과 지방에 명부를 두고 임자년壬子年(다음 해)부터 윤번으로 수효를 채워서 서울로 올려보내게 하고, 관청에서 의복과 양식을 주고 또 초료草料를 주게 하고 한번 입속入屬한 이후로 나이가 장성하여 쓰지 못하거나 사고가 있어 일할 수 없는 사람은 나누어 각 고을에 배정하고는 전의 것에 의거하여 수효를 채워서 보내게 해야 할 것입니다."

늘 그랬듯이 구체적으로 한 치도 빈틈 없이 제안을 하였다. 정재는 대궐 안 잔치 때에 벌이는 춤과 노래이다.

동남童男이 장정이 되기 전에 어버이를 떠나오고 친족을 버리게 되어 생활할 길이 없고 의식衣食을 계속하기가 곤란하면 반드시 배우기를 즐겨하지 않을 것이며 또 어린아이의 용모는 오래 지속되지 못하는 데도 정재하는 연월은 기한이 있으니 소재관所在官으로 하여금 한 집만 사역하지 말고 부모형제나 멀고 가까운 족속 등 동남이 의지하는 집은 그냥 놀리고 역사役事를 시키지 말고 그들로 하여금 봉족俸足을 들게 하고 또 사시로 의복과 양식을 내려서 우대하여 학문을 권장하게 하고 나이 장성하여 쓸 수 없는 지경에 이른 후에 본 고장에 돌려보내어 역을 정하게 할 것이며 만약에 여러 가지 음악에 겸하여 익혀서 당상과 당하의 악공이 될만한 사람이 있으면 그대로 주악의 수료에 충당하도록 해야 할 것이라고 세부적인 부분 제안을 계속하였다.

박연의 상언 상주는 끝이 없고 거침이 없었다.

"방향方響의 한 악기는 양梁나라 때부터 일어나 상하에서 통용하여 쇠북〔鍾〕과 경쇠〔磬〕의 소리를 대신한 것입니다. 팔음八音 중에서 다만 경쇠 소리만이 사시로 변하지 않는데 방향도 그러합니다."

방향은 당악에서 쓰는 타악기의 하나이다. 상하 두 단으로 된 틀에 직사각형으로 된 여덟 개의 강철판을 벌려 놓고 두 개의 뿔 방망이로 쳐서 소리를 낸다.

"그 나머지 속이 비고 구멍이 뚫린 악기는 몸체가 얇고 안이 비어서 음향의 기운을 쉽시리 느끼는 까닭으로 한여름이 되면 건조해서 소리가 높고 한겨울이 되면 응삽凝澁해서 소리가 낮게 되므로 반드시 경쇠 소리에 의하여 조절해야만 소리가 조화되니 「시경」나의 경쇠 소리에 의거한다는 것(依我磬聲者)도 이 때문입니다. 경쇠 소리 외에는 다만 방향이 의거할 만하므로 진실로 절실하고 긴요함이 되겠지만 그러나 우리 나라의 방향은 다만 3부部만 있는데 그 소리가 절반 이상이 그 정성正聲을 얻지 못해 한스러운 일입니다."

관습도감사 박연은 계속해서 상언하였다. 악기의 구조 음의 높낮이 그리고 그에 대한 심도 있는 소견과 느낌을 말하였다. 너무도 정확하고 주도면밀하게 열거하였다.

"또 문밖의 행악의 기구를 살펴본다면, 천자의 제도는 방향 8가架를 사용하니 제후의 나라에서는 마땅히 그 제도를 반으로 해서 만들어야 될 것인데, 도감에서 여러 악공이 배우는 것은 다만 창고 안에 간수하여 두고 있어, 사사로이 익히는 사람은 오로지 의거할 바가 없으니 작은 결점이 아닙니다. 원하건대 더 만들어 바로 잡아 다스려서 한편으론 행악行樂의 수효를 갖추고 한편으론 사사로이 익히는 악기를 넓히게 하소서."

박연이 그같이 상언하자 이를 바로 상정소에 내려 함께 의논하여 아뢰도록 명하였다. 세종 13년 12월의 일이었다. 11월에도 박연은 여러 의식 때의 음악 사용에 대하여 상언하였다.

"옛날 제도에, 모든 제사에 있어 인귀人鬼를 제향하는 음악과 신을 영송할 적에는 모두 황종궁을 사용했으니 대개 황종궁은 북방 자위子位의 음률이 되므로 하늘에 있어서는 허성虛星 위성危星의 얽힘이 되어 허성이 하늘의 종묘가 되는 것입니다. 일설一說에는 '자방子方은 제사 지내는 사람의 머리를 두는 방위이므로 이 궁宮을 사용하여 인귀를 제향하는 것이라'고 하여 제사에 황종궁을 쓰는 것은 그 뜻이 스스로 구별되니 존비尊卑를 분변分辨한 것은 아닙니다."

허성과 위성은 이십팔 수宿의 열 한 번째 별자리와 열 두 번째 별자리이다. 자방은 이십사 방위의 하나이고 정북正北을 중심으로 15도 각도 안의 방향이다.

전정殿庭에서 조회할 때에 임금이 거의 황종궁을 사용하는 것은 대개 황종이 12음률의 처음이 되어 여러 음률이 모두 황종에서 나오게 되니 높은 것에 통속統屬되어 대항할 수 없으며 또 음악을 사용할 적에 황종은 다음 음률로서 사용되지 않으니 만약 황종을 사용하여 궁을 삼는다면 그 사용하는 칠성七聲이 모두 본음률의 음이므로 청성淸聲이 섞이지 않고 순수하고 홍아弘雅하며 오성五聲에 황종은 군君에 속하고 또 그 위치도 높은 데 있어 남쪽을 향하여 임금의 기상이 있는 까닭으로 역대의 제도에 황제의 출입에는 황종궁을 사용하고 신하들의 예배에는 고선궁姑洗宮을 사용하였는데 이를 살펴본다면 임금이 대개 황종을 쓴 것은 오로지 임금을 높이기 때문에 이를 구별한 것이라고 하였다.

그리고 박연은 목이 잠긴 채 계속해서 아뢰었다.

"신의 망령된 생각으로는 오늘날 전정에서 아악의 사용이 매월 초하루 조하朝賀에는 전하께서 출입할 때 황종궁을 사용함은 마땅합니다. 만약 정조正朝와 동지 조하에는 반드시 두 가지 중례重禮가 있사오니 음악을 사용할 적에 혼동해서는 안 될 것입니다. 첫째로 망궐望闕의 의식은 전하께서 진실로 신하의 예로 자처하면서 출입의 예배에 그 전대로 황종궁을 사용하시니 옳지 아니한 듯합니다. 고선궁으로 고쳐 사용하여 제후의 법도를 빛나게 하시고 예가 끝날 때에 이르러 궐패闕牌를 철거한 뒤 본조本朝의 예를 행한다면 전하의 출입에 황종궁을 사용하고 세자와 군신群臣의 예배에 고선궁을 사용하게 하여 한결같이 삭일朔日의 의식과 같게 하여 군신君臣의 분의分義를 밝히소서."

법도와 절차 관례를 하나 하나 열거하며 박연은 과감하게 아뢰었다.

이 자리에는 황희 맹사성 정승을 비롯하여 정초 신상 허조 등 대신들이 묵묵히 듣고 있었다.

"또 조칙詔勅을 맞이하는 예는 근정문勤政門에 들어오면 황종궁을 연주하고 전하께서 군신을 거느리고 예를 행할 때에는 고선궁을 사용하소서. 성절聖節 하례에는 전하의 출입과 예배에도 고선궁을 사용하는 것이 옳을 것입니다. 다만 악보에서 연주하는 환종궁과 고선궁이 하나가 아니니 다시 한 궁을 골라서 조칙을 맞이하는 데 소속시키고 전하의 출입에 쓰는 황종궁은 사용하지 말도록 하고, 고선궁 한 궁을 골라서 정조와 동지와 성절, 전하의 망궐례 및 조칙 행례의 의식에 소속시키고 세자의 예배에 쓰는 고선궁에는 사용하지 말도록 함이 어떻겠습니까?"

박연이 임금께 하례에 대하여 계속 아뢰자 좌의정 황희 우의정 맹사성 예조판서 신상이 옳다고 하며 고개를 끄덕거렸다.

그러나 대제학 정초는 이에 동의하지 않았다.

"황종궁이 천자에 소속되어 제후는 사용할 수 없다면 전하의 평상시에도 또한 사용할 수 없는데 지금 이미 이를 사용하고 있은즉 천자가 하늘에 제사하고 종묘에 제향하고 출입할 때에 모두 황종을 연주하게 되니 비록 정조 동지 망궐례 칙명을 맞이할 때에도 이를 사용하는 것이 무엇이 해롭습니까?"

그 같은 이의 제기에 대하여 박연이 설명하려 하자 이조판서 허조가 손을 저으며 의견을 내었다.

"신은 악을 배우지 못했으므로 감히 함부로 의논할 수 없습니다. 원컨대 집현전으로 하여금 역대의 용악用樂 제도를 자세히 상고한 후에 헌의獻議하도록 하겠습니다."

그렇게 하여 황희 등의 의논에 따랐다.

세종 14년 1월에도 박연은 앞에서도 이야기한 공신당功臣堂과 관련하여 상언하였다.

"종묘의 뜰 안길 동쪽 한 편은 제사를 거행하는 장소가 되는데 공신당이 바로 그곳에 있어서 지면이 매우 좁으며 또 제사를 거행할 때에는 삼등 공신은 공신당에 앉아서 흠향하지 못하고 그 위패를 내다가 세 줄을 만들어서 악현樂懸의 동쪽 공신당 문의 서쪽에 설위設位하게 되며 또 칠사위七祀位를 그 서쪽에 설치하게 됩니다."

칠사위는 제사를 지내는 일곱 신위로 사명신司命神 호신戶神 조방신竈房神 중류신中霤神 문신門神 여신厲神 행신行神을 말한다.

박연은 제사를 설시하는 위치 방법 등에 대하여 그 부당한 이유를 사리를 따져서 하나 하나 아뢰었다.

제사를 받들 때에 여러 집사의 배례하는 위치가 서로 매우 가까이 닥쳐서 온당하지 못하다. 그리고 지금 악현을 뜰 가운데에 벌려 놓기를 조회 때와 같이 하기 때문에 헌가의 설치가 지난 날에 비교하여 더욱 좁게 되었다. 그런 까닭에 근일의 대제 때에 문무관의 물러서는 위치가 한 데 합쳐서 헌가의 동쪽에 있기 때문에, 땅이 좁아서 용납하기 어렵고 문무와 함께 헌가의 서쪽에 있으며, 칠사위도 또한 헌가의 서쪽에 옮겨 갔으니 제사가 다 편하지 아니하다. 이것이 공신당의 위치가 마땅치 않은 첫째 이유이다. 또 사리를 따져 말한다면 유공한 신하는 제사 때만 임시로 뜰 안에 들어가서 조종에 배합하면 족한 것이다. 어찌 내정內庭의 위 육실六室의 곁에 당우堂宇를 세워 상거常居하는 묘실廟室로 해야 할 이치가 있는가. 이 또한 마땅치 못한 둘째 이유이고, 반드시 정상庭上에 공신당을 두게 한 뒤에 배향할 필요가 없는 것이 세 번째 마땅치 않은 이유라고 말하였다.

그리고 이어서 박연은 어느 때보다 공손하게 엎드려 임금의 재가와 판단을 구하였다.

"다행히 이제 묘정廟庭을 열어 넓히고 공신당도 묘 밖의 빈 땅에 옮겨 놓아서 묘궁廟宮을 엄숙하게 하여 제례를 거행하는 데에 편의하게 하시고 만약 부득이하면 묘의 담 한 면을 두어 자〔尺〕 뚫어 열어서 밖에 공신당을 설치하고 담에 문을 만들어 놓으면 묘 안의 공신당의 당우 됨에 무방할 것입니다. 엎드려 성재聖裁를 바랍니다."

당우는 앞에서도 나왔지만 정당正堂과 옥우屋宇, 규모가 큰 집과 작은 집을 아울러 이르는 말이다.

왕은 박연의 상언을 바로 예조로 내려 보내었다.

"공신당은 묘정 밖에 땅을 살펴서 이설移設하는 것이 좋겠습니다."

예조에서는 또 박연의 의견을 받아들여, 종지從之 그대로 따랐다.

박연이 그의 이름 然을 堧으로 바꾼 시기는 정확히 알 수 없다. 堧은 묘廟의 안 담과 바깥 담 사이의 빈터라는 뜻인데, 다른 뜻도 있지만, 혹시 이 무렵 이름자를 바꾼 것인지 또는 그에 대한 지식 또는 조예로 인한 상언인지 모르겠다. 그런 생각도 해 본다.

어떻든 상언 상주의 연속이었고 그것들은 그대로 받아들여지고 시행되었다.

아악

세종 15년(1433) 1월 1일 정조正朝에 임금이 근정전에 나아갔고 이에 회례연會禮宴을 의식에 따라 베풀었다.

이날, 설날 아침 문무백관이 모여 임금에게 배례한 뒤에 베풀어진 연회는 아주 특별하였다. 아악雅樂이 처음으로 연주되었기 때문이다. 박연이 왕명을 주도하여 개혁하고 새로 완성한 문묘제례악을 이날 처음으로 사용하게 된 것이다.

아악은 좁은 뜻으로는 문묘제례악을 가리키고 넓은 뜻으로는 궁중 밖의 민속악에 대하여 궁중 안의 의식에 쓰던 당악 향악 아악 등을 총칭하는 음악이다. 정아正雅한 음악이란 뜻이다. 중국 주周나라 때부터 궁중의 제사 음악으로 발전하여 변개變改를 거듭하다가 송宋나라 대성부大晟府에서 대성아악大晟雅樂 대성악으로 편곡 반포함으로써 제도적으로 확립되었다.

고려 예종 11년에 송나라 휘종徽宗이 대성아악과 여기에 쓰일

등가登歌 헌가軒架에 딸린 아악기 일습과 아악에 수반되는 문무文舞 무무武舞 등 일무佾舞에 쓰이는 약籥 적翟 간干 과戈 36벌과 이러한 의식에 쓰이는 의관衣冠 무의舞衣 악복樂服 의물儀物 등을 모두 갖추어 보냄으로써 이땅의 아악의 역사기 시작되었다. 이로부터 대성아악은 원구圜丘 사직社稷 태묘太廟 선농先農 선잠先蠶 문선왕묘文宣王廟 등의 제사와 그 밖에 궁중의 연향宴享에 광범위하게 쓰이게 되었다.

약은 피리이며 적은 꿩의 깃을 묶어 무악에서 손에 쥐는 것(물건)이고 간은 창이고 과는 방패인데 각종 악樂을 행할 때 문무는 약적籥翟을 무무는 간척干戚을 잡게 하여 배열을 편성한다.

문성왕은 누구인가. 앞에서는 이야기하지 않았던가, 공자孔子를 그렇게 부른다. 당唐나라 현종玄宗이 내린 시호諡號이다. 왕王과 성聖의 위상을 생각해 본다. 문文의 의미를 생각해 본다. 문묘文廟는 공자를 모신 사당을 말하며 성묘聖廟 근궁芹宮이라고도 한다. 미나리 궁(집)이라는 것은 무슨 뜻일까.

좌우간 고려 말에는 악공을 명明나라에 유학 보내고 악기를 들여와 명나라의 아악을 종묘 문묘 조회朝會 등에 쓰게 하였고 공양왕 때는 아악서雅樂署를 설치하여 종묘의 악가樂歌를 가르치고 이를 관장하게 하였다. 조선시대에도 고려의 아악을 그대로 계승하였지만 세종 때에 와서 정리되었다. 대개혁을 하여 새 출발을 한 것이다.

한국 아악은 중국에서 유래한 의례음악으로 생각하고 있지만 세종에 의하여 창제된 것이었다. 얼마 전 출간된 『아악 혁명과 문화 영웅 세종』(한홍섭, 2010 소나무)에서는 한국 아악이 세종에 의하여 신악新樂으로 창제되었음을 주장하고 있다. 이는 훈민정음 창제와 함께 문화적 자주국이라는 꿈을 이루고자 했던 세종식 문화대혁명이라고 말하고 있다. 세종은 기존의 중국 아악 대신 한국의 새로운 아악으로 국가의례를 거행하고자 했으며 그로 인해 완성된 신악이 우리 조선 아악이었던 것이다. 중국의 아악이 아니고 우리의 아악을 사용하여 국가의례를 거행한 것이다.

세종은 박연으로 하여금 궁중 아악을 정비하게 하면서 악장樂章 악보樂譜 악기樂器를 일일이 흠정欽定하였고 모든 음악의 기틀이 되는 대대적 사업을 벌였던 것이다.

흠정은 왕이 친히 제도나 법률 등을 제정하는 일을 말한다.

악리樂理학자 박연은 12율관律管과 편경을 독창적인 방법으로 제조하였고 아악을 고려나 송나라의 대성악을 뛰어넘어 주나라 것에 가까운 아악으로 재정립 복원하여 음악의 새 기틀을 확립하였다. 새로운 토대 위에 음악 이론 환경 제도를 개혁하고 새 뿌리를 내리게 하고 꽃을 피운 것이다.

제악制樂의 임무를 전관專管하게 된 박연은 악기를 제작하고 조회 제사 등의 아악보雅樂譜를 발간함으로써 아악이 공식 의례 음악으로 자리를 굳히게 하였던 것이다. 조선 건국 초 혼란이 안정되어 문물의 정비에 힘을 기울이는 가운데 아악을 독자적으로 복원하여 그 용도가 사회 전반으로 확대되었던 것이고 아악의 융성은 극에 달하였던 것이다. 그 중심에 박연이 있었던 것이다. 줄기찬 상언과 악기의 제조 불굴의 의지는 개혁의 견인차가 되었다.

신악이 완성된 후 그 첫 의례는 새 역사의 시작이었다. 하나의 혁명적 사건이었다.

중국의 아악이 아닌 우리의 독자적인 아악을 사용하려는 자주적 태도에서 비롯된 것이었다. 중국의 한문이 있음에도 우리의 말 글인 훈민정음을 창제하였고 중국의 음악을 기보記譜하는 악보가 널리 사용되고 있음에도 불구하고 우리 고유의 음악을 기보할 수 있도록 따로 동아시아 최초의 유량악보有量樂譜인 정간보井間譜를 창제하였듯이 우리 문화의 자주적 꽃이었던 것이다.

"그래 바로 이것이야!"

박연은 세종 임금의 쾌재를 누구보다 먼저 공감하며 속으로 춤을 추고 있었다.

"참으로 훌륭하오. 그동안 노고들 많았소. 참 대단하고 장하고 자랑스럽소."

세종은 그동안 적극적으로 협력하고 헌신한 면면들을 바라보며 치하를 하였다.

맹사성 유사눌은 답례라도 하듯이 고개를 수그려 보이었다. 그러나 박연은 임금과 눈이 부딪치지 않으려고 다른 곳을 바라보았다.

아악을 창제하고 그 시연을 하는 이날까지 누구보다 노심초사 애를 쓰며 속을 태운 사람은 세종 임금 자신이었다. 그러나 그런 이야기는 한 마디도 하지 않았다. 남의 이야기 하듯 말하고 있었다. 혼신을 다해 소임을 다 한 박연은 또 남의 얘기 듣듯이 딴전을 피우고 있었다.

숙연한 마음으로 그동안 있었던 왕과의 고락을 회고해 보았다.

세종 임금은 종묘제례 사직대제 때 사용하는 중국의 아악에 대하여 도무지 불만이고 미흡함을 떨쳐버릴 수가 없었다. 악공들의 기예가 부족한 탓인지 중국에서 가져온 지가 오래 되어서 그런지, 화음을 느낄 수가 없었다. 가락도 맞지 않고 소리가 탁하고 격하였다. 차라리 향악의 멋진 화성和聲과 흥청거리는 가락만도 못했다. 그러나 종묘 사직 제례와 대제 등 조정의 큰 의식에 향악만 쓸 수가 없었다.

왕은 정악正樂을 바로잡아야 하겠다고 작정하고 예문관 대제학 유사눌에게 예악을 강구하고 정악을 정돈하도록 명하였다. 그리고 음률과 악을 잘 알아 이 일을 잘 해 낼 수 있는 사람을 천거하도록 하였던 것이다.

그 사람이 바로 박연이었던 것이었다. 박연은 예와 악 그리고 정악에 대하여 왕에게 연일 강의를 하는 가운데 「율려신서律呂新書」 이야기를 하였다. 송나라 채원정蔡元定이 지은, 율의 원류를 연구해서 소리를 화和하게 조화시키는 법칙을 연구한 악서이다.

"경은 과연 과인의 스승이로다!"

왕은 박연의 악에 대한 박학에 탄복하였다.

이 이야기의 전후, 박종화朴鍾和의 대하소설 「세종대왕」10권 중 '화음 격음'과 '아악 창조' 대목을 부분적으로 참고 적용하였음을 밝힌다.

박연은 너무나 황공하고 학을 타고 하늘을 날으는 것 같았다.

"당치 않은 말씀입니다."

몸 둘 바를 모르고 손을 저었다.

세자 시강원 문학으로 있으면서 이것 저것 가르친다고 하였지만 그것은 옛날 이야기이고 지금은 지존으로 왕이 아닌가.

그러나 왕은 너무나 당연한 자세를 확인이라도 하듯이 같이 손을 저으며 말하는 것이었다.

"난계는 나의 변함없는 스승이오."

그러며 솔직하게 털어놓는다.

"공부가 아직도 너무나 미흡한 것이 한탄스럽소. 스스로 새 시대의 물결인 예악을 지휘하는 총사령탑인 줄 알고 있었는데 아직 「율려신서」도 보지 못하였고 채원정 같은 사람을 알지도 못하고 있었던 것이오."

"주자朱子 주희朱熹의 제자입니다. 「연악원변燕樂原辨」도 있고 그 외에도 많은 저술이 있습니다만 어찌 모든 책을 다 보실 수가 있는 것이겠습니까."

"당장 그 책을 보고 싶소."

"제가 읽던 것이 있긴 합니다만 제 손때가 많이 묻고 땀이 절어 있습니다."

"그게 무슨 상관이오? 빌려준다면 밤을 새워서 읽어 보리다."

"황송하옵니다."

"그게 무슨 말이오? 경의 땀내를 맡고 싶소."

박연은 정말 너무 황공하고 송구하고 몸 둘 바를 몰랐다. 그러나 그럴 일이 아니었다.

"바로 대령하겠습니다. 참으로 영광이옵니다."

박연은 집 서가에 꽂혀 있는 「율려신서」를 바로 갖다 드린다고 하였다. 집현전이나 예조에는 그 책이 없었지만 그런 이야기는 하지 않았다. 그가 말하지 않아도 왕은 금방 다 알게 되었다. 박연의 책을 기다리기 전에 집현전에 그 책을 찾아 올리도록 하였던 것이다. 한 시라도 빨리 읽어보고 싶었던 것이다. 그것은 박연이 책을 가져오기 전에 읽고 있음을 말하려고 하였던 것인데 그럴 수가 없었던 것이다. 그래서 그야말로 박연의 때와 땀이 묻은 「율려신서」를 받아들면서 진정으로 가상하고 고마움을 절절히 느끼었다. 그러나 그 책을 읽으면서 더욱 감탄하고 박연의 존재를 확인하였다.

중국 고대로부터 송나라 시대까지의 악률樂律의 이론이 심도 있게 정리가 되어 있었다. 거기 다 답이 있었다. 박연의 율관 제작의 문헌적 근거가 되었다는 것을 알게도 되었다.

아악의 창제는 그렇게 시작되었던 것이다.

「율려신서」는 이 나라 아악 창제에 초석이 되었다. 중국 고대부터 송대宋代까지의 악률樂律의 이론을 심도 있게 집약한 책으로 박연의 악리樂理의 기반이 되었고 그가 거침 없이 논리를 펴고 상언上言을 하고 악기 제작 등을 하게 하였던 동력이 되었던 것이다.

232

「율려신서」는 두 편으로 되어 있는데 '율려본원律呂本元'의 목차를 보면 서序 및 자서自序, 율려신서 천석목록淺釋目錄과 황종黃鍾, 황종지실黃鍾之實, 황종생십일율黃鍾生十一律, 십이율지실十二律之實, 변율變律, 율생오성도律生五聲圖, 변성變聲, 팔십사성도八十四聲圖, 육십조도六十調圖, 후기候氣, 심도深度, 가량假量, 근권형謹權衡 등 13항목과 '율려증변律呂證辨'은 조율調律, 율장단위경지수律長短圍徑之數, 황종지실, 삼분손익상하상생三分損益上下相生, 화성和聲, 오성소대지차五聲小大之差, 변궁변치變宮變徵, 육십조六十調, 후기, 도량권형度量權衡 등 10항목이 배열되어 있다.

미국 국회도서관에 소장된 '율려신서 천석淺釋'에서 인용한 목차에 보면 가량이 嘉量으로 되어 있다. 어떻든 글자의 뜻으로도 그 내용을 대략 짐작할 수 있을 것 같다. 서는 스승인 주희가 썼다.

박연으로부터 이 책을 전해 받아 든 세종 임금은 손에 놓지 않고 독파하였다. 그리고 왜 악樂인가, 나라와 백성을 어떻게 다스려야 하는가를 다시 생각하였다. 왕은 예와 악, 예악에 대하여 이미 잘 알고 있었다. 인류의 도덕 정치 질서의 틀로서의 예를 최고의 가치로 설정하여 이를 받아들이도록 하기 위하여 악으로 교화함으로써 이상적 사회를 실현할 수 있다고 믿어왔던 것이다. 공자의 예악사상인 것이다. 악은 조화의 원리로써 통합을 추구하고 변이를 추구한다. 그것은 우주의 질서이다. 예와 악은 서로 상반되는 개념이지만 서로 의존하고 있다. 사람의 마음은 정情을 나타내고 정은 성聲으로 발하여 나오며 성은 율律과 조화를 이루어

음音이 되고 음은 덕을 갖추어 악樂이 된다. 음악의 원리를 다시 생각하였다.

예로써 질서를 잡고 악으로써 조화를 이루면 나라는 강하고 평화로워진다. 이상국理想國이 된다. 악은 예를 표하는 중요한 수단이며 왕권의 존엄과 권위의 상징이고…….

세종 임금은 철저한 예악사상가였고 그 실천가였다. 그것은 문학 박연이 충녕군에게 주입한 공맹사상 때문이었는지 모른다. 그러나 박연은 하나의 이론가였고 세종은 위정자로서 정책으로 밀어부쳤던 것이다. 막강한 힘이었다. 그것은 새 물결이 되었다. 박연은, 중국의 것이 좋은 것도 많지만 고쳐야 할 것도 많다고 상언하였으며, 그 잘못된 것을 과감하게 고치라고 왕명으로 밀어주었다. 450번이나 올린 박연의 상소를 다 받아들였던 것이다. 새로운 음악으로의 전환 개혁은 아악의 정립으로 이어졌고 밤낮으로 편경과 편종을 연구하여 편경 12개와 거기에 맞는 12율관을 새로 만들어서 정확한 아악을 연주할 수 있게 한 박연은 세종 임금에게 아악의 창제라는 희락을 바치게 된 것이다. 아악의 악보도 편찬해 내고 아악을 우리 음악으로 완성한 것이다.

세종 임금은 경연에서 「율려신서」를 강독하게도 하였다.

처음 고려 예종睿宗 때 송나라 휘종徽宗이 제악祭樂의 종鍾 경磬 등 악기를 내려 주었는데 제조가 매우 정밀하였다. 홍건적의 난리에 어느 늙은 악공이 종경 두 악기를 못 속에 던져 넣으므로 보존할 수 있었고(세종실록 59권) 명나라 태조 태종 황제가 종경을 다시 주었으나 제조가 매우 거칠고 소리도 아름답지 못하였다.

우리나라 제악祭樂은 팔음八音을 갖추지 못하여 봉상시에서 간직해 오던 십이관보十二管譜만 배울 뿐이고 제사 때가 되면 경은 와경瓦磬을 쓰고 종도 그 수효를 갖추지 못하였다. 거서秬黍(기장)가 해주에서 나고 경석磬石이 남양에서 생산되자 세종 임금은 박연에게 편경을 만들기를 명하였던 것인데 우리나라에서는 본래의 음에 맞는 악기가 없었으므로 해주의 거서를 가지고 그 분촌分寸을 쌓아 고설古說에 의거하여 황종 한 관管을 만들어서 불어보았다. 그런데 그 소리가 중국의 종 경과 황종 및 당악唐樂의 필률觱篥(피리) 합자성合字聲보다 약간 높았다. 그래 전현前賢의 논의를 다시 상고하여, 토지가 기름지고 메마름이 있어 기장의 크기가 크고 작음이 있으므로 성음의 높낮이가 시대마다 각각 다르다는 사실을 알게 되었다.「진양악서陳暘樂書」에 씌어 있었다.

박연은 무릎을 쳤다.

"대나무를 많이 잘라서 기운을 살펴서 바르게 함만 같지 못하다."

북송北宋 진양陳暘의 의견이다.

그러나 박연은 다시 고개를 갸웃거리며 생각하였다.

우리 나라는 지역이 동쪽에 치우쳐 있어 중국 땅의 풍기風氣와는 전연 다르므로 기운을 살펴서 음률을 구하려 하여도 징험徵驗이 없을 것이다.

박연은 해주의 거서(기장) 모양에 의하여 밀〔蠟〕을 녹이고 다음으로 큰 낟알〔粒〕을 만들고 푼分을 쌓아 관管을 만들었다. 그 모양이 우리나라 붉은 기장[丹黍]의 작은 것과 꼭 같았다. 곧 한 낱[粒]을 1푼으로 삼고 열 낱을 1촌寸으로 하는 법을 삼았는데, 9촌을 황종黃鍾의 길이로 하였으니 90푼이다. 1촌을 더하면 황종척이 된다. 원경圓經을 3푼 4리釐 6호毫의 법을 취하였다. 이에 해죽海竹의 단단하고 두껍고 몸이 큰 것을 골라 뚫으니 바로 원경의 푼수分數에 맞으며 관의 길이를 비교해서 계산하니 바로 촌법寸法에 맞았다.

밀을 가지고 기장 낟알 1천 2백 개를 만들어서 관 속에 넣으니 남고 모자람이 없었고 이를 불어보니 중국 종 경 황종의 소리와 당악의 필률 합자 소리와 서로 합하였다. 그러고 이 관을 삼분손익三分損益하여 12율관을 만들어 부니 소리가 곧 화하고 합하였다.

이 악기가 한 번 이룩되자 제악祭樂 팔음八音의 악기가 성음聲音에 근거가 있어 한 달이 지나서 신경新磬 2가架가 이룩되고 이를 바치었다.

그러자 지신사知申事 정흠지鄭欽之와 몇 사람들이 박연에게 물었다.

"이 모양의 제도와 성음의 법칙을 어디서 취한 것인가?"

지신사는 도승지都承旨를 말한다. 도승지는 승정원承政院의 장으로 왕의 측근에서 시종하며 예문관 직제학直提學 경연慶筵의 참찬관參贊官을 의례적으로 겸하였다.

"모양과 제도는 중국에서 내려 준 편경에 의하였고 성음은 신臣이 스스로 12율관을 만들매 합하여 이룬 것입니다."

박연이 그렇게 대답하였다. 신은 박연을 말하는 것이었다. 앞에서도 말한 바와 같이 그는 12율관을 처음으로 만들었던 것이다. 창제한 것이다.

그러자 여러 대언代言(승지)들이 박연에게 다시 물었다.

"중국의 음을 버리고 스스로 율관을 만드는 것이 옳겠는가?"

따지는 것이었다. 중국의 음을 버린다는 것이 옳지 않다는 것이고 또 거짓말이 아니냐는 것이다. 박연의 실력에 의문을 표하는 것이었다.

박연은 다른 말 않고 글을 갖추어 아뢰었다.

"지금 만든 편경은 모양 제도는 한결같이 중국 것에 의하였으나, 성음은 중국의 경磬은 대려大呂의 각표刻標한 것이 그 소리가 도리어 태주太簇보다 낮고, 유빈蕤賓의 각표한 것이 그 소리가 도리어 임종林鍾보다 높으며, 이칙夷則은 남려南呂와 같고, 응종應鍾은 무역無射보다 낮아서, 마땅히 높을 것이 도리어 낮고 마땅히 낮을 것이 도리어 높으니, 한 시대에 제작한 악기가 아니라 생각됩니다."

음의 세밀한 높낮이를 하나 하나 연주한다고 할까 소리를 들려주며 말하였다. 박연의 대답에는 거침이 없고 막힘이 없었다. 여유가 있었다.

"만약에 이것에 의하여 제작하면 결코 화하여 합할 이치가 없기 때문에 삼가 중국 황종의 소리에 의하여 황종의 관을 만들고 인하여 손익하여 12율관을 이룩하여 불어서 음률에 맞추고, 이에 근거하여 만들었습니다."

박연의 설명은 눈물겨웠다. 지신사와 대언들은 고개를 갸웃거렸다. 불신을 접으며 생각을 다시 하고 있는 것이었다.

세종 임금은 중국의 경 1가와 새로 만든 경 2가 그리고 소 관 방향 등의 악기를 들여 모두 새로 만든 율관에 맞추도록 명하였다. 그리고 말하였다.

"중국의 경은 과연 화하고 합하지 아니하며 지금 만든 경이 옳게 된 것 같다. 경석을 얻은 것이 이미 하나의 다행인데 지금 소리를 들으니 매우 맑고 아름다우며 율을 만들어 음을 비교한 것은 뜻하지 아니한 데서 나왔으니 내가 매우 기뻐하노라."

임금은 희색이 만면하여 여러 대신들을 바라보았다.

박연은 몸둘 바를 모르고 머리를 조아렸다. 무슨 말을 하지도 못하고 연방 흐르는 이마의 땀을 손등으로 닦았다. 그동안 불철주야 화성을 찾아 각고하며 들인 노력들이 꿈결처럼 느껴졌다. 계속 뜨거운 땀이 흘러내렸다.

그런데 그것은 또 순간이고 세종 임금은 그에게 묻고 있는 것이었다.

"다만 이칙 1매가 그 소리가 약간 높은 것은 무엇 때문인가?"

정말 그랬다. 이칙 1매가 조금 높은 소리를 내고 있었다. 약간이었다. 정말 약간 높은 소리였다. 이상하였다.

도대체 어떻게 된 것인가. 박연은 정신을 바짝 차리고 침착하게 살펴보았다. 그러다 그 연유를 발견하고 천연덕스럽게 아뢰었다.

"가늠한 먹이 아직 남아 있으니 다 갈지 아니한 것입니다."

그리고 물러서서 이를 갈아 먹이 다 없어지자 소리가 곧 바르게 되었다.

참으로 대단하였다. 박연의 판단과 기민한 대처도 그랬지만 세종 임금의 음감이 그렇게 정확할 수가 없었다.

박연의 정확한 제작 기술을 또 너무도 정확하게 확인하고 지적하는 세종 임금의 그 몇 마디 아니 한 마디 촌극寸劇을 바라보는 좌중의 대신들은 숨을 죽이고 감탄을 하였다. 혀를 내두르기도 하고 모두들 오싹 정신을 차리고 부동자세로 지켜보고 있었다. 정말 전문가가 아니면 집어 낼 수 있는 차이가 아닐 수 없었다.

임금이 밀어붙이고 있는 아악 뿐 아니라 일련의 음악정책 그리고 박연을 전적으로 신임하고 받아들이고 있는 이유를 웅변으로 보여주는 장면이 아닐 수 없었다. 임금은 너무도 확고한 의지를 가지고 있었고 박연은 거기에 조금도 어긋나지 않게 이론적으로 기술적으로 응하였던 것이다.

경磬이 이룩되자 박연에게 악기를 제작하는 임무를 전장專掌하게 하였던 것이고 병오년丙午年(세종 8, 1426) 가을부터 무신년戊申年(세종 10, 1428) 여름까지 남양의 돌을 다듬어서 종묘 영녕전永寧殿의 편경編磬 및 여러 제사 때 통용하는 등가편경登歌編磬 특경特磬 등을 이룩하였다.

또 조회朝會의 악경樂磬을 남양에서 만들고 조제朝祭의 악종樂鍾을 한강에서 만들었는데 박연으로 하여금 일을 감독하게 하고 대호군大護軍 남급南汲을 버금으로 일을 맡아보게 하였다. 이에 이르러 헌가軒架의 아악 무동舞童의 기예技藝를 쓰고 여악은 쓰지 않았다.

세종 임금이 아악을 창제하고자 하는 뜻을 밝히고, 박연에게 마음을 다하여 이록하라고 명한 것이 명실상부하게 이록된 것이었다.

유사눌과 박연에게 안장 갖춘 말을 하사하고 남급 등에게 말을 하사하였으며 전악공인典樂工人들에게 쌀과 포布(베)를 하사하였다. 별좌別坐 및 관원들에게 계급을 올려주고 녹사錄事에게 별도別到를 주었다. 회례아악을 새로 이록한 공에 대하여 상을 준 것으로 세종 임금의 아악에 대한 관심과 의지를 말해 주는 것이었다.

박연이 안마鞍馬를 하사받은 얘기를 앞에서(세종 13) 하였다. 난계기념사업회에서 만든 연보年譜에 의한 것으로 세종실록(세종 15) 기록과 기간이 차이가 있는데 2회 하사인지는 확인할 수가 없다.

상호군 박연 봉상판관 정양 등이 회례會禮 때의 악공인과 동남童男의 관복을 올렸을 때 세종 임금이 사정전思政殿에 거동하며 문무文武 두 가지 춤의 변화를 짓는 절차와 속악부俗樂部의 남악의 기예를 관람하였다.

"남악의 일은 태종 때에 하륜河崙이 헌의獻議하였으나 아직 시행하지 않았더니 이제 근천정覲天庭과 무고舞鼓의 기예를 보니 그 무도舞蹈의 모습이 여기女妓의 춤보다 오히려 낫도다."

관람후 그렇게 의견을 말하였다. 지난 해(세종 14, 1432년)의 일이었다. 앞에서 왕의 음감에 대하여 얘기하였지만 예술 전반의 감각이 대단히 예리하고 치밀하였다. 박연은 번번이 감탄을 하며 긴장을 하였다. 그의 생각과 일치하기도 했다.

"또 문무文舞와 무무武舞의 두 가지 춤은 대신들이 다 어느 한 가지만을 폐지할 수 없다고 말하였으나 내 마음으로는 관복冠服의 제도와 나아가고 물러가는 절차가 만약 혹시나마 그 제도를 바로 알지 못하게 되어 후세의 비웃음을 받는 일이 있게 된다면, 당분간 그 의심되는 것은 제외하여 두었다가 장래의 잘 아는 사람이 바로잡기를 기다리기만 못하다고 생각하노라. 그런 까닭에 내가 다시 의논하여 결정하고자 하였는데, 이제 관복의 제도와 문무 두 가지 춤의 동작하는 모습을 그대로 습용襲用하지 않았으니, 난들 어찌 고쳐 의논하여 제작制作하지 않겠는가. 마땅히 날마다 연습을 거듭하여 조회에 쓰게 하라."

대신들은 고개를 숙여 왕명에 하복하였다.

임금은 계속하여 일렀다.

"문무 무무의 두 가지 춤과 남악의 악공들의 가죽띠를 붉은 빛으로 장식하고 있는데 비록 그것이 옛날의 제도일지라고 붉은 칠〔朱漆〕을 하는 것은 금제禁制된 것이니 그 대신 녹색을 사용하는 것이 어떻겠는가. 상정소詳定所와 의논하여 아뢰라."

이에 대하여 황희 맹사성 허조 유사눌 등은 의논하여 바로 아뢰었다.

"중국 조정에서는 여지금대荔枝金帶와 가죽띠의 장식은 녹색을 쓰고 있사오니 지금 우리 문무 무무 남악의 가죽띠의 칠도 녹색을 사용하는 것이 좋겠습니다."

그리고 신상은 또 다음과 같이 아뢰었다.

"기명器皿을 주칠하는 것은 상하가 다 사용할 수 없으나 공인의 장식에 비록 금제하는 색깔을 사용한들 무엇이 해롭겠습니까. 분홍색을 사용하여 옛날의 제도에 맞게 하는 것이 좋을 것 같습니다."

세종 임금은 두 의견을 다 사용하도록 명하였다.

"문무를 추는 사람과 악기를 잡는 사람의 가죽띠는 녹색을 사용하고 남악의 가죽띠는 분홍색을 사용하게 하라."

미세한 음의 높낮이를 정확히 지적하듯이 모든 제도와 동작 색깔까지 세심하게 판단하였다. 그것은 단순한 개인의 호 불호의 문제가 아니고 그런 소리와 빛깔을 찾아 높이 내 건 것은 조선의 주체성이며 민족 음악 예술 정책이었던 것이다. 아악도 그런 것이었다. 온 백성과 민족을 향한 세종과 박연의 정열이었던 것이다.

흙의 소리

아악의 창제가 있기까지 경연에서 예악에 대하여 주로 악서樂書 악율樂律에 대하여 많이 논의하였다. 여기에서 「율려신서」를 강독하게도 하였고 그 내용과 관련하여 세종 임금은 악을 구성하는 고저장단의 음의 배치 그리고 종경의 가락 등에 대하여 정밀하게 강론하고 있는 이 책을 세 번이나 독파하였으나 알고 싶은 것이 너무 많았던 것이다.

경연은 근정전勤政殿 북편에 있는 사정전思政殿에 마련되었고 경연관經筵官으로는 예문관 대제학 유사눌, 집현전 대제학 정인지, 관습도감 제조 박연, 경시주부 정양, 영의정 황희, 좌의정 맹사성, 찬성 허조, 총제 정초 신상 권진權軫 등이었다.

"오늘 경연을 연 것은 예악 중에서 악을 토론하여 상정詳定하기 위해서 악에 조예가 있는 대신들을 명소命召한 것이오."

박연은 도무지 자리가 불편하였다. 늘 상언을 올리곤 하였지

만 함께 논의하기에는 너무도 면면들이 거북하여 줄곧 맹사성 대감만 바라보았다.

임금이 말을 이었다.

"과인이 악서를 읽으며 나라를 다스리기 위하여는 반드시 정악正樂을 만들어 바로 세워야 하겠다는 결심을 하게 되었오. 이 일을 임금이 나서서 이루지 않으면 안 되겠다고 생각하고 여러 대신들의 의견을 모으고자 하오."

임금은 대신들을 대단히 결연한 표정으로 돌아보며 기대에 찬 시선을 보내는 것이었다.

그런데 얼른 무슨 의견을 내는 사람이 없자 임금은 박연을 바라보는 것이었다. 박연은 한참 머뭇거리다 일어났다. 그는 임금의 의중을 잘 알고 있었다.

임금이 읽고 말하는 악서(「율려신서」)에서 정악을 만드는 과정을 연결하는 것이 좋을 것 같았다.

"하늘과 땅 사이에 사람이 살고 있습니다. 천天 지地 인人과 우주만물을 이루는 오행五行 오기五氣 금목수화토金木水火土가 서로 응해서 음이 됩니다. 이 음악의 원리에 대하여 말씀드려 보겠습니다. 사람이 하늘과 땅 사이에 나서 살면서 마음을 나타내고 그것을 소리로 발하며 그 소리가 율律과 조화를 이루면 음音이 되고 음이 덕을 갖추면 악樂이 된다 하였습니다."

좌중은 모두 박연을 바라보며 공감을 표시하였다. 누구보다도 임금과 좌의정의 시선이 빛났다.

"그러면 소리가 어떻게 응하여 음이 되는가를 말씀드려 보겠습니다."

박연은 여러 대신들 사이에서 불편하고 어렵게 느껴지며 오그라진 허리를 펴고 이야기를 다시 시작하였다.

어서 그렇게 하라고 임금이 고개를 끄덕였다.

"음은 대자연과 합하는 천지인과 금목수화토 오행의 조화로 이룩됩니다. 천지와 조화를 이룬 오행에서 발생되어 다섯 음계音階 궁상각치우宮商角徵羽 오음五音을 이루는 것입니다. '궁'의 소리는 하늘 기운의 오분五分과 땅의 기운 오분이 합해서 십합十合이 되어 중앙의 토 곧 토성土聲을 내는 관이 됩니다. 흙의 소리입니다."

박연은 계속해서 설명하였다.

'상'의 소리는 하늘의 기운 다섯과 땅의 기운 넷 곧 아홉이 합해서 금기金氣를 서방에서 이룩해서 내는 소리이고, '각'은 하늘의 기운 셋 땅의 기운 다섯이 합해서 여덟이 되어 목기木氣가 동방에서 생기어 내는 소리이다. 나무의 소리 자연의 음향이다. '치'는 하늘의 기운 일곱 땅의 기운 둘 곧 아홉이 합해서 남방의 화기火氣가 되어 내는 소리이고, '우'의 소리는 하늘의 기운 하나와 땅의 기운 여섯이 합해서 일곱이 되어 북방의 수기水氣가 되어 내는 소리이다.

숫자 다섯은 오분 넷은 사분 아홉은 십분 또는 십합을 말하는 조합이었다.

오음 오성五聲에 대하여 대강 설명을 끝내자 세종 임금은 그 오음의 특징에 대하여 또 말해보라고 하였다. 경연이란 왕이 공부하는 모임이니 대신과 막료의 구별이 없었다. 박연은 계속 애기하지 않을 수 없었다.

"음악은 흥이 나서 장단을 두드리면 되는 것 같지만 그런 것이 아니고 대자연과 어떻게 부딪치고 합하여 조화를 이루어야 음이 되고 악이 됩니다."

그리고 궁상각치우 음에 대하여 차례로 설명하였다.

"궁은 흙의 소리라고 하였는데 천지인의 가운데 지地, 토土, 땅, 흙은 우주의 중앙입니다. 땅의 소리 흙의 소리는 우주 중앙의 소리입니다. 궁은 상, 각, 치, 우의 소리를 화和하게 하고 통솔합니다. 음의 성정性情이 모질지 않고 원만하면서 그 소리는 소가 굴 속에서 움머어 하고 우렁차게 우는 듯 웅장한 소리입니다."

박연은 차근 차근 순서대로 애기하였다.

"상은 모(方)진 소리로서 장장鏘鏘 쟁쟁鎗鎗 맑게 울리는 종소리 같은 금성金聲 석성石聲입니다. 양이 무리 속에서 떨어져 홀로 우는 듯한 소리이기도 합니다. 각은 물건에 부딪쳐서 일어나는 소리로서 그 성정이 정직하고 닭이 나무를 쪼는 듯한 소리이며 새벽 닭 울음 같은 소리입니다. 치는 복스러운 소리입니다. 돼지가 어린 새끼를 등에 업고 좋아서 꿀꿀거리는 듯한 소리입니다. 우는 부드럽고 넉넉한 소리입니다. 천리 준마가 평원을 달리는 소리 같습니다."

박연은 궁 상 각 치 우, 오음 오성의 성정과 가락에 대하여 악서에서 읽은 지식과 자신의 의견을 풀어 놓았다. 음악은 천지와 인간의 조화로 이룩되며 국가의 흥망성쇠 백성의 행과 불행 부와 가난과 직결된다고도 하였다.

대신들은 고개를 끄덕거리며 듣고 있었다. 박연은 또 이런 얘기도 하였다.

"음악은 백성의 소리입니다. 임금이 방탕하면 백성이 방탕하고 음악도 난맥을 이루게 되고 임금이 근검하면 백성이 근검하고 음악도 정기正氣를 가지게 됩니다."

그러자 대신들의 표정이 울그락 붉으락 해지고 임금도 안색이 변하였지만 계속 얘기하라고 웃으면서 손짓을 하는 것이었다.

"중앙의 소리 궁은 마치 임금이 만조백관의 신하들을 거느리는 군왕君王의 기상입니다. 그 가락이 화하면 나라가 태평하고 그 가락이 격하면 나라가 위태롭습니다. 임금은 신하의 벼리가 된다고 하였는데 궁은 소리의 벼리가 됩니다."

대신들은 숙연하게 듣고 있었다. 이번에는 임금이 고개를 끄덕거렸다. 박연은 계속 설명하였다.

"쇠소리 돌소리 양이 홀로 우는 소리 상은 법을 맡은 법관의 기상입니다. 그 가락이 고르면 위령威令이 서고 가락이 어지러우면 기강이 무너지고 관을 불신하게 됩니다. 나무의 소리 각은 자연의 소리로서 닭이 훼를 치며 우는 소리 같기도 합니다. 가락이 세차고 거리낌이 없으면 민생이 태평하고 가락이 황란荒亂하면 백성의 원성이 높아집니다. 치는 즐겁게 꿀꿀대는 돼지의 노래 소리로서 가락이 조화되면 모든 일이 잘 다스려지고 가락이 어지러우면 모든 일이 어그러지지요. 우는 윤택한 소리로서 가락이 화창하게 나타나면 나라 곳간에 백곡이 가득차고 가락이 어지러우면 백성들은 굶주리고 가난하게 됩니다."

"허어 참 음악이 그렇듯 천지 조화의 소리란 말인가. 참으로 놀라운 일이로고."

임금은 박연의 설명이 채 끝나기도 전에 자리에서 일어나 걸으며 말하는 것이었다. 모두들 임금을 바라보았다.

"「논어」에, 예에서 서고 악에서 이룬다고 하였던가. 예와 악 그리고 위정爲政에 대하여 다시 느끼는 바가 많도다."

그러자 대신들도 가만히 있지 않았다.

"「순자荀子」에 선왕들이 예악으로 백성들을 화목하게 했다(以禮樂而民和睦) 하였고 예악의 법이 인심을 관장한다(禮樂之統 管乎人心矣) 하였습니다. 악이 통일되어야 인심을 바르게 다스릴 수 있음을 말하고 있는 것이지요."

"악은 같은 것을 화합하고 예는 다른 것을 구분한다(樂同合 禮別易) 그런 말고 있습니다."

"예악형정禮樂刑政이 그 극極에서는 하나라고 하였습니다. 민심을 민감히 여기고 다스리는 도道입니다. 그것(예악형정)이 어그러지지 않으면 왕도가 갖추어진다(王道備矣) 하였습니다.

영의정 좌의정 대재학이 한 마디씩 하는 것이었다. 임금은 참으로 옳은 말이라고 칭찬을 하며 다시 이날 경연의 소회를 말하는 것이었다.

"나라가 있으면 백성이 있고 백성이 없으면 나라가 없는 것이다. 백성의 즐거움이 없이 나라의 융성이 있을 수 없다. 백성의 힘이 없으면 나라의 힘이 있을 수 없고 백성의 신명이 없으면 나라의 문화가 없는 것이다. 너무도 당연한 이야기지만 그것을 어떻게 실현시켜나가야 할 것인가. 늘 생각하고 있지만 오늘 그 실체를 붙들게 되었다. 음악이다. 정악正樂을 바로 세우는 것이다. 정악은……"

대단히 격하고 회심에 찬 토로는 끝날 줄을 몰랐다.

이날 경연은 세종 임금이 정악을 창조하는 데 적극적으로 힘을 모을 것을 결의하는 것으로 끝났다.

"전하께서 하시고자 하는 뜻을 잘 펴실 수 있도록 전력을 다하겠습니다."

영의정 황희가 참석한 대신들의 뜻을 대변하듯 아뢰었다.

"고맙소. 정말 그렇게들 해 주길 바라오."

임금은 영의정과 대신들을 바라보며 진정으로 고마운 표정을 지으며 흡족해 하였다. 그러며 박연을 유심히 바라보았다. 특별히 부탁을 하는 것이었다. 박연도 목례를 하였다. 잘 알겠습니다. 열과 성을 다 하겠습니다. 염려마시옵소서. 간절히 눈으로 아뢰었다.

다음날 바로 세종 임금은 승지를 불러 결심한 뜻을 다시 강조하였다.

"우리나라의 아름다운 풍속과 성정을 유지시키고 발전시키고 교화시키기 위하여 예악이 바로 서야 하고 무엇보다 악이 바로 서야 하고 정악을 세우지 않으면 안 된다. 그것을 알았으니 한 시도 주저할 일이 아니며 서두르고 박차를 가해야 하겠다. 이것은 국가 백년대계를 세우는 일이며 나라의 기틀을 바로 잡는 일이며 풍요롭고 신명나는 세상을 만드는 일이다. 이 나라 관리들이 마땅히 해야 할 일이며 임금 된 자로서 앞장을 서야 또한 마땅한 일이다."

그러나 임금은 분부를 내리기에 앞서 의견을 묻는 것이었다. 그러니 어떻게 하면 좋겠는가. 승지는 대언들과 악에 조예가 있고 전문적인 지식을 갖춘 학자들 관리들의 의견을 모으고 뜻을 모으는 것이 좋겠다고 말하였고 지체 없이 그렇게 추진하라고 명하였다.

그러나 그것을 승지나 대언들이 할 수 있는 일이 아니었다. 나라의 기틀을 바로 세우는 일로서 그야말로 백년대계이며 거국적인 사업인데 왕명을 전달하는 것으로 될 일이 아닐 것 같았다.

"거기(예악)에 전담하는 기관이나 부서를 두고 연구하게 하는 것도 좋을 것 같습니다."

"시간도 여유 있게 주어 충분히 연구하게 하여야 할 것입니다."

세종 임금은 크게 고개를 끄덕였다. 그리고 덧붙여 말하였다.

"참 좋은 의견이오. 그렇게 해야겠오. 악을 바로 세우는 일 정악을 창제하는 일, 아악을 창제하는 일은 오래 전부터 전해오는 우리의 전통 음악 향악鄕樂을 바로잡고 정리하는 일과 병행해야 하는데 그 또한 일이 많고 어려운 일이며……"

세종 임금은 계속 의견을 내고 과제를 쏟아놓는 것이었다. 아름다운 가사歌詞를 아름다운 곡에 올린다면 이 또한 악을 바로 세우는 일이 아닌가. 그러니 이를 전담할 관서를 두고 과감하게 추진해야 될 것이고 그것을 승지에게 다 맡겨서는 안 될 일이었다.

우선 구악舊樂을 정리하는 일을 관장할 부서를 두어야 일의 두서가 맞는다. 그리고 국가 전례典禮 예제禮制 정치 사회제도 등을 연구 하는 부서를 두어야 한다. 바로 단행된 구악이정도감舊樂移定都監 의례상정소儀禮詳定所가 그것이다. 정악의 길은 어렵고 중차대하였다. 거기에 모든 중지衆志와 정치력을 쏟아야 했다.

임금은 의례상정소에 영의정 황회 좌의정 맹사성 찬성 허조 총제 정초 신상 권진으로 제조를 삼아 추진하도록 명하였다. 그리고 구악이정도감에는 예문관대제학 유사눌 집현전대제학 정인지 관습도감 제조 박연 경시주부 정양을 겸임시켜 구악을 정리하고 아악을 창제하는 일을 하도록 명하였다. 특명이었다.

집현전 옆에 의례상정소를 설치하고 관습도감 안에 구악이정도감을 두었다. 모든 업무가 다 겸임이지만 악을 바로 세우는 정악, 아악 창제를 모든 일의 선두에 두고 추진하였다. 그것이 임금의 의지이기 때문이었다. 임금의 뜻이며 의지이자 나라의 뜻이며 시대의 정신이었다. 새 물결이었다.

앞에서도 얘기한 대로 그 소용돌이에 박연이 있었다. 그는 나라 음악, 국악의 새 물길을 흐르게 하는 데 분골쇄신하였다. 악성樂聖에 이르는 대업大業이었다. 세종 임금과의 인연이라고 할까 유사눌이 그를 임금에게 천거하기도 했고 옛날 아버지 어머니 무덤 앞에서 시묘를 하며 피리를 불던 때부터 소리와 가락은 운명

지어져 갔던 것이다. 물론 그의 노력도 있었다. 그의 노력이란 잠을 안 자고 책을 읽고 글을 쓰는 일이었다. 시를 짓고 논문을 쓰는 것이 아니라 새 시대 정신을 구현하는 일이고 예를 세우는 일이고 악을 세우는 일이었다. 그 방안을 세우는 일이었다. 그가 특별히 음감에 뛰어나고 악기제작에 특별한 재능이나 기술이 있었던 것도 아니었다. 무엇이든 맡은 일에 최선을 다 하고 혼신을 다 쏟아 부은 것이었다. 하나 더 말한다면 자연적인 삶의 대처라고 할까 흙과 같이 나무와 바람과 같이 아무 거리낌이 없이 무위자연의 삶을 추구하는 성정이었다. 궁은 흙의 소리요 상은 나무의 소리이듯이 오음이 다 자연과 우주조화의 음이라고 하는 데에 심취한 철리哲理 악리樂理의 바탕을 삼고 있었던 것이었다.

그의 능력과 음감은 그런 것이었다.

그리고 전적典籍을 뒤지고 고래의 예악서禮樂書에 근거하여 철저한 고증과 고제古制 고사古事에 의거하여 판단하는 것이었다. 그동안의 무수히 올린 상언上言이 그랬고 쉴새 없이 입안을 하고 실천하는 방책이 그랬다.

향악을 정리하고 구악을 이정移定하는 일에 몸을 바수는 것은 말할 것도 없고 예와 악 전반에 걸쳐 눈만 뜨면 고구考究하고 글을 썼다. 맞지 않고 잘못된 것을 그냥 지나칠 수도 없고 그래서도 안 되었다. 성정이 그렇기도 하지만 그에게 주어진 사명이었다. 그것이 그에게 내려진 왕명이라고 생각할 때 잠시도 해찰을 할 수가 없었다. 그러나 상주上奏 상언上言은 대단히 신중히 하였다.

"무일舞佾의 위치가 맞지 않습니다. 옛 현인의 도설圖說을 상고하여 보니 종묘宗廟의 가운데에 있고 악현樂懸의 북쪽에 있지 않습니다. 우리 조선에서 악현의 북쪽 섬돌의 남쪽에 벌여놓는 것은 옛 제도에 어긋납니다. 또 땅이 좁고 위치가 좁아서 나아가고 물러서며 변화를 지을 도리가 없어서 진실로 온당하지 못합니다."

악무樂舞 진퇴의 법을 지세히 상고하여 보면 선유先儒가 말하기를, 일무를 추는 데는 사표四表를 세우고 춤추는 사람이 남표南表에서부터 이표二表에 이르는 것을 일성一成이라고 하고 이표에서 삼표三表에 이르면 이성二成이라고 하며 삼표로부터 북표北表에 이르면 삼성三成이라고 하고 다시 남쪽을 전향轉向하여 북표로부터 이표에 이르면 사성四成이라고 하며 이표로부터 삼표에 이르면 오성五成, 삼표로부터 남표에 이르면 육성六成이라고 하였다. 풍악도 또한 여섯 번 변화한다. 그리하여 천신天神이 다 강림降臨하는 것이다. 이것은 천신을 제사하는 환종궁圜鍾宮 육변六變의 춤이다. 또 남표로부터 이표에 이르면 칠성七成이 되고 이표로부터 삼표에 이르면 팔성八成이 되는 것이다. 풍악도 또한 여덟 번 변화한다.

사표는 나라 사방의 바깥이라는 뜻으로 온 세상을 이르는 말이다. 일성은 춤출 때 곁들이는 음악의 단위로 한 장章을 마치는 것을 말한다. 12율律의 기본 음인 황종黃鍾에서 시작하여 육율六律과 육려六呂를 거쳐 다시 황종으로 오는 것으로 넉자를 한 박으로 여섯 박 곧 24자가 일성이 된다. 남표 북표는 사전에서 찾을 수가 없었다. 백과사전 음악사전(세광음악출판사 음악대사전)에도 없었다. 이표 삼표 이성 삼성 사성 오성 육성 칠성 팔성 그리고 뒤의 구성九成도 마찬가지였다. 우리 옛 음악, 국악 용어의 뜻을 직역直譯으로라도 설명하지 못하나 고명한 독자여러분은 다 알게 되기를 바라고 필자처럼 짐작하기를 바라는 마음이다. 그 춤사위와 율동 가락 울림의 변화무변의… 종묘 선농 선잠 우사雩祀 등의 제사에 여러 사람이 여러 줄로 벌여 서서 추는 일무佾舞….

그리하여 땅의 귀신이 다 나와 응감應感하는 것이다. 이것은 땅의 신을 제사하는 함종궁函鍾宮 팔변八變의 춤이다. 또 삼표로부터 북표에 이르면 구성이 되고 풍악 또한 아홉 번 변화한다. 그리하여 사람 귀신도 제사할 수 있다는 것이고 이것은 사람 귀신을 제향하는 황종궁黃鍾宮 구변九變의 춤이라고 하였다.

"상고하여 보건대 이 사표 진퇴의 절차는 무무武舞의 법입니다. 문무에는 명백한 설이 없습니다. 선유 가공언賈公彦이 말하기를 무무에 사표가 있으니 문무에도 응당 사표가 있을 것이라고 하였습니다. 진상도陳常道의 「예서禮書」에 말하기를 가공언의 말이 사리에 맞는 것 같다고 하였습니다. 우리 조선에서도 지난 을해년乙亥年(세종 23, 1441) 겨울 대제大祭를 친행親行할 때에 제조提調 정도전 민제閔霽 권근權近 등이 찬수撰修한 의궤儀軌 속에 문무 두 가지의 춤을 각각 사표로 하고 서로의 거리를 사보四步로 하였습니다. 그러나 무일을 악현 북쪽 섬돌 사이에 두고 나아가고 물러가는 절차는 없습니다. 원하옵건대 옛 제도에 의거하여 무일을 전정殿庭의 가운데에 벌여 육변 팔변 구변의 의식을 다 하게 하옵소서."

박연은 그렇게 전적과 사례를 가지고 논리를 펴며 청원하였다.

무일의 위치에 대해서 거리에 대해서 바로잡기 위하여 며칠을 다듬은 논리였다. 어쩌면 참으로 하찮은 대단히 미미한 문제였지만 너무도 중요하게 철저하게 지적을 하고 비로잡으려고 하는 것이었다.

"본조本朝에서 의례상정소와 같이 살펴보오니 위에서 말한 묘정廟庭에 헌현軒懸을 설치할 곳은 실로 비좁습니다. 청하옵건대 남쪽 섬돌에서부터 구보九步를 더 넓게 하소서"

종지從之, 박연의 의견을 그대로 따랐다.

세종 14년 1432년 3월 4일 세종실록 55권에 있는 이야기이다.

상언한 내용을 더 보자. 제악祭樂에 쓰는 관모冠帽의 제도에 대한 것이었다.

"당상堂上과 당하堂下의 여러 악공들의 관冠에 대하여 아룁니다. 당송唐宋의 제도에는 조회와 제향에서 모두 개책관介幘冠을 썼는데 우리나라에서는 흑포두건黑袍頭巾을 쓰고 있어 모양이 좋지 못합니다. 이에 대한 근거가 없으므로 원컨대 당송의 제도대로 개책관을 고쳐 쓰게 하옵소서."

개책관은 중국 전국시대 문관이 쓰는 관의 하나이며 조선 시대 아악을 연주하던 악공이 쓰던 관을 이르던 말이다. 단단한 재질의 머리띠를 정수리에 얹어 쓰는 관으로 위와 같은 박연의 상주로 처음 행해졌던 관모冠帽였던 것이다.

공인工人들이 입는 옷은 당나라에서는 주구의朱褠衣와 주련장朱連掌을 썼지만 그 제도가 자세하지 못하고 송나라에서는 비란삼緋鷺衫을 썼는데 그 제도는 상고할 수 있다. 우리나라에서는 오승포의五升布衣를 쓰고 있는데 아주 보기가 안 좋고 적삼〔衫〕의 제도가 아니니 원컨대 송조宋朝 묘악廟樂의 제도에 의거하여 난삼鷺衫으로 고쳐 쓰되 구승九升 명주를 쓰게 하는 것이 좋겠다고 아뢰었다.

문무文舞에 쓰는 관은 당나라에서는 위모관委貌冠을 쓰고 송나라에서는 평면平冕을 썼는데 평면은 선유先儒들이 잘못되었다고 하였고 위모관에 대하여는 「사림광기事林廣記」 주해註解에, 주周나라의 위모관은 지금의 진현관進賢冠이 바로 그 유상遺像이라고 하여 진현관의 제도를 상고하여 보니 섭숭의聶崇義의 「삼례도三禮圖」에 나타나 있는대로 촌분寸分을 낮추면 족히 의거할 수 있다. 우리나라 문무의 관은 종이를 붙여서 만들되 두 조각을 만들어 연결하여 쓰므로 이마가 비어 덮이지 아니 하니 춤추는 사람의 머리가 모양에 맞지 않는다. 그러니 진현관으로 고쳐 쓰게 하는 것이 좋겠다고 하였다.

그리고 무무에 쓰는 관은 당송에서 모두 평면平冕을 썼는데 진양陳暘이 비난하기를 면冕을 쓰고 간干을 쓰는 것은 천자의 예이다. 제후諸侯가 면을 쓰고 대무大武의 춤을 추는 것도 「예경禮經」에는 분수에 맞지 않는다고 하였는데 하물며 무랑舞郞이 춤추는

데에 어찌 평면을 쓸 수 있겠느냐고 하며, 작변爵弁으로는 문文을 춤추고 위변韋弁으로는 무武를 춤추게 하는 것이 옳겠다고 하였다. 우리 조정에서는 예전에 평면을 썼으니 진씨의 말대로 가죽 고깔[皮弁]로 바꾸어 쓰는 것이 좋겠다고 하였다.

박연은 이렇게 문무의 춤을 추는 데에 따르는 의관에 대하여 먼저 관에 대하여 잘못 쓰이고 있는 관행과 제도를 지적하고 올바른 모형을 제시하며 아뢰었다. 옛 기록과 선유들의 의견으로 고증한 제도이며 그의 견해인 것이다.

앞에서 말한 계책관 뿐 아니라 작변 위변 피변이 다 박연의 상언으로 처음 행해졌던 제도로 그 어원이 되고 있다.

상언은 계속되었다. 이번에는 복색服色에 대한 것이었다.

"옛 제도에는 악정樂正 악사樂師 운보인運譜人 등의 복색이 있었는데 우리 조정에서는 없습니다. 그러니 당송의 제도에 의하여 각각 두 벌을 만들되 악정은 자주색으로 공복公服을 하고 악사는 붉은색 운보인은 녹색으로 공복을 하는 것이 좋겠습니다. 무인舞人과 공인工人의 복색은 한漢나라 때에는 각각 방색方色(동 서 남 북 중의 청백적흑황의 다섯 가지 색)에 따랐습니다. 생각컨대, 한나라는 고대와 멀리 떨어지지 아니 하여 그 제도를 이어 받은 것인데 당송 때에 이르러서는 천신天神 지기地祇 인귀人鬼 등의 제사에서는 복색은 변하지 아니 하였으나 춤추는 사람들은 모두 검은 옷을 입고 공인들은 모두 붉은 옷을 입었습니다. 당나라 조신 언趙慎言이 말하기를, 지금 제기祭器와 인욕裍褥은 모두 오방 오교五郊의 빛깔을 따랐으나 의복만은 그 빛깔이 틀려서 춤추는 자는 항상 검은 옷을 입고 공인은 항상 붉은 색을 입으니 적당치 못한 듯 하고 그 무인과 공인의 복색은 방색에 의하는 것이 좋겠다고 하였는데 진양이 이 말을 인용하여 제사에는 검은 색을 쓰고 땅 제사에는 누른 색을 쓰며 종묘에는 수繡를 쓰면 옛 제도에 가깝 다고 하였습니다. 우리 조정에서는 문무 및 여러 악공들의 복색 은 제사에는 매양 붉은 색을 쓰고 무무에는 검은 색을 쓰고 있는 데, 진씨와 조씨의 말에 의하여 인귀에게 제사할 때에는 비수緋繡 난삼을 쓰고 회례의 여러 공인들의 복색은 천신을 제사할 때에는 검은 색을 쓰고 지신을 제사할 때에는 누른 색을 쓰는 것이 좋겠 습니다."

그리고 우리나라 제악의 무인과 당하의 공인들은 옷은 있으되 띠(帶)가 없음을 지적하고 당나라에서는 혁대革帶를 쓰고 송나라 에서는 말대秣帶를 썼는데 송나라 제도를 따르는 것이 좋겠다고 아뢰고 또 제악에 신는 신(履)은 그림에 의하여 만들게 하는 것 이 좋겠다고 하였다.

그림도 같이 첨부하였다.

이와 같은 박연의 여러 제도의 상언에 대하여 조정은 예조와 의례상정소로 하여금 논의하게 하였다.

예조와 상정소에서는 바로 논의하여 다시 올리었다.

"모두 아뢴 바에 의할 것이나, 다만 공인이 심히 많은데 세 가 지 빛깔의 옷을 갖추자면 경비가 많이 들게 되므로 당송의 제도 에 의하여 춤추는 이는 모두 검은 옷을 입고 공인들은 모두 붉은 옷을 입게 하소서. 그리고 악정은 지금의 협률랑協律郎인데 제복祭服을 입고 악사는 지금의 전악典樂인데 비공복緋公服을 입게 하며 운보인은 지금에는 없는 바이므로 공복을 만들지 말게 하옵소서."

모두 아뢴 바에 의한다고 하였는데 그것은 박연이 상언한 내용을 말하는 것이며 거기에 몇 가지 의견을 덧붙인 안을 올린 것이다.

그대로 따랐다.

박연이 더 말할 수는 없었다. 물론 그의 생각은 변함이 없었다. 당장은 그런 현실적인 사정을 따르는 것이 좋을지 모르지만 먼 안목으로 볼 때 옳지 않다고 생각하였고 불만이었다. 그것을 말할 수 있었지만 그러지 않았다. 상정소의 의견은 좌의정 맹사성이 주도하고 있어서이기도 하고 너무 원칙만 주장해서는 안 된다는 관리의 금도를 잘 알고 있었다.

"난계의 얘기가 틀리다는 것은 아니고… 하나 하나 고쳐 나가야지."

맹사성은 그 뒤 어느 자리에서 그렇게 말하는 것이었다.

"잘 알겠습니다. 명심하겠습니다."

"그 소리 듣자고 한 얘기가 아닌데…"

"그럼 제가 어떻게 하면 되겠습니까?"

"뭐라?"

"약주를 한 잔 대접하면 안 되겠습니까?"

"아니 정말 뭐라는 건가?"

모처럼 사담을 나누는 격의 없는 자리여서 한 말인데 고불의 심기를 건드린 것인가. 박연은 두 손을 모으고 자세를 고쳐 다시 말하였다.

"하교를 받는 자리를 마련하고자 하는 것입니다."

"얘기가 거꾸러 돼서 하는 얘기지."

"예? 무슨 말씀인지?"

"좌우간 우리 집으로 가세. 다른 얘기도 좀 하고…"

심기가 상한 것은 아닌 것 같았다. 그 반대인 것 같았다.

"제가 약주를 대접하고 싶습니다."

박연은 어투를 바꾸어 간청을 하였다. 하고 싶은 얘기도 많았다. 물론 하교를 받고 충고를 듣고 싶기도 했다. 그 동안의 많은 배려와 가르침에 대하여 조금이라도 갚고 싶은 마음에서이다.

그러나 그것은 잘못 생각한 것이다. 맹사성 고불 대감은 거기에 응하지 않을 뿐 아니라 그런 말도 못하게 하였다. 박연의 생각으로는 다래가 있는 술집으로 가서 술도 대접하고 노래 소리가 됐든 가야금 거문고 피리 소리가 됐든 흥겹고 즐거운 시간을 갖게 해드리고 싶었지만 그럴 수가 없었다. 그가 베풀면 몰라도 받지는 않았다.

"제가 대감님을 한 번 이기고 싶습니다."

박연은 그렇게도 이야기하였다. 웃으면서였다. 농을 할 처지는 아니었다.

"그러면 쓰나? 젊은 사람이 져야지."

맹사성은 웃지도 않고 나무라듯이 말하였다.

그리고 박연을 움직여 북촌 그의 집으로 데리고 갔다. 박연이 진 것이 아니라 고불이 이긴 것이었다.

그날 박연은 취토록 술을 마시고 취중에 많은 말을 하였다. 무슨 말을 하였는지 실언을 얼마나 하였는지 알 수 없으나 앞으로 더욱 적극적으로 상언을 계속하도록 권유를 받았다. 현실에 영합하지 말고 과감하게 개혁의 안을 올리라는 것이었다. 그동안의 패기를 잃지 말고 조금도 흐트림 없이 말이다. 왕을 위하는 일은 나라를 위하는 일이고 그것은 백성을 위하는 일이다. 그보다 더 큰 일이 어디 있는가. 그것은 이 땅을 사랑하는 길이며 세계만민 우주만물을 사랑하는 길로 통한다.

누가 한 말인지도 모르겠다. 그가 한 말 같기도 했다.

어떻든 고칠 것이 너무 많았다. 사회 전반에 맞지 않고 잘못된 것이 너무 많았다. 그러나 박연은 자신의 분야를 벗어나지 않았다. 예악에 대한 것, 음악 아악의 문제점에 대하여, 바르지 않고 마음에 안 드는 부분에 대하여 계속 상언을 하였다.

"전차에 종묘악과 조회악 그리고 전하께서 오르내리시고 출입하실 때의 융안지악隆安之樂에 모두 팔구황종八句黃鍾을 썼는데 지금 조회악에 육구황종六句黃鍾으로 고쳐 쓰니 종묘악도 마땅히 육구六句로 고쳐 써야 합니다. 또 종묘의 관창祼鬯 전폐奠幣 초헌 등의 악에 모두 공덕을 송頌하고, 등가登歌는 당상에서 하며 문무는 당하에서 하되 홀로 아헌을 마치면 헌가軒架는 소무무昭武舞만 연주하고 가사歌詞가 없으니 조회악에 의하여 무무의 가사를 짓고 아울러 금슬琴瑟 가공歌工을 설비함이 마땅합니다. 영신악迎神

樂도 문무는 있고 가사가 없으니 가사를 짓게 하옵소서."

박연이 이와 같이 아뢰자 그대로 예조에 내렸다.

세종 15년 1월 7일 올린 상언이었다. 박연의 시도 때도 없는 상언에 대하여 곱지 않은 시선으로 보고 비판을 하기도 하였으나 거의 다 채택이 되었다. 그리고 그것 하나 하나가 음악사가 되었다.

말을 멈추고

앞만 보고 달렸다. 그동안 한시도 쉬지 않았다. 생각도 없이 달리기만 했는지도 모른다. 숨을 고를 때가 되었다.

되돌아보면 처음부터 이 일, 음악 업무에 종사한 것은 아니다. 박연이 세종조에 처음 맡아 본 일도 음악과 무관한 것이었다.

세종실록 19권, 세종 5년(1423) 3월 17일 박연의 기록이 처음 나오는데 그대로 옮겨본다.

전지하기를, 제생원濟生院 의녀醫女 중에서 나이 젊고 총명한 34인을 뽑아서 교훈을 더 시키어 문리文理를 통하게 하라고 하였다. 인하여 의영고義盈庫 부사副使 박연을 명하여 훈도관으로 삼아 전적으로 교훈를 맡게 하라고 명하였다.

의영고는 호조戶曹의 기름 꿀 후추 따위의 공급 관리를 맡아보던 관아였다.

세자 시강원 문학으로 있으면서 음률에 밝음을 인정 받았던

것이고 맹사성 유사눌 같은 예악에 조예가 깊은 고관들의 천거로 세종의 새 예악정책과 함께 하게 되었던 것이다. 세종 7년 박연의 나이 47세에 악학별좌에 임명되고, 음악에 대한 서적을 편찬하자는 의견을 내놓았는데 그것이 시작이었다. 이 일 이 때를 기점으로 음악 정리의 길, 악성의 큰 걸음을 걷게 된 것이다.

부모의 시묘살이를 하며 산 속에서 피리를 불어 조수鳥獸들을 불러모으고 지프네 강가에서 퉁소를 불며 강촌 사람들의 시선을 끌던 자연 속의 박연朴然은 이때부터 음악의 이론을 바로 세우고 아기를 제작하고 악보를 만들고 예악의 모든 분야 개혁의 선두에 서서 아악을 완성하는 음악사적 족적으로의 박연朴堧의 생애가 다시 시작되었다.

세종조 초기는 고려의 제도를 새로운 조선 왕조에 맞추기 위한 개혁의 시기였다. 중국 고대로부터 이어진 예악의 원리를 어떻게 조선에 맞게 옮기고 조선의 것으로 정리하느냐 하는 문제로 군신들이 크게 고심하였던 것이고 그것이 새 시대의 과제였다. 그 때 그 문제의 요체를 전적典籍을 바탕으로 주체적으로 풀어 적용을 하였으며 그의 열의와 능력을 인정받게 되었던 것이다. 거기에 혼신을 다 바쳤던 것이다.

그뿐만 아니라 해주의 거서와 남양의 경석으로 악기 제작에 가장 기본이 되는 율관을 제작하여 편종 편경을 제작하는 등 음악 실무에 획기적 공헌을 하였다. 박연은 세종 8년부터 2년 동안 편종 528매를 제작하였다. 악기 조율에 절실히 필요했던 편종을 제작함에 따라 이전의 악기 제작보다 더욱 조율된 악기를 제작하게 되었고 제례 회례 조회, 국가의식에 필요한 악기가 정비되었다. 금琴 슬瑟 대쟁大箏 봉소鳳簫 생笙 화和 우竽 훈壎 호箎 쟁箏 등.

박연은 여러 의식음악儀式音樂을 바로 세우기 위하여 많은 상소上疏를 하였다. 고치고 바꾸고 바로잡고, 개혁 정비를 청원하는 것이었다. 끈질기고 줄기차고 거침이 없었다.

그것들을 하나 하나 기록해 본다. 위에서도 부분 부분 이야기하였다.

먼저 제례음악에 대한 상소이다. 제목만 적어본다. 시간적 순서이다.

종묘와 조회에 올바른 음악을 정하자는 상소

사향祀享의 아악을 바로잡자는 상소

제향祭享의 악을 완성하고 아악을 두어 집례자에게 고하게 하자는 상소

사향의 아악을 바로잡자는 상소

제사 때 입는 악공의 복식을 개정하자는 상소

뇌고雷鼓와 영고靈鼓를 바꾸자는 상소

종묘악에 육구六句 황종을 고쳐 사용하자는 상소

묘악에 사성四成을 사용하자는 상소

뇌고 영고 노고路鼓의 제도를 바로잡자는 상소

세종 8년에서 23년에 이르는 장구한 시간 동안 상언한 것이다. 이것들은 물론 제례음악에 대한 것이고 계속 얘기하려는 예악 전반에 걸친 상소는 실로 방대하였다. 한 선비 생애 절정기의 정열을 다 바친 것이었다.

여기서 왜 종묘악을 정비하여야 하는가, 그 당위성을 말하고 조선 초기 제향악의 문제점을 낱낱이 지적하였다. 박연은 「주례 周禮」 춘관春官의 수정修訂 사례를 제시함으로 설득력을 가졌다. 모든 주장을 그는 전적典籍에 의거하였고 그것이 너무도 적확하고 해박하였다. 그러나 거기에 얽매이지 않고 과감한 시대적 감각을 추가하였다.

위에 열거한 제목들로 청원한 내용을 적어본다.

예악의 중요성과 악의 원리를 설명함으로써 종묘악을 제정하자는 내용

종묘악과 사직社稷 석전釋奠 원단圜壇 적전籍田 선잠 산천山川 풍운風雲 뇌우雷雨 등의 제악을 구분하고 제사 절차에 따른 등가 登歌 헌가軒架의 악을 음양합성陰陽合聲으로 사용하자는 내용

제향 때 예절에 맞는 악의 조리를 절도 있게 분별하자는 내용

제사 때 입는 악공의 복식을 개정하자는 내용

종묘 강신악降神樂에 사성을 사용하자는 것과 종묘 제향시 전하의 승강 출입시 육구 황종을 사용하자는 내용

제향 때 사용하는 뇌고 영고 노고를 바로잡자는 내용

그렇게 여섯 가지로 요약할 수 있다.

이상의 문맥 그리고 이하 몇 대목 기술 등에 『역주譯註 난계선생유고蘭溪先生遺藁』(권오성 김세종 공역, 국립국악원 1993)의 내용을 인용하였음을 밝힌다.

박연은 회례음악會禮音樂 정비에도 많은 공헌을 하였다.

회례음악은 세종 13년(1431) 조회에 아악을 채택한 이래 정비되었는데 이 때 박연은 남급南汲 정양鄭穰과 함께 회례 악기를 새로 만들어 왕에게 올렸던 것이다. 왕이란 물론 세종임금이다.

처음 세종은 아악을 조하朝賀에만 설設하고 회례에는 쓸 생각이 없었던 것이지만 박연 등 신하들의 청원에 따라 회례악기 공인관복工人冠服 문무이무文武二舞 같은 것을 제정하였던 것이다. 회례악과 조회악의 다른 점은 문무 무무 그리고 그에 따르는 노래가 더 있다. 회례악에 쓰이던 아악곡은 융안지악隆安之樂 서안지악舒安之樂 휴안지악休安之樂 수보록지악受寶籙之樂 문명지곡文明之曲 수명명지악受明命之樂 무열지악武烈之樂 근천정지악覲天庭之樂 하황은지악荷皇恩之樂 등이다.

세종 15년 정월에 근정전에서 회례연會禮宴을 베풀고 처음으로 아악을 연주하게 되었던 것인데 앞에서도 말한 대로 세종임금은, 그래 바로 이것이야, 쾌재를 부르며 너무도 대견스럽고 자랑스럽게 생각하였다. 회례악을 이룩한 공으로 유사눌 박연에게 안마鞍馬를 하사하기도 하였다. 박연은 남악의 무동관복舞童冠服을 그림으로 그려 올렸고 회례악공會禮樂工의 무동관복도 만들어 올렸던 것이다. 정양과 함께였다.

박연은 회례악기의 제작에도 많은 공헌을 하였지만 문무무文武舞의 진퇴작변進退作變의 절도라고 할까 방법 디테일의 체계를 세웠던 것이다. 그리고 선왕의 공덕을 칭송하는 가사를 짓는 점에 역점을 두었다.

이런 일도 있었다. 근청정지악의 가사 가운데 패금소저貝錦消沮

라는 글귀는 바로 명明나라 태조 황제가 우리나라를 침욕侵辱한다는 말을 한 것인데 이제는 천하가 한집〔一家〕를 이루고 우리나라가 지성으로 사대事大하고 있어, 중국도 한결같이 지성으로 우리나라를 대우하는데 후세 사람이 패금의 글귀를 보게 되면 반드시 의심할 것이니 이를 고치는 것이 어떻겠느냐고 아뢰었다. 관습도감 제조인 맹사성 김자지 유사눌 별감 박연이 세종 14년 10월에 상언한 것이다.

임금은 정말 그렇겠다고 하고 예조로 하여금 그렇게 마련〔磨勘〕하라고 하였다.

「시경」 '소아小雅'에 처혜비혜萋兮斐兮성시패금成是貝錦이란 말이 있는데 처와 비는 작은 광채이며 패금은 큰 광채인데 작은 빛이라도 늘이면 큰 빛이 된다는 말이다. 곧 작은 허물이라도 꾸미고 보태면 큰 허물이 된다는 뜻이다. 소저는 일하는 것을 못하도록 가로 막고 방해한다는 뜻이고.

먼 후세를 내다보고 올바른 판단을 한 청원이었다.

회례음악 정리에 대한 얘기였다.

다음으로 조회음악朝會音樂의 정리에 대한 것이다. 조회음악에 관하여 청원한 글을 보자.

조하朝賀의 예를 개수하고 아울러 여악의 사용을 금지하는 상소

헌가軒架의 악을 옛 제도에 의거하여 사용하자는 상소

조하의 악률樂律을 바로잡자는 상소

세종 12년 13년 지간에 청원 상소한 글의 제목이다.

그리고 조하의절朝賀儀節에 대한 글이 있는데 여기에는 '의儀는 예의이고 절節은 악절樂節이다. 예로써 위치를 정하고 악으로써 조하를 이룬다.' 라는 명제를 달고 있다.

종래에는 조회에 속악俗樂을 사용하였는데 세종은 아악을 새로 마련하여 사용하고자 하였다. 박연은 그것을 최대한 실현해 보인 것이다.

위의 청원 상소한 내용을 다시 적어본다.

조하의식에 여악을 사용하지 말자는 내용

삭일朔日 원정元正 동지 대조하大朝賀에는 헌가에 아악을 사용하고 초엿새(6일) 11일 21일 26일 등의 아일衙日 조하에는 속악을 사용하자는 내용

조회의 아악에 월별로 해당되는 조調(격월용 곡조)를 사용하자는 내용과 임금이 망궐례望闕禮를 사용할 때의 고선궁姑洗宮을 구분하여 사용하자는 내용

당상 당하에서 관현을 동시에 연주하자는 내용

아러한 박연의 개혁안은 당시로서는 좀 지나친 감이 있었던지 일부 수정되어 채택되었다.

악기감조색을 설치(세종 12년)하여 박연은 그 일에 전력하였다. 박연은 편종 편경 외에 조회의 헌가에 쓰일 금琴 슬瑟 축柷 어敔 훈壎 부缶 지籬 적笛 소簫 생笙 우竽 관管 약籥 등을 제조하기 위하여 악기감조색을 설립할 것을 상언하였던 것이다. 악기제조를 위한 임시관청이다.

조하의절에는 '왕세자 조하의절' '군신 조하의절'에 대하여 쓰

고 있는데 이는 세종실록 등 어느 기록에도 찾아볼 수 없는 자료
이다.

　박연이 음악을 정비하기 위하여 먼저 율관律管 제작을 하였다.
얘기한 대로 해주에서 나는 거서로 제작한 율관은 성공하지 못하
였지만 결국 남양의 경석과 함께 악기 제작에 정열을 쏟았다. 율
관 제작이 선행되지 않으면 안 되기 때문이었다.
　박연의 음악적 생애에 닥친 제일 과제였다. 박연은 그 자신이
만든 아기의 소리의 높이에 따른 정당성을 찾기 위해서라도 필요
했던 것이다.
　박연의 악기 제작은 그의 귀로 들어서 음고音高를 판별하였던
것이고 그의 정확한 판별력은 자타가 인정하였다. 세종임금도 박
연이 음률音律에 밝음을 인정하였는데 그것은 임금 스스로 뛰어
난 음감을 가지고 있었기 때문이었다. 그 일화를 앞에서 얘기하
였었는데 박연의 율관 제작 악기 제작은 그런 믿음에서 가능하였
던 것이다.
　박연의 악기 제작에 대하여 상언 상소한 글을 또 보자.
　생황笙簧의 원료인 바가지를 본래의 제도에 의거하여 만들자
는 상소
　훈壎을 옛 제도에 따라 개조하자는 상소
　축柷을 옛 제도에 따라 바르게 고치자는 상소
　토음土音인 부缶라는 악기를 분원分院에서 제조하자는 상소
　대고大鼓를 제조하자는 상소

대나무로 만든 독牘이라는 악기를 개조하자는 상소

건고建鼓를 개조하자는 상소

종鍾 경磬의 소리를 올바르게 교정하자는 상소

편종을 주조鑄造하자는 상소

방향方響을 추가로 더 만들어야 한다는 상소

말이 상소이지 거기에 악기 제작의 당위성 제작의 원리 방법이 다 제시되어 있었다. 세종 12년 2월에 올린 것이었다. 세종 13년 말에 올린 상소 하나 외에는. 이 악기 제작에 대한 상소로 한 해를 다 보낸 것이다. 악기 제작에 생애를 바친 시기라고 할 수 있겠다. 52세 때이다.

생 훈 축 부 대고 건고 독 편종 편경 방향 등의 악기를 주례周禮와 진양陳暘 악서樂書 등의 기록 악리樂理에 근거하여 개정하고 제작하자는 청원이었다. 그의 정열적인 상소는 대부분 성과를 거두었고 제향 회례 조회 등에 이러한 악기들이 사용되었다.

그의 상언 상소는 하나 하나 너무나 절절하였다. 마음에 와 닿았고 핵심을 얘기하였다. 그리고 언제나 전적을 바탕으로 고서 고사를 인용하였다.

부라는 악기는 요堯 임금 때부터 사용하기 시작하여 역대로 폐지하지 않았다. 진秦나라 때에는 더욱 널리 사용되어 악현樂懸의 악기로 사용되었고 세간에서도 모두 좋아했다.

방향이란 악기는 양梁나라 때 상하가 통용하던 것으로 편종과 편경의 소리를 대신할 수 있는 것이었다. 8음 중에 오직 경의 소리만이 사시에 변치 않는 것인데 방향 또한 그렇다. 그 나머지는 속이 비고 구멍이 뚫린 악기이므로 몸체가 얇고 속이 비어 음향의 기운에 감화되기 쉬우므로 한여름에는 건조해서 소리가 높고 한겨울에는 막혀 소리가 낮으니 반드시 경성磬聲에 의해 고른 연후에 음이 어울리는 것이다. 「시경」에 '내 경성에 따른다'는 것은 바로 이것을 말한 것이다.

훈이란 악기는 옛 말에 길이가 세 치 반이요 둘레가 다섯 치 반이라고 히였다. 진양이 말하기를 밑이 평평하면 구멍이 여섯 개인데 이는 수水의 수數를 택한 것이요, 속이 피고 위가 뾰족한 것은 화火의 형상을 본받은 것이다. 훈이란 악기는 이와 같이 물과 불이 서로 어울리는 소리를 이룬다. 그런 제작의 법을 모두 근거할 바가 있어 함부로 만들 수가 없는 것이다.

축은 네모난 악기로 그 넓이가 한 자 네 치이고 속이 비고 사면을 빈틈 없이 기워 합치고 가운데에 한 구멍만을 내어 참나무 자루가 드나들게 했을 뿐 다른 구멍이 없는 악기이다. 그런데 오늘날—물론 그 당시를 말하는 것이다—사용되는 축은 참나무 자루가 들어갈 구멍이 있는데도 한쪽 곁에 둥근 구멍이 뚫리어 주먹이 들어갈만 하다. 도설圖說을 상고해 보아도 이런 모양은 없다.

악기들에 대한 구조 형태 기능 등에 대한 설명이었다. 그리고 박연의 악기를 만들자고 청원하는 논리 이유들이었다. 고사와 고서를 인용할 뿐 아니라 음과 악의 이치를 말하였다. 일상의 감성으로 얘기하기도 했다.

생이란 악기는 간방艮方에 속하는 소리인데 그 제도는 길고 짧은 여러 개의 관들이 가지런하지 않게 참차參差, 하나의 바가지 속에 꽂혀 있어 봄볕에 만물이 소생하는 뜻이 담겨 있으므로 생笙이라 하였다. 또한 바가지를 몸으로 삼아 악기를 이루므로 박〔匏〕이라 하였다. 그런데 반드시 바가지로 만드는 것은 박덩굴이 땅에 뻗는 식물이기 때문에 간방에 속한 연유이다.

"대저 흙으로 만들어진 악기는 두드려서 소리가 나지 않는 것도 있고 소리가 매우 맑아 조화로운 것도 있으며 소리가 높은 것도 있고 낮은 것도 있습니다."

흙의 소리 토음인 부라는 악기 제작에 대한 설명이었다. 박연다운 논리였다. 산골 시냇물 소리 같은 사랑방 부엌에 활활 타는 장작불길 같은 조선 악기 제작 원리였던 것이다. 흙의 소리는 불의 소리이기도 했다.

박연은 악서樂書의 자료를 모아서 찬집纂輯하고 향악 당악 아악의 율조를 상고하여 그 악기와 악보법樂譜法을 그리고 써서 책으로 만들자고 하는 상소를 올렸다. 그러나 이것은 이루어지지 않은 것 같다. 앞에서 그러한 박연의 수본手本에 의하여 계한 것을 그대로 따랐다고 세종실록 27권 7월 27일자 기사 대로 썼는데 실제로는 이루어지지 않았던지 그의 나이 74세 문종文宗 원년에 악보를 간행하자는 청인행악보소淸印行樂譜疏를 다시 올리고 있다.

"삼가 생각하건대 아악의 악에는 제향악이 있고 연향악宴享樂이 있는데 제향악은 봉상시奉常寺에 구본舊本인 십이궁보十二宮譜

와 아울러 20여 악장이 있어 익혀온 지 이미 오래 되었으나 연향악은 우리나라에서 일찍이 보고 듣지 못하다가 경술년(세종 12, 1430)가을에 임금께서 주문공朱文公의 「의례경전통해儀禮經傳通解」중에서 연향아악 시장詩章 12편과 보법을 얻었으나 보법이 미숙하지 않을까 염려하여 옛 사람이 이미 이루어 놓은 규례를 살펴 몸소 부연한 뒤에야 보법이 크게 갖추어졌습니다. 따라서 부연한 보법 중에 그 성음이 아름다운 것을 골라 회례연과 양로연養老宴의 음악에 넣었습니다. 또한 보법 전부를 주자소에 명하사 인쇄하여 세상에 전하게 한 지 21년이 지났는데 이직도 인쇄하지 못하고 있습니다. 이것은 세종 임금의 명을 거슬리는 것 뿐만 아니라 잊어버려 폐기될까 두렵습니다.”

박연은 그렇게 해야 될 근거를 조목 조목 제시하였다.

만약 보법을 한 번 잃어버린다면 이미 금석金石에서 입혀져 나온 소리라도 어디서 나온지를 알지 못할 것이다. 융안지보隆安之譜는 어려魚麗 제4장에서 나오고 서안지보舒安之譜는 황황자화皇皇者華 제2장에서 나오고 휴안지보休安之譜는 남산유대南山有臺 제3장에서 나오고 수보록受寶籙은 녹명鹿鳴 제1장에서 나온다는 사실을 후세 사람들이 어떻게 알 수 있겠는가.

어려는 사방이 평정되고 만물이 풍성하여 신명神明에게 고하며 칭송하는 내용이다. 황황자화는 임금이 여러 신하와 귀한 손님에게 잔치를 베풀고 사신을 송영하는데 쓰인 음악이고 남산유대는 어진 사람을 얻음을 즐거워하는 내용이며 녹명은 어려와 같으나 그 뒤 연례宴禮와 향음주鄕飮酒에서 쓰였다. 다「시경」소아

小雅 6편 중의 한 곡이다.

"원컨대 전하께서 인행印行을 하도록 명을 내려 지체하지 말고 의정부에 의논하게 하시기 바랍니다."

문종 임금은 이를 허락하여 영의정 하연河演 우의정 남지南智 좌찬성 김종서金宗瑞 우찬성 정분鄭苯 등에게 아악보를 주자소에서 간행하도록 하였다.

참으로 집요하였다. 박연의 집념은 식을 줄을 몰랐다.

박연은 그러한 일련의 상소 청원과는 달리 앞에서도 말한 대로 조하의절 같은 글을 써서 예악을 바로 세우고자 하였다.

먼저 '왕세자 조하의절'을 보자.

임금이 원정元正과 동지에 왕세자의 조하를 받는데 그 전날 예조에서는 내외관에게 맡은 바 임무를 충실히 행할 것을 선포하여 각각 그 직분을 다 하게 한다. 충호위忠扈衛에서는 왕세자 위차位次를 근정문勤政門 밖의 길 동쪽, 북쪽에 가까운 서향으로 설치하고 동궁문東宮門 밖에 궁관宮官의 위차를 규칙대로 설치한다.

말 그대로 왕세자의 조하를 행하는 의례의 절차 규범을 상세하게 기록해 놓았다. 세종 12년(1430) 예조에서 아뢴 것으로 박연이 지은 것인지 정리한 것인지 「난계선생유고」에 가훈家訓과 함께 잡저雜著 편에 수록되어 있다. 충호위는 종친의 자제로 조직하여 호위와 제사 때에 제관의 자리를 준비하는 일을 맡아보았다.

그날 유사有司가 임금의 자리를 근정전 북벽 남향으로 설치하고 향로 두 개를 앞 기둥 밖의 좌우에 놓아 두며 전악典樂은 헌현

軒縣을 전정에 베풀되 남쪽에 가까운 북향으로 진열하고 협률랑協律郎의 지휘하는 자리를 전상 서계의 서쪽으로 동향하는 자리에 마련하며 사복司僕은 여연輿輦과 말을 뜰에 진열한다.

전악은 조선조 악관직의 하나로 정5품, 협률랑은 음악을 지휘하던 악관으로 정7품이다. 사복은 궁중의 가마나 말에 관한 일을 맡아보았다. 어연은 임금이 타는 수레이고.

전의典儀는 왕세자 자리를 전정의 길 동쪽으로 북향하게 마련하고 전의 치사관致詞官의 자리를 헌(헌현) 동북쪽에 마련하되 통찬通贊 한 사람은 남쪽에서 악간 뒤로 모두 서향하고 또 통찬 한 사람은 헌현 서북쪽에 동향을 하게 한다. 궁관이나 익위翊衛는 그 시각에 모두 제 자리에 모이되 각기 기복器服을 입고 의장과 호위는 평상시와 같이 베풀어 놓는다.

전의는 나라의 큰 의식이 있을 때 모든 절차를 도맡아 진행시키던 집사관이고 치사관은 경사가 있을 때 임금께 올릴 송덕의 글을 맡은 관리이며 통찬은 전의의 명을 받아 의식의 절차를 큰 소리로 외쳐 진행시키는 관리이고 익위사翊衛司는 세자의 호위를 맡은 관청이었다.

예와 악의 절차를 치밀하게 연출하여 그 전범을 적어 놓은 것이다. 어디에도 찾아볼 수 없는 기록이다.

조하의절을 더 보자.

엄고嚴鼓가 처음 울리면 병조兵曹에서는 여러 시위의 줄과 의장들을 정돈하여 문과 전정殿庭에 베풀되 평상시의 의식과 같이 한다. 좌중호左中護는 중엄中嚴을 청하며 궁관이 각기 제자리로 나가는 것을 돕는다. 우중호右中護가 어인御印을 짊어지고 의식대로 나오면 시위관은 모두 문(閤門)에 나가서 봉한다.

임금이 거동할 때에 엄숙한 위의威儀를 보이고 백관과 시위군사가 제자리에 대기하도록 큰 북을 울리었다. 좌중호는 내금위內禁衛 충의위忠義衛 충순위忠順衛 별시위別侍衛 갑사甲士 등을 이끌고 식장에 들어와 시위侍衛를 도맡아 지휘하던 관원이다. 우중호는 좌중호보다 낮은 직위이고.

엄고가 두 번째 울리면 좌중호는 외판外辦을 정돈시켜 왕세자가 조복朝服을 갖추고 나오게 하되 좌우 시위는 평상시의 의식과 같이 한다. 좌중호가 인도하여 근정문 밖의 위치에 나아가 앉게 한다. 판통례判通禮가 중엄을 청하여 임금이 사정전思政殿에 나오되 원유관遠遊冠과 강사포絳紗袍를 입는다. 전악이 공인工人을 거느리고 자리에 나오면 협률랑이 지휘하는 자리에 나가고 모든 시위관은 각기 기복器服을 입고 있고 상서관上瑞官이 보(御寶)를 받들고 나오면 시위관은 모두 문에 나가 봉영한다.

외판은 임금의 거동 때의 의장이고 통판례는 나라의 큰 의식에서 절차에 따라 임금을 인도하여 모시던 관원이다. 원유관은 왕과 왕세자의 조견복朝見服인 강사포에 쓰던 관이다.

엄고가 세 번 울리면 전의는 치사관의 통찬을 통솔하여 먼저 자기 위치에 나가고 봉예랑奉禮郎은 3품 이하의 여러 신하들을 인솔하여 위차位次에 나아간다. 첨지僉知와 통례通禮가 왕세자에게 위차에 나가 서향하고 설 것을 청하고 판통례가 외판을 정돈시키고 중금中禁에게 말하여 엄嚴을 전하면 지휘봉을 들어 보인다. 그러면 임금이 여연을 타고 나오는데 산선繖扇 시위는 평상시와 같이 한다. 임금이 나가려고 의장이 움직이면 협률랑이 수그리고 엎드렸다가 지휘봉을 들고 일어나고 악공은 축柷을 쳐서 융안지악을 연주한다.

봉예랑은 나라의 큰 의식 때 문무백관을 인도하던 집사관이다. 통례는 통례원의 정3품 벼슬, 좌우에 각 한 사람씩 있다. 중금은 액정시掖庭署의 별감 밑에 두는 심부름꾼. 엄은 여러 관원에게 준비를 서두르도록 세 차례 북을 치던 일로 1엄 2엄 3엄이 있다. 산선은 임금이 행차 할 때 따르는 의장의 하나로 베로 우산 같이 만들었는데 임금 앞에 서서 간다.

임금이 자리에 올라 향로에 불을 피워 연기가 오르면 상서관이 보를 임금 자리 앞에 평상시와 같이 놓아둔다. 그 때 협률랑은 지휘봉 휘麾를 눕히고 어敔를 긁어 악을 그치게 한다.

휘는 음악을 연주할 때 협율랑이 그 시작과 그침을 지휘하던 기旗이다. 누런 바탕에 용을 그렸는데 휘를 들면 음악이 시작되고 휘를 누이면 음악이 그치게 된다.

통찬은 왕세자를 인도하여 자리에 나가 선다. 전의가 사배四拜(네번 절)하라 하면 통찬은 찬자贊者에게 전하여 왕세자가 몸을 굽히면 서안악이 울린다. 사배 후 흥興(일어나다) 평신平身(엎드려 절한 뒤 몸을 본디대로 펴다)하면 악이 그치고 치사관이 서계西階로부터 올라와서 임금 앞에 이르러 북향하고 꿇어앉으면 통찬은 왕세자를 도와 꿇어 앉게 한다. 왕세자가 꿇어앉으면 치사관이 '왕세자 신臣 아무개는 삼양三陽이 열리고 만물이 모두 새로워지는 때를 만나 공손히 생각하건대 전하의 지극히 어진 원기를 몸에 받아 큰 복을 성대히 누리고 있습니다'라고 하칭賀稱을 한다. 하례가 끝나고 부복俯伏(고개를 숙이고 엎드리다) 흥興하면 통찬은 왕세자를 도와 부복 흥 사배 평신하게 한다. 왕세자가 부복 흥하면 악이 시작되고 왕세자가 사배 흥 평신하면 악이 그친다. 그러면 치사관은 본 위치로 돌아온다. 대언代言이 임금 앞에서 교명을 받고 뜰로 물러나 서향하고 서서 왕의 교지가 있으면 통찬은 왕세자를 도와 꿇어앉게 한다. 왕세자가 꿇어앉으면 대언이 '새해를 맞는 경사를 세자와 더불어 함께 하리라.' 하고 선교宣教한다. 선교가 끝나면 대언은 임금 시위 자리로 돌아오고 통찬은 부복 흥 사배 평신을 도와 왕세자가 부복 흥하면 악이 시작되고 사배 흥 평신하면 악이 그친다. 첨지와 통례가 왕세자를 인도하여 나가면 종실宗室과 문무백관들은 조종에 들어가서 별의別儀와 같이 하례한다.

정말 너무도 주도면밀하게 짠 각본이다. 이러한 기록들이 어디 다른 데에는 없고 전 시대 제도나 고래의 전적을 참조해 만든 것 같은데 참 너무도 치밀하게 짜 놓았다. 많은 공력功力을 기울인 것이다. 악기를 만들고 음률의 고저 장단 청탁을 바로잡는 기능 못지 않게 예의 절차 제도 양식 등을 악과 절차와 조화를 이끌어낸 구성은 종합예술이었다. 그 각본이었다.

왕세자 조하의절에 이어 군신 조하의절에 대하여 쓰고 있다.

임금이 정월 초하루와 동짓날에 군신, 여러 신하들의 조하를 받는데 기일期日의 전날 예조에서는 내외간에 맡은 직무를 충실히 할 것을 선포하여 각각 그 직분을 다하게 한다.

그 날 밝기 전에 임금이 군신을 거느리고 망궐례望闕禮를 행하고 나면 내전으로 환궁還宮하며 군신들도 물러난다.

유사有司가 임금의 자리를 근정전 북벽 남향에 설치하고 향로 두 개를 앞 기둥 밖의 좌우에 놓아둔다. 전악은 남쪽에 가까운 북향으로 현헌〔軒懸〕을 징전에 베푼다. 협률랑의 지휘 자리를 전상殿上 서쪽 동향하는 자리에 마련하며 사복이 여연과 말을 뜰에 벌여 놓는다. 전의는 1품 이하의 문관 자리를 전정殿庭 길 동쪽에 종실宗室과 1품 이하의 무관의 자리를 길 서쪽에 관등官等마다 자리를 달리하여 겹줄로 북향하여 서로 마주 보게 설치한다. 감찰監察 두 사람은 문무반 뒤 북향으로 자리하고 판통례 전의 독전관讀箋官 치사관의 자리를 현헌 동쪽에 마련한다. 통찬 한 사람은 남쪽에서 약간 뒤로 하여 모두 서향하고 통찬 또 한 사람은 현헌의 서북에서 동향하게 한다. 봉례랑奉禮郞은 문 밖의 자리를 홍례문弘禮門 안에 설치하고 문관은 길 동쪽에 종실 및 무관은 길 서쪽에 마련 품계品階에 따라 자리를 달리 하여 겹줄로 서서 북쪽 위(北上)를 위位가 되게 한다.

군신 조하의절은 그렇게 시작된다. 왕세자 의절과 같은 것도 있지만 의식 절차가 서로 다르다. 몇 번 말한 대로 여러 신하들의 의식 하나 하나의 세세한 절차 동작 위치 방향 등을 기록한 행사 대본이다. 물론 같은 부서의 협력이 있고 도움이 있었을 것으로 추정을 해보지만 박연이 숱한 전적을 뒤지며 쓰고 고치고 다시 쓰고 하는 모습이 떠오른다. 퇴청을 하지 않고 그 자리에 주저앉아 등잔불 심지를 돋우며 날밤을 새우기가 일쑤이고 집에 가서도 저녁 숟갈을 놓자마자 책상으로 물러 앉아 닭이 울도록 날이 새도록 먹을 갈아 쓰고 아침도 먹는 둥 마는 둥 하고 사립문을 나서곤 한 것이다. 집의 얘기 다른 말은 한 마디도 않을 때가 많았다. 글을 읽고 쓰고 청서淸書를 하고 할 때도 그랬고 악기를 뜯고 두드리고 소리를 비교할 때도 그랬다. 몰골이 말이 아니었고 체면이 볼만 했다. 한 두 해가 아니고 이십년 삼십년 평생을 그렇게 살았다. 왕에게 안장을 얹은 말을 하사 받았다고 하였는데 상을 받고 칭찬을 듣고 그런 것과는 상관 없이 자신도 모르게 그렇게 하였다. 힘들고 고통스러움이 익숙해졌고 오히려 그게 편하였다. 시를 쓰고 그림을 그려서 이름을 남긴 것도 아니고 자기를 내세운 것도 아니었다. 제도를 바로 잡고 의식과 절차를 바로 세우기 위한 작업을 끊임 없이 쉬임 없이 하였다. 누가 시킨 것이 아니었다. 누가 해도 해야 될 일을 하는 것이었다. 그가 할 수 있는 일을 다 한 것이었다. 천명이었고 천직이었다. 좌우간 그랬다.

현헌은 궁중의 제례 때 악기 배설排設, 원래는 제후諸侯의 악기 배설을 말한다. 감찰은 조선 사헌부의 정6품 벼슬로 사제祠祭 조정회의朝廷會議 과거 등에서 백료百僚를 규찰糾察하여 기강을 바로 잡고 풍속을 바로잡는 일을 맡아보았다.

그리하여 엄고가 처음 울리면 병조에서 모든 시위의 줄과 의장을 정돈하여 평상시의 의식과 같이 문과 전정殿庭에 베푼다. 그리고 유사는 전문箋文을 올려놓을 탁자와 방물方物을 올려놓을 탁자를 계단 위에 설치한다. 모두 의식은 평상시와 같이 한다. 예조정랑禮曹正郎은 조복을 입고 용정龍亭에 여러 도에서 올린 전문을 받들며 고악鼓樂이 앞에서 인도하여 서문으로 들어가서 근정전에 이르면 악이 그친다. 영사令史는 푸른 공복을 입고 전문이 든 함函을 마주 든다. 정랑은 서계西階로부터 올라가 탁자 위에 올려 놓는다. 여러 도에서 올라온 사신使臣들은 각기 방물을 가지고 동서 문으로부터 들어가서 탁자 위에 놓는다.

다시 엄고가 울리기를 기다리는 것이다. 전문은 나라의 대사가 있을 때 신하가 임금께 써 올리던 사륙체四六體의 글, 방물은 감사나 수령守令이 임금에게 바치는 그 고장의 산물이다. 예조정랑은 조선조 육조六曹에 딸린 정6품 벼슬이다. 이조吏曹 호조戶曹 공조工曹에 3명씩 형조刑曹 병조兵曹에 4명씩을 두었다. 용정은 나라의 옥책玉冊 금보金寶 등을 실어나르던 교여轎輿, 수레이다.

이윽고 엄고가 두 번 세 번 울리면 행하여지는 의식 절차들이 빼곡이 기록되어 있다.

치사관이 서계로부터 올라와서 임금의 앞에 나가 북향하고 꿇어 앉으면 통찬은 여러 신하들을 꿇어앉게 한다. 여러 관원들이 모두 꿇어앉으면 치사관이 하례를 하고 임금은 선교를 한다.

"전하의 지극히 어진 덕으로 천지 원기를 체험하시어 큰 복을 받으소서."

"새로움을 맞이하는 경사를 경들과 더불어 함께 하리라."

여기에 다 옮기지 않는다.

이러한 의절들이 지금은 물론 사용되지 않고 있다. 다 지나간 시대의 제도이고 절차일 뿐이다. 그것도 지금 시대에는 아무 쓸모가 없는 것일 수도 있다. 특히 임금을 하늘처럼 하느님처럼 받들던 제도와 사례들이 이제 무엇인가, 구시대적인 하나의 유물일 뿐인지 모른다. 그러나 그것은 역사이고 역사적인 사실이고 기록이고 역사적인 의미가 있는 것인데 그것은 또 무엇인가, 어떻든 박연은 거기에 모든 생을 바쳤다. 그가 할 수 있는 능력과 마음을 다 쏟아부었다. 무엇을 위하여 그렇게 한 것이 아니고 그의 천성을 다 한 것이다. 임금을 위한 것이고 나라를 위한 것이었는지 모른다. 스스로를 위하여 그 자신을 위하여 한 일은 무엇이었던가. 그런 것이 있던가.

쌍청의 정각길 굽어보니(雙淸小閣俯長程)
명리에 달리는 사람도 많구나(朝暮閒看走利名)
개인 달빛은 언제나 가득하고(霽月滿庭非假借)
맑은 바람은 저절로 불어오네(光風拂檻豈招迎)
찬 술잔에 금 물결 일고(冷侵酒斝金波灩)
시원한 경내에 구슬 잎사귀 날리네(涼掃雲衢玉葉輕)
이 경치 이 마음 한결 같거니(此景此心同意味)
다시야 어느 곳에 집착할소냐(更於何處役吾形)

그 무렵일까. 「제쌍청당題雙淸堂」에서 그의 심경을 읽을 수 있을 것 같다. 쌍청당은 송유宋愉의 당호이다. 박연보다 늦게 나서 일찍 세상을 떠난 선비이고 그의 정사精舍 쌍청당에서 쓴 시이다. 천성이 강직하고 효성이 지극하며 독서를 좋아하여 열 두 살 미관未冠의 나이로 부사정副司正이 되었다. 태조왕후太祖王后가 태조묘太祖廟에 말부末附, 합사合祀되지 않음을 통탄하여 글을 써서 올린 뒤 관직을 버리고 낙향하여 벼슬에 오르지 않았다. 그 후배이자 동료를 생각하며 스스로를 되돌아본 것이다.

난계유고의 두 번 째 실린 시이다. 첫 번째 시는 앞에서 소개했지만 그 뒤에 쓴 「제송설당題松雪堂」인데 자신의 당호인 송설당에서이다. 공중에 소리 없이 오른 님 하늘나라 무사히 갔는가, 세종 임금의 승하昇遐를 보고 죽음이란 무엇인가 삶이란 무엇인가를 생각하며 읊은 것이었다.

고향 회덕懷德으로 돌아와 학문에 정진하며 조그만 정사를 짓고 박연에게 청하여 '雙淸堂'이라 편액扁額하였는데 거기서 쌍청처사雙淸處士로 불리며 필연筆硯과 금기琴碁로 여생을 보냈다.

박연이 한 올곧은 선비를 생각하는 마음이 아련하게 떠오른다. 그러면서 쌍청당 송유가 난계 박연에게 편액을 청한 마음이 그려진다. 한다는 인물들이 많은 가운데 박연에게 청한 것은 왜일까. 회덕 아래 영동, 인접한 지역적인 인연 때문인가. 거기 지프내 강촌의 시골내기 난계의 흙내 풀내가 풍기는 인정 때문인가. 어쩌면 강직한, 불의와 타협하지 않고 조그만치도 사욕을 취하지 않는 삶의 태도가 마음에 들었는지 모른다. 늘 재능이 미치지 못함을 아쉬워하고 학문이 짧음을 인정하면서 누구에게나 번번히 물어보고 그것을 인용하고 확인하고 하던 자세가 마음에 들었는지 모른다.

편액의 그림을 떠올려 본다. 청淸은 무엇이고 쌍雙은 무엇인가.

"너무 과합니다. 가당치도 않는 칭송이어요."

"그러면 거문고를 뜯어 답례를 하시오."

"예?"

"허허허허… 왜 어려워요?"

"불합격이면 어떡하지요?"

"그거야 안 돼지요. 허허허허…"

너무도 열심히 거문고를 뜯고 흐뭇한 표정을 지으며 듣고 있
는 쌍청당과 난계의 그림을 떠올려본다.

박연은 그 답례로 허리춤의 피리를 꺼내어 또 열심히 불었다.

그 후 하던 일에 대한 신념을 더욱 굳게 가지고 임하였다. 시
에 쓴 대로 다시 어느 다른 곳에 집착하지 않았던 것이다.

그러던 중 예조참판 권도權蹈의 참소讒訴를 입어 파직을 당하
였다.

그 경위가 어떻든 달리던 말이 멈추어 서고 말았다. 그동안 아
악을 전문으로 맡아서 일을 하였고 공을 많이 쌓았으므로 악학에
출사하도록 하였다지만 준마의 앞다리가 부러진 것이다. 답답하
고 안타까운 대로 다른 도리가 없었다.

한숨을 쉴 사이도 없이 뒤로 되돌아봐야 했다.

되돌아보다

왜 어쩌다가 그렇게 되었는가.

세종 임금은 영의정 황희 좌의정 맹사성 우의정으로 물러난 권진權軫을 불러 강녕전 경회루 경복궁 수리 등에 관하여 의논하다가 일어난 일이었다.

"강녕전은 나만이 가질 것이 아니고 만대에 전할 침전寢殿인데 낮고 좁고 또 어두워 늙어서 이 침전에 거처하면 잔 글씨를 보기 어려워 정무를 처결할 수가 없을 것이니, 내가 고쳐 지어서 후세에 전해 주고자 하는데 어떻겠소."

"좋습니다."

임금의 뜻에 모두들 좋다고 아뢰었다.

"경회루는 영건營建한 지 오래 되지 않았지만 처마를 받친 도리가 벌써 눌리어 부러졌으니 처마 받침을 수리하고자 하는데…"

대신들은 그러면 당연히 수리해야 한다고 말하였다.

너무나 당연한 일인데도 불구하고 일일이 의견을 듣고자 하였던 것이다. 정사政事에 관한 것 뿐 아니라 집을 수리하고 짓는 일 등 모든 것을 그렇게 하였다. 그것이 세종 임금의 자세였다.

예로부터 제왕은 다 역상曆象을 중하게 여기어서 요堯임금은 희羲씨 화和씨에게 명하여 백공百工을 다스리었고 순舜임금은 선기옥형璿璣玉衡에 의거하여 칠정七政을 고르게 하였다. 그 사실을 말하고 임금은 또 의견을 물었다.

"내가 간의簡儀 만드는 것을 명하여 경회루 북쪽 담 안에 대臺를 쌓고 설치하게 하였는데 사복시司僕寺 문 안에 집을 짓고 서운관書雲觀에서 번들어 숙직을 하면서 기상을 관측하게 하는 것이 어떻겠소."

역상은 해 달 별 천체가 나타내는 여러 가지 현상이다. 선기옥형은 천체의 위치와 운행을 관측하는 데 쓰던 기구이고 서운관은 조선시대 천문 역일曆日 측후測候 등을 맡아보던 관아이다.

대신들은 그냥 좋습니다 옳습니다고만 할 수가 없었다. 너무나도 학구적이고 진취적인 임금의 의지 앞에 고개가 수그러졌다. 허리까지 굽혀졌다.

"너댓간 집을 짓는 것이 좋겠습니다."

황희 등은 그렇게 말하였다.

계속 그렇게 찬의贊意만 표한 것은 아니었다.

장의동藏義洞에 있는 태종 잠저潛邸의 옛터가 이제 더부룩한 풀밭이 되어서 차마 볼 수 없으니 다시 궁전을 지어서 부왕父王의 진영眞影을 모시는 것이 어떻겠느냐고, 임금이 물었을 때 모두 안 된다고 아뢰었다. 잠저는 태종의 왕위에 오르기 전에 살던 집인 것 같다.

"원묘原廟를 세워서 만대에 이르도록 법전法典을 정하였으니 따로 궁전을 지을 수는 없습니다. 다만 소나무나 심도록 하시는 것이 좋겠습니다."

임금은 표정 하나 바꾸지 않고 계속 말하였다. 묻는 것이었다.

"경복궁에 4대문이 갖추어지지 못하여 태조 때에 북문을 두고 목책을 설치한 것을 뒤에 막아버리고 성을 쌓았는데, 내가 다시 북문을 낼까 하는데…"

"좋습니다."

"근자에 글을 올리어 지리地理를 배척하는 사람이 더러 있으나 우리 조종께서 지리로써 수도를 여기다 정하였으니 그 자손으로서 쓰지 않을 수 없소. 정인지는 유학자儒學者인데 역시 지리를 쓰지 않는 것은 매우 근거 없는 일이라고 말하였고, 나도 생각하기를 지리의 말을 쓰지 않으려면 몰라도 만일 부득이하여 쓰게 된다면 마땅히 지리의 학설을 따라야 할 것인데, 지리하는 자의 말에, 지금 경복궁 명당에 물이 없다고 하니 내가 궁성의 동서쪽과 내사복시內司僕寺의 북쪽 등 몇 곳에 못을 파고 도랑을 내어서 영제교永濟橋의 흐르는 물을 끌고자 하는데…"

"좋습니다."

위에서 말한 것들 외에도 여러 가지를 묻고 의견을 들었는데 다 좋다고 하였다. 다만 이런 공사들을 한 목에 시행하는 것이 불가하니 그 선후 완급을 참작하여 순차로 처리해야 할 것이라고 아뢰기도 하였다. 그러자 임금은 황희 신상 등이 지리 아는 사람을 데리고 못을 팔 곳과 소나무 심을 곳을 가 보게 하라고 하였다. 위에서도 말한 지리는 풍수지리風水地理를 말하는 것이었고 그 말 끝에 이어진 사단이었다.

"권도權蹈가 상서上書하여 말하기를 '혹시 호걸이 난다면 나라의 이익이 아니다' 하고 이 말을 '남에게서 들었다' 하였는데 그 사람이 누구인지 도(권도)에게 묻는 것이 어떻겠소."

임금이 또 그렇게 묻자 모두가 그렇게 하시라고 아뢰었다.

"도가 자기 생각을 가지고 말씀 올린 것이라면 비록 옳지 않더라도 묻지 않는 것이 가하지만 근거 없는 말을 남에게서 전해 듣고서 글을 올렸을 것 같으면 그 말했다는 사람을 묻는 것이 가합니다."

그래서 권도를 불렀고 권도가 말하였다.

그 사람은 누구였던가.

박연이라는 것이었다.

"상호군上護軍 박연이 신한테 말하기를, 승문원承文院의 터를 살펴본 것은 필시 호걸이 날 것을 막으려고 그런 것이리라 하기에 신이 그 말을 듣고 상소한 것입니다."

박연이 그렇게 말했다는 것이다.

권도의 말을 듣고 즉각 박연을 불러서 물었다.

박연이 어리둥절하며 엎드려 대답하였다.

"한漢나라 역사에 동방에 천자의 기운이 있다(東方有天子氣)라고 한 말이 기재되어 있으므로, 승문원 터를 살펴본 것을 신의 망령으로 호걸이 날 것을 의심하여 살펴본 것이라고 생각되기 때문에 권도에게 말하였던 것입니다."

사실 그대로 솔직히 아뢰었다.

승문원은 외교에 관한 문서를 맡아보던 관아로 태종때 설치가 되었다.

모두들 표정들이 굳어 있었고 임금은 대단히 실망스러운 눈빛으로 그를 바라보며 말하는 것이었다.

"그대도 또한 서생으로서 어찌 사리의 근본을 알지 못하고 망령되게 간사한 생각을 내었단 말인가."

청천벽력이었다. 한 번도 그런 일이 없었다. 한 번도 임금을 실망시킨 일이 없었던 것이다. 어쩌다 일이 이렇게 되었는지 모르겠다. 좌우간 스스로 자초한 일이었다. 그것이 뭐가 잘못 된 일인지 몰랐던 것 뿐이다. 전혀 예상하지 못한 의외의 일이었다. 너무나 황공하여 어찌할 바를 몰랐다.

영의정 좌의정 여러 대신들이 도열해 박연을 바라보며 임금의 다음 하회를 기다리고 있었다.

박연은 무엇보다도 맹사성 대감 앞에서 왕의 질책을 당하고 있다는 것이 너무나 황공하고 면구스러웠다. 다른 대신들에게나 임금에게도 그랬지만 고불대감 앞에서 정말 몸둘 바를 몰랐다. 얼굴을 들 수가 없었다.

"요망스러운 말로 사람들을 현혹하게 한 죄로 벌하는 것이 마땅하나 그러나…"

세종 임금은 주저 없이 말하였다. 추상 같았다.

늙은 서생이 경중을 모르고서 망발한 것이고 또 아악雅樂을 전문으로 맡아서 공이 없지 아니하므로 다만 벼슬만을 파직하고 그대로 악학樂學에 출사出仕하도록 하라.

임금의 말에 모두들 눈을 감았다. 다만 고불만은 박연의 거동을 연민 어린 눈으로 바라보는 것이었다. 좀 더 잘 하라, 더욱 신중히 하라고 충고하며 인도의 숨을 쉬는 것 같았다. 정말 너무나 죄스러웠다.

임금에게는 더 말할 것이 없었다. 앞으로 어떻게 해야 될지 어떻게 운신을 해야 할지 난감하였다.

"못 다 한 일 잘 마치도록 하겠습니다."

땀인지 눈물인지 비 오듯하였다. 앞이 보이지 않아 누굴 볼 수도 없었다.

"혼신을 다 하겠습니다."

고개를 숙이고 허리를 굽신거리며 물러나와 궐 밖으로 나오는 대로 무작정 걸었다. 넋이 나간 것인가 바람이 든 것인가, 한 없이 헤매다 당도한 곳은 다래가 있던 술집이었다. 거기 다래는 없었다.

술을 스스로 따라 몇 잔 마시고 다래에 대해서 물었다. 만나기가 힘들거라고 하였다. 왕자들에게 몸이 쌓여 있다고 했다. 아리따운 기녀가 다래 대신 술을 따른다.

"술은 내가 따를 터이니 노래나 불러봐요."

노래를 있는 대로 부르고 춤도 있는 대로 춘다. 용모가 빼어나고 노래도 잘 불렀다.

　박연은 노래를 잘 부르고 춤도 잘 춘다고 칭찬을 하였다. 그리고 거문고를 뜯을까 묻는 것을 사양하고 계속 독작을 하였다. 해가 졌는지 날이 새었는지도 몰랐다.

　계속 자작으로 술을 마시고 떡이 되어 있는데 다래가 왔다.

　"그래 왔어, 잘 있다며?"

　"선생님! 아닙니다."

　다래는 꿇어앉아 있었다.

　"그럼 뭐여?"

　"선생님! 아무리 노력해도 안 됩니다. 갈수록 수렁으로 빠집니다."

　그녀가 꿇어앉은 채 술을 따라 두 손으로 바친다.

　그것을 바라만 보고 있자 다래는 계속 그러고 있다.

　"계속 노력해 보겠습니다."

　박연은 몸을 가누고 앉으며 술을 받아 마신다. 그리고 반배를 하며 말한다.

　"그래 하는 데까지 해 봐. 난 자네를 믿어."

　그리고 박연은 일어나 정신을 차리며 비틀거리었다.

　박연은 그 말을 하러 온 것처럼 아무리 말려도 뿌리치며 비틀비틀 걸어나간다.

　전에 불러내어 알아듣게 얘기한 후 돌아갔는데 다래는 그 뒤 소식이 없었다. 소문에는 아직도 그러고 있었다. 소문도 보통 소문인가, 장안이 떠덜썩하였고 왕실이 시끄러웠다. 한량들이 목을 메는 데다가 평원대군 금성대군 화의군, 세 왕자가 서로 차지하려고 사랑 싸움을 하다 제일 나이가 어린 평원대군이 먼저 다래를 들여앉힘으로 치정 싸움은 더욱 치열하였다. 형제간에 말하자면 제수와 형수를 서로 빼앗고 빼돌리고, 좌우간 왕자들은 죽기살기로 쟁탈전을 벌이다 하나는 죽고 하나는 옥고를 치르고 또 하나는 유배를 가는 말로를 치닫고 있었다.

다래는 평범한 집에서 태어나 어느 양반댁의 첩으로 들어갔다가 그 집안이 역모逆謀와 연관되면서 술집 기생이 되었다. 빼어난 미모에다 날렵한 몸매의 춤으로 뭇 사내의 마음을 사로잡았다. 어느날 박연 앞에서 술을 따르며 노래를 부른 것이 그녀의 운명을 바꾸었다. 천운이었던지 비운의 시작이었던지.

"좋은 재주를 너무 천하게 쓰는구나!"

다래는 자신의 노래와 춤에 대하여 그렇게 말하는 사람을 처음 보았다. 누구나 열이면 열 백이면 백, 찬사를 보내고 감탄을 하였다. 침을 흘리고 넋을 놓았다. 그런데 허줄구레한 서생 박연은 고개를 저으며 한탄스럽게 말하는 것이었다.

다래는 박연에게 술을 곱게 따르면서 정중히 묻는다.

"제 소리가 마음에 안 드십니까요?"

너무도 깔끔하고 겸손하여 박연이 다시 보았다. 일어나다 앉았다.

"소리도 잘 하고 춤도 잘 추는데 좀 아쉬운 데가 있네. 그게 문제가 아니고…"

"또 뭔가요?"

"노래면 노래고 춤이면 춤인 게지."

"왜 너스레를 떠느냐 이거지요."

박연은 무릎을 탁 쳤다.

"아네!"

다래는 박연 앞에 무릎을 꿇고 앉는 것이었다. 그리고 자기는 그저 들은 대로 본 대로 하는 것 뿐이라고 어떻게 하면 좋겠느냐고 알으켜 달라고 하였다.

그런 다래가 마음에 들었다. 예뻤다.

박연은 노래를 다시 해보라고 하였다. 춤도 다시 한 번 춰 보라고 하였다. 다래는 시키는 대로 하였다.

"훨씬 좋아졌네."

갈 때마다 달라졌다. 갈 때마다 하나씩 둘씩 지적을 하여주고 칭찬을 해 주고 하였다. 거문고도 배우게 하고 새 곡목이라고 할까 레퍼토리를 늘리게 하였다.

다래는 하나를 얘기하면 둘을 알아들었다. 재예才藝가 뛰어나고 머리가 영민하였다. 열성이 또 대단하였다. 그래 봐서인가 일취월장 발전하였다. 노래다 춤이다 거문고다 하는 것도 그랬지만 박연에게 너무나 극진하였다. 다래도 그랬지만 박연도 그랬다. 그녀의 노래 춤도 좋았고 사람됨이 마음에 들고 사랑스러웠다. 밤을 새워 술을 마시기도 하고 춤을 추기도 하였다. 그러나 절도를 지키었다. 번번히 흐트러지는 것을 박연이 잡아주었다.

"선생님은 너무 선생님 같애요."

"그러면 됐네."

그녀를 관기官妓가 되도록 밀고서부터 박연은 정말 하늘 같은 스승이 되었다.

다래는 일약 일류 기생이 되었다. 조선초에 유명한 4대 기생이 있었다. 옥부향玉膚香 자동선紫洞仙 양대陽臺 초요갱, 그 중에도 다래의 기명 초요갱은 세종이 만든 궁중무용을 익혀 당대 최고의 명성을 누린 것이다. 그것은 바로 지극한 스승 박연이 있음으로 가능한 것이었다. 그리고 평원대군 이임의 총애를 받아 나라에서 새로 제정된 악무樂舞를 배우고 세종 임금의 눈에도 들게 되었다. 그러나 박연은 여악을 폐하라는 상소를 올리기도 하지만 다래의 행운은 또 새로운 운명의 소용돌이 속으로 빠져들어갔다.

박연은 비틀거리며 뒤도 돌아보지 않고 계속 걸었다. 얼마를 더 걷다가 혼자말처럼 다시 말하였다.

"그래 하는 데까지 해 봐. 살 도리를 해야지. 몸이 무너지면 무슨 소용이 있나."

어둠 속을 계속 걸었다.

모처럼 어쩌면 처음으로 자신의 한 일에 질책을 받고 스스로 위안을 하고자 찾아간 곳이 다래였고 그녀에게 질책 아닌 당부를 하고 가는 것이다. 다시 한 번 경고를 한 것이었다. 죽음의 질주를 하고 있는 다래의 사랑의 행각에 그의 사랑의 마음을 전하고 가는 것이다.

그날 이후 말 수를 줄이고 자신이 할 일만 하였다. 고개를 푹 숙이고 다른 사람과 어울리지도 않았다. 상언할 글을 정리하고 전적을 뒤지며 집무실 귀퉁이에서 앉지도 않고 서성거렸다.

한편으로는 그동안 자신이 걸어온 길 살아온 궤적을 되돌아보기도 하였다.

자리를 탐하고 이권을 추구하고 불만을 표하고 한 적이 없었다. 한 번도 그러지를 않았다. 그리고 자신의 처지를 탓하고 원망하고 하지도 않았다. 그런 것을 생각할 겨를이 없었는지 모른다. 늘 현안으로 되어 있는 문건을 읽고 쓰고 퇴고하고 다시 쓰고 다시 읽고 하기에 여념이 없었다. 앞에서도 얘기하였지만 시를 쓰거나 어떤 작품을 쓰고 논문을 쓴 것이 아니고 제도의 개혁이나 새로운 시책 방법 들을 건의하고 상언하고 한 것이었다. 몇 편의 시문詩文 외에는. 주로 예악에 관한 것이고 악률 악기에 관한 것이다. 그리고 악기 제작에 관한 것이고 직접 악기 제작을 한 것이다. 다른 것이 있다면 술을 한 잔 하는 것인데 그럴 때도 하던 일을 생각하고 풀리지 않는 꼬투리를 풀고 있었다.

다래와 같이 잔을 나누며 소리를 듣고 또 같이 소리를 하고 대금을 불고 할 때도 그랬다. 문득 생각나는 요체가 있으면 그것을 매듭을 짓고 갑자기 떠오르는 기발한 생각 번득이는 찰라의 상상想像이 스치면 그것에 대하여 골똘히 생각을 하거나 쪽지에 적고 또 손에도 적고 어떨 때는 소매 끝에다 표시를 해 두기도 하여 너덜거렸다. 지필묵紙筆墨을 내오랄 때도 있었다.

"헤헤 참 선생님도. 술집에 무슨 그런 것이 있습니까요?"

"그러면 치부책은 뭘로 적나?"

"칼로 그어 놓지요."

"그럼 칼이라도 가지고 와 봐."

"괜히 그러다 사람 잡지 마시고 저한테 말씀하세요. 제가 기억했다 말씀드릴께요. 제 머리는 인정하시지요? 그런데 여자를 앞에 놓고 뭐 하시는 기라요? 제가 그냥 치마 저고리로만 보이셔요?"

"허허 그랬던가?"

술을 마시면서도 여자 앞에서도 일 생각만 하고 있었다. 좌우 간 다래는 그런 일이 있은 후 늘 먹을 갈아 놓고 있었다.

집안 일 돌아가는 것도 몰랐다. 밥만 먹고 잠만 자는 곳이 집이었다. 밥상 머리에서 그렇게 해라, 그러면 안 된다 하는 것으로 자녀 교육을 하였고 그보다 앞서 스스로 솔선하고, 으음 기침을 하는 것으로 가장의 역할을 하였다. 위로 딸이 둘이고 맏아들(孟愚) 둘째 아들(仲愚) 셋째 딸 셋째 아들(季愚) 넷째 딸 7남매가 작은 집에서 복대기를 치면서도 불평 한 마디 없이 아버지 말을 거역하지 않았다. 첫딸은 알성급제를 하고 나주목사羅州牧使가 되는 사위를 보았지만 남편은 하늘이다, 시집을 가면 그 집 귀신이 되는 것이다, 두 마디밖에 한 것이 없다.

아들들에게는 늘 욕심을 부리지 말고 분수를 지키라고 하였다. 그리고 그것을 자신이 본을 보인다고 생각하고 늘 삼가고 면려勉勵하였다. 옷과 신을 기워서 착용하고 그런 것에 오히려 자부심을 가졌다. 지켜지지 않는 것이 술이었지만 자제하려고 노력하였다. 늘 과음을 하고 주사를 늘어놓는 계우를 가르치기 위하여 한번은 양껏 먹게 하고 술 시합을 하기도 하였다. 아버지가 이겼다. 그 때부터 주도酒道가 통하였다.

"대개 술이 화가 됨은 심히 크다. 어찌 곡식을 없애고 재물을 허비할 뿐이랴. 안으로는 심지心志를 어지럽히고 밖으로는 위의威儀를 잃어서 혹은 부모의 봉양을 폐하고 혹은 남녀의 분별을 문란하게 하며 크게는 나라를 잃고 집을 망치고 작게는 성품을 해치고 생명을 잃어버리어 강상綱常을 더럽히고 풍속을 무너뜨리는 것은 이루 다 말하기 어렵다. 이것은 내 얘기가 아니고 세종임금의 계주교서戒酒敎書를 들려주는 것이다."

그리고 유언처럼 말하였다.

"불초不肖란 말이 있다. 부모의 덕망에 미치지 못하는 아들을 이르는 말이다. 그런 말을 듣지 않도록 하여라."

삼남 아이들은 모두 숙연하였다.

"물론 꽁생원 아버지보다야 더 나아야지요."

계우가 토를 달긴 하였지만.

뒷날 맹우는 임강현령臨江縣令(정5품) 중우는 벽동군수碧潼郡守(정4품) 그리고 계우는 집현전集賢殿 한림翰林(정9품)을 거쳐 계유정난癸酉靖難 때 교형絞刑, 증贈 숭정대부崇政大夫 의정부議政府 좌찬성左贊成(종1품)이 되었는데 글쎄 아버지 박연은 아들들을 위하여 아무 것도 한 것이 없었다.

일밖에는 몰랐다. 나라를 위한 일이었고 시대를 위한 일이었던가. 아무튼 자신의 안일을 위한 일은 아니었다. 고행苦行이었다.

악성樂聖의 길이었다.

며칠 일이 손에 잡히지 않은 대로 서성거리며 하던 일은 놓지 않았다. 책을 보고 글을 쓰고 생각하고 그러기만 하였다. 묻는 말에만 대답을 하고 대답도 네 아니오 그리고 고개를 젓거나 끄덕이기만 하였다.

다래를 만난 깃은 왜 그랬는지 모르겠지만 스스로의 괴로움이라고 할까 횡액이 그렇게 엉뚱하게 이동해 갔던 것이다. 자신도 모르게 발길이 그쪽으로 닿았던 것이다. 그만큼 그녀를 생각하고 있었던 것이다. 그래봐야 지난번 불러내어 행군을 하며 얘기하다 돌려보낸 후 처음으로 만난 것이지만 정말 마음이 아팠다. 도대체 그러다 어떻게 될려는지 걱정이었다. 딸이 당하는 불행이 그보다 더 할 수가 있을까. 아내가 당하는 고통이 그보다 더 할 수가 없었다.

그날 그녀를 뿌리치고 오긴 했지만 줄곧 마음이 거기서 떠나지 않았다. 다시 불러내어 얘기를 더 해주어야겠다는 생각이 들었지만 꾹 참았고 그녀에게도 오히려 그렇게 마음이 걸리게 하는 것이 방법이라고 고쳐서 생각을 하였다.

몇 줄 그의 마음을 적어 보내고자 썼다 지웠다 하였지만 다시 구겨버렸다. 그냥 참았다. 스스로 당하는 고통에 그녀에게 닥쳐올 고통이 겹치며 몸부림을 쳤다.

그런 나날을 보내던 어느날 박연은 스스로 깨우치게 되었다. 그것이 아니었다. 그가 크게 잘 못 생각하고 있었다.

이번 일에 대하여 두 가지로 고쳐 생각을 하게 된 것이다.

"그대로 악학에 출사하도록 하라."

임금은 그에게 제기된 문제를 가르고 명하였다. 대신들 누구하나 다른 의견을 내지 않았다. 감히 그렇게 할 수가 없었다. 요망스러운 말이 어떻고 사람들을 현혹하게 한 것이 어떻고 죄니벌이니 하는 말들은 하나의 수사에 불과한 것이었다. 그런 것이었다. 핵심은 변함 없이 하던 일을 계속하라는 것이 아니었던가.

그럼에도 불구하고 박연은 벼슬을 파직하고…에만 정신이 꽂혀 실의에 빠지지 않았던가. 그랬었다. 도대체 벼슬은 무엇이고 직이란 무엇인가. 문과 초임으로 생원과에 급제하고 다시 6년 피말리는 각고 끝에 진사과에 급제, 관직 생활을 하기 시작한 후 몇년이 되었던가. 스물 여덟 살 때부터이던가. 그 때까지는 또 숨이 넘어가도록 과거 시험 공부를 하였었다. 그 합격 급제의 기쁨도 잠시였고 한 발 한 발 한 단계 한 단계 숨도 크게 못 쉬며 앞만 보고 달려 온 것이다. 그렇게 빠르게 높은 자리에 올라간 것이라고는 할 수 없을지 모르지만 그렇다고 아주 승진이 느리고 말직에만 머물러 있는 것도 아니었다. 빠른 편이라고 할 수 있을지 모른다. 왕의 총애를 받고 있다는 말도 들었다. 그것은 사실이었다. 어떻든 자신의 자리 그것을 벼슬이라고 하지만, 벼슬 직職이라고 하지 않는가, 관직의 토속어인 벼슬은 전통적으로 우리 생활에 깊은 영향을 끼쳐 왔다. 벼슬을 차지하기 위하여 안간힘을 다 했던 것도 사실이다. 좌우간 그 자리에 대하여는 불만이 없었고 또직에 대한 욕심이 없었다. 그것이 솔직한 것이 아니란다면 그런 내색은 전혀 한 적이 없었다. 조금도 그런 내색을 한 적도 없었고 그래서는 안 된다고 생각하였다. 그것을 신조로 삼고 있었다. 묵묵히 자신의 일만 하였다. 그것도 스스로 찾아서 하였다. 또 직이란 직무이기도 하다. 일이다. 일을 하기 위한 자리이다. 벼슬이란 결국 직책이며 일이었던 것이다.

그런데 파직을 당하는 것이 괴로웠던 것이다. 말이 안 되었다. 그게 말이 되는가.

왕은 그에게 벼슬은 떼고 일은 하라고 한 것이다.

그는 참으로 자신이 부끄러웠다. 세종 임금은 그 자신을 구해 준 것이다. 권도의 제소가 얼마나 합당한 것이었던지 부당하고 사감이 개재 되었는지 여부는 중요하지 않다. 그 여부가 어떻든 세종은 박연의 손을 들어준 것이다. 그를 아끼고 사랑하여 그랬는지 그것이 대단히 정당하고 아니고도 중요하지 않다. 일을 하게 해 준 것이다.

그것을 며칠이 지나서야 깨닫게 되었다.

"죄송합니다. 너무 큰 죄를 지었습니다."

그는 엎드려 사죄하였다. 엎드려 일어나지 못하고 눈물을 철철 흘리었다.

"더 잘 하겠습니다. 다시 시작하겠습니다."

이런 깨달음의 기회를 준 주군 세종 임금께 눈물로 감사를 드렸다. 눈물을 펑펑 쏟았다.

"감사합니다. 감사합니다."

벼슬을 파직한 것에 대하여 감사를 하고 있는 것이다. 그것이

고통이라면 그리고 불편이라면 오히려 그것에 대하여 감읍하고 있는 것이었다. 그 고통과 불편이 은혜를 알게 하였고 그것이 현실을 직시하게 한 것이다.

그 횡액은 행운이었다.

새 걸음으로

박연은 정초鄭招 김진金鎭 등과 함께 혼천의渾天儀를 올렸다.

세종 15년(1433) 6월 9일, 세종실록 60권 기사이다. 정초는 대제학으로 과학 사업에 중요한 소임을 맡아 정인지와 함께 대통통궤大統通軌를 연구, 「칠성내편七星內篇」을 편찬하고 간의대簡儀臺를 제작 설치하는 일을 관장하고 있었다.

혼천의는 서전書傳 「순전舜典」의 선기옥형도璇璣玉衡圖를 본 떠 만든 천체관측기구로서 북극고도(관측자의 위도)와 더불어 동지와 하지, 춘분 추분에 태양의 북극으로부터 떨어진 각角의 거리에 대한 정보와 28수宿 24방 12지支 등의 정보를 담고 있다.

간의는 중국 원나라의 천문학자 곽수경郭守敬이 처음 만든 천문의기天文儀器로 천문관측을 하기 위한 적도의赤道儀 형태의 기기器機이다. 혼천의에서 적도환赤道環과 백각환百刻環 사유형四游衡만을 따로 떼어서 만든 것으로 행성과 별의 위치인 적경赤經과 적

위赤緯를 정밀하게 측정할 수 있고 고도와 방위, 낮과 밤의 시간을 정밀하게 측정할 수 있었다.

중국에서는 혼천의가 실제로 천체의 위치를 관측하는 기구로 사용되었지만 조선에서는 실내에 두어 천문시계로서의 목적을 위하여 사용되었고 천체의 위치 관측에는 간의가 주로 사용되었다. 조선에서는 세종 14년(1432)부터 자주적인 역법을 편찬하고 천체의 위치를 측정히기 위해 나무 재질로 간의를 시험 제작하여 한양의 북극고도(위도)를 측정한 후, 역법을 연구하고 천체를 관측하였다. 그리고 정확한 시간을 측정하기 위한 국립 천문대인 간의대와 천문의기, 그리고 계시의기들을 만들게 하여 간의대 위에 청동으로 제작한 간의를 올리고 사용하였다.

혼천설渾天說에 의하면 하늘은 북극을 중심으로 동쪽에서 서쪽으로 회전하고, 해와 달이 하늘을 서쪽에서 동쪽으로 움직인다. 하루에 한 바퀴씩 하늘이 돌기 때문에 해가 땅 위로 올라와 있는 시간이 낮이고 해가 땅 아래로 내려가고 달이 뜨는 시간이 밤이다. 하늘은 365. 25도이고 반은 땅 위를 덮고, 반은 땅 아래에 있어 28수 가운데 절반만이 항상 보인다. 땅 아래에는 물이 고여 있어 땅이 우주 한가운데에 떠 있도록 해 주고, 땅 위에는 기氣가 가득 차 있어 하늘이 무너지지 않도록 한다. 이 덕분에 하늘은 안정성을 가질 수 있다. 혼천설은 후한後漢 시대의 인물인 장형張衡이 지은 책「혼천의」에 처음 소개된 이후 서양의 우주관이 동양에 수입될 때까지 동양의 표준 우주관으로 여겨졌다. 다만 초기에는 우주의 구조에 대해서는 설명할 수 있었지만, 우주의 구조와 우주의 생성 원리를 하나로 연결시킬 수 없었기 때문에 송나라 이후 등장한 성리학자들이 혼천설을 수정하여 이러한 문제를 해결할 수 있는 새로운 우주론을 만들었다. 우주는 본디 기의 회전에 불과하였으나 회전이 빨라지며 그 속도를 따라가지 못한 것들이 한가운데로 모여 땅이 되었다고 주장한 것이 바로 혼천설이었다. 그런데 이와 더불어 해와 달과 하늘이 다 같이 동에서 서로 움직인다고 주장하여 기존의 설을 근본적으로 뒤엎지는 않았다.

중국에서 만들어진 것을 삼국시대부터 고려시대까지 수입해 왔으며, 조선시대부터 세종 임금이 정인지 등과 함께 설계하고, 장영실蔣英實이 우리나라의 하늘에 맞는 혼천의를 만들었다.

설명이 길었다. 혼천의 간의에 대한 자료들을 끌어 대다 보니 그렇게 되었다. 박연이 혼천의를 올린 것에 대한 의미를 말하고자 한 것이다. 간의대를 제작 설치하는 일을 관장하던 정초가 혼천의를 만들어 올리는 것은 그 자리로 보아 의당 할 일을 한 것이었지만, 악기를 제작하고 연주하고 행사의 각본을 짜고 미세한 음율 고저장단을 가리고 예리한 색감 소리의 작은 차이를 중히 여기고, 한 두 가지가 아니지만, 그런 기량을 발휘하고 추구하던 박연이 어떻게 우주 천체의 원리를 제어하는 일에 가담하였는지, 계기가 어떻게 이루어졌는지, 거기서 무슨 역할을 어떻게 하였는지 모르겠다.

위의 실록 단 한 줄로는 알 수가 없지만 혼천의에 대한 문헌상으로는 우리나라 최초의 기록이다. 세종실록에는 그 두 달 후 대제학 정초 제학 정인지 등이 혼천의를 올리매 임금이 세자와 더

불어 강문講問하였다고 하였고 그 다음해 세종 16년 장영실이 물시계 자격루自擊漏를 제작하여 올렸으며 5년 뒤 흠경각欽敬閣을 짓게 하고, 이곳에 혼천의를 설치하였다고 되어 있다.

어떻든 박연의 또 다른 면모였다.

파직은 되었으나 하던 일은 멈추지는 않았다. 며칠 실의에 빠져 헤매다가 생각을 고쳐 더욱 힘을 내어 책을 읽고 글을 썼다. 생각하면 한 번도 그는 무엇을 잘 못했다는 소리를 듣지 못하였다. 실수를 해 본 적이 없었는지 모른다. 이번 일이 아니었더라면 그냥 그렇게 자만을 하고, 사정이야 어떻게 되었든 사실 그런 것이 아니라고 하더라도, 자신을 돌아보지 못하고 늙어갈 뻔하였다.

다시 또 한번 진심으로 임금에게도 감사를 드리고 일이 이렇게 된 운명 같은 횡액에 대하여 감사를 하였다. 아무 일도 없다는 것은, 아무 불행이 없다는 것은 발전이 없는 것이었다. 언행에 조심하고 길을 걷는 것도 조심하고 글을 쓸 때도 한 자 한 자 더 힘을 주고 유심히 들여다 보았다. 잠을 덜 자고 생각을 더 하고 하찮은 일에도 신중을 기하였다.

그날 이후 새로운 각오로 임하였다. 정좌하고 책상 앞에 앉아 새롭게 일을 하였다. 악학樂學을 정비하는 일이었다. 계속 추구하고 있는 것이었지만 제향 때 사용되는 영고靈鼓 뇌고雷鼓 노고路鼓에 관한 글을 다듬었다. 그리고 악장樂章을 짓는 일에 몰두하였다.

문소전文昭殿 악장이었다.

문소전은 태조의 첫 번째 부인인 신의왕후神懿王后 한씨韓氏의 신주를 모시기 위해 조성한 인소전仁昭殿을 태조가 승하하고 태조의 혼전魂殿으로 사용하면서 바뀐 이름이다. 문소전은 태조와 신의왕후의 초상화를 함께 봉안하면서 진전眞殿의 성격을 갖게 되었다. 본래 창덕궁 북쪽에 위치하였으나 세종 14년 광효전廣孝殿과 합하여 경복궁 북쪽에 조성되었다. 태조와 신의황후의 혼전으로 사용되다가 원묘제原廟祭에 따라 태조와 그 위로 4대의 신위를 모셨다.

세종 15년 12월 21일 세종실록 62권 기록에, 예조에서 아뢰기를 상호군 박연이 상언한 조항을 상정소와 더불어 의논하였다고 되어 있다. 문소전 악장 얘기였다.

"음악에는 반드시 칭호가 있고 곡에는 반드시 이름이 있어서 다 아름다운 이름을 붙여 훌륭한 덕을 나타내는 것입니다. 지금 문소전의 제례에 새로 악장을 제작하여 그 절주節奏는 초헌 때에는 당악唐樂 중강령中腔令을 쓰고 아헌에는 향악鄕樂 풍입송조風入松調를 사용하게 되었습니다."

박연이 고개를 숙이고 엎드려 아뢰었다.

"그러나 악호樂號와 곡명曲名이 정립定立되지 않아서 옛 제도에 어긋남이 있사오니 원컨대 아름다운 칭호를 명명命名하여 후세에 전하게 하소서."

그리고 하나 하나 악호 곡명을 제시하였다.

"태조의 제향 초헌의 악곡명은 환환곡桓桓曲 아헌의 악곡을 유황곡惟皇曲이라고 하고 태종의 초헌의 악곡명을 미미곡亹亹曲, 아헌은 유천곡惟天曲이라고 하소서."

그 사건이라고 할까 파직 선고를 받은 것이 세종 15년 6월 9일이니 여섯달 뒤의 일이었다.

좌우간 그렇게 상언한 다음 문소전 악장과 관련하여 또 자상하게 너무도 청간스럽게 설명을 하였다. 건의 제안이었다.

제향의 예절에 있어서 재숙齋淑은 중요한 행사이다. 요사이 악공들의 새계齋戒하는 법을 보니 제사하기 2일 봉상시奉常寺에 합숙하고 제사하기 1일 앞서 모두 제소祭所에 나아간다. 이미 재계라고 한다면 마땅히 출입을 금하고 그 정성이 전일專一하게 하여야 할 것인데 도리어 아침 저녁의 식사 때문에 그 재숙하는 곳을 버리고 마음대로 출입하게 되어 사사로운 곳으로 내왕하면서 더러움에 감염하는 일을 범함이 많으니 지극히 온당하지 못하다. 이것은 다른 까닭이 있는 것이 아니고 음식의 제공이 없기 때문이다. 또 제삿날에 향관享官과 집사執事들은 다 임시臨時하여 관세盥洗함으로써 청결하게 하지만 당상 당하의 노래하고 춤추는 가공歌工들은 그 수가 매우 많고 관세소를 설치하지 않기 때문에 수백명의 공인工人들은 밤중에 일어난 채 전연 세수하지 않아서 더럽고 무례하여 불경함이 더할 수 없다. 지금부터 공인들의 재계하는 날에는 반드시 음식을 제공하고 출입을 금지시켜 재숙을 엄중하게 하며 또 단壇이나 묘廟의 밖에 세수 도구를 마련하여 여러 공인들로 하여금 모두 세수하게 하여야 하고, 원묘原廟 제향 때의 영인伶人들도 세수하는 설비가 있어야 한다.

언제나 그렇듯이 어디 하나 보탤 것도 없고 뺄 것도 없었다.

"공인들에 대한 음식 제공은 전례에 따라 예빈시禮賓寺로 하여금 관장하고 세수 시설의 준비는 제소마다 나무통 각 1개 목기木器 각 50개씩 만들어 보관하게 하고 전수자典守者로 하여금 물을 길어다가 공급하게 하소서."

이와 같은 박연의 상언에 대하여 예조에서 그대로 따랐다.

악호 곡명의 정립과 제향 때의 예법 등의 건의를 받아들이지 않을 수 없었다.

박연은 계속하여 상언하였다.

"제향이나 조회 때의 주악奏樂에 사용하는 기구와 예복과 의식용儀式用 물품은 국가의 경비가 적지 않은 것인데, 맡아 지키는 관리가 보관 수호하기를 즐겨하지 않으면 오래 가지 않아서 파손되고 헐어질 것이 염려됩니다. 원컨대 지금부터는 주무관아로 하여금 불시에 검찰하게 하여 그의 공과 허물을 기록하였다가 포폄褒貶에 증빙으로 삼게 하소서. 이러한 조항에 대하여서는 상언한 바에 따라 조曹의 전향사典享司의 낭청郎廳으로 하여금 불시에 가서 살피게 하소서."

이에 대하여 예조에서 그대로 따랐다.

앞에서 문소전 악장을 새로 지었다고 하였는데『악성 난계 박연』1집 연보에 세종 15년 12월 21일 '경오일庚午日에 문소전 악장을 새로 지었다'고 적고 있고 '세종실록 62권 세종 15년 12월 21일 경오' 박연이 건의한 악호 곡명의 정립과 제향 조회 때의 예법… 기사 내용과 시간이 일치하고 있어 그렇게 인용한 것이다.

환환곡 유황곡 등 악장의 곡명만 얘기하였고 악장 내용에 대하여는 기록은 없다. 그런데 같은 62권 세종 15년 12월 7일, 예조에서 회례에 사용할 문무文武의 악장을 올린 기사가 있어 여기 그 악장을 옮겨 본다.

태조와 태종을 칭송한 악장이다.

아아, 빛나는 태조太祖시여 / 착한 덕을 몸에 지니시고 천명에 순응하고 인심에 순종하여 / 드디어 큰 동쪽 나라 가지셨네 / 부력의 위세威勢 이미 거두시고 / 문치文治를 높이셨네 / 어짊은 깊으시고 은택恩澤은 후하시어 / 넉넉함을 무궁하게 드리우시네

태조를 칭송한 문무文舞 악장이다. 다음은 무무武舞의 악장.

굳센 성조聖祖시여 / 하늘이 주는 왕업을 받으셨네 / 이미 납씨納氏를 달아나게 하고 / 또한 운봉雲峯에서 승리하셨네 / 위화도威化島에서 의로운 기치旗幟 돌아오시니 / 저 흉잔凶殘한 무리를 숙청하였네 / 무공武功을 세워 왕업을 정하시니 / 동쪽 나라 백성이 안정하였네

그리고 태종을 칭송한 문무무文武舞 악장을 보자.

아아, 밝으신 태종이시여 / 왕의 차례 이어받아 공 더욱 높이셨네 / 덕화는 공경하기 때문에 밝아지고 / 정치는 어질기 때문에 높이 뛰어났네 / 천명을 두려워하며 중국황제 섬기기에 / 처음부터 끝까지 한결같은 정성이었네 / 억만년에 걸쳐 길이 풍부하고 형통함을 누리시겠네

아아, 빛나도다 태종이시여 / 크게 부왕父王의 무열武烈함을 계승하였네 / 어지러움 다스리어 사직을 정하시니 / 모든 백성의

마음 서로들 기뻐하였네 / 야인은 징계하고 / 섬오랑캐는 명령을 받들기에 분주하였네 / 사방에 근심 없으니 / 공업功業이 오직 성대하도다

이 악장 들을 박연이 지은 것인지 아닌지는 기록이 없어 알 수가 없다.

「악학궤범樂學軌範」에 전하는 환환곡 유황곡 악장 가사도 옮겨본다. 순서대로이다.

느름하신 태조께서 / 천명을 받으심이 광대하도다 / 공이 옛날에 빛나고 / 부는 아름다운 상서祥瑞에 응하였도다 / 하늘과 사람이 협찬하여 / 문득 동방을 두셨다 / 계책計策을 남기시어 후손에 복을 주시니 / 우리에게 은혜 주심이 한이 없도다

황천이 동방을 돌보사 / 성왕聖王을 내셨도다 / 덕德과 인仁을 쌓아 / 후인後人을 도와주시어 / 지금에 이르러서도 천명이 새롭도다 / 엄숙한 신궁神宮이 청정淸淨하여 / 신주神主를 모시니 / 신이 편안하시도다 / 조종祖宗의 신이 이에 오르내리시사 / 상제上帝의 좌우에 높이 계시니 / 신神은 내격來格 생각할 수 있게 하여주시니 / 열광烈光이 있도다 / 변두籩豆가 진열됐고 / 제물이 향기로우니 / 신령은 강림하사 흠향하시어 / 내 제사를 돌아 보실진저 / 복을 두루 내리시되 / 이에 만이며 이에 억으로 하시니라 / 자자손손에 이르도록 끝없이 보전하시리

그리고 미미곡 유천곡 악장도 보자.

강면强勉하신 태종 진실로 하늘이 내셨도다 / 태조를 도우사, 대업을 이루셨도다 / 무공을 선양하시고, 크게 문명을 밝혔으니

/ 신공神功과 성덕聖德이 길이 태평성세를 여셨도다

오직 천심天心이 덕 있는 사람을 돌보아서 / 창성昌盛할 기회를 열어주시고 / 도다히 성철聖哲을 내시어 / 임금과 스승으로 삼으시니 / 이미 제왕의 복조福祚를 받아 비기조基를 높이었네

다시 말하지만, 연보에 박연이 문소전 악장을 지었다고 하여 옮겨보았다. 그가 악호를 명명한 네 악장과 함께. 원문은 한자로 되어 있고 세종실록 악학궤범의 국역에 따른 것이다.

연보에는 세종 17년에는 다시 나라에서 대업大業을 이루니 태평악太平樂을 지었다고 적혀 있다. 58세가 되는 해이다. 나라의 대업은 무엇이고 태평악은 무엇인가.

세종실록 56권에 있는 기록이다. 세종 14년 5월 임금의 영令이었다.

"이제 회례 때의 문무 무무 두 가지 춤에 연주할 악장은, 마땅히 현금現今의 일을 가영歌詠하여야 한다고, 박연이 말하였으나 내가 생각해 보니 대체로 가사歌辭라는 것은 성공을 상징하여 성대한 덕을 송찬頌讚하는 것이오."

임금은 좌우 신하들에게, 주무왕周武王이 천하를 평정하였고 성왕成王 때에 이르러 주공周公이 대무大武를 지었고 역대 다 그렇게 하였다는 사실을 상기하며 말하였다.

"나는 다만 왕위를 이었을 뿐인데 무슨 가송歌頌할만한 공이 있겠오. 태조께서는 전조前朝의 쇠잔한 말기를 당하여 백번 싸웠으나 백번 이겨 공덕이 사람들에게 흡족하였으며 어지러운 것을

제거하여 세상을 바른 데로 돌리고 왕업을 창건하여 왕통王統을 후손에게 전하였오. 태종께서는 예악을 새로 제작하셔서 교화가 퍼지고 풍속이 아름다워졌으며 안과 밖이 또 편안하도록 하셨오. 태조를 위하여 무무를 제작하고 태종을 위하여 문무를 지어서 만세에 통용할 제도로 하는 것이 마땅하나, 무를 문보다 먼저 하는 것이 온당하지 않을지도 모르겠오. 역대의 제도 중에도 문보다 무를 먼저 하는 것이 있는지. 만약 현금의 세상 일로 노래를 지어야 한다면 세대를 계승하는 임금은 다 그를 위한 악장이 있어야 할 것이니 어찌 그들의 공덕이 다 찬가를 부를 만한 것이겠는지. 그것을 박연 정양鄭穰 등과 같이 의논하여 알아보도록 하시오."

임금의 말에 지신사知申事 안숭선安崇善 좌대언左代言 김종서金宗瑞 등이 아뢰었다.

"마땅히 태조를 위하여 무무를 만들고 태종을 위하여 문무를 만들 것이며 겸하여 현금의 일도 노래하는 것이 좋겠습니다."

좌부대언左副代言 권맹손權孟孫도 아뢰었다.

"마땅히 임금의 말씀과 같이 태조 태종을 위하여 나누어 문무 두 가지 춤을 만들어야 합니다. 지금 시대의 일은 뒷세상에서 반드시 가영歌詠할 것입니다."

세종실록 58권의 세종 14년 10월의 기록이다.

"문과 무 두 가지 춤의 가사 1장으로는 그 가운데에 태종 태조의 공덕을 다 찬송하기에 미진함이 있으니 다시 1장을 더함이 어떨까."

임금이 상호군 박연에게 이르자 박연이 아뢰었다.

"성상의 하교가 진실로 옳습니다."

"마련磨鍊하시오."

"1장 가운데에 태조 태종의 공덕을 겸하여 기림은 미흡하오니 원컨대 각각 공덕을 따로 1장씩 찬송하여 모두 2장의 가사를 만들어 각각 8박자로 하고 춤을 출 때에 제1변變은 태조를 기리고 제2변은 태종을 기리어 서로 차례대로 송덕頌德하고 제6변에 이르러 태종에서 끝마치되 악이 끝나면 물러가게 하옵소서."

박연은 악장의 구성에 대하여 다시 아뢰었다.

세종실록은, 그대로 따랐다고 기록하고 있다.

위의 두 기록과 박연의 연보를 연결해 보았다.

나라에서 대업을 이루니 태평악을 지었다고 하였는데, 나라의 대업이란 새 나라가 들어서고 새로운 통치가 자리를 잡음으로써 혼란한 시대가 가고 안정이 되어 정치 경제 사회 문화 등 전반적인 기틀을 잡은 그 때 시기를 말한 것이리라.

세종시대는 우리 민족의 역사에서 가장 찬란한 문화가 이룩된 때라고 한다면 그 꽃이 피는 화려한 시기였다고 할 수 있다. 세종 15년 전후 박연의 50대 중반 그의 생의 절정기였다.

집현전을 통해 많은 인재가 배출되었고 의례 제도가 뿌리를 내렸으며 편찬사업이 활발히 전개되었고 농업 과학 예술 의학 기술의 발전, 법제의 정리, 국토의 확장 등 민족 국가의 기틀이 확고해졌고 날로 융성하였다. 세종은 태종이 이룩한 왕권의 안정 기반 위에 소신 있는 문화정책을 적극적으로 펼칠 수가 있었다. 특히 유교정치는 예악 정책으로 대변되는 도덕과 문화의 정치였다.

박연으로 하여금 향악을 정리하고 아악을 짓고 편경과 편종 등의 악기를 제작하게 하는 등 음악 중흥에 이바지하게 하여 예악의 시대를 꽃피게 하였다. 세종시대의 후반을 열매의 시대라고 한다면 꽃이 피고 잎이 무성한 이 때는 국가 대계 나라의 대업을 이룬 시기이다. 그런 생각을 하였다. 그런 것 같다.

그러면 태평악은 어떤 것인가. 기록들을 다 뒤졌지만 태평악이라는 이름은 찾을 수가 없다. 임금이 마련하라고 하였던 그 악장은 어디 있는 것인지.

태평지악太平之樂은 영조英祖 때 연례악宴禮樂의 한 곡명이다. 태평악지곡太平樂之曲은 순조純祖 때 연례악의 또 한 곡명이고. 태평년지악太平年之樂은 세종 13 14 15년 실록에도 나오고 다른 곳에서도 보이는데 박연이 지은 것은 아니고 다른 어디에서도 찾아볼 수가 없었다. 2009년 공연한 국립국악원 제작 「태평지악-세종, 하늘의 소리를 듣다」까지 뒤져 보았다.

보태평保太平이 있다. 종묘 제례의 영신迎神과 전폐奠幣 초헌례의 악무樂舞인데 보태평지악保太平之樂 보태평지무保太平之舞를 줄여서 그렇게 부른다. 모두 11곡과 그에 해당하는 춤으로 구성되어 있다. 음악과 악장은 세종대왕에 의하여 회례악으로 만들어진 것으로 건국에 공을 끼친 역대 왕들과 선조들의 문덕文德을 찬양한 내용이다. 조선 초기의 향악을 바탕으로 하여 창제創制한 것이다.

창제는 새로 만들거나 제정하는 것으로 훈민정음訓民正音 서문의 새로 스물여덟 자를 맹가노니(新制二十八字)라고 한 맹글다 만들다의 제制이며 처음 만들었다는 뜻에서 창제이다.

보태평은 뒤에 세조 때에 개작되어 종묘제례악으로 채택되었고 최항崔恒에게 명하여 손질하게 하여 악장 가사歌詞가 축소되고 곡명이 바뀌기도 하였다. 영조 때 왕명에 의하여 편찬된 서명응徐命膺의 대악후보大樂後譜에는 곡이 합쳐지고 인조 때에 첨입添入된 후 별다른 변회 없이 후대까지 전해 내려왔다.

이 몇 줄 요약 설명을 위해, 세종실록 문종실록 세조실록 악학궤범 대악후보 속악원보俗樂源譜 시용무보時用舞譜 시용향악보(時用鄕樂譜) 등과 장사훈張師勛의 『세종조 음악연구』『종묘제례악의 음악적 고찰』을 참고하였음을 밝힌다.

그러면 보태평 11곡을 보자.

대저 하느님은 명命하심이 쉽지 아니하매 덕이 있으면 흥하나니 / 높으신 우리 여러 성군님네께서 크게 아름다운 명을 받으시어 / 신령하신 계획과 거룩하신 공업이 크게 나타나고 크게 이으시도다 / 운수에 응하여 태평을 이루시고 지극한 사랑으로 만백성을 기르시며 / 우리의 뒷세대를 열어주고 도우시매 / 억만 대 영원까지 이어가고 이어가리 / 이렇듯 장한 일을 무엇으로 나타낼꼬 / 마땅히 노래하여 찬송을 올리오리

첫 곡 희문熙文이다. 인입장引入章이다. 여러 성군들의 문덕文德을 노래하고 있다.

다음은 제1변變 계우啓宇이다. 목조穆祖의 칭송이다.

하늘의 위에 계시사 백성의 소리부터 들은 지라 / 백성의 돌아

오는 데에 큰 명을 정하여 주셨네 / 크시도다 거룩하신 목조께서 높으신 그 덕으로써 / 동으로 바다를 건너시어 경흥慶興에 자리를 정하셨도다 / 인심이 모두 사모하여 돌아와 붙은 자 날로 왕성하며 / 크게 문호를 개방하여 영구한 운명을 터 잡았도다

다음은 제2변 의인依仁인데 익조翼祖의 업을 노래하고 있다.

하느님 밝으시사 백성 살 데 구하여서 / 덕원德源의 깊은 곳에 밝은 덕화德華 내리시니 / 백성들이 따른 지라 어진 이를 잃을 손가 / 꾸역꾸역 몰려드니 저자거리 같았도다 / 저자거리 같았으니 하늘의 준 바로다 / 크신 업을 열었으니 우리 나라 만만세

제3변 형광亨光은 익조 도조度祖가 고려 임금을 충성으로 섬기어 임금이 총애하고 가상히 여기는 사연이다.

크시도다 거룩하신 익조께서 거룩한 덕을 밝히시와 / 공손하고 경건하게 그 임금을 섬기셨고 / 거룩하신 도조께서 그 뜻을 이어 맡아 / 처음부터 나중까지 변함이 없으시매 / 고려왕이 총애하여 돌보고 의지하기 더욱 긴밀하였으니 / 충성으로 아름답고 공적으로 빛나도다

다음은 제5변 융화隆化이다. 태조의 위엄과 사랑 평안을 노래하고 있다.

크시도다 거룩하신 태조께서 그 덕을 밝히시와 / 사랑으로 안유하고 의리로 복종시켜 덕화가 남과 북에 퍼지니 / 먼 섬의 되족속과 산 속의 오랑캐들이 면목을 깨끗이 고쳐 모두 모두 잇따른다 / 산 넘고 물을 건너 보물을 바치면서 사방에서 모여 오니 / 빛나는 생명들이 가까운데 평안하고 먼 데까지 조용하였다

제9변은 대동大同이다. 조종祖宗들이 대대로 문덕과 예악으로 문화가 빛나리라고 노래한다.

크시도다 우리 조종들께서 천명을 받으심이 이미 넓고 크시도다 / 대대로 문덕을 펴시어서 이로써 사방을 안유하셨네 / 자리를 기울이어 어진 이들을 구하여서 / 문덕을 숭상하고 유술儒術을 중히 여기매 / 미려함을 정하여 좋은 교육을 시행하니 / 정치와 교화가 흡족하게 펴이도다 / 예의와 음악이 극진히 제작되매 / 빛난 문화가 융창하게 열리니 / 자손만대 위한 일 장할사 길이 빛나오리

그리고 11번 째 곡 역성繹成은 인출장引出章이다. 4 6 7 8변의 악장은 생략하였다.

하늘이 여러 성군을 나게 하시니 이 나라를 사랑하고 안유하셨네 / 여러 대의 덕화로 애써서 구한 것이 어루만진 공을 잇따라 하심이니 / 공이 이룩되고 정치가 안정되매 신령한 교화가 널리 두루 펴지도다 / 예의와 음악이 밝게 갖추이매 문덕이 이에 찬란하게 빛나도다 / 왼 편에는 피리이고 오른 편엔 꿩 깃이라 / 노래 곡조가 아홉 번 변하오매 태평하고 화락하오미 아름답고 선善하오이다

또 문文은 보태평이라 하고 무武는 정대업定大業이라 하였다. 아헌례亞獻禮와 종헌례終獻禮에서 연주하는 악무로 정대업지악定大業之樂 정대업지무定大業之舞를 줄여서 정대업이라 부른다. 모두 11곡과 이에 해당하는 춤으로 구성되어 있다. 이 역시 세종에 의

하여 원래 회례악으로 창제된 것이고 직접 간접으로 공을 끼친 역대 왕들과 선조들의 무덕武德을 찬양안 내용이다. 창제 당시에 15곡이던 정대업은 세조 때 개작되면서 보태평과 같이 11곡으로 되었다. 소무昭武(인입장) 독경篤慶 선위宣威 탁령濯靈 신정神定 영관永觀(인출장) 등.

이 중에서 소무와 영관 두 악장을 보자.

황천皇天이 이 나라를 돌보시사 우리의 성군을 낳게 하시니 / 거룩할사 우리의 성군님네 크게 일어나 천명을 받으셨도다 / 여러 세대 명철한 덕이 내리내리 이으셔서 높으신 무덕으로 큰 공을 정하시고 / 큰 터전을 마련하사 우리 나라 보전하니 / 거룩하신 막대한 업적 길이 드리워 끝이 없으리 / 이에 노래하며 춤을 올리니 간척干戚이 번득이고 찬란하외다

장하실사 여러 성군 이 나라를 다스릴새 / 왕가를 안정함에 대대로 무공일새 / 무공이 왕성하고 덕화가 높은지고 / 우리의 춤에 차례가 있어 적이나마 형용해 보이도다 / 간척을 거두오니 / 나아가고 그침이 법도가 있어 씩씩하고 평화롭다 / 큰 성과를 길이 보오리

皇天眷東方 篤生我列聖…… 한자 한문으로 된 것을 조선왕조실록 번역으로 보았다. 앞의 것들도 같다.

11곡 15곡을 다 보지는 않으려 한다. 보태평도 부분적으로 보았다. 그가 곡명을 명명한 환환곡 유황곡 등도 보았다.

태평춘지곡太平春之曲이 또 있다. 여민락與民樂의 다른 이름이다. 여민락은 원래 봉래의鳳來儀라는 대곡大曲 가운데 한 곡으로

여민락 치화평致和平 취풍형醉豊亨 등은 용비어천가를 노랫말로 썼다.

박연이 태평악을 지었다고 하여(연보에 그렇게 적고 있다) 그 지은 바의 흔적을 찾고자 여러 조선 음악 자료들을 섭렵해 보았다. 그러나 그런 기록은 찾지 못하였다. 태평악에 앞서 박연은 문소전 악장도 지었다고 하였는데 그런 관련도 찾을 수가 없었다. 『악성 닌계 박연』 1집 연보는 무엇을 근거로 작성한 것인가, 확인할 수는 없으나 있지도 않는 행적을 올려 놓지는 않았다고 생각된다. 그렇게 알고 인용해 왔다. 『난계 선생 유고』도 샅샅이 뒤져 보았지만 몇 번 얘기한 문소전 악장을 새로 짓고 태평악을 지었다는 기록은 없었다. 그러나 그럼에도 불구하고 거듭 말하지만 하지도 않은 일을 하였다고 근거 없는 기록을 남기지는 않았을 것이라고 생각되었다.

좌우간 그래서 여러 기록과 저서를 끌어대어, 견강부회牽强附會가 되지 않기를 바라면서 가설을 세워본다. 세종이 손수 지었다는 보태평 정대업의 곡들은 엄밀한 의미에서 창작은 아니고 조선 초기의 향악 고취악을 바탕으로 창제한 것이라고, 창제의 논리를 발전시켜 보는 것이다. '엄밀한 의미에서 창작은 아니고' '……을 바탕으로 창제한 것' 속에 박연을 넣어 보는 것이다. 세종 임금은 회례 때의 문무 무무 두 가지 춤에 연주할 악장에 대하여 박연의 말을 인용하여, 태조를 위하여 무무를 제작하고 태종을 위하여 문무를 지어서 만세에 통용할 제도로 하는 것이 마땅한데 무를 문보다 먼저 하는 것이 온당한지, 역대의 제도 중에도 문보다

무를 먼저 하는 것이 있는지, 세대를 계승하는 임금은 다 그를 위한 악장이 있어야 할 것이니 어찌 그들의 공덕이 다 찬가를 부를 만한 것이겠는지, 박연과 같이 의논하라고 명하였다. 문과 무 두 가지 춤의 가사 1장으로는 태종 태조의 공덕을 다 찬송하기에 미진함이 있으니 다시 1장을 더함이 어떻겠느냐고, 임금이 박연에게 묻고 박연이 옳다고 대답하자, 그렇게 하라고 하였다. 박연은 다시, 1장 가운데에 태조 태종의 공덕을 겸하여 기림은 미흡하니 각각 공덕을 따로 1장씩 찬송하여 모두 2장의 가사를 만들어 각각 8박자로 하고 춤을 출 때에 제1변變은 태조를 기리고 제2변은 태종을 기리어 서로 차례대로 송덕頌德하고 제6변에 이르러 태종에서 끝마치되 악이 끝나면 물러가게 하라고, 악장 구성을 말하였고 그대로 따랐다고 세종실록은 기록하고 있다.

그런 사실의 장면들을 다시 천천히 슬로 비디오처럼 되풀어 보며, 엄밀한 의미에서… 창제한 것… 속에서 박연의 흔적을 더 듬어 보았다.

하나의 부회附會를 더 추가하는 것이 될지 모르지만 단종실록 4권 단종 즉위년 10월 1일 기사를 옮겨본다.

박연은 사람됨이 진실하고 정성스러우며 사치스러움이 없었다. 음률에 정통하여 세종의 인정을 받고 종률鍾律을 만들었다. 일대의 음악이 찬연하여 볼만한 것은 모두 박연의 힘이었다.

연결

연戀은 사랑하고 그리워한다는 뜻이다. 어떤 사람이나 존재를 몹시 아끼고 귀중히 여기는 것이며 어떤 대상을 아끼고 소중히 하고 즐기는 것이다. 사랑하다는 생각하다의 옛말이다.

박연은 예악을 즐기고 음악을 소중히 여기며 주야로 추구하였다. 왕을 어릴 때 세자 때는 귀중히 여기고 왕이 되어서는 받들어 모시며 어려워하였다. 다래는 아끼고 애틋하게 생각하였다. 무엇이나 맡은 일을 소중하고 귀중하게 여기고 즐기며 끔직히 생각하였다. 한 시도 반 시도 해찰을 하지 않았다. 사랑이었다. 소중한 생각으로 맺어진 생生이었다.

어느 악장을 누가 지었느냐, 박연이 지었느냐 하는 이야기를 하던 중이었다.

그 일환이다. 박희민의 소설 『박연과 용비어천가』(2016, 도서출판 그루)의 '용비어천가의 작사 작곡'을 보면 세종실록 세종 15

년 9월 12일 기사를 인용하면서 쓰고 있다.

문무 두 춤곡의 제작과 환환곡 미미곡 유황곡 유천곡 등 속악의 이름은 박연이 지었다. 이에 대한 최종 결정은 세종이 하였을 것이다. 그런데도 용비어천가의 치화평 취풍형 여민락을 세종이 지었다는 것은 이치에 맞지 않는다.

그렇게 쓰고 있다.

세종실록 기사는, 성악聲樂의 이치는 시대 징치에 관계가 있는 것이다. 지금 관습도감慣習都監의 향악鄕樂 50여 노래는 모두 신라 백제 고구려 때의 이어俚語로써 당시의 정치적 잘못을 상상해 볼 수 있어서 권장할 것과 경계할 것이 되는데 본조本朝가 개국한 이래로 예악이 크게 시행되어 조정과 종묘에 아악과 송頌의 음악이 이미 갖추어졌으나 민족 노래의 가사를 채집 기록하는 법이 없으니 고대의 노래 채집하는 법(采詩之法)에 의거하여 각 도의 고을에 명하여 노래로 된 악장이나 속어임을 막론하고 오륜五倫의 정치에 합당하여 권면할 것과 간혹 짝없는 사내나 한 많은 여자의 노래로서 정치에 벗어난 것까지라도 모두 샅샅이 찾아내어서 매년 세말에 채택하여 올려보내자고 하였다. 이에 대하여 그대로 따랐다고 예조에서 아뢴 내용이었다.

그리고 박연이 아악과 향악 50수를 정리하였다는 기록을 「용재총화慵齋叢話」(성현成俔)에서 찾아 관습도감 제조提調가 되어 음악을 관장한 사실로 입증해 보이었다.

소설은 그러면서 다음과 같이 쓰고 있다.

세종은 세종 27년(1445) 9월 용비어천가에서 사용할 음악의 대략적인 방향을 제시한 적은 있다. 그러나 이때 세종은, 내가 병이 있어 깊어 궁중에 있으므로 음악을 듣기를 좋아하지 않는다고 말하였는데 세종이 제작하였다는 것은 신화 같은 이야기다.

세종 29년 6월 향악과 당악唐樂을 관현악에 올려 용비어천가를 연주하였다.

소설은 그리고, 앞에 소개한 단종실록 기사를 이어서 붙이고 있다. 불만한 것은 다 박연의 힘이었다고 한 말을 인용하고 싶었던 것이다.

거기에 더 설명을 붙이지 않으려 한다. 공감이 갔다든지, 설득력이 있다든지.

그러나 다음 대목에서는 한 동안 어리둥절하였다. 눈을 의심하고 전후 관계를 다시 보았다. 박희민의 '훈민정음 창제는 진정 누구인가'라는 글이다. 그 글의 마지막 대목이다.

『박연과 훈민정음』을 출간한 뒤에 『역주 난계유고』를 지은 다산연구소 김세종 박사로부터 전화를 받았다. 김세종 박사도 '박연이 「율려신서」의 음악이론을 기초하여 훈민정음을 개발하였다'는 논문을 몇 년 전에 발표하였다는 것이다.

도무지 믿어지지 않았다. 그리고 다음 글은 더욱 놀라운 사실을 이야기하고 있었다.

「난계유고」의 소疏 1번은 차하결次下缺이란 표시로 상소문 일부를 박연이 의도적으로 버렸다는 것을 알 수 있지만, 남은 글을 자세히 살펴보면 거기에 훈민정음 창제의 단서가 남아 있다.

이젠 '개발'이 아니고 '창제'였다.

소설은 그 중에서 가장 핵심적인 단서가 훈민오음정성訓民五音正聲이라는 것이다. 그리고 주장하였다.

박연은 오음정성을 백성들에게 가르쳐 바른 삶을 살게 하자고 주장하였다. 그러므로 훈민정음의 처음 이름은 훈민오음정성이었다. 오음은 훈민정음 자음 17자요 정성은 훈민정음 모음 11자다.

필자는 앞에서 훈민오음징성에 대하여 이야기하였고 그것과 훈민정음에 대하여는 뒤에 다시 이야기하겠다고 한 바 있다. 그러나 지금도 그에 대한 고구考究는 진전이 없는 상태이다. 그리고 훈민오음정성이 담긴 제일 첫번째 소에 대하여 말한 것인데, 박연이 의도적으로 그 1번 소를 버렸다고 하는 사실도 더 알아보아야 하겠다는 생각이 들었다.

박희민은 『박연과 훈민정음』(2012, Human & Book)도 냈다. 거기의 주장을 여기(『박연과 용비어천가』)에서 다시 하고 있는 것이다.

그리고 다음과 같이 결론을 쓰고 있다.

니체의 학설은 박연에게도 적용된다. '죽어서도 자기의 작품이 칭송을 받고 이름이 기억되기를 바라는 건 예술가들의 꿈이다.' 하지만 작품에 대한 평가가 세상의 몫이듯 그의 이름을 기억하는 것도 세상의 권리다.

그 소설은 얘기를 바로 하지 않고 이리 저리 둘러 대고 있다. 직설적으로 이야기하지 않고 유추하게 하고 있다는 말이다. 왜 그러는지 이유는 알 것 같다.

소설을 쓴다 소설을 쓰고 있다고 말하는 경우가 있다. 대개 거짓말을 하고 있다 허위 날조다 허구다 라고 할 때 그런다. 소설은 그런 것이 아니다. 허구라는 말은 픽션fiction이란 뜻이다. 픽션이란 말은 소설이란 말로도 쓴다. 그러나 허구란 말을 소설이란 말로 쓰지는 않는다. 소설은 그냥 허구가 아니라 허구의 진실이라고 말한다. 가능의 세계를 그리는 것이다.

소설은 사실이 아니고 진실을 쓰는 것이다. 사실이 아닐 수는 있지만 진실을 말하려는 것이다. 허구도 아니고 허위나 날조도 아니다. 물론 거짓말도 아니고. 사실 너머 진실을 말하는 것이다.

이리 저리 논거를 대고 있는 가운데 그것은 박연이 지었다는 것을 말하려고 하고 있다. 창작자 창제자가 박연이라는 것을 그렇게 우회적으로 말하고 있는 것이다. 그런데 정말 그런 것인가 과연 그런 것일까 되물어진다. 그런 기록이 없기 때문이다. 기록은 사실이고 진실은 하늘이나 알고 있는 것이다.

좌우간 이 정도의 소설론小說論 가설假說로 기대하는 결론을 이끌어 내고자 한 것이다. 연역법演繹法이다.

왜 이렇게 연설을 하고 있느냐 하면 참으로 하기 어려운 얘기이기 때문이다. 하늘 같은 존재에 대한 거론이 아닌가. 어려운 얘기는 어렵게 푸는 것이 방법인지도 모른다.

다시 좌우간 박연의 연보의 기록을 이리 저리 연결하고 단정해 보는 것이다. 결론이라기보다 가정이다. 여기에 다시 과정을 되풀어 놓지는 않는다. 여러 개의 가설은 하나의 정설이 될 수 있다. 여기서는 두 개의 가설을 제시하고 있는 셈이다. 하나의 가설과 하나의 소설.

그런데 박연의 여러 번 수없이 올린 소 가운데 제일 처음 올린 청반행 가례 소학 삼강행실 훈민오음소請頒行家禮小學三綱行實訓民五音疏, 널리 가례와 소학 그리고 삼강행실을 가르치고 오음의 바른 소리로 풍속을 바로잡자는 상소의 끝에 이하 누락(此下缺)이라고 표시되어 있는데 과연 박연이 의도적으로 그 다음 부분을 버린 것인지, 무슨 의도로 그렇게 한 것인지, 자의적인 것인지, 도무지 궁금하기만 하다.

관리로 하여금 세상을 현혹시키는 불교와 교화를 해치는 풍습들을 금하게 하여야하고 관혼상제에 있어서 주자가례朱子家禮를 행하여 국가의 예의를 바로 잡게 하고 소학을 널리 강의하여 사람으로서 지켜야 할 윤리를 가르쳐 선비들의 습속을 바로잡도록 하고 백성들에게 삼강행실을 가르쳐 미풍양속을 이루게 할 것이며… 그렇게 아뢰고 그리고 오음의 바른 소리를 가르쳐 민풍을 바로잡도록 해야 된다고 아뢰었다.

성조聖朝에서 새 왕조를 열고 예악을 일으켜 바르게 다스리려 하나 개혁의 초기라 세속의 풍습들이 이전과 다를 바 없어 개탄하며 올린 상소上疏이다. 예악의 시대를 여는 대단히 획기적이고 개혁적인 행동이었다. 그런데 왜 뒷부분을 누락시켰는지 그보다 그 누락된 내용에 정말 훈민정음 창제와 관련된 부분이 있는지 그래서 그랬는지 도무지 알 수가 없다. 그리고 앞에서 박연의 연보와 관련한 얘기를 하였는데 거기(연보)에는 또 이것(1번 소)에 대하여는 한 마디도 적혀 있지 않다. 다른 것은 다 있는데 왜 이 첫 번째로 상소한 사항은 기록하지 않은 것인가. 어쩌면 대단히 중요할 수도 있는, 소를 올리기 시작한 사항에 대한 기록이 없다는 것이 의아스러웠다. 또 한 가지 연보에 상소한 기록이 세종 7년(1425)부터로 되어 있는데 그 1번 소를 시간적 순서 대로 올린 것이라고 할 때 훈민정음 창제(1443) 반포(1446) 시기와 상당한 거리가 있는 것이 지적된다.

앞의 가설의 가능성이 희박한 것은 아닌가.

어떻든 이런 일련의 얘기들은 몇 번 말한 대로 박연의 업적이라고 할까, 글을 써서 상소하고 악기제작을 하고 하는 외의 음악적 족적足跡을 더듬어 밝히고자 하는 것이었다. 문소전 악장을 짓고 태평악을 짓고… 그러다 용비어천가의 작사 작곡 훈민정음 창제까지 얘기가 된 것인데 이 소설(『박연과 훈민정음』)은 세종 25년(1443) 박연은 훈민정음을 개발 완성하였다고 쓰고 있다.

그것이 사실인가. 과연 그런 것인가. 믿어지지 않는 일이지만 자료와 논리가 뒷받침되고 있어 계속 이야기를 따라가 보는 것이다.

앞에서 말한 소설론 가설을 기억하기 바라며 이야기의 책임 글의 책임을 함께 공유共有하게 되기를 주문한다.

그해(세종 15년) 1월 1일 세종은 근정전에서 왕세자와 여러 신하에게 신년하례를 받은 후 회례연會禮宴을 베풀었다. 얘기한 대로 그 때 처음으로 아악雅樂을 사용하였다.

왕은 아악을 만든 박연에게 말하였다.

"내가 조회 아악을 창제創制하고자 하는데 입법立法과 창제가 예로부터 하기가 어렵다. 임금이 하고자 하는 바를 신하가 혹 저지하고 신하가 하고자 하는 바를 임금이 혹 듣지 아니하며 비록 위와 아래서 모두 하고자 하여도 시운時運이 불리한 때도 있는데, 지금은 나의 뜻이 먼저 정하여 졌고 국가가 무사하니 마땅히 마음을 다하여 이룩하라."

회례악을 연주하는 날 세종이 말하는 조회아악이란 무엇일까, 소설은 용비어천가에 답이 있다고 하였다. 세종이 창제하자고 하는 조회아악은 박연이 마음을 다 하여 이룩해야 하는 훈민정음과 그리고 용비어천가를 의미하고 마음을 다하여 이루어야 할 훈민정음은 둘만의 은밀한 약속이었고 당시는 아직 용비어천가라는 이름이 없었기 때문에 막연하게 조회아악이라고 표현하였다고 하였다. 그러며 애초에 박연은 훈민정음과 용비어천가를 비슷한 시기에 구상하였다고 쓰고 있다.

종묘제례악의 발전된 형태가 용비어천가로 볼 수 있고 육룡六龍은 태조 태종과 태조의 4대조이며 앞에 얘기한 박연의 1번 소疏의, 오음五音 정성正聲으로 풍속을 바로잡자는 것과 세종 9년 6월 23일에 박연이, 사대부는 사조四祖까지 제사 지내기를 청하였는데, 이와 맥락이 같다. 박연은 이 때 훈민정음과 용비어천가의 제작을 제안하였다고 소설은 쓰고 있다. 그러면서 두 프로젝트가 서로 맞물려서 진행되었고 뒤에 전개되는 과정에서 박연은 훈민정음을 백성의 교육에 필요한 것으로 생각했고 세종은 훈민정음을 조선왕조의 안정에 기여할 용비어천가 재작에 필요한 것으로 생각하였음을 알 수 있다고 하였다.

그리고 결론을 내렸다. 박연은 훈민정음을 창제創製하였고 세종은 훈민정음을 창제創制하였다.

훈민정음은 박연의 제안과 개발 그리고 세종의 지원으로 이루어진 것이라는 것이다. 創製는 전에 없던 것을 새로 만드는 것이고 創制는 전에 없던 것을 처음으로 제정制定하는 것이다.

그러면서 박연의 훈민정음 창제 목적 원리를 말하고, 왜 세종은 훈민정음을 언문諺文이라 하였나, 세종의 언문청 박연의 정음청에 대하여 말한 다음 훈민정음 창제자는 박연이라고 하였다.

훈민정음 창제에 대한 또 하나의 얘기, 신미대사信眉大師 창제설에 대하여는 가능성이 없다고 소설은 말하고 있다. 신미란 이름이 세종실록에 처음 등장한 것도 훈민정음 창제 3년이 지난 세종 28년이고 신미는 불경의 훈민정음 번역에 관여하면서 훈민정음 보급에 크게 이바지한 것으로 여겨진다고 하였다.

그리고 박연과 신미의 관계를 밝혀 박연의 조부 박시용朴時庸은 신미의 고조부 김영이金令貽의 사위이며 김영이의 후손 신미는 박연 때문에 훈민정음의 존재를 잘 알았을 터이고 우리 글로 불경을 번역하여 한문을 모르는 사부대중에게 불경의 내용을 전하고 싶었을 것이라고 유추하기도 하였다.

소설『박연과 훈민정음』은 그러나 박연의 훈민정음 창제의 비밀을 밝히지 않고 정인지鄭麟趾의 훈민정음 서문序文으로 대신하고 있다.

"그 연원淵源의 정밀한 뜻의 오묘奧妙한 것은 신이 능히 발휘할 수 있는 바가 아니다. 삼가 생각하옵건대 우리 전하께서는 하늘에서 낳으신 성인聖人으로서 제도와 시설이 백대百代의 제왕보다 뛰어나시어 정음正音의 제작은 전대의 것을 본받은 바도 없이 자연히 이루어졌으니 그 지극한 이치가 있지 않은 곳이 없으므로 인간행위의 사심私心으로 된 것이 아니다."

훈민정음을 반포할 때 세종임금의 서문 '나랏말이 중국과 달라 문자와 서로 통하지 아니 하므로…' 다음에 본문이 있고 그 뒤에 정인지의 서문이 있다. 발문跋文이 아니고 서문이라고 하였다.

훈민정음 창제자는 진정 누구인가, 그러나 정인지는 천기를 누설할 수 없었다. 소설은 정인지의 서문 중 '그 글의 오묘한 뜻에 대하여는 신들이 언급할 일이 아니다'라고 해석한 글도 제시하여 논리를 세웠다. 세종실록(세종 28년 9월 29일) 정인지의 서문 인용한 글 앞 부분 若其淵源精義之妙則非臣等之所能發揮也를 번역한 것이다.

글쎄, 논리는 정연하였다. 비약이 있기는 하였지만 어디 꼬투리를 잡을 데가 없다. 그러나 왜 일까. 공감이 가지는 않는 것은. 스스로 그 논리를 부정하고 싶은 것은 아닌데. 다시 한 번 얘기하지만 박연의 악장의 창작 여부를 추적하려다 여기까지 오게 되었다. 세계적인 문화유산의 근본을 흔드는 결과가 되었다. 이에 대하여 소설론에 의탁하여 생각을 정리하고자 한다.

소설은 사실을 넘어 진실을 추구한다. 진실은 하늘만이 아는 비밀일 수도 있다. 빛도 소리도 없이 의미만 있는 것인지 모른다.

박연은 그 자신이 맡은 일에 대하여 무엇이든 그가 하고 있는 일에 대하여 최선을 다 하였으며 혼신의 힘을 다 하였다. 누가 시켜서 하는 것이 아니었다. 스스로 선택한 일이고 스스로 찾아서 하는 일이었다. 누구의 시선을 의식해서 하는 일도 아니요 누구를 위해서도 아니었다. 위하는 것이 있다면 마땅히 해야 할 일을 하는 신념이었다.

자신을 위해서였다. 왕(세종)을 위하여 왕을 의식하고 말하자면 왕에게 보이기 위해서 그러는 것이 아니냐고 할지 모른다. 자신도 모르게 그런 때도 있었을지 모른다. 그렇게 비쳤을지도 모른다. 다른 사람 눈에 그렇게 보였을지도 모른다.

무의식적으로는 그랬을지 모른다. 그러나 정신을 똑 바로 차리고는 그런 적이 없었다. 그래서는 안 된다고 생각하였다. 그렇게 배웠다. 모든 삶의 근본이고 학문의 근본이었다. 예기 사서삼경을 들먹일 필요도 없이 모든 학문은 삶의 바른 길을 가르쳤다. 그가 학문에 통달하고 삶의 이치에 얼마나 밝다고는 말할 수는 없지만 그렇다고 생각하지 않고 있지만 언제나 부족함이 있으면 채우려 하고 언제나 부족함을 느끼고 또 그것을 감추려 하지 않았다.

그것이 선비의 도리이기 이전에 사람이 마땅히 해야될 도리라고 배웠다. 세 살 때 버릇이 여든까지 간다고 하지만 세 살 때 아버지를 여의고 외로운 아이가 되어 어머니는 외삼촌에게 그를 의탁하였다. 외삼촌은 많은 서책으로 가르치기도 하였지만 일상의 주고 받는 이야기를 통하여 일거수 일투족의 행동거지를 통하여 가르쳤고 스스로 느끼게 하였다. 사람이란 어때야 하며 왜 사는 것이며 왜 배워야 하고 실천하여야 하는지를 깨닫게 하였다.

외삼촌 상촌桑村 김자수金自粹 선생은 십리 정도 거리의 심천 각계리 마을에 살았다. 지금도 김자수 고가古家가 그 자리에 있다. 거기 각계제覺溪霽 선지당先志堂에서 무자기毋自欺 신독愼獨을 배웠다. 사실은 그 때는 그 뜻을 잘 몰랐다. 가르쳐 주는 대로 달달 외어 대답을 하였을 뿐 진정한 뜻은 그 뒤 외삼촌이 세상을 뜬 뒤에 알게 되었다.

고려 공민왕 때 문과에 장원급제하여 덕녕부주부德寧府注簿가 되었고 뒤에 전교시판사典校寺判事 좌상시左常侍 충청도관찰사 형조판서刑曹判書에 이르렀으나 정세가 어지러워 관직을 버리고 낙향하여 은거하였다. 이숭인李崇仁 정몽주鄭夢周 이색李穡 등과 친분이 두터웠으며 목은牧隱 이색은 순중純仲이라고 자字를 지어 주기도 했다. 순수의 가운데 순수 그 자체란 뜻인가. 문장이 뛰어나 시문詩文이 동문선東文選에도 실려 있다. 조선 개국 후 태종 때 형조판서에 임명되었으나 사양하고 고려가 망한 것을 비관하여 자결하였다.

"신하가 되어 나라가 망하면 함께 죽는 것이 의리이다. 나는 평생 동안 충효에 스스로 힘썼는데, 지금 만약 지조를 지키지 못한다면 무슨 얼굴로 지하에서 군부君父를 볼 수 있단 말인가."

길을 나서 광주廣州 추령秋嶺에 이르렀을 때에 자손들에게 당부하여 일렀다.

338

"나는 지금 죽을 것이다. 오직 스스로 신하의 절개를 다할 뿐이다. 내가 여기에서 죽을 것이니 바로 이곳에 묻고, 묘도문자墓道文字를 짓지 말아라."

그리고 이어서 절명사絶命詞를 읊었다.

"평생 동안 충효에 뜻을 두었건만 오늘날에 누가 알아주랴?"

상촌 선생은 마침내 스스로 목숨을 끊었다. 자손들은 유명遺命에 따라 추령에다 묘를 쓰고 끝내 비문은 쓰지 않았다.

의리를 굳게 지켜 스스로 목숨을 끊은 것은 마음 속의 부끄러움을 없이하고자 한 것이다. 경기도 광주시 오포읍 신현리 산 120번지, 상촌 김자수 선생의 무덤에 묘도문자를 쓰지 마라고 하였지만 후손들은 그럴 수만은 없었다. 유언으로 묘비는 세우지 않았고 신도비는 땅에 묻었다. 1926년에 후손들이 신도비를 발굴하였으나, 마모가 심하여 새로운 신도비를 제작하여 옛 신도비와 함께 세웠다

외삼촌의 절명은 전날 가르침을 주었던 것을 한꺼번에 깨우치게 하였다. 삶의 구석구석 전신의 통증처럼 아프게 와 닿는 것이었다. 왜 사느냐 산다는 것은 무엇이냐 무엇을 위하여 사는 것이냐 영원히 사는 것이란 무엇이며 죽음이란 무엇이이냐. 그 모든 것을 일시에 되묻게 하는 것이었다. 무엇보다 자기를 속이지 않는다 홀로 있을 때 자기를 삼간다는 그 때의 가르침이 몸부림쳐 오는 것이었다. 그리고 진심盡心, 성의를 다 하고 마음을 다 하여 살아야 함을 깨닫게 하는 것이었다. 인의예지仁義禮智의 인간성을 최대한으로 실현하는 삶을 살아야 한다는 그 동안의 덕목들이 가

슴에 와 꽂히는 것이었다. 그것이 맹자의 사단四端의 가르침이라는 것도 알게 하였고.

인간의 본성이 시키는 대로 행하는 것이었다. 외삼촌 상촌 선생의 절명과 박연의 관직 생활의 시작은 같은 시기였지만 진정한 삶의 시작이었다. 최선을 다 하는 삶이었다. 그것은 자신을 위하는 것이었고 어쩌면 백성을 위하고 나라를 위하는 일이 되었는지 모른다. 왕을 위한 일도 되었는지 모른다. 그래서 왕은 그를 총애하였는지도 모른다.

그것은 행운이었다.

박연은 왕에게 충성을 하였고 왕은 박연은 총애하였다. 신하가 왕에게 충성을 하고 나라에 충성을 하는 것은 너무도 당연한 일이다. 그러나 왕이 신하를 총애한 것은 행운이라는 것이다. 그것이 사실이라면 말이다.

총애는 유난히 사랑하는 것이다. 왕이 신하를 그 누가 됐든 사랑하는 것은 또 당연한 것인지 모르지만 특별히 유난히 사랑하는 것은 드문 일이요 귀한 일이요 행운이 아닐 수 없다.

임금이 하고자 하는 바를 신하가 혹 저지하고 신하가 하고자 하는 바를 임금이 혹 듣지 아니하기도 하는데 그 반대의 경우인 것이고 박연의 경우는 언제나 임금이 하고자 하는 바를 먼저 알아서 행하였다. 임금이 그것을 몰랐겠는가.

몸소 주고 받아 정이 들었고 그 큰 경륜을 협찬하였다고 토로한 난계 선생 유고의 첫 번째 글인 시「송설당에서」(題松雪堂)에 씌인 대로, 천 길 샘을 파던 그 의지 삼태미 흙을 쌓아 산을 이뤘다.

세종임금에 대한 정이요 그 결과였다.

일에 대한 열정 그것을 이룩한 성취감 또 그로 인한 책임과 사명감으로 이어지는 업적, 그것이 빛이 나는 것이든 어떤 것이든 귀중한 것이며 값진 것이다. 사랑이었다. 항상 사랑하고 그리며 몽매夢寐에도 잊을 수 없는 정이 맺어진 것이었다. 연결戀結이었다.

박연의 일과 꿈과 삶은 그런 것이었다. 하나의 피리를 불 듯 거문고를 타듯 글을 써서 올리고 악기를 만들고 악장을 만드는 것들이 다 그랬다. 예악, 예학 음악에 대하여 그가 얼마나 많은 공력과 조예와 천부적인 재질을 가진 것인지에 대하여는 또 생각하기에 달렸지만 그저 평범하였고 특출한 것이 없었다. 부지런하고 끈질기고 쉽게 실망하지 않고 포기하지 않는 성격이라고 할까, 그런 천성은 타고 났는지는 모른다. 스물 여덟에 생원과에 급제하였고 서른 넷에 진사과에 급제하였으며 마흔 둘에 집현전 교리에 배수되어 직무를 시작하였다.

박연은 주어진 자리와 그가 해야 될 일에 대하여 전심 전력을 다 하였고 자신이 맡은 일을 천직으로 알았다. 무슨 일이나 자신에게 주어진 일은 하늘이 내려준 기회라 생각하고 거기에 혼신의 힘을 다 바쳤다. 사간원司諫院 정언正言과 사헌부司憲府 지평持平의 자리에 임명되고 세자 시강원侍講院 문학文學으로 발탁되었을 때도 그가 할 수 있는 일은 밤을 새워 공부하고 자신이 가진 모든 능력을 다 하는 것이었다. 그가 아는 지식이고 능력을 다 쏟아 붓는 것이다. 다른 일에도 그랬다. 의영고 부사로 있으면서 젊은 의녀들의 교육을 철저하게 하였고 약재 생산 관리하는 일을 맡아 볼 때도 있는 능력을 다 발휘하였다.

그리고 마흔 여덟, 등과 후 2십년이 되어 악학별좌樂學別坐의 자리에 앉게 되었다. 그 때서부터 박연의 음악에 생을 바치는 시기가 도래한 것이었다. 이렇고 막중한 예악 실친 의 때가 온 것이었다. 그야말로 하늘이 그에게 내려준 기회였다.

그러고 보니 그에게 음악적 재질이 있었던 것이다. 정말 그랬던 것 같다. 어릴 때 산에 올라 피리를 불면 산새들이 모여서 가락에 맞추어 노래하고 토끼와 너구리가 한 편에서 춤을 추었다. 부모님 묘 앞에서 시묘를 할 때 피리를 불어 산짐승들을 다 불러 모은 중에 호랑이도 와서 같이 지내지 않았던가. 지금 그 호랑이는 그의 내외 무덤 앞에 같이 묻혀 있지만. 정말 그에게 그런 재질이 있었는지 모른다. 금수禽獸까지 감화시킨 재질이라고 할까 천부의 능력이라고 할까. 그리고 아버지 어머니 돌아가실 때 가례家禮와 제례祭禮를 성실하게 행하고 조상을 추모하고 제사를 지내는 등 신종愼終과 추원追遠을 극진히 행하였던 바탕이 있었던 것이다.

어떻든 그는 자리를 맡자 마자 악서樂書를 찬집纂輯하고 악기와 악보법樂譜法을 만들도록 예조에 수본手本을 올리었다. 참으로 기개가 대단했다. 발상도 대단하였지만 어디서 그런 용기가 생겼는지 모른다.

문신 1인을 본 악학에 더 설정하여 악서를 찬집하게 하고 또 향악鄕樂 당악唐樂 아악雅樂의 율조를 상고하여 그 악기와 악보법을 그리고 써서 책을 만들자는 것이었다. 예조에서 그대로 따랐다고 세종실록(세종 7, 1425년)에 기록되어 있지만 악서찬집은 이루어지지 않아 문종 즉위년(1450년)에 청인행악보소淸印行樂譜疏를 다시 올리고 있다. 25년 뒤의 일이 아닌가. 용기도 대단하지만 참 끈기도 대단하였다.

좌우간 그렇게 시작된 박연의 집념은 산을 이루고 바다를 이루었다. 예악 음악의 집념이었다. 쉰 여덟, 태평악을 짓기까지 10년간이었다. 그동안 모든 정수를 다 쏟아 부은 헌신이며 연결이었다.

천명

공자는 오십에 천명을 알게 되었다고 하였다. 박연은 쉰을 훨씬 넘도록 천명이 무엇인지 그런 것을 알지 못하였다. 그저 주어진 자리 부닥친 일을 하늘이 내려준 기회로 알고 몸을 아끼지 않았다. 정신을 거기 다 쏟았다. 그런 10년이었다.

그 전이나 그 후나 다를 것은 아무 것도 없었다. 쉰 아홉이 되는 박연은 정초부터 늘 그 자리에서 생각난 것을 먹을 갈아 썼다.

"천신天神에게 제사 지내면 폐백을 요대燎臺에서 불사르고 지기地祇에게 제사 지내고 인귀人鬼에게 제향하면 폐백을 예감瘞坎에 묻는데 이것은 신의 돌아가게 하는 예로서 삼가지 않을 수 없습니다. 그러므로 예禮에, 사람을 보내어 지켜본다는 글이 있습니다. 우리나라 여러 제사에 내단소內壇所의 제사는 지금 단壇을 쌓지 아니하고 또 구덩이를 설치하지 않아서 임시로 땅을 파서 망예望瘞를 겨우 마치자 마자 곧 훔쳐 취하여 신을 업신여기고 예를

박연

빠뜨리게 되니 편하지 아니합니다."

세종 18년(1436) 정초 1월 9일, 제사 후의 폐백 처리 등의 상언上言을 하였다. 판봉상시사判奉常侍事 자리를 맡고서 올리는 청원이었다.

"그러나 단을 만들기 전에는 구제하기가 실로 어려우니 영녕전永寧殿과 종묘 사직 등의 제사는 이미 예감을 설치하고 또한 문난門壇도 있으며 관속官屬이 구비하였지만 예감에는 문단 속의 봉封한 것도 없고 관리에게는 심찰하는 법이 없으니 원컨대 지금부터는 매양 제사 지낼 때를 당하면 기일 전 3일에 종묘와 사직의 관원이 전사관典祀官과 함께 예감을 수리하여 깨끗이 하고 전일에 넣어둔 폐백을 살펴서 노예의 도적질하려는 마음을 막게 할 것이며 폐백이 만일 썩었으면 꺼내어 불사르고 만약 썩지 않았으면 따로 저장하여 신주神廚의 닦는 수건과 시루띠(甑帶)의 소용에 제공하게 하시기 바랍니다."

박연의 언제나와 같은 자상한 상언에 대하여 예조로 하여금 의논하게 하였다. 그러자 예조에서 아뢰었다.

위 항의 각 곳에는 이미 맡은 관원 간수看守가 있으니 자물쇠를 설치하고 제사를 지낼 때마다 감찰점시監察點視하게 하고 씻고 소제할 때에는 맡은 관원과 함께 예감을 열어보고 만약 도적질해 가져간 사람이 있으면 죄를 과하게 하고 하는 등의 의견을 첨가하였다.

제사에 따른 폐백의 구체적 관례 규칙이 그렇게 만들어졌고 정착되었다. 그것이 얼마나 대단하냐 하는 것보다 없어서는 안 될 시행 세칙들이었고 그것을 자발스럽게 아니 너무도 자상하게 빈틈 없이 만든 것이다. 그런 것이 또 무슨 업적이 될지는 모르지만 그렇게 말들 할지 모르지만 그의 땀흘린 행적이었다.

그는 여러 자리로 옮겨 앉아서 일을 하였다. 무슨 자리나 임명하는 대로 갈 수밖에 없는 일이지만 어떤 자리 무슨 일을 맡게 되든 예와 악에 관련되는 일을 찾아서 하게 되었다. 이번 상언도 그런 것이었다.

그해 12월에는 왕이 첨지중추원사僉知中樞院事로 제수除授하였다. 제수란 천거에 의하지 않고 직접 임명하는 것을 이르는 것이며 정3품 당상직이었다. 중추부가 관장하는 일이 없었기 때문에 문 무관 가운데 소속이 없는 경우 이에 소속시켜 우대하였다.

박연은 첨지중추원사로서 임무를 맡자마자 다시 상언하였다.

"주례周禮를 상고하건대, 천자天子는 규찬圭瓚이니 규圭로 자루를 만들고 제후諸侯는 장찬璋瓚이니 장璋으로 자루를 만들고 모두 조繅가 있다고 하였는데 주註에 이르기를 조는 자藉이니 장에 까는 것이라 하였고 또 말하기를 잡문雜文이라 하였습니다."

규는 옥이며 규찬은 옥으로 만든 술잔이고 장은 반쪽 서옥瑞玉이며 장찬은 장으로 만든 술잔이다. 조는 야청으로 검은 빛깔을 띤 푸른 빛이며 자는 깔다는 뜻이다. 설명이 더 어려운 것 같은 대로 왕실의 의식, 제물 기명器皿의 재질과 색감을 떠올려 보기 바란다.

"대개 찬은 종묘에서 강신하는 그릇인데 옛 사람의 찬의 제도가 아래에는 받치는 쟁반이 있고 자루에는 자조藉繅가 있으니 신

臣의 망령된 생각으로는 관계됨이 지극히 중하여 감히 손으로 범할 수 없기 때문이라 여겨집니다."

언제나 자신의 생각을 낮추고 주장할 것은 다 하였다.

"도형圖形을 보건대, 조의 모양이 수건과 같은 데가 있고 또 잡문雜文을 그렸는데 지금 중국의 수건은 흔히 잡문이 있는 비단을 쓰기 때문에 그림 수건이라고 일컬으니 찬 자루의 자조로 임시 사용하는 것이 어떠하겠습니까."

잡문 자조, 설명이 잘 안 된다. 잡문은 글의 종류가 아닌 것 같은데…

박연의 상언은 예조에 내려졌다.

애초에 봉상시奉常寺에서 소장되었던 은찬銀瓚은 종묘에서 임금이 친히 제향하는 데에만 쓰던 것인데 도둑에게 잃어버리자 왕은 바로 박연에게 다시 주조鑄造하게 하였다.

"우순虞舜은 종묘 제향을 옥가玉斝로 하고 하후씨夏后氏는 식斌을 썼다 하니 식은 곧 작爵이며 옥玉으로 만든 것입니다. 주례周禮에 태제太帝가 선왕을 제향할 때에 옥작이라 불렀고 천자는 종묘 제향에 규찬圭瓚을 썼다 했으며 송나라 시대에 와서는 황제가 친히 태묘太廟에 제향하는데 옥가로 술을 올리고 아헌과 종헌은 은가銀斝를 썼으며 음복에는 금가金斝를 썼고 태묘 제향에는 금과 은을 칠한 잔을 쓰고 유사有事가 행사할 때에는 구리로 만든 잔을 썼으니 무릇 역대의 찬과 작이 모두 옥과 은을 썼습니다."

어명으로 집현전에서 찬 작의 제도를 상고詳考하여 아뢴 것을 예조에 전하였다.

왕은, 고제古制를 따라서 친향親享할 때의 잔과 작은 모두 은을 쓰고 섭행攝行(대행代行)할 때의 잔과 작은 모두 구리를 쓰며 친향할 때의 아헌과 종헌도 역시 은작을 쓰기를 항식恒式으로 하라고 명하였다.

그리고 박연으로 하여금 은작銀爵과 동찬銅瓚을 주조하게 하면서 하교하였다.

"이제 작을 은으로 만들었으니 목점木坫을 쓰는 것은 옳지 않소. 점(술잔을 얹어두는 대)도 구리로 만드는 것이 좋겠오."

"그렇게 하겠습니다."

그리하여 종묘와 산릉山陵의 친향과 섭행할 때의 찬 작과 점을 명에 의하여 옛 제도대로 따르게 되었다.

박연은 악기를 제작하는 데에 심혈을 기울였지만 악장을 만들고 제기를 만드는 데도 할 수 있는 노력을 다 쏟았다. 예악이라고 할까, 예와 악의 모든 분야의 세밀한 부분에 이르기까지 조예가 깊었다. 집현전의 의견이었지만 그도 다 상고한 바였다. 제향 때 친향 친제 때의 술은 어떤 잔에 어떻게 올리고 섭행 대행 때에는 어떻게 하고 또 초헌 아헌 종헌 때는 어떻게 하고 하는 절차 규식이 다 정해져 있었던 것이다. 그런 학식이라고 할까 지식뿐 아니고 그것을 부어 만드는 주조 기술도 생각만 가지고 되는 것은 아니었다. 정교한 기능이 뒷받침 되어야 했다. 학자 예술가이면서 기능공이었다.

부지런히 쉬임없이 책을 읽었고 조금이라고 의문이 나면 그것을 며칠이고 생각하여 풀려고 하였고 책으로 해결이 안 되면 몇 백리고 찾아가고 직위 고하를 막론하고 묻고 이야기하여 해결하였다. 기술 기능적인 것도 그랬다. 악기를 만들 때나 술잔을 만들 때나 그는 목수가 되고 토기장이가 되었고 도가니에 녹인 쇳물을 거푸집에 부어 만드는 공정을 수없이 되풀이하여 기술을 터득하는 공장工匠이 되어야 했다. 같이 밥을 먹고 잠을 자고 탁백이를 같이 마시고 하였다. 그런데 그에게는 눈썰미가 있고 손재주가 있다는 말을 더러 듣기도 했다. 짚신을 모양 있게 삼았고 물수제비를 남들보다 많이 떴다. 피리를 잘 분다고 하였고 글을 잘 왼다는 소리를 들었다. 사실이 그랬다. 그러나 노력이 더 많았다. 안간힘이었다.

시골 마을에 짚신을 잘 삼는 친구가 있었다. 나이가 위였다. 아무리 잘 삼아도 그 친구를 따라 갈 수가 없었다. 아무리 잘 삼아도 모양이 나지 않았고 째가 나지 않았다. 그 친구는 무슨 말을 해도 그 기술을 알으켜 주지 않았다. 그의 아버지에게 배운 비밀이라고 했다. 그것을 다른 사람에게는 아무에게도 말하면 안 된다고 하였다고 하였다. 무슨 천기天機라도 되는 듯이 그의 아버지가 돌아가실 때 들려주었다고 하였다. 별의별 얘기를 다 하고 아무리 술을 받아줘도 고개를 흔들었다. 박연은 그와 코가 삐뚤어지도록 술을 마시고 자신도 아버지가 세 살 때 돌아가셨다고 하고 홀애자식이라고 하고 무슨 소리를 해도 고개를 흔들었다. 그런데 그의 밑천을 보여주며 자신의 것은 짝짝이라고 말하고 그것을 그 사람의 손을 끌어다 만지게 해주자, 자기 것도 만져주게 해주며 자기도 짝짝이라고 하였다. 그리고는 마구 웃어대다가 그 비밀을 알으켜 주는 것이었다. 잔 털을 뽑으라는 것이었다. 바로 그것이었다.

짚신의 잔털을 뜯어내자 째가 났다. 박연이 짚신을 잘 삼는 데 는 그런 노력이 있었던 것이다. 매사에 그랬다. 편경을 만드는 데 노력을 기울인 것같이 은잔 동잔 하나를 만드는 데도 젖먹던 힘 을 다 기울였다.

그리고 박연은 끊임없이 상언을 하였다.

"제향은 나라의 큰 일입니다. 그런데 우리 나라의 제단祭壇이 모두 그 제도가 틀렸으므로 지난번에 신이 청하여 모두 개정하도 록 명하셨고 특별히 제단감조색祭壇監造色을 세워 그 건설하는 일 을 맡기셨습니다. 그 때에 종묘 사직만을 개정하고 나머지 중사中 祀 소사小祀 그리고 10여 단壇은 역사役事도 시작하지 않은 채 이 제까지 8, 9년이 되도록 국가의 영선營繕이 호번浩煩하다 하여 거 행하지 않고 있습니다."

종묘 사직에 관한 간곡한 청원이었다.

"그러나 신이 생각하건대, 제단을 개정하는 일은 마땅히 뒤로 미룰 일이 아니고 또 공사는 전우殿宇를 화려하게 건축하는 사치 도 없는 것이고 깎고 단청 칠하는 사치도 없으며 단지 돌을 포열 布列하여 단을 쌓고 바깥으로 난간과 담장을 마련하는 것 뿐입니 다. 그런데 불긴不緊한 것으로 보고 여러 해 동안 지체하는 것은 매우 불가한 일입니다."

양심이 있는 선비로서 첨지중추원사 일을 맡은 관리로서 부당하고 온당치 못함을 사안의 옳고 그름을 밝혀 건의하는 것이다. 대차고 격하였다.

"이제 만일 고치지 아니하고 그대로 후세에 전하면 제소祭所가 적의適宜함을 잃게 됩니다. 그 중에서도 선잠 산천의 두 단은 잡석으로 지경地境을 이루었으므로 무너지는 것은 겨우 면하였으나 그 나머지 여러 단은 모두가 흙 언덕이 될 뿐입니다. 또 단소壇所에 난간으로 보호하는 것이 없어서 소 양 개 돼지가 마구 드나들어 더럽게 만들며 아울러 좁고 막히고 또 많이 기울어지고 쓰러져서 예를 행하고 음악을 쓰는 데 모두 그 의례대로 못하게 됩니다. 지금 예악이 바야흐로 성盛하고 제도가 닦여 밝은데 사전祀典에는 결함이 이와 같이 있으니 통분함을 이기지 못하겠습니다. 더군다나 일찍이 미신微臣에게 명하여 그 일을 감독하게 하셨으니 어찌 세월을 구차하게 끌면서 아무 말도 하지 아니하여 창성한 시대의 날로 새로워지는 성덕聖德에 누가 되게 하겠습니까."

너무도 간곡하게 너무도 지당한 요구를 적극적으로 청원하였다. 어구가 지나치고 심할 정도였다. 통분하기까지 했다. 맡은 직을 걸고 지식과 문장력을 최대한으로 발휘하고 그러면서 한껏 스스로를 낮추었다. 거기에 어디 하나 맞지 않고 합당하지 않은 사항이 있는가. 박연은 항상 그런 자세였다. 언제나 그랬다. 하늘이 자신에게 명한 일이라 생각하기 때문이었다. 상관에 앞서 왕에게 앞서 높은 곳에서 하늘이 내려준 직이며 사명이라고 철석같이 믿고 있기 때문이었다.

박연의 상언은 그대로 따랐다.

그는 계속해서 풍운뇌우단風雲雷雨壇을 바로잡자는 방안을 아뢰었다.

"단유壇壝가 제도에 어긋나니 그 전대로 할 수는 없습니다."

박연의 상언은 그 강도가 높아졌다. 예순, 천명을 아는 나이가 되어서인가. 두려움도 없어졌다. 사서삼경을 딸딸 외는 그의 체질에는 인자仁者는 불우不憂하고 지자知者는 불혹不惑하고 용자勇者는 불구不懼하고 하는 신조가 배어 있었다. 옳은 일 바른 일을 위하여는 어떤 일이 있어도 두려워하지 않고 물러서지 않는 궁행躬行을 하여온 평생이었다. 그런 그의 몸짓을 알아주고 지켜주는 왕과 고불古佛 같은 음우陰佑가 있음으로 가능하였는지 모른다. 그것은 그는 늘 행운, 천행이라고 생각하고 있었지만.

"여러 신사神祀가 다 그러한데 풍운뇌우단이 더욱 심합니다. 이 신神은 자연의 조화가 가장 관계가 깊어서 걸핏하면 재앙과 상서祥瑞를 가져옴으로 옛 사람은 그 제사를 중하게 여기어 각각 단유를 세우고 받들었습니다. 예법은 그 성대함을 지극히 하였고 풍악風樂도 역시 합당하게 하였습니다. 천자天子는 궁현宮懸의 연주를 사용하였고 헌가軒架의 악을 거행하였는데 역대 모두 그렇게 하여서 봉숭奉崇하는 것이 지극하였습니다. 우리 나라에서는 역대 제후왕諸侯王의 통행하던 제도를 상고하지 아니하고 단지 홍무예제洪武禮制에 의거하여 정하였는데 신臣이 그 제도를 살펴보니 오등제후五等諸侯를 위하여 마련한 것이 아니고 이것은 홍무 초년에 반포하여 주부군현州府郡縣의 경내에서 행할 수 있는 제사에 실행하게 한 것이며 그것은 정당한 예법이 아닙니다."

박연은 계속 제단 제례 그리고 예악의 부당함을 하나 하나 지적하였다.

우선 마땅치 않은 것으로 심한 것은 풍 운 뇌 우를 같은 단에서 제사지내는 것이며 산천 성황의 신을 천신과 더불어 모두 남향하게 하니 대단히 설만褻慢하고, 풍사風師 운사雲師 뇌사雷師 우사雨師의 사師를 빼고 풍운뇌우 네자를 한 목패木牌에 써서 신주神主로 삼고 단지 한 위位의 찬수饌羞를 진설하여 제사 지내니 네 위의 천신이 같이 한 그릇의 음식을 흠향하는 것이다.

풍사 우사의 사는 신을 의미한다.

우리나라 여러 제사의 단에는 여러 위를 합해서 한 신주로 하고 한 가지로 한 그릇의 제수를 흠향하는 데가 없는데 천신에게만 그 명호名號를 깎고 그 전물奠物을 감쇄減殺하니 이것은 심히 모만侮慢하고 불경不敬하다. 또 악에는 제후국 헌가의 성대함을 사용하면서 제사에는 주현州縣의 간략한 의식을 쓰는 것은 무슨 뜻인가. 만약 깎아내리기 위해서 주현의 의식을 쓰는 것이라면 악에서 제후국의 제도를 쓰는 것은 크게 상반되는 것이다. 악에 헌가를 쓰는 것이 올바른 것이라고 한다면 그 제단을 세우고 제사를 받드는 데 주현의 의식에 스스로 비의比擬함은 부당하다. 예와 악이 상반되어 전도되고 모순됨이 이러하니 우리 성조에 이런 잘못된 일이 있으리라 여겼겠는가. 봄에 빌고 가을에 보시報施하는 제향이 또한 음양이 고르고 순하는 징험이 있겠는가.

박연의 상언은 계속되었다. 종묘 사직에 관한 너무도 간곡하고 단호한 청원이었다.

우리나라에서는 일찍이 천신에게 제사하는 제례가 있어서 원단의 의식을 세우고 여러 해 동안 제사를 거행하다가 제후국의 법도에 어긋난다는 까닭으로 그만두고 시행하지 아니한 지 이미 여러 해이다. 오직 이 풍운뇌우의 단만은 왕(성상聖上)이 천신을 공경하여 제사하는 곳이므로 더욱 급급하게 개정하고 시일이 지나기를 기다리지 말 것이다. 왕년에 신이 이런 폐단을 고치기를 청하였으나 정부의 의논이 합치되지 아니하여서 윤가允可를 얻지 못한 지 이미 10여년이 지났다. 그러나 마음이 상하고 분함이 쌓여서 스스로 그만두지 못하다가 이제 영선하는 것이 조금 뜸하고 또 연사年事도 풍년이 들었으니 제단을 개정하기에 알맞은 때인 것 같다. 하물며 신의 몸이 제단 일을 맡고 있어 뜻이 조두俎豆 사이에 있으므로 끝내 침묵하고 있으면 두 번째 천총天聰을 모독하는 것이다.

구구 절절 호소하는 요구 청원의 심도가 높아갔다. 깊어졌다고 할까. 뜻이 이루어지지 않아 마음이 상하고 분하기까지 하였다. 물론 뜻을 이루고자 하는 적극적인 마음의 표현이다. 끝없이 이어지는 상언을 끊어 나누어서 평어체로 옮겨 번거로움을 피한다. 앞에서도 그랬다.

조두는 제사 때 음식을 담는 제기의 하나이다. 천총은 무엇인가. 글자대로라면 天聰은 중국의 한 때(1626~1636) 연호인데, 임금의 사랑 天寵을 뜻하는 것 같기도 하다.

풍사 우사의 단을 세우는 곳은 옛 사람이 왕도王都에서 성수星宿의 방위로 정하였으나 이제 만약 험하고 막히어서 단을 세울 수 없다고 하면 원단을 세웠던 고을이 수목이 우거지고 사람 사는 곳과 떨어졌으며 고을 안이 넓고 깊어 단을 세우기에 마땅한 장소가 한 두 군데가 아니다. 하늘에 제사하던 곳에 그대로 천신의 단을 세우는 것이 옳다고 본다. 이같이 한다면 세 단壇이 제기 두는 곳으로서 한 창고를 같이 세우게 되며 단시기(壇直)와 마시기(奴子)들이 합력해서 제사를 받드는 것이 편하고 합당하다고 본다. 그 단소壇所를 바르게 하고 각각 전奠 드리기를 전담하게 한다면 도성都城 한 모퉁이를 점령하고 단을 설치하여 신이 그 제사를 흠향하게 하는 것에 비할 수가 없다. 예전에 제사 지내던 곳은 그대로 수축하여 산천의 단으로 하는 것이 옳을 것이다.

"원하옵건대 성상께서 신충宸衷으로 결단하시고 여러 사람의 의논에 자문諮問하지 마시고 한 시대의 제도를 모두 일신一新하게 하시어 만세 후대에 남겨 주신다면 큰 다행이 아닐 수 없사옵니다."

박연의 상언은 대단히 간곡하기도 했지만 참으로 단호하였다. 소신이 있고 아집도 대단하였다.

신충은 임금의 마음이다. 소신인지 과욕인지, 여러 사람과 의논하지 말고 임금의 뜻대로 하라고 하였다. 다시 말하면 그의 상언대로 하라는 것이었다.

그러나 세종 임금은 예조로 하여금 정부와 같이 의논하게 하였다. 결과는 또 어떻게 되었는가.

나이가 많고 병이 깊다고 하며 병조판서의 직사職事를 면하여 달라고 청원하였던 중추원사中樞院事 이견기李堅基는, 풍운뇌우를 역대 사전祀典에 의하면 각기 방위를 두고 제사하였다고 하니 상언한 것에 의하여 시행하고 단유도 역시 고문古文에 의하여 축조하는 것이 좋겠다고 하였다. 상언은 물론 박연의 의견이었다.

다른 여러 중신重臣 들도 의견을 말하였다.

집현전 대제학 안숭선安崇善 예문관 대제학 신인손辛引孫도 같은 의견이었다. 홍무예제의 같은 단에서 치제致祭하는 것을 우리나라에서 준행한 지 이미 오래 되었으므로 경솔하게 고치기 어려울 것 같다고 하며 문헌통고文獻通考 지정조격至正條格 상정고금예문詳定古今禮文 등 문헌의 제례를 들어 아뢰었다.

"역대로 다 그러하였으니 상언한 것에 의거하여 시행하소서."

그러고도 많은 논의를 하였다. 신개申槪 민의생閔義生 정인지鄭麟趾 심도원沈道源 최사강崔士康 그리고 황보인皇甫仁 하연河演 허조許稠 등 각기 의견들을 내놓았다. 특별히 반대하는 것은 아니고 의견들을 보태었다. 다 소개하지는 않는다.

정인지는, 풍운뇌우는 예전대로 홍무예제에 의거하여 산천단에 합제하게 하고 단유壇壝와 위판位版의 법제만은 다시 상고하여 엄정하게 수식修飾하는 것이 좋겠다고 하였다.

영의정 황희黃喜도 여러 가지 얘기를 하였지만 홍무예제를 따르는 것이 좋겠다고 하였다.

예조는 의논을 마치고 황희 등의 의견을 따르기로 하였다. 박연의 상언에 격조를 갖춘 것이었다.

박연의 상언은 아주 세세하며 구체적이고 적극적이었다. 그리고 연속부절로 이어졌다.

"금년 납향臘享부터 모든 제향에 전奠 찬饌 메〔飯〕국 떡 흰떡〔餌〕등을 미리 진설하지 말게 하고 문소전文昭殿의 예에 의거하여 임시에 진설하게 하되 경점更點에 따라 그 시간을 한정하고 장찬掌饌을 세워서 그 임무를 맡게 하고 기장 피 벼 수수 국 떡 등의 제물들을 뜨거운 것으로써 때를 맞추게 하여 향내가 오르게 한 뒤에 제사를 행하기를 청합니다."

박연의 청원은 바로 예조에 내려서 의정부와 더불어 같이 의논하게 하였다.

영의정 황희 등이 의논한 결과 박연의 의견과 다른 것은 없고 제사 준비 시간 등을 더 구체적으로 밝히었다.

우리나라에서는 송나라 때 제향하는 의식에 의거하는데 전前 5각刻에 종묘령宗廟令과 전사관典祀官이 그 소속 관원을 거느리고 찬구饌具를 담는 것이 축전丑前 1각이고 행사하는 것은 4경更 1점點인데 그 사이에 시각이 매우 촉박하여 메 국 떡 흰떡을 만약 임시하여 진설하면 시간에 못미쳐서 실례失禮하기에 이를까 두려우며 더군다나 소, 양의 창자, 위, 허파와 돼지고기를 임시하여 익혀서 올리고 또 종묘에는 날 것으로 희생犧牲을 올리므로 원묘原廟와 같지 아니하니 옛 제도에 따라서 3경 3점에 들어가서 찬구를 담게 하되 전 드리는 물건들을 먼저 담게 하고 메 국 떡 흰떡은 맨 나중에 진설하게 하여 전날 저녁에 미리 진설하지 말게 하라는 것이었다.

예조에서 그대로 따랐다. 박연은 정중히 읍하며 상언한 것에 추가로 기록하였다. 조금 의견에 맞지 않는 것이 있더라도 토를 달지 않았다. 소용 없는 일이기 때문이었다.

박연은 세종 21년(1439) 4월에는 공조참의工曹參議에 임용되었다. 다음 해 7월에는 첨지중추원사僉知中樞院事에 재임再任되었다.

예순 셋이 되었다. 적지 않은 나이었다. 그는 무슨 자리든 천명으로 알고 무슨 일이든 천직으로 여기고 시키는 대로 최선을 다하였다.

공조참의로 있을 때 일이었다. 공조란 산택山澤 공장工匠 영선營繕 도야陶冶 등의 일을 맡아보는 관아인데 예악과는 거리가 있는 일이었다. 물론 그의 재질과 적성에 맞는 일이라면 그 기량을 더욱 발휘할 수 있는 것이었지만 무슨 일이든지 주어지는 대로 맡기는 대로 거기서 자신이 할 수 있는 능력을 다 하였다. 그리고 어디서나 맞지 않고 옳지 않은 부분을 고치고 바로잡고자 하였다. 그런데 공조 분야 뿐 아니라 모든 관직을 대상으로 한 대단히 실용적인 방안을 건의하였던 것이다. 곡식을 바치면 관직을 상 준다는 계획, 납속상직지책納粟賞職之策이었다.

이에 대하여 판중추원사判中樞院事 안순安純이 상서上書하여 부각되었다.

"공조참의 박연이 말한 납속상직지책이 시무時務에 합할 것 같습니다."

의정부는 안순에게 호조戶曹로 하여금 의창義倉을 보충할 방법을 강구하게 하였던 것이다. 의창은 고려 때 곡식을 저장했다가 흉년을 당하거나 비상시에 가난한 백성에게 곡식을 대여하던 기관이다.

곡식을 바치면 관직을 상으로 준다는 계획은 예를 들면 품계가 없는 자에게는 정9품에서 종3품에 이르기까지 10석마다 한 자급資級을 올리게 하는 것이다. 정곡正穀 잡곡雜穀을 묻지 말고 10석을 바친 자에게는 종9품이 되고 (중략) 2백석을 바치면 종3품이 되고 그 관직이 있던 자는 본직의 품계에 따라서 역시 10석으로 한 자급을 올려주되 정3품에서 그치게 하고 또 그 중에서 제수除授할 수 없는 주현州縣의 아전으로서 2백석을 바친 자에게는 본 구실에서 영영 제적하여 주고 50석을 바친 자는 자기 몸에 한하여 면역하게 하는 것이다.

이같이 하면 경법經法과 권도權道의 두 가지를 다 얻게 되고 인仁과 의義가 똑같이 병행되어 인심이 순하고 기뻐할 것이요 원통하고 억울한 것이 다 펴져서 의창이 충실할 뿐 아니라 성은聖恩이 소낙비처럼 내리게 되어 이를 행하면 폐단이 없고 크게 도움이 있을 것이라는 취지이다.

"이 소소한 보첨補添의 방법은 전부터 있는 것이지만 온 나라의 주현에다가 의창을 두어 넉넉하게 한다는 것은 어려울 것이라고 하였습니다. 박연의 이 방책은 소신小臣의 뜻에 합하나 그 곡식 바치는 것의 많고 적은 것과 관직으로 상 주는데 높고 낮은 것은 위에서 살피시어 시행하게 하시기 바랍니다."

안순의 상서는 바로 의정부에 내리었다.

조선 시대에 나라의 재정난 타개와 구호 사업 등을 위하여 곡물을 나라에 바치게 하고, 그 대가로 벼슬을 주거나 면역免役 또는 면천免賤하여 주던 정책으로 박연은 그 일을 건의하였고 그것은 그의 인의仁義 도경道經을 추구하는 일심에서 비롯되었던 것이다.

　박연의 궤적軌跡의 또 다른 한 면모였다.

순명

이듬해 정월에 박연은 다시 제악祭樂에 관한 글을 올리었다.

"제악은 천신天神을 제사할 경우 강신함에 4궁宮을 쓰는데 악樂은 6성成으로 변합니다. 육변六變을 쓰는 것은 천제天帝가 진震에서 나옴을 취함이요 진은 묘위卯位에 자리하였으니 묘의 수는 여섯인 것입니다. 따라서 환종궁圜鍾宮을 사용해야 하니 협종夾鍾 2성 황종각黃鍾角 고선궁姑洗宮 2성 태주치太蔟徵 남려궁南呂宮 1성 고선우姑洗羽 대려궁大呂宮 1성이고, 송신送神에는 협종궁 1성을 사용합니다."

천신을 제사하고 묘악廟樂에는 사성四聲을 쓰라는 것이었다.

제 자리에 다시 선 것이었다. 제에 따르는 악에 관하여 박연만큼 조예가 있기도 힘들지만 그만큼 관심을 갖고 마음을 쏟아붓기도 어려웠다. 다른 사람—관리 신하 대신—들도 얘기하였지만 그렇게 자세하고 분명하게 낱낱이 의견을 끊임없이 올리고 바로

362

흙의소리7
이무성 그림

잡자고 청원하는 사람은 없었다. 박연은 예에 어긋나지 않는 제도를 말하는 것이었기도 하였지만 거기 합당한 악을 사용하고자 하는 소신을 갖고 있었다. 그것이 박연이 집착하는 제악의 원칙이었다. 예악의 실천이었다.

청원은 계속되었다.

지기를 제사할 경우는 강신함에 4궁을 쓰는데 악은 8성으로 변한다. 팔변八變을 쓰는 것은 곤坤이 만물을 기르는 것을 취함이요 곤이 미위未位에 자리하였으니 미의 수는 여덟인 것이다. 따라서 함종궁函鍾宮을 사용하여야 하니 임종林鍾 2성 태주각太簇角 유빈궁蕤賓宮 2성 고선치姑洗徵 응종궁應鍾宮 2성 남려우南呂羽 유빈궁 2성, 송신에는 임종궁 1성을 사용한다.

인귀人鬼를 제향할 경우는 강신함에 4궁을 쓰는데 악은 9성으로 변한다. 구변九變을 쓰는 것은 금金의 수를 취함이요 금의 물건됨이 잘 화化하되 변하지 않으니 귀신도 마찬가지이다. 따라서 황종궁黃鍾宮 3성 대려각大呂角 중려궁仲呂宮 2성 태주치太簇徵 남려궁南呂宮 2성 응종우應鍾羽 이칙궁夷則宮 2성을 사용한다.

"이상과 같이 제사할 때마다 4궁에 강신함과 악무樂舞가 변하는 수는 각각 의거하는 바가 있어 망령되게 더하고 덜하는 것은 불가한 것인데 우리 연간에 모두 다 개혁하였으나 종묘에 친히 제향하는 날을 당하여 강신하는 악무 6성을 권도로 감하여 3성으로 사용하매 4궁이 불비하고 변수마저 결여되어 온당치 못합니다."

제사 제향에 관하여도 그렇지만 거기에 부합하는 소리와 춤음音과 성聲의 조합 그리고 변하고 화하여 이루어지는 조화를 누가 그렇듯 맞출 수가 있겠는가. 그 분야의 독보적인 존재였다. 그러나 그것이 틀리지 않는 사실이라 하더라도 그렇듯 바로잡고자 하는 의지를 가지고 끊임 없이 상언을 하여 옳지 못함을 지적하고 바로 세우고 바로잡고자 하는 사람이 또 누가 있는가.

그것이 무슨 역사적이고 국가 대계의 사업이랄 수도 없는 것이었지만 나라에 있어서든 백성에 대해서든 기본적이고 바탕이 되는 일이라고 생각한 것이며 그것을 밝히고 지키고 거기에 생을 다 바수었던 것이다. 사람이 마땅히 지켜야 할 도리를 지켜야 한다는 신념이었다. 나라 아니 종묘사직이 지켜야 할 도리라고 생각하였던 것이다. 뒤의 일이지만 박연은 전라도 땅 오지 산골 고산高山 유배지流配地에서도 가훈家訓 17조를 써서 남겼던 것이다. 아들은 교형絞刑을 당하고 쓸쓸히 말년을 보내면서 가훈이란 무엇이었던가.

"신臣이 이제 다시 전대前代를 상고하여보니…"

당나라 태종 때에 태상시太常寺에 조칙을 내려 '천신을 제사하고 지기를 제사하고 종묘를 제향함에 궁의 등급을 올리는 것은 강신할 때마다 사곡四曲, 송신할 때는 일곡一曲을 연주한다'하였으니 어떻게 하여야 하고, 제악고祭樂鼓는 주례周禮의 지관地官 고인조鼓人條에 '뇌고雷鼓는 신사神祀에 쳐서 천신을 제사한다'하였고 정사농鄭司農은 팔면고八面鼓라고 하였으나 진양은 육면六面의 영고靈鼓라고 고쳤다. 사제社祭에 치는 것은 지기를 제사함인데 정씨는 육면이다 하였으나 진씨는 팔면이라고 고쳤다. 노고路

鼓는 귀신에게 치는 것으로 인귀를 제향함인데 정씨와 진씨가 다같이 사면四面의 진고晉鼓로 금주金奏를 치게 되면 주악이 시작되니 금주는 편종編鐘을 치는 것이다.

옛 책에 그렇게 씌어 있다고 박연이 말하였다. 여러번 얘기하였지만 철저히 문헌 전적典籍에 의거하여 말하였다. 그것이 무기였다기보다 기본 자세였다. 그저 본 만큼 아는 만큼 말하는 것이다. 그가 논리를 펴는 방법이있다.

박연은 다시 주관周官 운인조鞞人條 진양도설陳暘圖說 등을 인용하여 앞에서 말한 뇌고 영고 노고 외에 진고인 도고鼗鼓를 말하며 천신의 제사 지기의 제사 인귀의 제향에 어떻게 뇌도雷鼗 영도靈鼗 노도路鼗를 만들게 하기 바란다고 하였다.

신의 생각으로는 그렇다고 하였다. 예조에 내려 의논하게 하였다.

상언한 것을 다 기록하지 않는다.

세종 24년(1442) 10월 박연은 예조참의로 제수되었다.

다음 해 정월 예조참의 박연은 최양선崔揚善이 말한 풍수설風水說을 가지고 의논해서 아뢰라는 명을 받았다. 직집현전直集賢殿 남수문南秀文 응교應敎 정창손鄭昌孫과 함께였다.

세종 임금은 호기심이 많았다. 또 그런 심리를 과학적으로 전환시키기 일쑤였다. 장영실의 과학기술을 비약적으로 발전시키는 데는 그런 세종의 뒷받침이 있었던 것은 다 아는 사실이다. 15세기 과학시대를 이끌었던 합리주의 군주 세종은 최양선이라는 풍수지리 술사術士에게 귀를 열고 많은 국가 토목사업을 맡겼다. 호기심을 풀어야 직성이 풀리는 세종 앞에 최양선이 나타나 풍수 논쟁에 끌여들였던 것이다.

풍수는 땅과 공간의 해석과 활용에 대한 동양의 고유사상으로 음양오행설을 바탕으로 한 자연관인데 박연은 음양오행에 대하여는 누구 못지 않게 천착하고 있었지만 풍수에 대하여는 조예가 깊지 못한 대로 심혈을 쏟아 명에 충실하였다. 늘 하는 대로 전적을 뒤지고 이 사람 저 사람에게 물어보고 자문을 구하였다. 왕세자가 또 도승지都承旨 조서강趙瑞康 우부승지右副承旨 강석덕姜碩德 그리고 앞에 말한 남수문 정창손과 그에게 여러 풍수 술자術者들을 불러 수릉산혈壽陵山穴을 알아보도록 하였다.

최양선은 헌릉獻陵(태종太宗의 능) 앞을 지나는 고개 천천현穿川峴을 막지 않으면 산맥이 끊겨 길하지 못하다고 하였다. 삼남으로 내려가는 대로大路를 패쇄하고 흙으로 산을 쌓아 올려야 한다고 하였다. 엄청난 물의를 일으킨 주장이었지만 세종은 선왕의 해로운 일을 그냥 넘길 수 없었고 풍수설에 대한 호기심으로 의정부와 육조六曹로 하여금 이에 대한 논의를 하도록 했다. 의견들이 분분하였다.

"산은 기복起伏이 있어야 좋으니 길이 있어도 해로울 것이 없습니다."

"오히려 발자취가 있어야 맥이 좋습니다."

그러나 세종은 생각이 달랐고 몇 년을 끌며 여러 예조 집현전 등에 계속 검토를 지시했던 것이다. 결과는 박연 뿐 아니라 여러 관료들이 옳지 않다는 의견을 내었고 사헌부司憲府에서는 직격 상소문을 올렸다. 풍수지리에 대한 비판이었다.

그러나 최양선은 계속 같은 주장을 했고 세종의 집착도 여전했다. 세종은 마침내 고개 길을 없애고 흙을 쌓아 산을 만들었다. 그리고 최양선에게 경복궁을 비롯한 궁성 건축과 남대문 보토補土 공사 등을 하게 하고 경기 충청에서 인부 1,500명을 징발하는 대규모 토목공사를 하는 등 끝이 없었다. 그러나 세종이 스스로 묻힐 자리로 정해 둔 수릉의 혈 방위를 틀리게 주장하다가 구속되었다. 박연의 의견도 일조를 하였다.

그제야 세종은 최양선에 대하여 선언하였다.

"앞으로 최양선이 국정에 끼어들면 용서하지 않겠다. 다시는 저 허망한 술사를 국정에 끼어들지 못하게 하라."

그리고 어명에 의해 승정원은 그동안 최양선이 올린 보고서를 다 불태웠다.

풍수 얘기가 길었다. 천천현은 그 뒤 월천현月川峴으로 이름을 바꾸었다. 달래내고개가 그곳이다. 성남시 판교, 서울로 들어오는 길목으로 지금도 교통 요지의 고갯길이다. 매일 아침 그 길의 교통사정이 뉴스가 되고 있는 곳이다. 그 길을 막는다고 상상해 보라. 600년 전이나 지금이나 난감한 일이 아닐 수 없다.

같은 해 4월에는 세종임금이 직접 교지教旨를 지어서 승지들에게 내어보이며 말하였다.

"나는 본래 병이 많았는데 근래에 와서 병이 더욱 심하고 또 왕위에 30년 동안이나 있었으므로 부지런해야 할 정사에 게으름을 피운 지 오래 되었다. 임금이 늙고 병들면 세자가 정사를 섭행攝行하는데…"

앞으로는 세 차례의 대조하大朝賀와 초하루 열엿새 조참朝參은 친히 받들 것이나 그 외의 다른 조참은 모두 세자를 시켜 조회를 받도록 할 것이라고 하였다. 세자는 뒷날 문종文宗이다. 그리고 예조판서 김종서金宗瑞 참판 허후許詡 참의 박연을 불러서 일렀다.

"경들은 연향燕饗하는 데에 모두 남악을 쓰도록 하였는데…"

세종은 매우 좋은 생각이라고 하며 한漢나라 고조高祖와 당唐나라 태종太宗 같은 사람은 어진 임금이라 일컬었는데도 모두 여악을 이용하였다고 하고, 만약 남악만 쓴다면 여덟 살 이상된 사람을 써야 하고 장성해지면 쓸 수 없게 되며 그들의 치장[資糚]도 나라에서 공급해야하는데 만약 여악을 쓴다면 치장을 준비하고 모습도 오랫동안 늙지 않으며 또 부인들의 방중房中의 풍악도 어찌 없음이 옳겠는가. 먼 후일을 염려해서 말하는 것인데 경들이 이 법을 시행하는 것이 옳다고 하면 무엇이 어렵겠느냐고 하였다.

세종의 간곡한 의중을 읽은 모두는 고개를 조아렸다.

"연향하는 예는 모두 남악을 쓰는 것이 진실로 아름다운 일이나 방중의 풍악에 여악이 없을 수 없습니다."

회유되었다고 할까, 수긍하였다고 할까, 박연은 왕의 뜻에 따랐다.

같은 해 앞에서 말한 조하의절朝賀儀節을 꾸미었다.

왕세자王世子조하의절 군신群臣조하의절로 나누어 기록하고 있는데 계속 상언하고 있는 글과 달리 두 조하의 예의에 맞게 악절樂節을 세밀하게 기록하여 전범典範을 만들어 놓은 것인데 『난계선생 유고』에는 가훈家訓과 함께 잡저雜著로 구분하여 정리하였다. 세종실록에도 기록되지 않은 것으로 청정淸正 조회악율소朝會樂律疏와 함께 박연의 조선조 조회朝會음악의 족직으로 조하의식 절차를 상세히 설명하고 있다.

세종 25년(1443) 9월에 박연은 다시 중추원부사中樞院副使로 제수되었고 지경연知經筵 성균관사成均館事에 중임重任되었다.

집현전교리 사간원정언 의영고부사로부터 시작해서 악학별좌 봉상판관 봉상소윤 대호군 상호군 별감 판봉상시사 중추원부사 첨지중추원사 공조참의 예조참의 등 참으로 많은 여러 직을 맡아 신명을 다하여 일을 하였고 맡았던 일을 다시 맡아 하기도 하였다. 그것이 꼭 승진 승급만은 아니었던 것 같고 중간에 파직되기도 하였다. 예악에 관한 일 악학에 관한 일이면 더욱 성과도 내고 신명도 나고 하였지만 무엇이 됐든 다른 생각을 갖지 않고 직무에 충실하였고 어떤 일을 하든 예와 악의 실현을 위해 심혈을 쏟았다.

그러나 나라의 녹祿을 받고 헌신하는 것에는 늘 조신操身을 하지만 칭찬보다는 원성을 들을 때가 많았다. 생각의 차이가 많았다. 그럴 때마다 세종 임금은 그의 편에서 생각하였고 편을 들어주었다. 정확하게 평가하였는지도 모른다. 어쩌면 아니었는지도 모른다.

박연이 병조판서 정연鄭淵을 방문하였는데 사헌부에서 분경奔競하는 것이라고 탄핵하고 죄 주기를 청하였다. 중추원부사인 박연은 자신이 맡은 궁궐 숙위宿衛 군국기무軍國機務 등의 임무를 위한 것이었는데 자신의 벼슬을 위하여 엽관獵官 운동이나 한 것으로 알고 있었던 것이다.

"박연이 미복微服으로 집정執政한 사람의 집에 분경하였으니 마음가짐이 비루합니다."

헌부에 법대로 논하기를 청하였다.

그러나 임금은 다시 한번 박연의 손을 들어주었다.

"박연이 이미 늙었는데 정연에게 청할 것이 무엇이 있겠는가."

임금은 두 사람 얼굴을 떠올리며 말하고 고개를 저었다..

"하물며 정연은 대신大臣인데 어찌 작은 일로써 처벌하겠는가."

세종임금은 그 뒤 박연에게 경사京師에 가서 성절聖節을 하례賀禮하게 하였다. 세자는 백관을 거느리고 경복궁에서 표문表文을 배송拜誦하였다.

"지금 나이 10여세 된 자를 뽑아 무동舞童을 삼았지만 노래와 춤을 익히고 장성하면 쓰지 않으니 장차 계속하기 어렵지 않을까."

세종은 우려를 표하며 박연에게 일렀다.

"경이 경사에 가서 연향宴享의 풍악에 소년과 장년의 공인工人을 섞어 쓰는 것과 잡희雜戲를 아울러 베푸는 일을 하고 않는 것을 듣고 보고 오도록 하오."

박연은 명을 받들고 하복下服, 사실대로 낱낱이 보고하였다. 어느 자리에 있든 박연에게는 다 맞는 일이었다. 그것을 임금은 잘 알고 있었다.

그러구러 나이를 한 살 두 살 보태어 60 중반을 넘은 늙은이가 되었지만 무슨 일이든 마다 하지 않았고 일과 자리는 자꾸 추가 되었다. 인순부윤仁順府尹의 임무를 기듭하게 되었고 뒤에 동지중추원사同知中樞院事에 임용되기도 했다.

10월 잡신雜神 산귀産鬼 등을 제사하였고, 여제厲祭 귀신에 아이를 낳다가 난산으로 죽은 귀신은 들어있지 않으니 거기 첨가하게 하라고 청원을 하여 예조에서 실시하였다.

세종 27년(1445) 4월에는 용비어천가龍飛御天歌를 연향宴享 때 음악으로 제정하라는 글을 올렸다.

8월에는 하성절사賀聖節使로 명경明京에 갔다왔다.

절일사節日使 박연이 처음에 회동관會同館을 출발할 때 부험符驗을 잃었던 것을 관부館夫가 찾았는데 박연이 통사通事 김자안金自安을 시켜 달려들어가서 찾아왔다. 복명復命할 적에 박연은 이 사실을 숨기려고 하였으나 서장관 書狀官 김중량金重良이 아뢰었다. 부험은 중국에 가는 사행使行의 표로 갖고 다니던 신물信物이었다.

임금은 정부에 대고 일렀다.

"부험은 조정에서 내려준 것이므로 관계가 경輕하지 않다. 만일 잃어버렸다면 사신에게만 책임이 있는 것이 아니라 국가에 누

累를 끼침도 컸을 것이다."

드디어 박연의 고신告身을 빼앗고 종사관들에게도 죄를 차등 있게 주었다.

이럴 때의 세종은 박연에게 냉정하고 엄격하였다.

참으로 민망하고 얼굴을 들 수가 없었다. 말할 수 없이 괴로웠다. 천만금을 잃은들 그보다 더 가슴이 아플까. 도의적으로 또 인간적으로 죄 짓는 일, 악하고 추한 일을 절대로 하지 않고 길이 아닌 데를 가지 않고 말이 아닌 것을 하지 않고 살았다. 그런데 나이가 들고 늙고 쇠하니 볼썽사나운 일이 자꾸 생기었다. 그러나 그렇다 하더라도 자신이 저지른 일을 어찌 할 수가 없는 일이지만 임금 앞에 고개를 들 수 없이 되어 괴로운 것이다. 자신을 생각해 주고, 그것이 총애가 아니라 하더라도, 아껴주고 존중해 주는 임금에게 그런 모습을 보여주는 것이 가슴 아팠다. 나이가 들수록 괴로움은 더 하였다.

그런데 자꾸 그런 일이 생기고 그렇게 보기 싫은 모습을 보이게 되었다.

아들의 일이었다.

전 현감縣監 정우鄭瑀가, 행사정行司正 박연의 아들 박자형朴自荊으로 사위를 삼았는데 자장資裝을 갖추지 못한 것을 불만족하게 여기고 또 여자가 뚱뚱하고 키가 작으므로 실행失行하였다고 핑계를 대고 버린다고 하므로 의금부義禁府에 내려 국문鞫問하고 있으나 오래도록 정상情狀을 얻지 못하였다고 고告하였다.

자장은 시집갈 때 가지고 가는 혼수이다. 그리고 실행은 도의에 어그러진 좋지못한 행실을 말한다. 박연은 얼굴을 들 수가 없었다. 자식의 일이지만 너무나 죄스러웠다. 그런데 임금은 그것이 사실이 아님을 밝히어 말하는 것이어서 더욱 황송하였다.

"대저 옥獄을 결단하는 데는 대강을 잃지 않는 것으로 주장을 삼아야 한다. 의금부에서 한갓 자형이 술에 만취하여 술주정을 한 것 등의 일로써 판결을 하려고 하니 모두 끝이다. 그 여자가 만일 참으로 실행을 하였다면 자형이 그날 밤에 당연히 곧 버리고 갔을 것이다. 그대로 그 집에서 자고 아침이 되어 유모乳母가 정가鄭家에 오매 예물을 주어 보냈으니 혼례는 이루어진 것이다. 자형이 이불 요와 의복이 화려하지 못한 것을 보고 빈한貧寒한 것을 싫어하여 실행하였다고 청탁하여 버리는 것이 분명하다."

세종 임금은 사안을 잘 알고 있었다. 정우의 편을 들지 않고 박연의 편을 든 것이 아니라 사실 그대로를 말하고 있었다.

의금부에서 다시 국문하니 임금의 말대로였다. 자형이 무고誣告에 좌죄坐罪되어 장杖 60 도徒 1년에 처하고 다시 완취完聚하게 하였다.

완취는 흩어진 가족이 함께 모여 산다는 뜻인데 두 사람이 갈라서지 않고 살았다는 것이다.

박연은 더욱 송구하고 죄스러웠다. 정말 얼굴을 들 수가 없었다. 자식을 특별히 가르친 것은 없었지만 말썽을 일으키지는 않았다. 늘 아침 저녁으로 밥상에서나 특별한 날에 중뿔나지 말고 쳐지지 말고 절대로 과욕 허용은 부리지 말라고 타일렀다. 그리고 기회만 있으면 말하였다. 가난하고 빈한한 것은 부끄러운 일이 아니다. 중심을 잃어서는 안 된다. 의로운 일을 하는 것도 좋지만 의롭지 못한 일을 하지 말아야 하는 것이 중요하다. 아들들에게 물려준 것은 그런 중언부언밖에 없었다. 그러나 늘 불만이고 아버지를 답답하게 생각하였지만 거역하지 않고 따라주었던 것이다. 그리고 정말 다행스럽게도 다들 제 앞 가림은 하였다. 큰아들 맹우는 현령으로 정5품 둘째 중우는 군수로 정4품 셋째 계우는 집현전 한림으로 정9품으로 시작을 하여 뒤에 잘 못 되긴 하였지만 아버지 박연은 자식들을 위하여 아무 것도 해 준 것이 없었다. 늘 그런 생각을 하였다. 그런데 자형은 그 중 어느 자식의 별호인지는 모르겠다. 족보를 뒤져보면 정우의 딸인 며느리가 나올 것이다.

좌우간 그리고 얼마 후의 일인데 박연은 불미스러운 일로 다시 파직을 당하였다. 정말 다른 무엇보다 악학제조樂學提調는 그동안의 어떤 일보다도 마음에 들고 맡고 싶었던 직위로서 스스로 대단히 대견스럽게 여기던 자리가 아니었던가. 덕이 부족하고 늙고 불민한 탓이었던가. 정말로 비뚤어지고 영악해진 것인가.

사헌부에서, 박연이 휴가를 얻어 귀향하더니 누이가 죽으매 서울에 돌아갈 날이 급하였다고 핑계하여 나흘만에 장사 지내고 드디어 재산을 나누어 짐바리에 싣고 왔으며 또 악학제조로서 사사로이 악공樂工을 데리고 영업행위를 하게 하였다고 아뢰었다. 그리고 죄를 주기를 청하였다.

그러자 명하여 그 직을 파罷하였다.

누가 명한 것이겠는가.

박연의 괴로움은 말할 수가 없고 부끄러움은 하늘을 덮었다. 사실이 그렇고 아니고를 따질 염치도 없었다. 그저 펑펑 울고 싶었다. 그러나 그래서는 안 된다는 나이이고 체면이라는 것을 스스로 너무나도 잘 알았다.

칠십이종심소욕불유구七十而從心所欲不踰矩라 하지 않았던가. 공자는 일흔 살에는 마음속으로 하고 싶은 대로 해도 법도에서 벗어나지 않았다고 하였다. 물론 그가 성현의 발뒤꿈치도 따라갈 수 없을지 모르지만 주야로 수신修身을 하고 마음을 고쳐 먹고 하였는데 조정이나 사회에는 아니 임금의 눈에는 차지 않았던 것 같다. 아니 눈 밖에 났던 것이다.

일흔 두 살이 되었다. 아직 눈은 밝고 귀는 잘 들렸다. 마음도 변치 않았다. 매일 아침 뉘우치며 매일 새로 다짐을 하며 글을 읽고 썼다.

파직되고 다시 인수부윤에 임용되어 하던 일은 멈추지 않았다. 상언할 글을 계속 썼고 예악 분야의 고치고 바로잡아야 할 문제점에 대한 정리를 하고 상언 준비를 하였다. 그의 일은 쉴 때나 일흔 때나 여일하였다.

그런데 큰 나무 그늘과 같은 세종 임금은 그의 옆에 오래 있어 주지를 않았다.

임금은 박연에게 명하여 종률鍾律을 정하게 하였다. 박연이 일찍이 옥경玉磬을 올렸는데 임금은 쳐서 소리를 듣고 말하였다.

"이칙夷則의 경소리가 약간 높으니, 몇 푼[分]을 감하면 조화가 될 것이다."

박연이 가져다 보니 경쇠공〔磬工〕이 잊어버리고 쪼아서 고르게 하지 아니한 부분이 몇 푼이나 되어 모두 임금의 말과 같았다. 세종임금은 음률을 깊이 천착하고 있어 번번히 감탄을 하게 하였다.

박연은 몸둘 바를 몰랐다. 정말 너무 놀라웠고 황송하였다. 임금의 너무도 정확한 음감音感 너무도 예리한 지적에 대하여 참으로 송구스럽긴 하였지만 그렇게 흔쾌한 눈물이 날 수가 없었다. 두렵고 하늘 같은 존재감이 가슴 가득히 안기는 것이었다. 자신은 참으로 행복한 신하로구나 참으로 훌륭한 왕을 모시고 있구나 하는 생각을 다시 하였던 것이다.

이와 같은 너무도 놀라운 지적, 극적인 장면에 대하여 앞에서도 얘기를 하였었지만 선어仙馭 1년 전의 일이었다. 세종 31년 12월 실록에 기록되어 있다.

왕의 말년 한 두 기록을 더 옮겨본다.

불당佛堂의 경찬慶讚 때에 정랑正郞 김수온金守溫이 글을 지어 부처의 공덕과 귀의歸依 존숭尊崇의 지극함을 말하고 여러 대군大君과 판서 민신閔伸 부윤 박연 도승지 이사철李思哲로부터 환시宦侍 공장工匠에 이르기까지 분향하고 부처와 맹세하고 함께 계를 맺고 한 것에 대하여 사헌부에서 금하기를 청하였다. 이에 대하여 임금이 말하였다.

"계를 맺는 것은 성심이 있으면 귀의하는 것이고 성심이 없으면 하지 않는 것이니 이것이 어찌 대관臺官의 아랑곳 할 바이랴."

윤허하지 아니한 것이다. 대관은 벼슬아치들을 이르는 말이다.

임금은 영의정 하연河演 우의정 황보인皇甫仁 등에게 또 말하였다.

"나의 안질은 이미 나았고 말이 잘 나오지 않던 것도 조금 가벼워졌으며 오른쪽 다리 병도 차도가 있음은 경들도 아는 바이지만 근자에는 왼쪽 다리마저 아파져서…중략… 예전에 괴이하던 일이 내 몸에 이르렀다. 박연 하위시河緯地가 온천에서 목욕하고 바로 차도가 있었지만 경들도 목욕하고서 병을 떠나게 함이 있었는가."

세종 임금은, 나도 또한 온천에 목욕하고자 한다고 하였다.

그리고 그 다음 해 임금은 붕어崩御하였다.

그것이 임금과의 마지막 관계였다. 박연이 온천을 갔다가 온 것 그리고 무슨 병인지 차도가 있었던 것, 또 어디서 무슨 생각을 하고 있고 무엇을 하고 있고를 다 알고 있었다. 스므 살 정확히는 열 아홉 살 아래인 임금은 박연보다 8년 전에 명을 다한 것이었다.

1450년, 세종 32년 2월 17일.

비보를 듣고 박연은 왕궁을 향하여 계속 큰절을 하였다. 백배 천배 헤아릴 수도 없었다. 마구 눈물이 쏟아졌다. 헤어짐의 슬픔도 슬픔이지만 좀 더 잘 할 것을 좀 더 마음에 차게 할 것을 그렇게 하지 못한 것이 안타깝고 서러웠다. 다시 고쳐 할 수 없으니 후회가 되고 더욱 슬펐다. 그리고 그립고 아쉬웠다.

옷깃을 여미고 마음을 가다듬어 되돌아볼 때는 슬픔을 가시었다.

공중에 소리 없이 오른 님

하늘나라 무사히 찾아 갔는가

(雲衢若許乘槎客 直欲尋源上碧穹)

난계선생 유고집 제일 앞에 실려 있는 시 「송설당에서(題松雪堂)」의 마지막 구절이다. 참으로 많은 업적을 쌓고 더러 같이 함께 하기도 하였다. 떠나서 좋은 데로 잘 갔기를 빌고 또 빌었다.

송설당은 박연의 당호堂號이고 한양 살던 그의 집 이름이겠는데, 어디에 그 규모를 얘기해 놓은 데가 없지만, 삼남사녀三男四女가 복닥거리고 살던 집 어디에 가령 눈 맞고 있는 소나무를 뜻하는 당호 편액을 걸어놓았던지 그림이 그려지지 않는다.

바람 속에 물 속에

세종 32년(1450) 정월 인수부윤 박연을 응교應敎 김예몽金禮蒙
수찬修撰 유성원柳誠源과 함께 불러 내약방內藥房에서 의학에 관한
서적을 7일간 상고하여 보게 하였다. 그것이 세종 때 마지막으로
한 일이었다.

세종 임금에 이어 문종 단종 임금 때에도 박연은 같은 자리에
서 하던 일을 전과 같이 하였다. 일흔을 넘은 노구老軀는 말을 잘
듣지 않았지만 마음과 필력筆力은 변함이 없었다.

문종 즉위년(1451) 3월 박연은 풍수학제조 이정녕李正寧 공조
판서 정인지와 함께 상언을 하였다.

"대행왕大行王의 교지敎旨에 대부大夫 3월 제후諸侯 5월 천자天
子 7월로 하는 법은 진실로 구기拘忌로 하여 변경하여 바꿀 수 없
고 그 중간의 자세한 절차는 마땅히 분변分辨해야 한다고 하였는
데 오는 6월은 국장의 정한 기한이니 변경할 수 없습니다. 음양

蘭溪朴堧像

서陰陽書를 상고하여 본다면 5월 6월 7월은 모두 묘룡墓龍이 무덤에 있는 달이니 만약 음양서에 따른다면 지금 마땅히 합장해야 할 것이므로 이달에 능을 허물어야 되고 마땅히 4월에 시작해서는 안 되며 6월 12일에 이르러 장사한다면 꺼리는 데에 어긋나지 않고 5개월의 제도에 합당할 것입니다."

문종 임금은 이에 대하여, 바로 의정부에 의논하겠다고 하였다.

같은 해 8월 박연은 행첨지중추원사行僉知中樞院事로 임명되었다. 행은 품계가 낮은 직책을 맡을 때 붙인다. 그리고 같은 해 9월에는 중추원부사中樞院副使로 배수拜受되었다.

10월에는 우승지 정창손鄭昌孫이 아뢰었다. 박연이 상소한, 여러 사단祀壇을 돌로써 축조하고 난원欄園을 설치하고 연향宴享에는 여악女樂을 사용하지 말게 하자는 데에 대한 것이었다. 당시 우사단雩祀壇만을 돌로 쌓고 있었고 다른 사단은 다 흙으로 쌓아 만들고 있는 것에 대하여 그리고 여악의 문제는 새 임금에게 다시 청원하는 것이었다.

문종은 사단에 대하여는 고제를 상고하여 아뢰고 여악의 문제에 대하여는 의정부에 내려서 의논하여 아뢰라고 하였다.

그러자 그해 11월 박연은 체계를 세워 다시 상언하였다.

"삼가 신臣이 봉직한 이래로 어명御命을 받고 아직 이루지 못하였으나 중지할 수 없는 일들과 개수改修하고 경장更張하여야 할 것으로서 일임一任할 수 없는 일들을 다음에 조목별로 갖추어서 우매愚昧한 것을 무릅쓰고 아룁니다."

예의를 갖추어서 하나 하나 말하였다.

"첫째 향사享祀는 나라의 큰 일이요 단묘壇廟는 신神의 의지하는 바이므로 제왕帝王은 모두 이를 중하게 여겼습니다. 우리 조정에서도 도읍都邑을 정하던 초기에 여러 사당에 단을 설치하였으나 대개 고제古制와 같지 않았습니다. 세종 때에 이르러 신의 망견妄見으로 유윤俞允을 받을 수가 있었는데 명을 내리던 처음에 먼저 종묘 사직을 바로잡았으나 그 나머지 여러 사당의 단은 그대로 두고 거행하지 못한 지금까지 20여년인데 구폐舊弊가 아직도 남아 있습니다. 행사를 당할 때마다 헌가軒架와 무일舞佾이 다 베풀어지지 못하고 등가登歌와 준소樽所가 그릇된 곳에 설치되어 예禮를 행하고 악樂을 쓰는 것이 모두 그 의례儀禮를 잃어서 설만褻慢하기 짝이 없습니다."

상언은 만지장서였다.

단소壇所는 흙이 성기어 무너지기 쉬워 비가 오면 즉시 허물어지고 또 난장欄墻이 없어서 사람이 지킬 수가 없으니 소 양 개 돼지가 함부로 더럽히므로 그것이 온전하지도 못하고 깨끗하지도 못하게 됨이 심하다. 그 중에 소사小祀 7, 8곳 중사中祀 4단壇 등에 대한 얘기를 하고 세종 임금이 그에게 명하여 역대 단의 제도를 고증하게 하였으므로 주周나라로부터 송宋나라에 이르기까지 찾아 아뢰었고 임금은 옛 사람이 돌을 쓴 것이 분명하다고 하였으니 이것이 세종의 명命이었다고 하였다.

그리고 둘째 세종은 원묘原廟와 문소전文昭殿의 제악祭樂을 정하여 초헌에는 당악唐樂으로 하고 아헌 종헌에는 향악鄕樂으로 하되 모두 조종祖宗의 공덕을 노래하여 읊은 것을 주로 하게 하였다. 만약 노래하여 읊조리는 소리가 맑지 못하면 비록 사죽絲竹의 악기가 조화되어 울리고 금석金石의 악기가 울리더라도 가물假物의 음音이 족히 귀하게 될 수 없다. 가동歌童이 없을 수 없는 첫째 이유이다. 세종이 이웃나라 객인客人에게 연락宴樂하는 기예技藝를 정하였는데 노래도 있고 춤도 있고 정재呈才도 있으니 이것은 어린아이가 아니면 노래가 소리를 이루지 못하고 춤이 모양을 이루지 못하며 또 그 정재도 기예를 이루지 못한다. 이것이 가동이 없을 수 없는 두 번째 이유이다.

정재는 대궐 잔치 때에 쓰던 노래와 춤이었다. 제례 제악 기예에 대한 박연의 식견은 누구의 추종을 불허하였다.

"가동歌童이 끊겨지지 않는 것은 전날 무동舞童의 남은 풍습에 인연하는 것입니다. 지금 이를 폐지한다면 원묘原廟에서 송덕頌德하는 음音이나 공적으로 빈객을 연향宴享하는 악樂이 어찌 되겠습니까. 신의 망견으로는 가동은 폐지할 수 없으며 세종께서 무동을 혁파한 것은 오로지 계속하기 어려운 때문이라고 하였을 뿐이요, 예가 아니기 때문에 없애라는 것은 아니었습니다. 만약 계속할 수 있어 오래 할 수 있는 대책을 얻게 되면 전의 법규를 수복修復하는 성주의 계술繼述하는 데 해롭지 않을 것입니다."

언필층 신의 망령된 의견으로는 하고 자신을 낮추어 의견을 말하였다. 박연의 세종 때 이루지 못한 제도를 기어이 세워보겠다는 것이었다. 집념도 대단하지만 끈기 의지가 참으로 강하였다.

의논하는 자가 말하기를, 경외京外의 양인良人 남편에게 시집가서 낳은 사람을 추쇄推刷하여 입속入屬하게 하면 잇댈 수 있을 것이라고 하나, 가동의 임무는 반드시 용모 성음聲音 성품 생리生理로 골라야 하므로 사람 수가 많은 곳에서 무리를 모아놓고 간택揀擇하여야 하는데 무동을 처음 설치한 법에 의하여 가동을 세운다면 잇댈 수 있고 오래 갈 수 있다. 외방外方 각 고을에 숫자를 책임 지우고 경상도 66 전라도 56 충청도 53 총 175고을에서 3고을에 한 사람의 아이를 정하여 내게 한다면 58인이 될 것이며 경기도 41 황해도 25 강원도 23 총 87고을에서 5고을에 한 사람의 아이를 정하여 내게 한다면 17인이 될 것이니 합하면 75인이 되는데 이로써 액수를 정하고 경외에 장부를 비치하고 윤차輪次로 숫자를 충당하면 될 것이다. 대개 동기童伎를 바꾸어 세우는 기한이 7, 8년 뒤에 있으니 만약 세 고을에서 윤차로 한 사람의 아이를 세운다면 반드시 21, 2년이 걸려서 도로 처음 세운 고을로 돌아가고 다섯 고을에서 윤차로 한 사람의 아이를 세운다면 모름지기 38, 9년이 걸린 뒤에 처음 세운 고을에 돌아갈 것이니 이와 같이 한다면 바꾸어 대신하게 하는 기간이 매우 넉넉하여 동기의 숫자가 항상 찰 것이다. 이와 같이 하며 양인良人의 남편에게 시집 가서 낳은 사람이나 여기女妓 무녀巫女의 자식을 이에 더하면 가동을 잇댈 수 있고 오래 갈 수 있을 뿐만 아니라 세종 임금이 창립한 회례연會禮宴 양로연養老宴의 악樂이 자연히 옛날로 복구하여져 오늘날 거듭 새로워지고 길이 후세에 전하여져 일거에 만전萬全할 것이다.

면 앞날을 내다보는 계책이었다. 대단히 현실적이고 구체적인 방안이었다. 누가 있어 이렇게 주도면밀한 생각을 실현하는 묘책을 제시할 수 있을까. 예와 악의 분야 악의 분야, 그것도 그 하부 구조라고 할까 악과 관련한 세세한 분야에 이르기까지 소중하게 대처하는 그리고 너무나 전문적이고 자상한 방안이었다. 정말 박연이 아니고는 할 수 없는 일이었다. 전왕前王이 하지 못한 것까지 요구하고 있었다.

"원컨대 전하께서는 이를 한번 시험하여 보소서."

간곡한 박연의 상언은 계속되었다.

셋째 중국에서는 공공 연회에 여악女樂을 쓰지 않았고 태종 임금은 연향에 여악을 쓰지 말라고 하였고 세종 임금은 여러 대 내려오는 유풍遺風이기 때문에 가볍게 고치는 것을 무겁게 여겼으나 새 황제가 등극하고 마침 성주城主가 즉위하는 초기를 당하여 덕德을 새롭게 하는 바로 그러한 때에 구습舊習을 따라서 여악을 쓴다면 적의適宜한 바가 아니다.

넷째 악부樂部의 악에는 제향악祭享樂이 있고 연향악宴享樂이 있는데 제악祭樂은 봉상시 십이궁보十二宮譜와 20여 장章이 있어서 이습肄習한 지가 오래이나 연악宴樂은 세종 임금이 주문공朱文公의 의례경전통해儀禮經傳通解 중에서 아악시장雅樂詩章 12편의 악보를 얻어 표제表題하여 내었고 보법譜法이 크게 갖추어졌으며 그 중에서 성음聲音이 아름다운 것을 골라 회례연 양로연으로 들이었으며 보법 전체를 주자소鑄字所에 명하여 인출印出하도록 전한 지 지금까지 21년이나 아직도 인행印行하지 못하고 있다. 만약 보법을 한 번 잃으면 이미 퍼진 금석金石의 음音도 소종래所從來를 알지 못할 것이니 융안지보隆安之譜가 어려魚麗 제4장에서 나오고 서안지보舒安之譜가 황황자화皇皇者華 제2장에서 나오고 휴안지보休安之譜가 남산유대南山有臺 제3장에 나오고 수보록受寶籙이 녹명鹿鳴 제1장에서 나온 것과 같은 사실을 후세 사람이 어찌 알겠는가.

"원컨대 전하께서 거듭 인행하도록 명하고 미루어 두지 말도록 한다면 심히 다행함을 이기지 못할 것입니다."

박연의 상언을 의정부에 내려서 영의정 하연河演 우의정 남지南智 좌찬성 김종서金宗瑞 등이 의논한 결과 모두 그대로 따르고 여악을 사용하는 것은 우선 구습舊習을 따르게 하였다.

어려 황황자화 남산유대 녹명은 시경 소아의 편명篇名들이다. 궁정의 연회와 전례 때의 의식시儀式詩에 풍 아 송이 있고 아에는 소아 대아가 있다. 정악正樂의 노래말이다. 앞에서도 얘기하였다.

중추원부사 박연은 또 다른 일로 상언하였다.

"태봉胎峯 아래에 백성들의 오두막집을 철거하고 그 전토田土를 폐지하니 지극히 통석痛惜합니다."

태봉 아래 여사廬舍를 철거하고 농사를 짓지 못하게 하는 것에 대하여 참으로 안타깝다고 아뢴 것이다. 풍수지리설에 닭이 울고 개가 짖고 저자가 열리고 마을에 연기가 나면 은연중에 융성하고, 장법葬法을 상고해 보아도 고금의 경험이 모두 사람이 거주하는 것을 꺼리지 않았다. 신라의 능묘陵墓는 대개 왕성王城 안에 있었고 중국 사람들의 묘는 전원田園의 두둑에 있는 것으로 보아 인연人煙이 모인 것도 길吉한 기운이 되는 것은 의심할 수 없다. 그런데 태실胎室이 인연을 꺼려할 것이 없는데 어찌 태봉의 천 길 아래에 있고 평지 아래 땅인 전원과 제택第宅을 모두 남김 없이 철수한 뒤에야 길하겠는가. 이것은 심히 이치가 없는 것이다. 만약 이러한 법규를 세운다면 나라의 전토는 줄어들어 민생의 원망이 그칠 날이 없을 것이다. 태평한 날이 오래 되어 백성들이 번성하여 사람이 많아지고 땅이 좁아지면 한 조각의 빈 땅도 없을 것이다.

"백성들을 보호하고 먹는 것을 풍족하게 하는 것도 왕정의 급한 바입니다. 진실로 바라건대 전하께서는 구업舊業을 그내로 허락하시고 옛 사람의 태실의 예와 같이 하는 것이 어떠하겠습니까."

박연의 상언은 바로 풍수학에 내려 의논하게 하였으며 태봉 근방의 인가와 토전土田의 거리 등 실태를 조사하도록 하였고 태봉의 주혈主穴 산기슭 외에는 일찍이 경작한 토전과 태봉 주변의 사사寺社는 옛날 그대로 하는 것이 좋겠다는 의견을 듣게 된다.

풍수지리에 관한 의견이기도 하였지만 그보다 앞서 빈 터를 가꾸고자 하는 천성적인 박연의 소망이었던 것이다. 청원의 모든 것이 그런 민생民生에 바탕을 두고 있었던지 모른다.

박연은 다시 성주星州 태봉 밑의 민가民家를 철거하지 말도록 상언한다.

"백성을 해롭게 함은 중한 일인데 성상聖上의 마음을 힘들게 할까 두려워하여 그대로 있지 못하고 천총을 어지럽게 합니다. 소신小臣의 명예를 요구하는 계책이 아니고 성상의 덕이 곤궁한 백성에게 미쳐 한 사람이라도 살 곳을 얻지 못하는 자가 없고자 함입니다. 신의 어리석은 마음을 살펴 시행하소서."

백성을 위한 간곡한 이 청원은 어떻게 되었는지 기록에는 보이지 않는다.

　　박연의 상언은 그것으로 그치지 않았다.

　　"아악의 종鍾과 경磬의 소리는 처음으로 만들 때에 오로지 죽률관竹律管에 따라서 교정校正하였습니다. 죽률은 가볍고 가운데가 비어서 추위와 더위에 쉽게 감응하므로 볕이 나고 건조하면 소리가 높고 흐리고 추우면 소리가 낮습니다. 이 이치가 미묘하여 일찍이 미리 헤아리지 못하다가 2년이 지나서야 비로소 깨닫게 되었고 사유를 갖추어 동률관銅律管으로 고쳐 만들어 가지고 교정하였습니다. 그러나 정미精微함을 다 하지 못하여 무릇 6년 동안 교정한 소리가 조금 높기도 하고 조금 낮기도 한데 역시 추위와 더위 때문에 변화가 있는 것이니 이 때문에 아악의 소리가 태반이 어울리지 않습니다."

　　문종 1년(1451) 4월에 올린 상언이었다. 종과 경을 더운 철이 오기 전에 소리를 교정할 것을 청원하는 것이었다.

　　"지난 무오년戊午年 4월에 제향과 조회악의 종과 경을 다 모아서 춥지도 않고 덥지도 않은 철에 모두 교정할 것을 계청啓請하니 이에 '올 가을에 다시 아뢰어 시행하라'고 명하셨는데 지금까지 시일을 미루어 왔으니 참으로 작은 흠결이 아닙니다. 빌건대 금년 더운 철이 오기 전에 모름지기 바로잡아서 길이 후세에 전하도록 하소서."

　　무오년이면 1438년, 14년 전이다. 세종 임금의 명이었다. 그것을 이제라도 실현시키고자 그 아들 임금 대에 다시 아뢰는 것이다.

이에 대하여 바로 예조에 내려서 의논하게 하였고 예조에서는 가을까지 기다리기를 계청하니 그대로 따랐다.

박연으로서는 마지막 상언이었다.

참으로 길고 끈질긴 상언 상소 상주의 행진이었다. 예악에 관한 것이라고 하였지만 잡박한 개혁의 의지 바로세우고자 하는 집념의 표출이있다. 마당 가운데 넘어진 지게 작대기를 일으켜 세워 놓고자 하는 시골 촌뜨기의 욕망이었다. 모든 일에 시작이 있으면 끝이 있듯이 의욕이 넘치고 너무나도 집요한 그의 그칠 줄 모르던 행진도 멈출 때가 되었다.

그 해 9월 도승지 이계전李季甸이 박연의 병세를 진맥하고 말미〔休暇〕를 주는 일로 인하여 우참찬 허후가 이른 것이 문종실록 (9권)에 기록되어 있는데 병 때문이 아니고 일흔 네 다섯의 늙은 나이 때문도 아니고, 참 너무도 엄청난 비운의 소용돌이가 그의 삶의 한 가운데로 몰아치고 있었다.

셋째 아들 계우季雨로 하여 생긴 일이었다. 문과文科에 급제하여 집현전 학림학사를 역임하고 경연經筵에 출입하면서 성삼문成三問 박팽년朴彭年 하위지河緯地 이개李塏 등과 충의忠義의 의誼를 다지고 있었던 것인데 늘 꽁생원 아버지에게 '저는 아버지처럼 살지 않겠습니다'하고 입찬 소리를 하였었다. 그럴 때마다 아버지보다 못한 자식이 되면 쓰느냐고, 불초 얘기만 하였다.

좌우간 얼마 뒤의 일이었다.

한 치 앞을 알지 못하는 것이 사람이었다. 박연은 매일 매일 자신의 주어진 일에 매달려 있었고 끊임 없이 상언을 하고 그 준비를 하였다.

하루는 영의정 김종서가 아뢰었다.

여악에 대해서였다. 세종께서 연향宴享과 회례會禮에는 처음부터 여악을 사용하지 않고 남악으로 대체시켰었는데 유독 중국 조정의 사신에게만 구습을 따라 개혁하지 못했으니 미편未便하다고 하였다. 임금(문종)도 같은 생각이었다.

"비록 여악이 정수精粹하고 남악은 정수하지 못하더라도 정수하지 못한 남악을 사용하는 것만 같지 못합니다. 지금 박연 같은 사람은 또한 얻기가 어려우니 마땅히 그로 하여금 다시 절차를 의논하여 그 음악을 바로 잡아야 할 것입니다."

"그렇네."

영의정이 다시 아뢰자 임금은 맞다고 고개를 끄덕이며 명하였다.

"만약 대신 사용할 만한 음악이 있으면 변경하기가 무엇이 어렵겠는가. 수양대군首陽大君이 음률에는 알지 못하는 것이 없으니 관장管掌할만하오. 세상에는 사광師曠 같은 사람이 없으니 잠정적으로 박연으로 하여금 강구講究하게 하오."

사광은 춘추春秋 시대 진晉나라의 악사樂師로 음율을 잘 아는 것으로 유명하다.

문종은 그로부터 한 달 뒤 붕어하여 단종에게 모든 국사國事를 물려주었다. 단종端宗 즉위년(1452) 박연은 행중추원부사行中樞院副使로 배임拜任되었고 악학제조樂學提調 때의 「세종어제악보世宗

御製樂譜」를 발간하였다. 이듬해 다시 중추원부사로 그리고 이어 예문관 대제학大提學으로 제수除授되었다. 또한 의정부 좌찬성 겸 보문각寶文閣 제학提學의 명을 받았다.

그동안 여러 직책과 부서에서 일을 하였지만 내심 가고싶은 자리 오르고 싶은 자리였다. 관직이란 가고 싶어 갈 수 있는 것이 아니고 있고 싶어 있을 수 있는 것이 아니었다. 보문각은 경연과 장서藏書를 맡아보던 관아로 마음대로 책을 보고 구할 수 있었다. 무엇보다 그 자리가 마음에 들었다. 마음에 없는 소리라고 할지 모르지만 영의정 좌의정 같은 정승 자리는 바라지도 않았고 책을 마음대로 읽고 글을 마음대로 쓸 수 있는 자리가 편하고 원하는 자리였다. 그러나 그런 자리에 원한다고 갈 수 있는 것이 아니었 다.

그 언저리에 또 하나의 일이 있었다. 일이라고 할까 책무責務 였다.

단종1년 7월 승정원承政院에 전교하기를, 판중추원사判中樞院 事 정인지가 경연에서 음악을 익히는 일과 악공에게 직을 제수하 는 일을 계청하였으니 정인지의 말을 듣고 의정부에서 의논하게 하라고 하였다. 정인지는, 예전에 세종대왕께서 나라를 다스림에 예보다 중한 것이 없으나 악樂의 소용 또한 큰 것인데 세상 사람 들은 모두 예는 중히 여기나 악은 소홀히 하여 한탄할 일이다 하 시고 곧 명령하여 오례五禮를 찬정撰定하였고 정대업定大業을 제 정하였다고 했다. 그리고 악보를 선정하여 무동舞童으로 하여금 익히게 하고 무동이 늙으면 다시 쓸 수 없다하여 구폐救弊할 계획을 다시 꾀하였다 하면서 말하였다.

"세종대왕께서 안가晏駕하시고 문종께서 사위嗣位하여 세종의 뜻을 이루고자 하여 수양대군首陽大君이 음률을 알기 때문에 도제조都提調로 삼으시고 신臣을 명하여 참정參政케 하시며 하교하시기를……"

뒤의 얘기는 생략하지만 그런 연유로 해서 수양대군이 정인지에게 글을 보내었다. 그 글 중에 있는 말이었다.

"어제 판서가 여러 정승들과 이 일을 의논한 것을 들으니 심히 기쁘다. 나와 판서 그리고 박부윤朴府尹 등 두 세 구신舊臣만이 맡아야 할 바는 선왕들의 뜻을 이루지 않을 수 없는 것이다."

판서는 정인지를 가리키는 것이고 박부윤은 박연을 가리키는 것이다. 그것을 연결하고자 한 것인데, 잘 아는 대로 수양대군은 단종의 왕위를 찬탈簒奪한 세조世祖로 그 이전부터 세력을 구축하고 또 휘두르고 있었다. 그것이 어쨌다는 것이 아니고 그가 박연을 꼭 필요한 사람으로 꼽고 있었고, 이제 마땅히 정대업 보태평의 춤을 속히 익혀야 된다고 믿고 있었던 것이다.

세종에 이어 문종 단종 세조까지 그를 아끼고 필요로 했던 것이다. 그러나 그런 것이 무슨 소용이었던가.

셋째 계우가 계유정난癸酉靖難에 연루가 되어 투옥 되고 종내에는 교형絞刑에 처해진 것이다. 청천벽력이었다. 단종 1년(1453) 수양대군이 단종을 몰아내고 왕위를 빼앗은 사건이다. 세종의 뒤를 이은 병약한 문종은 자신의 단명短命을 예견하고 영의정 황보인皇甫仁 좌의정 남지南智 우의정 김종서 등에게 자기가 죽은 뒤 어린 왕세자가 등극하였을 때 잘 보필할 것을 부탁하였다. 남지가 병으로 좌의정을 사직한 이후 좌의정은 김종서, 우의정은 정분鄭苯이 맡았다. 그러나 수양대군은 문종의 유탁遺託을 받은 삼공三公 중 지용智勇을 겸비한 김종서의 집을 불시에 습격하여 두 아들과 함께 죽였다. 수양대군의 친동생인 안평대군이 황보인 김종서 등과 한 패가 되어 왕위를 빼앗으려 하였다고 거짓 상주하여 강화도로 귀양보냈다. 후에 사사賜死하였다. 수양대군은 정변으로 반대파를 숙청한 후 정권을 장악하였고 의정부영사와 이조 병조판서, 내외병마도통사內外兵馬都統使 등을 겸직하였고, 정인지를 좌의정 한확韓確을 우의정으로 삼았으며, 집현전으로 하여금 수양대군을 찬양하는 교서敎書를 짓게 하는 등 집권태세를 굳혔다. 그리고 2년 뒤 강제로 단종의 선위禪位를 받아 즉위하였다. 세조이다.

계우는 이런 사태를 막아보려고 김종서 성삼문 박팽년 김문기金文起 등의 혈맹血盟에 가담하여 단종 복위復位를 시도하였으나 돌아온 것은 죽음 뿐이었다. 그리고 그의 가족들에게 감당할 수 없는 고통을 안겨 주었다.

단종 2년 9월 의금부에서 아뢰었다.

"교형에 처한 정분 박계우 등에게 연좌緣坐된 사람을 청컨대 모두 율문律文에 의하여 시행하소서."

법대로 하라는 것이다. 여러 사람들은 다 열거하지 않는다.

그러자 다음과 같이 봉교奉敎하였다.

"부모 아들 출가하지 아니한 딸, 처첩妻妾 조부모 손자 형제, 아직 출가하지 아니한 자매, 아들의 처첩은 원방遠方의 관노비官奴婢로 영속永屬시키고 백부伯父 숙부叔父와 형제의 아들은 원방에 안치安置하되, 나이가 아직 16세가 되지 못한 자는 나이가 차기를 기다려서 예例에 의하여 시행하라."

그리고 이어서 왕명을 받들었다.

"박계우의 아비 박연은 자원에 따라 외방外方에 안치하라."

원방은 먼 지방, 먼 곳으로의 귀양을 말하고 외방은 서울이 아닌 지역을 말하며 안치란 글자 그대로 편안하게 있게 하는 것이 아니라 귀양 간 죄인의 거주를 제한하던 형벌을 말한다.

박연은 삼조三朝에 걸쳐 공을 세운 것이 참작되어 목숨은 부지하게 되었고 관노가 되는 것을 면하게 되었다. 죄를 받고 귀양가기를 자청한 것이었다. 그것도 서울만 벗어나면 되었지만 먼 지방을 자원하였다.

전라도 고산 땅, 산 설고 물 선 오지奧地 골짜기였다.

메투리를 한 죽 걸머지고 실신한 아내 송씨를 부축한 채 몇 날 며칠을 걸어서 걸어서 남으로 남으로 될 수 있으면 멀리 멀리로 내려 갔던 것이다. 가다가 쓸어지기도 하고 들어눕기도 하였다. 계속 걸어서 땅 끝까지 가려 하였지만 그래서 마음만으로라도 그에게 베풀어준 은혜를 갚으려 하였지만 더는 갈 수가 없어 주저 앉은 곳이 고산 골짜기였다. 물가였다. 그가 태어나고 자란 영동 지프내보다 훨씬 외지고 험한 곳이었다.

현재 전주全州를 둘러싸고 있는 전북 완주完州군 고산면이다. 귀양 가서 산 마을 이름은 기록된 것이 없어 정확히 알 수 있는 것은 없고 몇 군데 가능성이 있는 장소를 추정할 수 있을 뿐이다. 바람 속에 물 속에서나 박연의 자취를 찾아야 할 것이다.

세조 1년(1455) 8월 고산에 내려와 거처한 지 1년도 안 되어 아내 송씨가 병석에서 일어나지 못하고 숨을 거두자 박연은 죽은 아내를 고향 영동에 돌아가 장사 지내게 해 달라고 상언하여 허락 받았다.

그리고 그로부터 3년 뒤 8월 박연은 경외종편京外從便, 서울 외에 다른 곳에서 사는 것이 결정되어 방면放免되었다. 그러나 그렇게 되어 영동 고향 땅으로 돌아온 지 얼마 안 되어 그도 숨을 거두었다. 향년 81세(1378. 8. 20~1458. 3. 23) 모진 대로 여한 없이 산 생애였다.

올곧은 한 선비의 쓸쓸한 죽음 뒷 얘기 두 가지만 추가한다.

하나는 고산에서 지낸 3년 동안 그는 가훈 17장을 썼다. 아들 손자가 죽거나 다 뿔뿔히 귀양살이를 하고 있는 터에 누구를 위해서였던가.

그리고 또 하나는 여러 왕자들을 비롯한 뭇 한량들의 품에서 헤어나오지 못한 다래가 바람결에 부음을 듣고 멀리 영동을 향해 몇날 며칠 일어나지 못하고 통곡을 하였다.

"선생님 선생니임 선생니이임!"

몇 날 며칠 식음을 끊고 은사의 가르침을 되새기며 일어날 줄을 몰랐다.

못다한 이야기

2020년 9월 17일 시작하여 이제 마무리를 하면서까지 2년이 넘는 동안 난계 박연 이야기에 매달려 썼다. 세종실록을 비롯한 몇 왕조실록 난계유고 등을 많이 인용하였고 박연에 대한 다른 두 세 소설을 참고를 하였는데 말년에 대한 사항은 새로 제시하는 이야기가 될 것 같다.

영동 박연이 태어나고 자란 길을 국악로라고 명명命名하고 있고 그곳에 난계국악박물관이 세워져 있다. 거기 박연의 기록 마지막 생애의 부분이 추가되고 고쳐지도록 해야 할 것이다. 박연은 생을 마감하기 직전 고산으로 귀양을 가게 되었고 거기서의 고통스럽지만 귀중한 삶이 있었다. 앞에서 얘기한 대로 그 부분 답사를 통하여 조금 더 써 본다.

수소문 끝에 연결된 전주 이승철李承喆 선생과의 만남은 행운이었다. 국사편찬위원회 사료조사위원인 93세의 이선생은 완주

박연이 앉은 돌에 ... 흔흔 蘭瑰라 지었다

興六臣同師 則... 不... 有淸風 은 ... 아들 大臣과 함께 ...

3男 4女를 두었는데, 孟愚 → ...
　　仲愚 → ...
　　季愚 → 六臣과 ...

...

1445 8.12 (81세)로 생을 다함

...

박연 朴堧　조선 세종 때의 음악가 (1378-1458)

향토문화연구소장으로 있으면서 완주 문화와 역사에 대한 글을 많이 썼고 완주 전주신문 〈대문 앞 너른 마당〉 칼럼에 최근 악성樂聖 박연이 고산 귀양지에서 피눈물로 쓴 가훈家訓 17조를 쓴 사실을 밝힌 것이다. 그동안 사료史料 확인에 많은 도움을 준 영동 심천深川의 이규삼李揆三 국사편찬위원회 사료조사위원과도 아는 사이었다.

이승철 선생과 몇 차례 전화 통화를 하다가 6월 11일(2022) 만났다. 이선생은 박연의 유배지를 정확히 알 수 없다고 하였고 몇 군데의 가능성이 있는 곳을 답사하기로 하였던 것이다. 이선 생의 경륜을 볼 수 있는 많은 전적典籍이 꽂혀 있는 서재에서 차를 마시며 답사 브리핑을 하고 출발하였다. 거실에 '박연 연고 찾아 / 고산 여기 오다 / 영동문사!'라고 달필로 큼직하게 환영 문구까지 써붙여 놓은 것은 이유가 있었다.

이선생이 살고 있는 전주에서 완주군 고산면까지는 거리가 꽤 되었고 여러 골짜기를 가게 되었는데 동행한 이명건 소설가의 승용차로 다 돌아볼 수 있었다. 가면서 이선생은 멀리 바라보이는 마이산馬耳山이라든지 고산의 입지와 주변 역사적 사실에 대한 설명을 줄곧 하였다.

그러나 박연이 안치되어 있던 유배지가 어디였던지, 바로 여기라고 지적해 주지는 못하였고 두 세 군데의 가능성을 타진해 보이는 것이었다.

제일 가능성이 높은 장소는 거사리居士里였다. 운제산雲梯山이 바라보이는 만경강萬頃江 상류 물 속에 잠긴 마을이었다. 운제리

돌다리꼴 황꼴 쪽골 등 수몰水沒된 지역이었다. 언제 수몰이 되었는지는 물어보지 않아 듣지 못한 것 같다. 너무 황당하고 실망스러웠기 때문이다. 갈 수는 없었고 멀리 바라만 보았다.

이승철 선생은 여기 저기 전망과 앉음새를 찾아서 자리를 잡는다. 그 지점—유배지라고 추정되는—이 바라보이는 비봉면 대아리 물가 언덕 위였다. 차를 세우고 가방 속에 챙겨가지고 온 제물과 막걸리 그리고 한지에 몇 줄 한시漢詩가 적힌 닥종이를 귀티가 나는 봉황문양의 봉투 속에서 꺼내어 축문祝文처럼 들고 있는 것이었다.

막걸리를 종이컵에 따르고 600년 전—정확히는 560년—박연 선생께 간단한 예를 올리자고 하는 것이었다. 같이 저쪽 운제산 쪽 물 가운데를 바라보며 큰절을 두 번씩 하였다. 그리고 이선생이 말하였다.

"이 시는 90여 년 전 우리 조부(이성근李成根)께서 지으신 것인데, 언젠가 영동에서 사백詞伯이 이곳에 올 것이라고 예견을 하신 것이여. 가보처럼 전해 내려오는 이 시편을 자식에게 물려주어야 옳을까, 아니면 조부님의 예견대로 찾아오신 영동 사백에게 주어 난계 박연선생 고향으로 돌려보내야 마땅할까를 고민하고 또 고민한 끝에, 오늘 이 자리에서 박연 선생의 연고를 찾아 영동에서 오신 선생께 주기로 결심을 했오."

그렇게 말하고 그 시를 필자에게 건네주는 것이었다.

"이제 이 시는 내 손에서 떠났으니 이사백께서 잘 보관해 주시오."

주는 사람 받는 사람의 손이 떨리었다. 마치 박연 선생 그리고 이선생의 조부가 바라보고 있는 듯 눈시울이 뜨거워졌다. 시는 침음沈吟이라 제題하였다.

永同詞伯不遠來

蘭溪流謫何處在

薰風日域白顔紅

雲梯沈川添淚哀

영동에서 사백이 머지 않아 올 것이다 / 난계 선생이 귀양 살다 간 곳은 어디쯤 있는가 / 훈훈한 바람 불고 햇빛 비치어 흰 얼굴이 붉어지고 / 운제산 밑 냇물에 잠겨 슬픈 눈물만 더하네.

대략 직역하여 본다. 시에 담긴 깊은 뜻을 음미해보기 권한다.

시 뒤에 임신壬申 유월榴月 명여明汝라고 씌어 있는데 유월은 석류꽃이 피는 절기를 말하는가. 이 때 쯤. 명여는 이선생 조부의 자字이다.

이로 볼 때 이 시는 90년 전 이선생이 4세 때 쓴 것이라고 할 수 있고 그 때 이선생 조부도 악성 난계 선생이 이곳에서 귀양살다 간 곳이 어디인가를 모르고 있다는 것이 죄스러워 운제산 아래 냇가를 바라보며 부끄럽고 죄송스러움에 눈물을 흘리며 슬퍼한다는 뜻인 것 같다. 아니면 여기 이 부근인데 정확한 지점을 몰라서 안타까워하는 것 같기도 하고, 그래서 어느 집터라든지 바로 여기가 박연 선생이 살던 곳이었다고 추념追念도 하고 그런 것을 말하는지도 모른다. 이곳이 수몰되지 않고 마을이 존재하고 있을 때 말이다. 올곧은 선비의 마음이 근엄하게 느껴졌다.

그리고 이선생도 그래서 여기를 택한 것이 아닌가 싶다. 선비가 살던 마을을 뜻하는 거사리, 거기에 박연의 유배 모습을 담아 보자. 어떤 기록이 나올 때까지.

이날 제2 제3의 마을을 찾아 그 가능성을 더듬어 보았다. 옥포리玉浦里, 백도리百島里, 붉은 바위가 있는 자암紫巖마을, 평지마을 등. 백도리의 옛 이름은 온섬 원셈 마을이다. 아무 흔적은 찾을 수 없었다.

잠깐 얘기한 대로 이선생은 박연이 고산 귀양지에서 쓴 가훈을 소개하고 그 배경을 설명하였다. 가훈을 먼저 보자. 열 일곱 항목을 17단락으로 발체 요약하였다.

아이들이 서너 살이 되면 곧 학업에 힘쓰도록 하라. 아침저녁으로 항상 소학小學을 스승으로 삼고 이 책을 정숙精熟 관통한 후에 사서四書에 들어가는 것이 좋다.

바라건대 내 자손들은 형제간에 과오가 있으면 서로 경계하고 노여운 생각을 마음에 품어두지 말며 항상 은혜와 사랑을 베풀고 꾸짖는 말로써 대하지 말라.

집을 다스리는 데는 화순和順이 제일이다. 서로 다투는 불상사는 첩을 두는 데서 일어난다. 후사後嗣를 두지 못하여 축첩하는 경우라도 한계를 엄격히 세워야 한다.

불행히 상처하는 일이 있더라도 전처의 자식이 조상을 받들 자가 있으면 후처를 얻지 말고 단산斷産한 여자를 택하라. 가문을 보존하는 하나의 절도節度인 것이다.

일가 중 때가 지나도록 출가出嫁하지 못하는 경우가 있거든 분수에 맞게 금전과 재물을 내놓아 때를 잃지 말게 하여라. 이것도 우리 가문의 미사美事가 될 것이다.

상례 장례는 주자가례朱子家禮를 따르도록 하고 지나치게 슬퍼하여 몸을 상하게 하면 안 된다.

그리고 과음 포식 송사 여자관계 등 8가지 금기사항을 말하고 있다.

부모가 돌아가시면 아침 저녁으로 전奠을 지내고 삭망朔望으로 제사를 지내면 된다. 제물은 살았을 때와 같이 정결하고 간략하게 주안하여 3년을 마치면 된다.

효도 우애 충성 신의 예의 염치로써 가정의 법을 삼고 마음을 맑게 하여 욕심을 적게 하며 남을 해치지 말고 탐하지도 말며 남의 과실을 말하지 말며 남의 급한 것을 도와주며 남의 어려움을 구제할 것이며 성훈聖訓의 가르침에 따르라.

거문고와 비파와 같은 악기는 옛날부터 군자가 곁에서 떨어지지 않게 하여 성정을 길렀으니 손수 어루만져 보는 것이 좋을 것이다. 청풍명월 아래서 술을 나누면서 시를 짓는 것은 좋은 일이나 늘어지게 취하여 노래하며 춤추는 것은 안 좋다.

매와 개로 사냥을 일삼는 일은 다른 동물의 생명을 죽이게 되니 잔인하고 의리를 상하는 일이다. 내 자손들은 삼가 몸을 보존하여 문호門戶를 잃지 않도록 하여라.

친척이나 벗이 소첩에 빠져 있는 집 미망인 과부 집에는 경솔히 드나들지 말라.

여색女色은 가장 명예와 절조에 관계되는 문제다. 경박하고 소홀히 하지 말아라. 이 늙은이의 뜻을 명심하여 선조의 유풍을 욕되게 하지 말아라.

공사 간 연회 등 환락의 자리에서 기생들과 의혹될 일을 조심하며 오래 머물지 말고 평계를 만들어 물러나라. 삼가고 삼가라. 몸을 다스리는 하나의 큰 절도이다.

판관判官이니 대사간大司諫의 임무를 맡게 되었을 경우 사족士族의 문제 흔적이 애매하거나 부녀의 간통 사건일 경우 경솔하게 판결해서는 안 된다. 증거가 없으면 재판을 물리치는 것이 좋을 것이다.

우리 집은 청렴하여 후손에게 전해줄 재물이나 보배는 없다. 다만 내가 평생 겪은 일들과 원하는 바를 기록, 가범家範을 만들어 장래에 영원히 전하고자 할 따름이다.

이렇게 조목 조목 쓰고 끝으로 결연히 덧붙였다.

"을해乙亥 맹추孟秋 상한上澣 78세 늙은이 병을 무릅쓰고 써서 전하노라."

세조 1년(1455) 음력 7월이다. 고통스런 귀양살이, 성하지도 않은 몸으로 박연은 왜 이런 글을 쓰고 있었을까. 꼭 그의 가정 자녀손에게만 전하고 싶은 덕목德目이었을까. 귀양 전의 박연과 그 이후의 박연의 생生을 나누어 본다. 앞의 생은 먹물로 썼다면 뒤의 생은 눈물로 쓴 것이다. 피눈물로 쓴 것이다. 이선생의 칼럼에 쓴 대로.

「난계선생 문집」「난계선생 유고」에 수록되어 있다. 가훈家訓

— 17칙서十七則序라고 되어 있는데 서문은 영조英祖 때의 문신文臣 이재李縡가 쓰고 있다. 앞 부분이다.

"박공(박연)이 음률에 정통하였으므로 수백년을 지나 지금에 이르도록 소년들조차 그를 모르는 사람이 없다."

「난계유고」 부록에 시장諡狀 신도비명神道碑銘 발문跋文이 수록되어 있다. 시장은 유현儒賢 공신功臣들의 시호諡號를 내릴 때 미리 세 가지를 의정議定하여 임금에게 올리고, 그 중에서 하나를 결정하였는데 그 시망諡望을 상주할 때 생존 시의 한 일들을 적은 글발이다.

박연의 시장은 영조英祖 때 문신(이조판서) 홍계희洪啓禧가 찬撰하였다.

여기에 그 시장을 간추려 일대기一代記를 되돌아보는 것으로 박연의 생애 이야기를 맺고자 한다.

1378년 박연은 나면서부터 자질이 뛰어난 데다가 총명하였고 천성으로 효성이 지극하고 덕기德器가 침착하고 진중하여 어릴 때부터 하는 일이 성인과 다름 없었다. 어려서 아버님을 잃고 어머님 봉양을 극진히 하면서 뜻을 어기는 일이 없이 곁을 떠나지 않았고 학문에 전념하여 약관의 나이에 문장을 이루었다.

박연은 개연慨然히 예악에 뜻을 두고 널리 유적遺籍을 구하여 강토講討하면서 종률鍾律에 정진하였다. 어릴 때부터 앉으나 누으나 마음 속으로 계획한 바가 있어 악기를 치는 형용을 하며 휘파람을 불다가 입을 다물고 율려律呂의 성음聲音을 입술로 불기도 하였다. 대개 스스로 그 묘리妙理를 얻은 것이다.

부모상을 당하자 죽을 마시면서 여묘廬墓하여 몸이 여위어 피골이 상접되었다. 3년상을 마친 뒤 또 3년 동안 여묘하니 효감소치孝感所致로 토끼가 따르고 범이 호위하는 이상한 일이 있어 이 사실이 조정에 알려지자 정려旌閭하라는 명을 내렸다.

1405년 생원시에 합격하고 1422년 진사시험 제일로 발탁되어 태종왕은 크게 포상을 하였고 옥당玉堂에 선발되어 간원헌부춘빙諫院憲府春坊을 거쳤고 세종이 왕위에 오르고 예악과 문물을 갖추지 못한 것이 많았으므로 박연은 규칙을 세워 왕에게 건의하였으며 조의朝儀를 일신하도록 주청하였다.

그 때 기장이 해주에서 생산되고 경석이 남양에서 생산되었는데 세종은 박연이 음률에 정통한 것을 알고 율악律樂을 맡아보게 하였다. 박연은 기장을 거두어 푼 촌을 적분積分하여 옛 제도에 의거 황종율관을 만들어 불어보니 그 소리가 중국 황종의 음보다 조금 높았다. 이에 다시 기장의 입자 형태를 밀랍을 녹여 조금 크게 만들어 적분하여 율관을 만들었다. 한 톨이 푼이 되고 열 톨을 쌓아 촌을 삼는 법으로서 9촌으로 황종의 길이를 삼아 삼분손익하여 12율을 산출하였다.

이듬해에 편경을 새로 완성하였는데 중국의 성음을 따랐으나 유빈이 도리어 임종보다 높고 이칙은 반대로 남려와 같았으며 응종 또한 무역보다 낮았다. 그 까닭을 알고 중국의 제도를 약간 변통한 뒤 율에 맞추었다. 왕이 중국에서 준 편경과 박연이 새로 만든 율관을 맞춰보고 가상히 여겨 마지 않았다. 중국의 편경이 음률에 맞지 않고 새로 만든 편경의 성음이 맑고 아름다웠다.

"귀국의 악률이 바른 소리를 얻었으니 아마도 이인異人이 나와서 악률을 주관하지 않습니까."

중국사신이 왔다가 음률을 듣고 찬탄하여 말하기도 하였다.

박연의 명성은 높았고 왕의 총애는 더욱 두터워 이조 병조 두 판서를 역임하였고 사법관으로 있을 때는 재판을 공명하게 하였다.

문종 때는 중추원사 보문각제학을 역임하였고 또 예문관 대제학을 제수받아 한 때의 사명詞命이 박연의 손에서 많이 나왔다.

세조가 왕위를 이어받자 관직에서 물러나야 했다. 아들이 육신六臣과 함께 화를 당하였고 박연은 삼조三朝의 기구耆舊로 연좌連坐를 면하였다. 1458년 81세로 생을 마쳐 영동 고당高塘, 부인 (정경부인 여산송씨)의 묘 뒤에 있다.

3남 4녀를 두었는데 맹우孟愚는 현령을 역임하였고 중우仲愚는 군수를 지냈으며 계우季愚는 육신의 화란禍亂을 당하였다. 1녀는 목사牧使 조주趙注의 아내가 되고 2녀는 사직司直 권치경權致敬의 아내가 되었으며 3녀는 감찰監察 방순손房順孫의 아내이고 4녀는 선비 최자청崔自淸의 아내가 되었다.

박연이 살던 곳에 난초가 많이 생장하여 난계선생이라 일컫는다.

점필재佔畢齋 김종직金宗直은 선생의 정통한 학식과 정직한 도술道術은 우리의 사표가 된다고 하였고, 사계沙溪 김장생金長生은 도덕은 해동海東에 높았고 명성은 중국에까지 현양顯揚되었다고 하였으며, 우암尤庵 송시열宋時烈은 효성은 하늘에 닿고 덕행은 세상에 뛰어났으며 경륜經綸을 세워 국가를 도와 흥성하게 다스렸다고 하였다.

시장을 마무리하면서 찬자는, 아들이 6신과 함께 돌아갔으니 큰 소나무 밑에 맑은 바람이 일고 있는 것이라고 쓰고 있다(與六臣同歸 則長松之下 果有淸風).

송실당松雪堂이라는 아호를 쓰기도 하였는데 박언의 생애는 한마디로 큰 소나무 아래 불고 있는 맑은 바람소리 같은 것이었다. 흙의 소리였다. 아련한……

발문

'시작하며'는 이 글을 쓰기 전의 얘기이고 이것은 쓴 뒤의 얘기이다. 서문과 발문이래도 좋다.

우리나라 악성에 대하여 아는 것이 없었다. 악성이라면 음악의 성인이란 뜻인데 음악에 대하여도 잘 모르지만 난계 박연 선생에 대하여 아는 것이 없었다. 박연 선생은 내가 태어나 살고 있는 영동 태생으로 활동은 서울 한양에서 하였지만 여기에 묘가 있고 사당이 있고 기념관이 있다.

이 글을 쓰기 전까지만 해도 그저 여러 선인들에 대한 시각으로만 알고 있었다. 국악신문 김연갑 선생의 연재 제의를 받고 이 고장 국악축제의 주인공 난계 박연 선생에 대한 이야기를 쓰면서 한 선비로서 한 관리로서 너무나 열심이고 성실하고 참으로 적극적으로 산 인물을 만나게 되었다. 박연은 악성이라고 하였지만 악공이었고 악기 제조공이었으며 조선시대의 음악을 정리하고 체계를 세운 관리였다. 탄부坦夫라는 이름 자字를 쓴 대로 한 평범한 남편이었으며 아버지였다. 28세에 생원으로 급제하고 34세에 진사에 급제한 노력형 선비였다. 그러나 시묘살이를 6년이나 한 효자였고 그의 피리소리는 금수가 다 화답하였다. 밤을 새워 책을 읽었고 글을 썼으며 이름을 스스로 바꾸었다. 然을 堧으로 한 데 대하여 어디에 그 연유를 말하고 있지 않은데 태어난 그대로의 운명을 따른 것이 아니고 빈터를 가꾸고 흙의 소리 이땅의 노래에 생애를 건 의지의 삶을 지향하였다. 문학文學으로 발탁되고 지음인知音人으로 천거되어 세종과 함께 새 시대 예악의 소용돌이에서 끊임없이 상주하여 개혁을 실현하였으며 거기에 혼신을 다 쏟아 부었다.

이 글, 소설이라고 할까 리포트는 상상과 취재로 쓰고 끝을 맺었지만 박연 선생에 대한 진정한 이야기는 지금서부터 다시 써야 하겠다. 그러기 위한 첫 작업으로 포럼을 열고 이 고장분들부터 고견을 듣고 여러 기록들을 다시 찾아 정리를 하여 보완하고자 한다.

흙의 소리라고 하였는데 본문에 썼듯이 흙과 땅의 여러 의미가 있지만 박연의 생애를, 천 길 샘을 파던 그 의지 삼태미 흙을 쌓아 산을 이루었네 한 그의 시에서 파악하고자 하였음을 밝힌다. 그리고 연재로 발표한 것이 되어 회차별로 떼어져 있는데 붙여야 될 것도 있다. 이해가 있기 바라고.

박연의 유배 생활에 대하여 처음으로 밝히게 되었는데 이에 대한 기록이 없고 흔적을 찾을 수가 없어 이 부분도 추가가 되어야 하겠다. 우선 4년 간 머물다 간 난계 선생의 흔적을 밝히고 있는 전주 국사편찬위원회 사료조사위원 이승철 선생 조부의 유묵

遺墨을 이 자리를 빌어 소개하고자 한다. 소설 내용에도 있지만 이선생은 유배지 고산高山의 거사리居士里가 바라보이는 언덕으로 필자 일행을 안내하고 가방 속에 챙겨가지고 온 제물과 몇 줄 한시漢詩가 적힌 닥종이를 귀티가 나는 봉황문양의 봉투 속에서 꺼내어 들고 박연 선생께 예를 올리자고 하는 것이었다. 저쪽 운제산 밑 물 가운데를 바라보며 큰절을 두 번씩 같이 하고 말하는 것이었다.

"이 시는 우리 조부께서 지으신 것인데, 언젠가 영동에서 사백이 이곳에 올 것이라고 예견을 하신 것이여. 가보처럼 전해 내려오는 이 시편을 자식에게 물려주어야 옳을까, 아니면 조부님의 예견대로 찾아오신 영동 사백에게 주어 난계 박연선생 고향으로 돌려보내야 마땅할까를 고민하고 또 고민한 끝에, 오늘 이 자리에서 박연 선생의 연고를 찾아 영동에서 오신 선생께 주기로 결심을 했오."

그리고 그 시를 필자에게 건네주는 것이었다.

"이제 이 시는 내 손에서 떠났으니 이사백께서 잘 보관해 주시오."

주는 사람 받는 사람의 손이 떨리었다. 마치 박연 선생 그리고 이선생의 조부가 바라보고 있는 듯 눈시울이 뜨거워졌다.

영동에서 사백이 머지 않아 올 것이다 / 난계 선생이 귀양 살다 간 곳은 어디쯤 있는가 / 훈훈한 바람 불고 햇빛 비치어 흰 얼굴이 붉어지고 / 운제산 밑 깊은 물에 잠겨 슬픈 눈물만 더하네.

沈吟

永同詞伯不遠來
蘭漢流讀何處在
薰風日域白頭…
雲樣沈川…涙紅
壬申榴月　明汝

대략 직역하여 본다. 시에 담긴 깊은 뜻을 음미해보기를 권한다. 시 뒤에 임신 유월 명여라고 씌어 있는데 유월은 석류꽃이 피는 절기를 말하는가. 이 때 쯤. 명여는 이선생 조부의 자이다. 이로 볼 때 이 시는 90년 전 이선생이 4세 때 쓴 것이다. 올곧은 선비의 마음이 근엄하게 느껴졌다.

이선생은 박연이 고산 귀양지에서 쓴 가훈을 지방지에 소개하고 그 배경을 설명하였다.

또 하나의 이야기는 대전 서봉식 선생이 던져준 이야기이다. 연시례延諡禮를 행한 얘기로 거기 또 하나의 연출된 박연의 드라마가 있었다. 사후 309년 영조 43년(1767)에 문헌공文獻公 시호諡號가 내려지고 다시 3년 뒤 영사시迎賜諡 그리고 선시제宣諡祭를 지내는데 한양 조정에서 출발하여 이원 영동에 이르는 연시연延諡宴 행차는 하나의 소설이었다. 그 고제 의례 행사 상차림 등 의

궤를 보면서 영동 난계축제 때 연출을 하는 것도 좋을 것으로 생각되었다.

어떻든 이 소설은 다시 더 쓰고 보완하여야 한다는 것을 말하면서 우선 쓴 대로 내놓고자 한다. 많은 질정과 조언을 바란다. 나의 장점인지 단점인지 모르겠는데 언제나 벌려만 놓고 마무리를 못하고 있다. 단군에 대한 얘기도 결정적인 대목을 붙들고만 있다. 이것도 이제 내놓을 때가 되었다. 해가 서녘 산마루를 잰걸음으로 넘어가고 있다. 이제 정말 시간이 없다.

끝으로 이 글을 쓰도록 의욕을 준 국악신문 김연갑 선생 기미양 대표 2년 동안 열정적으로 삽화를 그려주신 이무성 화백 그리고 문학과 음악과 미술의 만남전 포럼 등 행사 지원을 해 준 한국문학관협회 영동군에 깊은 감사의 뜻을 표하며 기록한다.

몇 가지 얘기를 밝히고 추가하는 것으로 발문을 대신한다.

2023년 9월 1일
귀경재에서
저자

흙의 소리

초판 1쇄 인쇄 / 2023년 10월 04일
초판 1쇄 발행 / 2023년 10월 13일

지은이 / 이동희
펴낸이 / 기미양
디자인 / 송남숙

펴낸곳 / 국악신문
등록일 / 2023년 7월 20일
등록번호 / 제2023-000076호
주소 / 서울시 종로구 윤보선길 22 태양빌딩 3층(안국동)
전화 / 02-922-1411

ⓒ 이동희 2023
ISBN : 979-11-984770-0-2 03810